Rucklingsdorf
- Ein Amerikaner von Deutschen umzingelt

In <u>deutscher</u> Sprache als Paperback oder eBuch verfügbar.

———————————————

Auch in <u>englischer</u> Sprache als Paperback oder eBuch unter folgendem Titel verfügbar:

Rucklingsdorf
- An American Surrounded by Germans

———————————————

Weitere Bücher von Jonathan Claay:

THIS is America?!!
- A European Expat in the USA

In <u>englischer</u> Sprache als Paperback oder eBuch verfügbar.

RUCKLINGSDORF
- *Ein Amerikaner von Deutschen umzingelt*

Jonathan Claay

© Copyright 2019 - Alle Inhalte dieses Buches, einschließlich des Umschlags, und der Umschlaggestaltung sind urheberrechtlich geschützt, und können ohne schriftliche Genehmigung des Autors nicht verwendet werden.

Auch in englischer Sprache als eBook oder Taschenbuch unter folgendem Titel verfügbar:
Rucklingsdorf - An American Surrounded by Germans

"Alle Geschichten, Charaktere, Orte (mit Ausnahme der im Text genannten Städte Düsseldorf und München) genauso wie Ereignisse in diesem Buch sind fiktiv. Die von den Charakteren geäußerten Meinungen sollten nicht mit den Meinungen des Autors oder anderer Personen verwechselt werden, sofern nicht anders angegeben. Jede Ähnlichkeit mit tatsächlichen Personen, lebenden oder toten (mit Ausnahme des Dichters Heinrich Heine, wie angemerkt), mit bestimmten, tatsächlichen Ereignissen oder mit Orten (mit Ausnahme der Städte Düsseldorf und München, wie ausdrücklich im Text erwähnt) sind unbeabsichtigt und rein zufällig."

Ausschließlicher Gerichtsstand für alle Streitigkeiten über jedweden Teil dieses Textes wird gemäß BGB § 104a bestimmt.

Impressum
© 2019 Jonathan Claay
Herstellung und Verlag:
BoD – Books on Demand, Norderstedt

ISBN: 9783735742148

Buchrezensionen

"Kaufen Sie dieses Buch. Und *lesen* Sie es!"
 - Jonathan Claay, ein in Deutschland lebender amerikanischer Expatriate.

_____

"Einsichtsvoll.
 Unterhaltend.
 Lecker!"
 - Eine Leseratte

_____

"Sie werden lachen, Sie werden weinen, Sie werden sich fragen *'warum?'*"
 - Jonathan Claay, Literaturkomponist

_____

"Ich bin Jonathan Claay, und ich billige dieses Buch."
 - Jonathan Claay, Autor von *Rucklingsdorf - Ein Amerikaner von Deutschen umzingelt*

Danksagung

Mit Liebe zu meiner Freundin, deren Begleitung immer der beste Teil all unserer vielen Reisen war – danke für den Sonnenschein.

Inhaltsverzeichnis

Vorwort

Ein Vereinstreffen

Es klingelt an der Tür

Kleinstadtleben

Im Buchladen

Das Deutsch der Deutschen

Eine kleine Überraschung

Im Urlaub

Ein Besuch

Im Supermarkt

Der Kaffeeklatsch

Die Zugfahrt

Karneval

Euro Trash

Das Wartezimmer

Auf dem Wochenmarkt

Ostdeutschland (Damals und Heute)

Katzen, usw.

Der neue Freund

Zwischen Demokratie und Nazismus

Der Zwischenfall am Spielplatz

Deutsche bei der Arbeit

Der Türsteher

Gäste aus dem Ausland

Die dunkle Seite

Das Hündchen

Schlusswort

Vorwort

Nachdem ich viele Jahre in Deutschland gelebt und gearbeitet habe und durch viele seiner Städte und kleinen Dörfer gereist bin, beschloss ich in den Norden zu fahren. Aber ich fand heraus, dass, je näher ich an den Rand des Landes kam, desto näher kam ich an sein Zentrum, zu dem Punkt, der sich direkt in der Mitte befindet – in der Mitte der Kultur, des Volkes, der deutschen Seele – und als ich weiter fuhr, kam ich so nah an dieses Zentrum, dass ich hinein gegangen bin und am hinteren Ende wieder heraus kam, sozusagen, an einem Ort, der nicht mehr genau auf der Karte stand; ein Ort, wo der Fortschritt, die Globalisierung und die Evolution in vielerlei Hinsicht vergessen wurde... und dieser Ort ist die Gemeinde Rucklingsdorf.

Zapfen Sie das Gehirn eines Rucklingsdorfers an (ich hatte oft selbst den Drang, das zu tun) und nachdem die Fledermäuse raus fliegen und die Spinnen davon huschen, finden Sie einen Urschlamm, und weit, weit, darunter – werden Sie den Deutschen in seiner rohsten Form sehen.

Die Leute von Rucklingsdorf haben einige Wege und Verhaltensweisen, die einzigartig sind (obwohl sie diese mit Hunderten anderer kleiner Kuhdörfer der Region teilen), aber diese sind Variationen eines Themas, reine lokale Gewohnheiten, die mosaikartig in alte germanische Tendenzen eingearbeitet sind, Tendenzen, die in fast jedem Deutschen und fast jedem Zeichen von Deutschtum zu finden sind, sei es in einem Hochhausbüro in Frankfurt, einem Dorf im amerikanischen Mittleren Westen, das schon Generationen zuvor von Vorfahren moderner Deutscher besiedelt worden ist – oder einem Rucklingsdorfer, der in seinem Maisfeld still und finster über den Keimlingen steht.

Diese Buch behandelt Rucklingsdorf – ein kleines Kuhdorf das an der Grenze und, geheimnisvoll genug, auch mitten in Deutschland steht – aber es ist auch eine Bedienungsanleitung für die Deutschen im allgemeinen – wie sie funktionieren, wie man sie pflegt, und die Art und Weise in der sie oft nicht funktionieren. Nicht alles, was gesagt wird, gilt zu jeder Zeit für alle Deutschen, aber wenn Sie mit den Menschen dieser Kultur zu tun haben, werden Sie klare Tendenzen erkennen.

Dieses Buch zeigt, wie es sich für einen Außenstehenden *anfühlt*, in Deutschland zu sein, und zusammen mit den Deutschen zu leben – wie es ist, sich wirklich regelmäßig mit ihnen auszutauschen.

Haben Sie es in Ihrem Privat- oder Berufsleben mit Deutschen zu tun?

Dann lesen Sie dieses Buch!

Planen Sie eine Reise oder einen Umzug nach Deutschland?

Dann *lesen Sie dieses Buch*!

Sind Sie selbst Deutscher?

Dann, um Ihretwillen und auch um allen anderen zuliebe, bitte.... *LESEN SIE DIESES BUCH*!!!!

Ein Vereinstreffen

Es war ein großer Tag für Hans Stempelkauer, denn heute war der Tag - der Abend der ersten Jahreshauptversammlung des "Was für ein Dorf" Nachbarschaftsvereins, ein Verein der sich als Zweig des Rucklingsdorfer Arbeiterausschusses gebildet hatte.

Zur Feier dieses glorreichen Morgens, stöhnte Hans Stempelkauer als er auf der Seite des Bettes saß, sich vorüber beugte und seinen hängenden Bauch kratzte.

Seine Frau war bereits unterwegs um Flugblättern zu verteilen für die "Unter dem Apfelbaum" Tanzveranstaltung des Arbeiterausschusses. Die Veranstaltung war im letzten Jahr nicht so ein Erfolg gewesen wie man erwartet hatte, und gegen den Rat verschiedener Quellen (sowie nicht wenige leicht verhüllte Plädoyers), um es einfach leise in die Archive der Dorfgeschichte verblassen zu lassen, beschloss sie (weitgehend aus Angst) sich inspirieren zu lassen, um dem Anlass einen zusätzlichen "Stups" zu geben, wie sie sagte, um ihre Pflicht zu erfüllen und zu versuchen Interesse sowie Unterstützung und Teilnehmer für die Veranstaltung in diesem Jahr zu wecken.

Hans war eine der Stimmen auf der "nein" Seite, aber seine Stimme wurde schnell vom Wirbelwind des Eifers seiner Frau weggesprengt – ein Ergebnis, das er (und alle anderen) im Wesentlichen von Anfang an erwartet hatten.

Abgesehen von der Planung der Tanzveranstaltung seiner Frau, waren es heute andere Sorgen die er mit sich trug.

Heute Abend war er dazu auserkoren, die Sitzung des "Was für ein Dorf" Nachbarschaftsvereins zu eröffnen und zu leiten, eine Verantwortung, die er zuvor noch nie zu tragen hatte.

Er hatte immer vorne mit Jürgen gesessen, während Karl die Besonderheiten solcher Angelegenheiten von verschiedenen Vereinsversammlungen und kommunalpolitischen Veranstaltungen behandelte. Karl, als Vorsitzender des Vereins (da er bereits Arbeitsausschussvorsitzender war), fühlte sich in dieser Position wohl, da er daran gewöhnt war, die Aufmerksamkeit der lokalen Menge zu gewinnen, sei es in der Kneipe oder bei der Zusammenarbeit mit ein paar anderen Jungen während der Reparatur eines Traktors. Es gab immer die richtige Mischung aus einem leichten Witz zur richtigen Zeit (manchmal ein bisschen unzüchtig, je nach wer anwesend war), zusammen mit dosierten klugen Aussagen, die aus jahrelanger Erfahrung und Generationen guter, solider, ländlicher Erziehung zu stammen schienen.

Hans war, na ja, besser als Unterstützung im Hintergrund denn als Spitzenreiter. Er war eher der Typ, um sich im Strom hinter dem Mann vorne mit ziehen zu lassen und eine gute Figur irgendwo am Kopf des Rudels zu machen. Er war aber nicht der Kopf. Er war eher ein "Hals und Schultern"-Typ. Wenn Karl jemanden brauchte, um über einen seiner weniger gut gelungenen Witze zu lachen, musste er nur einen Blick auf Hans werfen und konnte sich eines gutturalem Glucksens sicher sein, um die Stimmung zu setzen.

Karl wurde von seinen Pflichten abberufen wegen einer Angelegenheit, die seinen Sohn betraf, der in der Stadt lebte und sich offenbar in etwas verstrickt hatte, Karl und war der Überzeugung, dass es besser war, in dieser Sache nicht ins Detail zu gehen.

Als stellvertretender Vorsitzender des Vereins, wurde Hans plötzlich ins grelle Scheinwerferlicht des Dorfauges gestoßen, und jeder weiß, dass dieses Auge so liebenswert sein kann wie eine Frühlingswiese oder so wankelmütig wie der Wind im Vorfeld eines Sturms im späten November.

Es ist sehr stressvoll in einem kleinen Dorf wie Rucklingsdorf, vor diesen Menschen zu stehen, den eigenen Leuten, denn sie sind eigentlich ALLE die eigenen Leute. Wenn die Ereignisse der ganzen Welt zwischen Horst Peters Kuhweide im Osten und dem Schweinsteins Besitz im Westen stattfindet, dann ist die Meinung dieser wenigen die Meinung der ganzen eigenen Welt.

Dass Hans heute Abend vor dem Verein stehen wird bedeutete, dass er sich in der Lage befinden wird, Gegenstand von Diskussionen, Vermutungen und Urteilen der gesamten Nachbarschaft/Bürgerschaft zu sein, einer nach dem anderen und ein Paar nach dem anderen.

Es würde am nächsten Tag mit einem "So, wie ging das Treffen gestern Abend" beginnen, oder, für diejenigen, die einen frühen Start auf den Klatsch für die nächsten ein oder zwei Tage haben wollten, "Wie ging es Hans gestern Abend?", in einer Stimme ein paar Grad tiefer als normal und mit einem Ton von Erwartung bezüglich der Antwort, bevor überhaupt eine angeboten wurde.

Kurz nachdem er die Kneipe verlassen hatte, in der das Treffen stattfand, würde zunächst jedes der anderen Mitglieder in kleiner Runde miteinander reden. Dann würden ihre Frauen ihre Ehemänner fragen, "wie die Dinge gelaufen sind", ein Satz, der, wenn alle Beteiligten sich der gegebenen Bedingungen bewusst sind, viel bedeutungsvoller ist, als es eine solche Aussage sonst wäre. Die Ehefrauen würden dann natürlich miteinander reden (obwohl auf den Sozial Media-Seiten von irgendjemanden nichts erscheinen würde; das ist zu wissenschaftlich und definitiv für eine so amorphe und undefinierbare Angelegenheit wie der Klatsch in einem Dorf).

Dann, irgendwann würde Karl wieder aus der Stadt zurück kommen, würde die verschiedenen verschlüsselten und entschlüsselten Botschaften und Unterstellungen über den Abend in seiner Abwesenheit bekommen und würde sich Hans auf die eine oder andere Weise nähern, mit einem "So, Hans, ich habe gehört ... ", und Hansens Auftritt heute Abend ist die Kraft, die dazu bestimmt ist, das zu formen, was auch immer Karl hören würde.

Hans wusste das alles, und er war von einem Gefühl des Unbehagens und der Vorahnung erfüllt. Er sagte natürlich nichts darüber, denn das war nicht seine Art. Er ging einfach durch seinen Tag und befasste sich mit den neuesten Fragen des Arbeits- und Familienlebens, die sich im Moment ergaben, aber immer mit dem Wissen, dass das Damoklesschwert über seinem Kopf schwebt mit der Aufschrift , "Heute Abend – das Treffen".

Die Sonne begann unterzugehen und warf einen weiteren wundersamen rosa- und fedrig orangen Schweif an den Himmel und über die Felder, und Hans öffnete die Tür zum Landgasthof "Der goldene Esel", wo das Treffen stattfinden soll.

Als sich die Tür öffnete, sah Hans, dass Jürgen und die Jungs bereits an der Bar saßen und warteten, und Hans erinnerte sich plötzlich an eine Szene aus einem Mafia-Film, als ein unglückliches Mitglied der Gruppe einen Raum betreten hatte, ähnlich wie er gerade diesen betreten hatte, und im Film warteten bereits ein paar Leute auf den Kerl, genau wie Jürgen und die Jungs bereits warteten, und.....

"Da ist Hans", murmelte Jürgen zu seinem Nachbarn an der Bar, als er sein Bier gerade noch spürbar zur Begrüßung in Richtung des eintretenden stellvertretenden Vorsitzenden hob.

Als er ihnen näher kam, setzte sich Hans auf die Kante eines Hockers und nahm für ein paar Minuten am Gespräch teil, aber nach einer Weile sagte Jürgen: "Nun....", was für Hans wie ein Posaunenschrei war, um das Ereignis einzuleiten.

Alle sammelten ihre Sachen (also ihre Hüte und Biere) und marschierten nach hinten in den Saal, der für solche Veranstaltungen genutzt wird (von denen es aus irgendeinem Grund überraschend viele in diesen kleinen deutschen Bauerndörfern gibt).

Hans fühlte sich unwohl, als er bemerkte, dass andere Leute von der Bar anfingen, sich hinter ihnen zu versammeln um ihnen in den Raum zu folgen. Er hatte nie bemerkt, wie viele Leute in der Vergangenheit zu den Sitzungen des Arbeiterausschusses gekommen waren, aber plötzlich war ihm bewusst, dass es hinter ihm wie eine Menge oder ein Mob aussah (es waren Paul Paulson und seine Frau, die beiden Brüder Spuck und einige der anderen Stammgäste).

Alle setzten sich auf ihre üblichen Sitze (die gleichen, auf denen sie während der vorangegangenen Arbeiterausschuss Sitzungen gesessen hatten, d.h. mehr oder weniger die gleichen Sitze, die sie in den vorangegangenen Sitzungen mit geringfügigen Abweichungen besetzt hatten).

Hans wollte sich, an seinem vertrauten Platz vorne, seitlich von der Tischmitte hinpflanzen, als Jürgen unerwartet sein eigenes Gewicht in den Stuhl schob und Hans zwang, sich daran zu erinnern, dass sein Platz diesmal einen Schritt nach links im vollen Scheinwerferlicht war (es gab eigentlichen keinen Scheinwerfer im Raum, der etwas zu dunkel war, da noch niemand dazu gekommen war, eine der Lampen, die kaputt war, zu reparieren – aber Hans waren solche Feinheiten wie Beleuchtung und Ambiente im Moment nicht bewusst oder wichtig. Für ihn, hätte er seine Rede genauso gut mit "Liebe Mitglieder der Vereinten Nationen" beginnen können).

Er ließ das Geschwätz noch ein wenig länger weitergehen, bis es von selbst ausging, und dann erkannte er, dass er keine andere Wahl hatte, als direkt in die Menge hineinzutauchen, mit oder ohne Badehose.

Jürgen überreichte ihm den kleinen Holzhammer, den sie schon seit einiger Zeit zur Eröffnung der Versammlungen benutzten. Es war nur ein abgerundeter Holzblock auf einem Stock, den einer von ihnen geschnitzt hatte, aber er diente seinem Zweck.

"Oh", sagte Hans (er hat den Hammer fast vergessen), und er fuchtelte, während der Übergabe, ein wenig herum und ließ den Hammer klappern und rattern, wie eine Tüte Murmeln, die mitten in einer Predigt in einer Kirche fallen gelassen wurde. Einer der Spuck-Brüder kicherte leise, und dieser leise Ton des Gelächters setzte sich durch und machte die Runde durch das gesamte Publikum.

Hans erholte sich majestätisch und klopfte zaghaft mit dem Holzhammer "Klopf, Klopf, Klopf" auf die Tischplatte, und das Gelächter verstummte in ehrfürchtiger und gehorsamer Stille. Sie waren nicht an diesen Anführer gewöhnt, der so plötzlich vor ihnen auf den Berg geklettert war, aber dort stand er mit einem Holzhammer in der Hand und klopfte auf den Tisch, genauso wie Karl es gewöhnlich tat (na ja, nicht so geschickt und prägnant wie Karl es normalerweise tat, aber er klopfte, nichtsdestoweniger), und ihr angeborener Sinn, ihren Platz in der Hierarchie zu akzeptieren und ihrem Führer zu folgen, begann seine Magie zu Gunsten von Hans zu wirken.

Hans schaute in die Masse der Gesichter vor ihm, alle Gesichter gehörten zu Leuten, die er lange und gut kannte (soweit er diese Begriffe in dieser Hinsicht verstanden hatte), aber jetzt waren es nicht nur Paul Paulson und seine Frau, die Spuck-Brüder, Holger Jansen und Jens Hansen und die anderen; es waren Gesichter mit Augen, die ihn plötzlich mit voller Aufmerksamkeit ansahen, ihn beobachteten und auf seine Worte, seine Beratung, seine Führung warteten; Sie waren bereits (dank des kleinen Holzhammers und der Sitzordnung) eindeutig auf seine neu gewonnene Autorität eingestimmt.

Und dies in einem Dorf, in dem Augenkontakt für Momente des Streits und der Zwietracht oder für sichere Diskussionen über das Wetter aufbewahrt werden und im Alltag nicht leicht genutzt werden, insbesondere nicht in relativ intimen Angelegenheiten.

Er schluckte, als er zurück starrte, auf alle als eine einzige, gesichtslose Masse, und Hans Stempelkauer ließ den Ball für einen Moment fast fallen.

Dann, zum Glück, bescherte das Charakteristikum, das die anderen in ihrer blinden Unterwerfung und Gehorsamkeit eingebracht hatten, Hans mit einem ebensolchen Respekt und einer Wertschätzung der Hierarchie, der Notwendigkeit der Ordnung und der reglementierten Kategorisierung, die der Moment in sich erforderte.

Wer auch immer der Anführer war, dieser Person sollte gehorcht und gefolgt werden, selbst wenn dieser Anführer Hans war, war er niemand, der sich der natürlichen germanischen Ordnung der Dinge widersetzte. Wenn er der Anführer dieser Hierarchie sein sollte, dann war es das, was diese Hierarchie von ihm verlangte, und er sollte gehorchen. Plötzlich hatte er ein vages Bild von sich selbst, als ob er in einer Art Uniform mit einer glänzenden Schärpe und einigen unbekannten Medaillen da stand, obwohl er gerade sein gelbes Flanellhemd trug, das er an diesem Morgen aus dem Wäschekorb gezogen hatte.

Es schien als ob ein warmer Luftzug von unter ihm aufstieg, und die Schwerkraft seines Pflichtgefühls berührte und verklärte ihn.

Er hob die Hände und breitete die Arme zur Begrüßung aus, weiter auseinander als irgendjemand es in diesem

Dorf vielleicht je zuvor getan hatte, sei es bei einer Hochzeit, einer Beerdigung oder beim Kauf eines neuen Pferdes.

Er hatte nichts Besonderes als Ausgangspunkt zu sagen, aber er wusste, dass er etwas sagen musste, also ließ er sich nicht davon abhalten. Er öffnete den Mund und improvisierte.

"JAAaaaaa…".

Ein großer Teil der Vereinstreffen in Deutschland werden genauso eröffnet, Saison für Saison und Jahr für Jahr. Sie resultiert aus einem generellen Mangel an geordnetem Denken – nicht in der Lage zu sein, die Gesamtstruktur einer Materie und die Beziehung ihrer Teile zueinander zu erfassen, und daher nicht wissen zu können, welcher Teil am Anfang und welcher am Ende liegt und wie alles durchgängig aufeinander abgestimmt sein muss.

Wenn es darum geht die allgemeinen Punkte mit einer umfassenden Einführung zusammenzufassen: das können Sie vergessen.

Die Deutschen denken im Allgemeinen in Minuten, in einzelnen Details, die abgeschnitten und voneinander isoliert sind. Sie sind in der Lage, sich mit Laserpräzision auf eine bestimmte Angelegenheit zu fokussieren, bis zu einem Punkt, der andere Menschen in Angst versetzen kann. Aber bitten Sie diese Menschen, das Treffen eines örtlichen Nachbarschaftsverbandes zu eröffnen? "JAAaaaaa…".

Es gibt Ausnahmen. Es muss ja sein, wenn man bedenkt, dass es den Deutschen gelingt, so viele Präzisionsmaschinen herzustellen, um die Welt mit ihrer akribischen

Genauigkeit und dem neuesten Stand der Technik zu überfluten. Bei Kongressen, bei denen die neusten Erkenntnisse der Medizintechnik einem Fachpublikum präsentiert wird, wird das Publikum von nah und fern normalerweise mit einem vorübergehend herzlichen "Meine Damen und Herren" begrüßt, aber befinden sich die gleichen Industriekapitäne oder -kaiser bei etwas weniger formellen Versammlungen und Orten zu einer anderen Zeit könnte es sehr wohl sein, dass sie auf die alte, traditionelle germanische Eröffnung zurückgreifen: das "JAAaaaaa...".

Hans Stempelkauer war kein Industriekapitän. Er war ein Mann seines Volkes, und ein großer Teil dieses Volkes saß in dieser Nacht vor ihm, von seiner Führung fasziniert.

"JAAaaaaa ..., meine Damen und Herren", sagte er nach dem vorgefassten Muster, auch wenn nur eine Frau anwesend war: "Ich MÖCHTE Sie, hier heute ABEND, WILLKOMMEN heißen", wobei er jedes Wortsegment separat sprach, wobei er es schaffte, diese aus seiner eher unfruchtbaren Vorstellungskraft hervor zu baggern, "zum ERSTEN Jahrestreffen des "Was für ein Dorf" Nachbarschaftsvereins..."

Es gab eine lange Pause, denn Hans Stempelkauer hatte zu diesem Zeitpunkt seinen Höhepunkt erreicht und fühlte sich bereit für sein Schlusswort.

Als die Zuhörer dies spürten, führten sie das einzigartige Ritual durch, das ich nur in Deutschland gesehen habe und das einem öffentlichen Redner gründlich verwirren und ihn dazu bringen kann, einen schnellen Schritt in Richtung der nächsten offenen Tür zu machen, wenn er es nicht kennt oder erwartet: Sie alle fingen an, im Einklang mit den Knöcheln ihrer Finger auf die Tischplatte zu klopfen, was den Klang eines Schwarms von Spechten erzeugte, um ihre Bewilligung und Zustimmung zu äußern.

Es fällt mir auf, dass sich die Menschheit, die als Spezies kollektiv die Fähigkeit entwickelt hat, sich mit der Gnade von Maria Callas und der Seelenruhe von Sarah Vaughan im Gesang auszudrücken, sich zu kurz verkaufen, indem sie auf das Schlagen ihrer Fäuste gegen harte, hölzerne Oberflächen zurückgreifen, um ihre Zustimmung zu geben. Obwohl, ist es viel sinnvoller, seine artikulationsfähigen Finger und positionierbaren Daumen im Applaus zusammenzuschlagen, wenn man darüber nachdenkt?

Wie dem auch sei, Hans wurde durch diese Anzeichen von Unterstützung und dem guten Willen ermutigt, und er führte weiter, wohin es ihn führen mag.

Da er nichts anderes zu erwähnen hatte (weil die Angelegenheiten des "Was für ein Dorf" Nachbarschaftsvereins schließlich nicht sehr ernst waren, und das Dorf selbst nicht ein besonders weites Milieu bot, das einen solchen Anlass rechtfertigen würde), folgte Hans der Strömung, die in seine germanische Natur von Generation zu Generation vorhanden war.

Er sprach von Daten und Geschichte.

"Ähhhh... Der 'WAS FÜR EIN DORF' NACHBARSCHAFTSVEREIN wurde vor drei Jahren von KARL NUSSHOLZ gegründet. Es begann in seiner WERKSTATT. Jürgen und ich waren dabei. Richtig, Jürgen?," sagte er und wandte sich an seinen Freund, der neben ihm saß und, zu Hansens Überraschung, sich im Moment etwas niedriger als er befand.

Jürgen lächelte bei der Erinnerung, und Hansens Vertrauen und Lebensgeister schossen in die Höhe.

"Es läuft gut", dachte Hans, so holte er weiter aus und für fort.

"Es ist DESWEGEN, eine große EHRE, für mich, Sie als STELLVERTRETENDER VORSITZENDER, des 'WAS FÜR EIN Dorf" NACHBARSCHAFTSVEREINS, zu dieser WICHTIGEN Veranstaltung , WILKOMMEN zu heißen. "

Wieder die Spechte, die im Einvernehmen auf den Tisch klopften. Sie alle tauschten einen ruhigen Blick der Zufriedenheit mit der Ordnungsmäßigkeit des Verfahrens aus, und Hans wurde von diesem Gefühl mitgezogen.

"Karls Werkstatt wurde 1947 gebaut, als –"

"– Vielleicht sollten wir über das sprechen, was wir am vergangenen Samstag erwähnt haben, Hans", unterbrach Jürgen, während er unbewusst den kleinen Holzhammer vor ihm streichelte.

"Äh, JA", antwortete Hans und hob mit dem Ausruf seinen ganzen Körper in den Himmel. "Danke, stellvertretender Assistenzvorsitzender." Er blickte Jürgen mit einem Ausdruck der Erleichterung und Dankbarkeit an, obwohl seine Augen kurz auf Jürgens Finger fielen, die den Hammer streichelten, bevor Hans seine Aufmerksamkeit wieder seinem Publikum zuwandte.

"Wir sind heute hier versammelt," nahm er in seiner lässigeren und weniger amtlichen Art wieder auf, "über die 'Was für ein Dorf' Gedenktafel zu sprechen, die am Eingang zu unserem geliebten Rucklingsdorf steht. Wie Sie vielleicht wissen, wurde uns die Tafel bereits 1952 vom Landkreis verliehen. Wir sind alle sehr STOLZ auf dieser Gedenktafel" – eine Runde von selbstzufriedenen Tischklopfen war plötzlich ausgebrochen, begleitet von mehreren beifälligen Blicken gegenseitiger Wertschätzung, die um den dunklen kleinen Raum verteilt wurden – "ja, ja... und Karl hatte die Idee, dass es Zeit wird, dass wir die Gedenktafel vielleicht ein wenig auffrischen. "

Er war hier zaghaft, denn er war an einem Punkt angelangt, an dem Maßnahmen und Konsens nötig wären.

Die deutschen Bauern sind zumindest an der Oberfläche miteinander gesellig, solange sie sich lange genug kennen und feststellen, dass sie in der Beziehung kein Risiko eingehen. Ideen gemeinsam auszutauschen und zu bewerten und zu entscheiden, welche Teile jedes Vorschlags zu behalten und welche zu entsorgen, diese Vorschläge in ein zusammenhängendes, effektives, umsetzbares Ganzes zu integrieren – sind keine Stärken, die unter den Mitgliedern einer solchen soziologischen Gruppierung zu finden sind.

"Meinst du, das Schild ein wenig aufzuputzen?", bot Holger Jansen an.

"Vielleicht mit etwas Farbe", fügte Jens Hansen hinzu. "Es sieht zu diesem Punkt etwas verblasst aus."

"NEIN... nein", sprudelt es aus Hans, bevor er sich wieder fasste. "Ich meine... nun, es war KARLS Idee.... richtig Jürgen?"

Jürgen nickte mit Zustimmung und Unterstützung über Hans' Unschuld in dem Vorschlag, und Hans ging vorsichtig vor.

"Wie auch immer, es war Karls Idee, dass wir dieses Jahr vielleicht wieder den Preis des Landkreises gewinnen könnten?"

Stille herrschte unter der Bevölkerung im Hinterzimmer Des goldenen Esels. Wieder die "Was für ein Dorf" Gedenktafel zu gewinnen? WIEDER? Das würde eine Menge.... niemand war sich sicher, was für ein Menge wovon nötigt sein würde, aber es schien sicher zu sein, dass es schwer sein würde, das, was auch immer es sein mag, zu bekommen.

Die Menschen begannen, sich sichtlich unwohl zu fühlen. Einer der Spuck-Brüder lehnte sich nach vorne auf den Tisch, ballte sich wie ein Fötus und versteckte seinen ansonsten langen Oberkörper hinter seinen Ellbogen. Dann sah er, wie sein Bruder auf seinem Stuhl zurücksank und ein wenig zusammensackte, und der erste Bruder tat das dann ebenfalls.

"Hält Karl das wirklich für notwendig, Hans?", fragte Paul Paulson, in einer Art Jammer.

Hans fühlte, wie sein Sitz auf dem Thron etwas wackelig wurde, als jemand anderes Karls Name auf diese Weise erwähnte, und er fügte hinzu: "Ja, und ich denke auch so, Paul. Na, die haben es damals getan, ich verstehe nicht, warum wir es nicht wieder tun können." Er glaubte nicht wirklich an das, was er sagte, aber er sagte es trotzdem.

"Wir werden wahrscheinlich eine Menge Schaufeln brauchen", sagte jemand.

"Ja, und Blumen und Pflanzen", kam ein anderer. "Das kann teuer werden, wenn die überall im ganzen Dorf sein sollen".

"Wir werden es mit den Leuten in Trottelskirschen zu tun haben", fügte jemand hinzu, mit einem stillen Ton von ominöser Warnung, während er sich im Raum umsah – und jeder dachte gleichzeitig an den schönen Kreisverkehr mit den blühenden violetten Schwertlilien und gelben Tulpen direkt am Eingang zu Trottelskirschen, welches etwa vier Dörfer entfernt war, von der Stelle an der sie sich selber auf der Erde befanden, dort in Rucklingsdorf. Niemand wusste von irgendjemanden der Verwandte in Trottelskirschen hatte, und so gab Ihnen dieser Ort ein Gefühl von etwas Fremden und irgendwie Gefährlichem – trotz der hübschen Tulpen und Schwertlilien und den gut gepflegten Fassaden der sittsamen kleinen Häuser.

"Ich weiß nicht, ob es so eine gute Idee ist, trotzdem alles zu ändern", sagte Jens Hansen. "Alles läuft ziemlich gut, so wie es ist. Warum sollten wir alles aufwühlen?"

"Ja", fügte Holger Jansen hinzu. Das würde auch viel Zeit in Anspruch nehmen. Ich glaube nicht, dass irgendjemand in der Lage sein wird, frei zu nehmen, um das alles tun zu können."

Sie begannen wieder über den Kreisverkehr am Eingang von Trottelskirschen nachzudenken, und sie sanken alle etwas tiefer in ihre Stühle.

Unter den Deutschen herrscht ein Gefühl des Untergangs. Es ist nicht immer vorhanden, und sie können im Alltag an der Oberfläche recht leicht und munter sein. Aber stellen Sie sich einen Umstand vor, unter dem es Veränderungen geben muss, was bedeutet, ein, ein.... Risiko einzugehen, und alles wird anders.

Es *könnte* alles falsch ausgehen.

Vielleicht wird es noch schlimmer.

Was passiert wenn wir es nicht schaffen und alles einfach nacheinander zusammenbricht?

Was ist, wenn wir es bereuen?

Dann wird es uns ziemlich leid tun, dass wir die Idee überhaupt erst aufgegriffen haben.

Schließlich, ist alles ziemlich gut, wie es ist.

OK, es gibt Schlaglöcher auf den Straßen und ein paar Häuser haben eine immer größere Menge an Autoteilen und Bauschutt in ihren Vorgärten... aber ist das so schlimm? Ist es schlimm genug, um zu rechtfertigen... das zu tun, was du gesagt hast, das wir... wie wurde es genannt? Oh ja... ein R-I-S-I-K-O eingehen.

Unter den Bürgern Rucklingsdorfs, die sich an ihren Gewohnheiten orientieren und die sich heute Abend zur ersten Jahrestagung des "Was für ein Dorf" Nachbarschaftsvereins versammelt hatten (und es war eine Gruppe, die eher repräsentativ für das Ganze war), entwickelte sich das Gefühl, in den Abgrund, in die Rucklingsdorfer Apokalypse zu schauen, wie sie es sich vorstellen konnten. Sie dachten an die Jugendlichen der Stadt, die sie an der Bushaltestelle gesehen hatten, die da saßen und rauchten während sie blecherne Musik von ihren Handys anhörten; sie dachten an ihre Freunde, die Probleme bei der Arbeit hatten; einer von ihnen erinnerte sich daran, etwas über das Bruttoinlandsprodukt des Landes neulich gelesen zu haben, und obwohl es keine DIREKTE Verbindung zur Blumenbepflanzung in ihrem kleinen Dorf hatte, war es etwas Schlechtes, und dieser Wettbewerb um eine neue "Was für ein Dorf" Gedenktafel konnte auch schlecht ausgehen, also war es im Grunde dasselbe, und genauso katastrophal.

Hans Stempelkauer blickte ebenfalls in den Abgrund, aber als stellvertretender Vorsitzender des Ausschusses, wusste er, dass es an ihm lag, sein Volk ans Licht zu führen.

"Nun", bot er an, "es gibt diese Baumschule direkt an der Autobahn. Hat auch einen Haufen Pflanzen, wenn ich mich richtig erinnere. Vielleicht wäre er daran interessiert, uns irgendwie zu helfen."

Hier kommt der Moment an dem die Deutschen besonders ängstlich werden können. Hier war eine Lösung, eine Chance, aber wenn sie es ergreifen würden, könnten sie versagen... und wo wären die dann? Ist es nicht besser, nur unten zu bleiben, den Kopf nieder zu halten und die eigene Suppe zu löffeln? Jetzt, da Hans den Vorschlag gemacht hatte, war es schlimmer, weil es keinen triftigen Grund mehr gab, in trostloser Verzweiflung passiv da zu sitzen, und einige von ihnen hassten ihn etwas dafür.

Einfach um nicht zuzugeben, dass er sich so hilflos fühlte, warf Holger Jansen ein: "Das ist keine schlechte Idee". Er erklärte es eher der Gruppe als dem stellvertretender Vorsitzenden, fast als ob er von ihnen die Erlaubnis einholen wollte, dass er an dieser wilden Idee von einem so furchtlosen Führer glaubt.

Mit diesem vorsichtigen Vorstoß in den Optimismus, verbesserte sich die allgemeine Körperhaltung der Zuschauer langsam, und die Rucklingsdorfer Apokalypse löste sich auf, um Platz zu schaffen, für das was vielleicht der hellste und schönste Frühling sein wird, den das Dorf je gesehen hatte – einschließlich des Frühlings 1952, als die Eltern und Großeltern aller Anwesenden das Bild des Bürgermeisters von Rucklingsdorf in der Zeitung sahen, als ihm die "Was für ein Dorf" Gedenktafel überreicht wurde ... die ERSTE "Was für ein Dorf" Gedenktafel... vielleicht die erste von vielen...

Es gab einen angenehmen Wortwechsel unter den Zuschauern, und viele Köpfe nickten zustimmend.

Jürgen sah Hans lächelnd an, und Hans schaute auf sein Publikum und seine Mitbürger, als er das Ergebnis dieser hervorragenden Arbeit sah, an diesem, seinem ersten Vorstoß als Vorsitzender... äh, stellvertretender Vorsitzender... als Leiter der Menschen, die ihn brauchten.

Er hat es über die Bühne gebracht. Er war ein Hit, und er wusste es. Er würde von jetzt an den Kopf im Dorf etwas höher halten, und er könnte sogar den Jungen selbst ein paar Witze erzählen, nachdem Karl zurückgekehrt war.

Dann, tat er es.

Er hatte eine gute Sache, Hans Stempelkauer. Er wurde ganz nach vorn gedrängt und stellte fest, dass er ein natürlicher Redner war, und alles nur, weil er gerade sagte, was ihm in den Sinn kam. Wie konnte diese Strategie ihn jetzt jemals im Stich lassen?

Er fügte hinzu: "Ja, vielleicht wenn ihn jemand bittet, ein paar Pflanzen zu spenden."

"Wir könnten anbieten, seinen Namen auf die Gedenktafel zu schreiben!", Sagte Holger Jansen, beinahe in einem Anfall von Freude.

"Tolle Idee!", brach es aus Hans heraus. "Holger, warum bist du nicht Schatzmeister des Vereins und fragst diesen Mann in der Baumschule, ob er nicht interessiert wäre?"

Das Klopfen auf dem Tisch war lauter als je zuvor, und obwohl Holger Jansen niemals offiziell als erster Schatzmeister des "Was für ein Dorf" Nachbarschaftsvereins eingeführt wurde, war dies eine ebenso unwiderrufliche Bestätigung wie jeder Pakt unter irgendwelchen Personengruppen jemals war.

Hans ging weiter.

"Ja, Holger, ich glaube, du wärst gut dabei. Du warst immer gut, wenn es darauf ankam, Leute zu überzeugen."

Es herrschte Stille.

Es herrschte mehr Stille.

Einen Schlag, nachdem alle anderen den Fauxpas des stellvertretenden Vorsitzenden erkannt hatten, erkannte Hans selbst die Auswirkungen dessen, was er gerade gesagt hatte.

Wenn bei diesem Treffen jemand anwesend war, der kein Mitglied dieses Dorfes war (es würde keinen geben, da niemand sonst kommen wollen würde, und sie wären sowieso nicht wirklich willkommen, wenn sie es tun würden), würde der Eindringling nicht wissen warum es so plötzliche eine Meeresspiegelschwankung in der Strömung gegeben hatte, die bis vor kurzem den stellvertretenden Vorsitzenden in seiner neuen Führungsposition bestätigt hatte?

Vor langer, langer Zeit, als alle Anwesenden noch Jugendliche in der Schule waren... gab es ein Mädchen.

Sie war ein hübsches Mädchen, und das dachten alle Jungen, aber Paul Paulson war derjenige, der... nun ja, Paul Paulson war derjenige. Es lief ziemlich gut für eine Weile, bis zum Punkt, an dem Paul Paulson es nicht mehr für anmaßend hielt, mit der Sache ein bisschen zu prahlen.

Es hat sich herumgesprochen, und sie waren ein Paar.

Dann irgendwie... vielleicht war es der Mond, der in jener Nacht über dem See schimmerte, als Holger Jansen vom Fischfang herein gerudert war und sah, dass das Mädchen – Paul Paulsons Mädchen – allein am Ufer stand, während Paul Paulson weg war, um seine Cousins zu besuchen. Vielleicht war es die heiße Brise, die ihren Rock ein wenig höher wehte hatte, als er geweht werden sollte.

Was auch immer es war, es geschah, und alles änderte sich danach.

Der Wechsel dauerte lange, auch lange nachdem das Mädchen das Interesse an Holger Jansen verloren hatte und mit einem anderen Jungen aus einem anderen Dorf losging. Es wurde gesagt, dass das Mädchen und der andere Junge in die Stadt gezogen sind, nachdem die Schule fertig war, und danach, wer weiß.

Nun, die Freundschaft zwischen Paul Paulson und Holger Jansen wurde so gut wie möglich im Laufe der Zeit geflickt, wie ein Zaun, der ein Stück hat das durchgebrochen war und dann ersetzt wurde, so dass die Kühe nicht ausreißen können, aber wo immer noch die verschiedene Maserung des Holzes durch die Farbe zu sehen war, wenn man nahe genug schaut.

Paul Paulson fing an mit einem anderen Mädchen auszugehen, und dieses Mädchen hat er geheiratet, und diese verheiratete Frau saß direkt neben ihm, als der stellvertretende Vorsitzende des "Was für ein Dorf" Nachbarschaftsvereins beschloss, es auf sich zu nehmen die Aufmerksamkeit aller auf die Tatsache zurück zu führen , dass es Holger Jansen ist der von allen Anwesenden wusste, wie man andere überzeugen kann, vor allem wenn diese anderen, aus dem einen oder anderen Grund von Herzen gewollt sind.

Über die Sache wurde damals nichts mehr gesagt, aber jeder wusste, dass es bald gesagt werden würde, und auch noch lange danach – auch Hans, der stellvertretende Vorsitzende, wusste es.

Holger Jansen wurde sofort von Schuld und Scham überschwemmt – weil er das Mädchen von seinem Freund genommen hatte, weil er das Mädchen vor der ganzen Stadt in dieser Weise verloren hatte, und dass an diesem seinen ersten Tag als Schatzmeister des Vereins sein Ruf einen Makel bekommen hatte.

Paul Paulson wagte es nicht, seine Frau anzuschauen, die, wie jeder schon wusste, aber jetzt öffentlich erinnert wurde, nach dem anderen Mädchen die zweite Wahl war. Alle versuchten, wegzuschauen und so zu tun, als ob sie es nicht bemerkt hätten, während sie versuchte, ihren Kopf noch tiefer in ihre Schultern sinken zu lassen, während ihr Gesicht anfing, sich in einen Schatten von dunklem Rosa zu verfärben, und da die Menschen nichts sonst im Raum hatten wo ihr kollektiver Blick hätte hin fallen können, ließen sie das volle Gewicht dieses Blickes auf Hans Stempelkauer fallen, ihr einmaliger und kurzlebiger Anführer.

Hans war sich seines Sturzes nun bewusst, und er wusste sofort, dass der Absturz heute Abend oder sogar morgen nicht enden würde. Er würde für lange, lange Zeit dauern bis er das Ende seines Falls in Ungnade erreichen würde.

Das konnte er nicht – nicht in einem kleinen Dorf wie diesem.

Jürgen war es, der schließlich sagte: "Nun, wir werden sehen, was mit den Pflanzen passiert, " und damit rückte jeder einzelne Stuhl im Raum sofort zurück, als ob sie miteinander verbunden wären. Der Raum war für so viele Menschen zu eng, und die Stühle wurden alle ganz an die Wand geschoben. Daher, gab es keinen Platz, durch den jemand hinausgehen konnte, und jeder Stuhl blockierte die Flucht seines Nachbarn. Auf die Idee, dass einige Leute ihre Stühle wegschieben um die anderen Personen zuerst gehen zu lassen, kam einfach niemand; das lag nicht in ihrer Natur. Stattdessen, gab es viel Gekletter und schlaksiges Strecken der Beine.

Nachdem die Menge weg war, stand Hans da an der Kopfseite des Raumes, in der Kühle seines verblassten Scheinwerferlichts. Er fragte sich, wie alles passieren konnte, und er versuchte, darin einen Sinn zu finden.

Jürgen schaute ihn eine Weile an. Dann sagte er "Na", stand auf, steckte den kleinen Holzhammer in seine Tasche und ging.

Später in dieser Nacht, nach einem langen Spaziergang in der Dunkelheit, öffnete Hans seine Haustür und schloss sie sanft hinter sich. Er sagte seiner Frau nichts, und sie wusste von der Art und Weise, wie er den Raum betrat, dass sie ihn noch nichts fragen sollte.

In dieser Nacht, hob er das Bettlaken hoch und schob sich ins Bett, indem seine Frau schon lag.

Sie beobachtete ihn, und wartete.

Nach einer Zeit des schweren Schweigens, und in einem Moment der Selbstdarstellung (die sich nach Jahren der weiteren Evolution sonst der Intimität genähert hätte), sagte er, "Ich hätte heute Abend nie 'Den goldenen Esel' betreten sollen".

Er war für das Leben gezeichnet in diesem kleinen deutschen Bauerndorf .

"Hans Stempelkauers Treffen", nannten sie es.

Es klingelt an der Tür

Normalerweise wenn es unerwartet an der Haustür klingelt, macht es den Menschen sofort glücklich. Sein Herz schlägt ein wenig schneller, und er erwartet das Vergnügen, seine Haustür zu öffnen und die angenehme Überraschung zu genießen, herauszufinden, wer es sein könnte der gekommen ist, um ihn zu besuchen. Es ist wie ein Geschenk auf einer Überraschungsparty. Von all den Menschen, die es in der Nähe gibt, und wenn man bedenkt, wie viele Menschen dank Autos und Autobahnen nah und fern erreichbar sind, hat sich jemand entschieden, "Nein, *dieser Mensch* ist der richtige. Ich werde bei DIESER Person klingeln. DER ist es, den ich sehen will."

Nicht in Rucklingsdorf.

Wenn es hier unerwartet klingelt, ist es in der Regel jemand, der etwas von einem haben will, so oder so. gesellschaftliche Besuche, wenn sie passieren, erfolgen in der Regel nachdem der Besucher und Gastgeber ein bestimmtes Datum und eine bestimmte Zeit für dieses Treffen festgesetzt haben, wie bei einem medizinischen Eingriff.

Darüber hinaus, kommt es selten vor, dass ein Besucher fünf Minuten vor oder nach der bestimmten Zeit ankommt – was unglaublich ist, wenn man bedenkt, dass unsere Uhren nicht mit den Uhren aller anderen Menschen synchronisiert werden können – es sei denn, die Deutschen sind alle durch Radiowellen mit einer Art Netzwerk verbunden (was übrigens auch viele andere Dinge erklären würde).

Deshalb, wenn es unerwartet klingelt, ist es eine ziemlich sichere Wette, dass es keine reine gesellschaftliche Begegnung sein wird, bei der jemand gerade vorbeikommt, um Hallo zu sagen, um Sie zu fragen wie es Ihnen geht, und sich im Allgemeinen gut zu fühlen während er etwas Zeit mit Ihnen teilt; In der Regel, wird es um etwas Geschäftliches gehen, und zwar ein Geschäft von einseitigem Interesse.

Nach so vielen Jahren in dem ich die Tür in Rucklingsdorf geöffnet habe, wenn immer es jetzt klingelt und ich kein Paket erwarte, ist meine Reaktion, "Oh, Mist. Auf welche Art und Weise wird DIESE Person rücksichtslos und unhöflich sein und so meine Zufriedenheit zerstören?".

Fast immer ist es so gewesen.

Selbst wenn der Postwagen draußen ist, kann ich nie sicher sein, dass der Austausch mich nicht gründlich verärgern wird, durch die Tendenz der Deutschen über die Grenzen der zivilisierten gegenseitigen Rücksichtnahme, zu dem einen oder dem anderen Grad, hinauszugehen.

Das Volk in Rucklingsdorf hat eine subtile Art und Weise, das Rücksichtslose lässig und unnötig zu äußern, und zu ignorieren wie das, was sie tun oder sagen, den anderen Menschen, der ihnen gegenüber steht, beeinflusst – und manchmal springen sie einem geradezu an die Kehle.

Manchmal tun sie das eindeutig mit einem dämonischen Vergnügen, wie eine Katze, die einen Vogel ermordet, nur weil sie es kann, und manchmal kapieren sie es wirklich einfach nicht.

Es fehlt etwas in ihnen, das ansonsten als ein gewisses Schmiermittel in unmittelbaren sozialen Situationen dient. In Rucklingsdorf, gibt es eine Trockenheit – nicht wie das frische Gefühl, nachdem man sich aus der Dusche abgetrocknet hat – es ist eher wie die Bilder von ausgedörrten Feldern mit verwelkten Bäumen, wo die blasse Erde in einzelne Brocken aus unfruchtbarem Boden zerfällt auf dem nichts wächst.

Hier sind einige der Möglichkeiten, die einen erwarten können, wenn man in Rucklingsdorf die Tür öffnet.....

―――――――――

BING-boooong.

Es ist Heike von nebenan.

"Moin", zwitschert sie von der Veranda, als wäre sie in einem Zustand von befriedigter Freude, und fröhlich, mich zu sehen.

"Moin, Heike", sage ich von der anderen Seite der Schwelle. Wir verwenden das in diesem Norden Deutschlands typische Grußwort. "Willst du hereinkommen?"

Dann ist ihr Friedenszustand erschüttert und der Tanz der unbeholfenen Ablehnung beginnt.

"NEIN, nein ... ich wollte nur einen Hammer ausleihen. Wir können unseren nicht finden."

"Sicher, ich hol einen. Komm rein", als ich ganz natürlich nach der Fliegengittertür greife, um diese zu öffnen und Platz für meine Besucherin zu machen, froh, gastfreundlich zu sein und jemanden in meinem Haus willkommen zu heißen.

"Nein, danke. Ich warte einfach hier draußen."

Ich halte kurz am Griff und schaue sie durch das Fliegengitter an. Es ist, als ob man sich in einer dieser Beichtstuben in einer Kirche befindet und durch dieses kleine Gitter auf einen Priester schaut, aber diesmal ist der Priester schuldig; Irgendwie gibt es ein Schamgefühl, das damit verbunden ist.

"Du willst draußen warten, während ich hineingehe und den Hammer hole?", Sage ich und lenke die Aufmerksamkeit auf die Merkwürdigkeit der Situation. Sie erwartet, dass ich die Tür schließe und sie draußen warten lasse, wie ein Huhn vor einem Scheunentor, während ich durch mein warmes, sauberes, sicheres Zuhause gehe, für wer weiß wie lange, nach einem Hammer suche, den ich vielleicht oder vielleicht auch nicht finden kann.

"Ja, das ist in Ordnung. Ich warte einfach hier." Das Zwitschern in ihrer Stimme ist immer noch etwas vorhanden, aber es hat sich eher zu einem Trillern entwickelt. Sie ist nervös.

Ich nehme mir einen Moment Zeit, um über die Tatsache nachzudenken, dass Menschen in verschiedenen Ländern ihre eigenen Wege haben, Dinge zu tun. Dann wiege ich das mit der Tatsache ab, dass dieser Mensch möchte, dass ich ihr etwas von mir leihe, aber sie wagt es nicht einmal, einen Schritt in mein eigenes Haus zu treten, um es zu bekommen.

Ich habe meine Entscheidung getroffen, und ich werfe ihr die Fehdehandschuh hin.

"Das ist lächerlich", sage ich. "Komm doch rein."

Ihr wilder Scharfblick zeigt, dass ich gerade einen deutschen Pakt gebrochen habe, der meines Wissens bis in das

Heilige Römische Reich und Karl den Großen zurückreichen könnte.

Als ich die Fliegengittertür öffne, beginnt sie sich auf ihren Beinen hin und her zu bewegen, wie ein riesiger, schlaksiger, keuchender Kran. Sie scheint sich anstrengen zu müssen, um sich um die Fliegengittertür herum zu manövrieren und einzutreten, während sie sich gleichzeitig zurückhält, weit hinten, und es würde mich nicht völlig überraschen, wenn sie plötzlich in die entgegengesetzte Richtung rannte dann geradeaus weiter lief, um danach einfach auf der Straße zu stehen und wegschauen.

Sie zwingt sich offenbar, zu einem gewissen Grad gegen ihren Willen, ins Haus zu kommen. Sie steht starr, so nahe wie möglich an der Schwelle, so draußen, wie sie sein könnte, während sie doch offiziell drinnen ist. In dem Moment, nachdem sie die Grenze der Schwelle überschritten hatte, schießen ihre Augen wild umher und suchen verzweifelt nach etwas. Ah, sie hat es gefunden – mit einem Fuß fest an ihrem Erkundungspunkt in der Tür verankert, streckt sie ihr anderes Bein ga-a-a-anz zur Seite, wo es eine kleine Fußmatte gibt auf die man ausgezogenen Stiefel stellen kann wenn sie vom Regen nass sind. Nach einer ziemlich ungraziösen und breitbeinigen Pause, in der sie feststellt, dass sie auf der Matte einen ausreichend stabilen Stand erreicht hat, zieht sie ihr anderes Bein heran, um sich dem Rest von ihr anzuschließen, und sie steht wie ein Soldat auf der Türmatte, genau innerhalb des Gummirandes und überraschend gleich weit von allen Kanten entfernt.

Ich nenne die Matte jetzt die preußische Fußmatte. Das ist der Platz an dem die Preußen aufmerksam stehen und auf weitere Befehle warten.

Um ein Gespräch zu führen, frage ich sie, wie es ihrem Ehemann geht, und sie lässt ein schnelles, scharfes "Es geht ihm gut" heraus, etwas zu laut für innen. Ihre Augen suchen noch immer überall herum; zunehmend so, eigentlich. " Es geht ihm gut", wiederholt sie, obwohl ich nicht noch einmal gefragt habe.

"Ich hoffe, ich störe dich nicht", fügt sie in eine beunruhigender Lautstärke hinzu, fast brüllend. Sie steht immer noch in Habachtstellung auf dem preußischen Teppich, in Gehorsamkeit zu ich weiß nicht wen.

"Nein, ich bin nicht gestört", sage ich und lasse die Möglichkeit offen, dass so eine Beschreibung vielleicht eher zu jemand anderem in der Eingangshalle passen könnte.

Ich stelle mir vor wie es wäre, ein Gespräch an dieser Stelle fortzusetzen, und ich sehe, dass die Wahrscheinlichkeit auf eine normale Gast-Gastgeber-Beziehung vom Schicksal nicht vorgesehen ist.

Ich schaue Heike an und komme zu dem Schluss, dass das schon viel Mühe für einen Deutschen an einem einzigen Nachmittag war. Ich entscheide, den Sieg für mich in Anspruch zu nehmen, und ich gehe den Hammer suchen.

Es dauert eine Weile, um ihn zu holen und hinein zu bringen, und meine Nachbarin steht immer noch da, scheinbar bequemer in ihrer durchsichtige Wachkabine, aber immer noch gut innerhalb ihrer selbst auferlegten Grenzen.

Ich gebe ihr den Hammer, sie nimmt ihn und dankt mir, und ich greife nach der Fliegengittertür. Ihr Körper lehnt sich in die Türöffnung, bevor die Fliegengittertür noch geöffnet wurde, eifrig zu gehen.

"Tschüss, Heike."

"Tschüss", sagt sie, während sie mit dem Rücken zu mir, mit dem Hammer über dem Kopf herüber winkt.

BING-boooong.

Ich öffne die Tür für einen Mann, der lässig gekleidet ist, aber trotzdem irgendwie anständig und ordentlich aussieht.

"Hallo", sage ich.

"Hallo", sagt er. Ich höre, dass er es sagt, aber ich sehe nicht, dass er seinen Mund, in welcher Art auch, immer bewegt.

"Es wird eine Parade für die Feuerwehr an diesem Wochenende geben, und du musst dein Auto zwischen 7:45 Uhr am Samstag und 21.00 Uhr am Sonntag von der Straße wegfahren."

Auch das ist keine höfliche Bitte. Es ist eine Verordnung.

Ich stelle auch fest, dass der Zeitrahmen haarklein bis zur genauen Minute genannt ist.

Außerdem, ist die Stimme des Mannes frei von jeglicher Intonierung. Wenn wir eine Auswertung der von ihm erzeugten Schallwellen in irgendeinem Ausdruck anschauen würden, gäbe es nur eine gerade, flache Linie zu sehen.

"Es ist schön, dass es eine Parade geben wird," sage ich.

Dann macht er einen Kommentar, der durch den schmalen Schlitz seines dünnen Mundes völlig unhörbar ist. Es war offenbar ein Kommentar über die Parade, der ihn amüsierte, er lachte ein wenig. Wenn ich "lachen" sage, meine ich nicht ein fröhliches Zurückwerfen des Kopfes und ein rhythmisches Hochheben des Kopfes und der Schultern, und es gab keinen Klang, der kilometerweit über die Weizenfelder hallte und jeden der es hörte liebenswert erscheinen würde. Das Lachen des Mannes klingt eher so, als wenn man versucht, eine Plastiktüte flach zu machen und das letzte kleine bisschen Luft kaum wahrnehmbar verpufft, .

Nachdem er gegangen ist, stehe ich vor dem Spiegel und versuche in der gleichen Weise zu sprechen, um zu sehen, wie es überhaupt funktioniert. Ich praktiziere sogar das Lachen.

Es ist nicht einfach, aber nach einer Weile, habe ich es in den Griff bekommen. Ich schaue in den Spiegel und, wie ein Bauchredner, der sich selbst als seine eigene Puppe benutzt, murmelte ich zu mir selbst, "Ich denke, ich bin bereit für die Parade."

BING-booong.

Die Tür öffnet sich und ein freundliches Gesicht, das ich noch nie gesehen habe, erscheint.

Die Frau etwa 45 und hat eine Version der einzigen Frisur, die sich deutsche Frauen in diesem Alter aus irgendeinem Grund vorstellen können. Es ist kurz, jeder einzelnen Strang sieht im Wesentlichen einfach abgehackt aus, als ob sie statt zum Friseur zum Metzger um die Ecke gegangen ist und ihr eigenes Fleischerbeil mitgebracht hat (da sie nicht darauf vertrauen kann, dass das Fleischbeil von jemand anderem ganz zu ihrer Zufriedenheit präzise genug geschliffen wird), und als sie den Metzger sieht, beugt sie sich, um ihr Haar auf den Metzgerblock zu legen und schreit in dem Ton eines dominierenden militärischen Kommandos, "Hack es ab. HACK ES EINFACH AB!!".

Manchmal gelingt es deutschen Frauen dieses Zeitalters, die Enden der Haarsträhnen auf die eine oder andere Weise umzuorganisieren, indem sie die vielleicht ein wenig in die gleiche Richtung kurven, aber der zugrunde liegende Entwurf ist grundsätzlich immer der gleiche.

Die Frisur lässt sie aussehen wie ein 45 Jahre alter Junge. Sie ist auch noch dünn, als ob jemand zu Hause sie gezwungen hätte, von trockenen Kräckern und Enttäuschung zu leben, seit die letzten Tage der Jugend an ihr vorbeigingen. Wenn ihr Pullover über Nacht auf einem Hänger liegen gelassen würde, würde er nicht weniger ausgefüllt aussehen, als es auf ihrer skelettartigen und gestaltlosen Form aussieht, die jeder Weiblichkeit entbehrt. Ihr Körpertyp erinnert mich an die Bilder von Häftlingen in Konzentrationslagern von vor so vielen Jahren, eine Ähnlichkeit, die ihr fröhliches Lächeln merkwürdig erscheinen lässt.

"Hallo", sagt sie musikalisch, als ob sie ernsthaft froh ist, dass sie endlich das Vergnügen hat, mich in ihrem Leben zu sehen. "Ich sammle Geld für die XXX (es könnte alles sein. Es gibt in Deutschland einen endlosen Strom von Wohltätigkeitsorganisationen, und so gibt es einen endlosen Strom von Türklingeln. Ich denke, es hat mit einer Art individueller und kollektiver Seelenreinigung für die Vergangenheit zu tun.

Warum das nicht alles staatlich organisiert ist und bei Bedarf aus unseren Steuergeldern bezahlt werden kann, ist eine Tatsache, die mir entgeht. Wenn Menschen in Schwierigkeiten sind, dann sollten wir sicherstellen, dass unsere Steuergelder unter Aufsicht dorthin gehen. Zwischen der Jeanstasche dieser Dame und der bedürftigen Hand, gibt es so viele Schritte, bei denen die Spenden in einen privaten Fonds eines Administrators abgezweigt werden können. Als Person, die am Wohlergehen anderer interessiert ist, ohne dass ich dabei zum Einfaltspinsel gemacht werde, brauche ich Transparenz.

Sie zeigt mir ihre Unterschriftenliste der Name der Wohltätigkeitsorganisation, für die sie sammelt steht ist oben auf der Liste gedruckt , und sie scheint nun zu erwarten, dass ich spenden werde, ohne jede Frage. Sie stellt nicht so sehr eine Anfrage, wie sie die kalte, harte Realität darlegt, dass sie tatsächlich Geld für XXX sammelt und dass dies eindeutig der richtige Zeitpunkt ist, ihr ein paar Mäuse zu übergeben, damit sie die an andere Menschen weiterleiten kann, die das Geld nötiger brauchen als ich.

Das Fehlen einer Frage und einer Bitte trägt einen zugrundeliegenden "Klartext", wie man auf Deutsch sagt (eine klare und offensichtliche Aussage, die nie in Worten ausgedrückt wird, sondern von allen Beteiligten sofort verstanden wird). Der zugrundeliegende Klartext ist, dass diese anderen Menschen mein Geld weitaus mehr brauchen als ich, und da ich das Glück hatte, in einem so sicheren und geborgenen Land leben zu können, mit so viel Essen, Bequemlichkeiten, täglichem Stress und Video-an-Demand, ist es nicht einmal vorstellbar, dass ich ein so herzloser Schweinehund sein könnte und denen, die weitaus weniger Glück haben als ich, nicht ein paar Euro geben würde.

Die Tatsache, dass die Mittelschicht in rasantem Tempo verschwindet und dass diejenigen von uns, die einen prekären Griff noch immer daran halten, derzeit von allen Ebenen der organisierten Gesellschaft, von der Finanzsektor bis zur Politik und darüber hinaus, zum Opfer fallen, scheint für sie nicht in Betracht zu kommen.

Es gibt niemanden, der von Tür zu Tür geht, wo ich lebe, um sicherzustellen, dass Führungskräfte aufhören, mehr als das 200-fache dessen zu bekommen, was ihre Arbeiter verdienen (oder was auch immer die Zahl jetzt ist), dass die Menschen an der Spitze der Nahrungskette aufhören, meine Gesellschaft durch ihre Multi-Millionen-Euro-Boni und Aktienrückkäufe zu plündern, Arbeitsplätze durch Computer und künstliche Intelligenz zu ersetzen und die Mengen der Lebensmitteln in den Verkaufsverpackungen zu verringern, sie aber zum gleichen Preis verkauft werden... niemand, der sicherstellt, dass sie mich nicht weiter verraten hier unten in der Nähe des Bodens der immer kleiner werdenden Spirale. Nein – trotz meiner Bemühungen, meine zitternden Krallen in den Rand des Abgrunds zu graben, um sicherzustellen, dass ich nicht zu den vielen gehöre, die Tag für Tag reinfallen, bin ich das verwöhnte und undankbare Schwein, das weit mehr hat, als moralisch vertretbar ist, und ich schulde es – wem auch immer – die Dinge richtig zu stellen.

Fünf Euro wird reichen, ganz gut.

"Ich würde lieber nicht daran teilnehmen", sage ich. Es ist ein Satz, den ich für solche Situationen verfeinert habe. Es ermöglicht mir, das Angebot abzulehnen, ohne negativ und unsympathisch zu wirken.

Sie ist bisher nett gewesen, und ich möchte standhaft bleiben, ohne ihre Gefühle zu verletzen. Ich erwarte nicht, dass diese Sache gut laufen wird – das tut es nie – aber ich möchte ihr eine Chance geben. Wie das Sprichwort sagt: Unschuldig bis die Schuld bewiesen ist.

Sie ist beunruhigt. Sie erhielt eine Antwort, die sie nicht erwartet hatte. Sie muss von Natur aus entweder an angenehme Zustimmung und Unterstützung oder an schroffe Ablehnung gewöhnt sein. Etwas zwischen den beiden bricht das Muster, an das sie gewöhnt ist, und das kann nicht berechnet werden.

Als ob meine Antwort inakzeptabel und damit ungültig wäre, sagt sie: "Nun, ist ihre Frau zu Hause?" und verrenkt ihren drahtigen Hals, um an mir vorbei in meine Privatresidenz zu schauen, ohne eingeladen geworden zu sein.

"Nein", sage ich ruhig. Ich habe nie gesagt, dass ich verheiratet bin, und ich finde nicht, dass ich es dieser Fremden schuldig bin, die Sache weiter zu begründen.

Der Mund der Kreuzritterin wird zu einer festen, geraden Linie, und ihre Augen beginnen, wie die eines Falken zu werden.

"Wann wird sie wieder da sein?" Die Musik ist nun ganz von ihrer Stimme verschwunden. Ich vermisse es, aber ich bin nicht mehr überrascht, wenn so was in solchen Situationen geschieht.

An dieser Stelle, gibt es einen kulturellen Konflikt. Die Frau scheint den Eindruck zu haben, dass sie an eine Barriere für den sozialistischen Fortschritt gefahren ist, und beabsichtigt, diese Barriere zu umzugehen, indem sie fragt: "Nun, wenn du kein Geld spenden willst, gibt es sonst noch jemanden in deinem Haus, der deine bedeutungslose Entscheidung außer Kraft setzten wird und mir trotzdem geben wird, was ich will?".

Ich glaube nicht, dass sie überhaupt merkt, dass sie so unhöflich ist. Was wäre wenn ich mit einer achtköpfigen Familie lebe? Würde sie jedes Familienmitglied nacheinander durchlaufen, bis sie das bekommt, wofür sie gekommen ist? Wenn ich eine Frau habe, die dann zur Tür kommt und ebenfalls nicht spenden möchte, wäre die nächste Frage: "Wie viele Kinder über 18 haben Sie, die noch bei Ihnen wohnen, vielleicht in Ihrem Keller, wie ich gelesen habe? Schicke sie eines nach dem anderen zur Tür, bis ich endlich bekomme, wofür ich hierher gekommen bin. Wenn das nicht gelingt, werde ich sehen, ob eines der jüngeren Kinder vielleicht weiß, wo Mama und Papa ihre Brieftasche und ihren Geldbeutel aufbewahren."

Nein bedeutet nein, egal ob es eine junge Frau ist, die mit einem betrunkenen Matrose im Landurlaub tanzt oder ob es eine Person ist die in ihrem eigenen Haus entscheidet, ob sie Geld spenden will oder nicht.

Solche Geldsammler erscheinen, verdächtig oft, in der Regel zwischen 17 und 19 Uhr. Sie wissen ganz genau, dass dies die Zeit ist, in der Menschen, die gerade einen weiteren langen Tag den Beitrag zum deutschen Bruttoinlandsprodukt geleistet haben, ihre alten Knochen müde auf ein Kissen absenken wollen und nach Nahrung und vielleicht einigen Momenten des Friedens suchen – ein schwer fassbares Ziel, das unterbrochen wird, weil, nachdem ich heute genügend Steuerbeiträge geleistet habe, um den östlichen Bundesländern in Deutschland dabei zu helfen, sich immer noch vom Kommunismus zu erholen, und auch sicherzustellen, dass verschiedene Formen von Reparationsleistungen nach der Reparation noch fließen können, muss ich meine Gabel mit den (jetzt kalten) Spargel niederlegen und mich wieder an die Arbeit machen, denn diese Dame hat für mich entschieden, dass ich bereits mehr als meinen gerechten Anteil habe und dass es Zeit ist, die Rechnungen zu begleichen.

Ich wünsche ihr einen schönen Tag und schließe die Tür. Durch das Glas, sehe ich ihre steife, magere Gestalt, die immer noch streng da steht, bereit, Gerechtigkeit zu schaffen, aber ohne zu wissen, was sie machen muss um ihr Ziel zu erreichen.

Ich kehre zu meinem wohlverdienten Spargel zurück, kann ihn aber nicht mehr genießen.

Vielen Dank, gnädige Frau, dass Sie die Welt zu einem besseren Ort gemacht haben.

BING-boooong.

Während ich zur Tür stürze, schaue ich schnell aus dem Fenster und sehe den sperrigen gelben Postwagen, und ich weiß, dass das Onlineshopping wieder seine Wunder wirkt.

Ich öffne die Tür.

Es ist ein Mann, der trotz seiner sauberen Uniform und fortschrittlichen technischen Ausrüstung so aussieht, als hätte er im Laufe der Jahre zu viele Kämpfe mit Jägermeister verloren.

Er öffnet den Mund und ein krächzendes "PO-oost" sickert heraus.

Er sagt es wie eine Krähe, die Ende Oktober stöhnt. Ich stelle mir vor, dass mehrere von ihm auf den Ästen des Baumes im Vorgarten zwischen den gelben Blättern sitzen und warnen vor der kommenden Post, dem bevorstehenden Verhängnis und was sonst noch ominös und unaufhaltsam sein könnte.

Es gibt nicht einen einzigen Muskel oder eine Sehne in seinem Gesicht, der sich bewegt, zuckt oder irgendwelche Lebens- oder Funktionsmerkmale zeigt. "Vielleicht sind seine Gesichtsnerven betroffen", denke ich. "Er könnte an einer Krankheit leiden. Andererseits, vielleicht ist er nur Deutscher."

Er hält mir das Gerät hin, ich unterschreibe, und er geht weg.

Das ist alles.

Diese Besuche findet mehrmals im Jahr statt. Ich stelle mir vor, wie er durch die Nachbarschaft geht, an verschiedenen Türen hält und sein "PO-oost " den Bewohnern entgegen krächzt.

Später in dieser Nacht, im Bett, wache ich etwas auf ich bin ein wenig groggy. Der Wind pfeift scharf, und die Äste der Bäume klopfen und klappern gegeneinander.

Vielleicht bin ich noch ein bisschen eingeschlafen, aber als ich mich umdrehe, um nach draußen zu schauen, stelle ich mir vor, dass ich das Gesicht dieses Postboten im Dunkeln sehe, und dass er mit seinen kalten Augen durch das Fenster späht, und sagt "PO-oost", "PO-oost"... "PO-oost".

BING-boooong.

Ich schaue durch die kleine frostige Glasfläche der Tür; Es ist eine Frau aus der Nachbarschaft. Ich habe sie irgendwann gesehen, aber ich weiß nicht, wer sie ist und wir haben uns nie getroffen.

Als sich die Tür zu öffnen beginnt, gibt es ein strahlendes Lächeln auf ihrem Gesicht, aber als sie mich dort stehen sieht, schmilzt ihr Lächeln plötzlich zu einem finsteren Blick völliger Enttäuschung.

"Oh... Ich bin gekommen, um Nadine zu sehen", beschwert sie sich – als ob sie den einen von uns, den sie wollte, nicht bekommen hätte, und als ob meine Existenz in meinem eigenen Haus eigentlich falsch wäre. Wenn sie einen Verstoß bei einer staatlichen Behörde in dieser Angelegenheit melden könnte, sieht es so aus, als ob sie das tun würde.

Ich habe es nie in meinem ganzen Leben so sehr bereut, eine Tür geöffnet zu haben.

BING-boooong.

Ich öffne die Tür und sehe ein Kind, das auf der Veranda steht, allein. Er hat einen Teil eines alten Bettlacken über dem Kopf und den Schultern, so dass sein Gesicht und sein halber Oberkörper bedeckt sind. Von den Knien abwärts sind seine getragenen Jeans und Turnschuhe deutlich sichtbar.

"Kann ich ein Bonbon haben?", sagt er unter dem Laken.

Ich habe keine Ahnung was das bedeutet, denke ich mir.

Ich laufe alle Möglichkeiten durch, die mir vielleicht erklären könnten, warum ein unbekanntes Kind, mit einem Bettlaken auf dem Kopf, auf meiner Veranda steht und mich bittet, ihm Süßigkeiten zu geben.

Ich habe keine Ahnung.

Ich sage ihm ruhig nein, dass ich ihm keine Süßigkeiten geben werde, und er steht einfach da. Ich wünsche ihm einen guten Tag, und als ich die Tür langsam schließe, geht er niedergeschlagen weg.

Ich schaue aus dem Fenster im Wohnzimmer und sehe den Jungen während er auf der anderen Straßenseite steht. Er ist zwischen ein paar Autos gekrümmt und zieht sein Bettlaken ab. Dann steht er einfach da, als ob er versucht, sich über etwas klar zu werden.

Nach einer Weile, trifft es mich. Heute ist der letzte Tag im Oktober; das ist Halloween in den USA. Einige Deutsche scheinen vage davon gehört zu haben, aber sie verstehen es nicht wirklich. Mir wird klar, dass dies offensichtlich ein proteischer Versuch von Trick-or-Treating war, der aber völlig aus dem Zusammenhang gerissen wurde.

…Ein weiteres internationales Treffen der Kulturen, das fehlgeschlagenen ist.

BING-boooong.

"Hallo. Ich bin Ute, deine Nachbarin.

"Hallo, Ute. Du wohnst hier? In welchem Haus denn?"

"Ich wohne in der anderen Straße", sagt sie, während sie sich herum dreht und nach hinten zeigt, "parallel zu dieser".

Das ist wahrscheinlich warum ich sie niemals gesehen habe, denke ich mir. Es ist etwas weit weg.

"Wir feiern am Wochenende eine Party...", beginnt sie und ich denke, "Toll, das ist eine schöne Gelegenheit, ein paar mehr von meinen Nachbarn zu treffen", bis sie hinzufügt, "und wir würden gerne fragen, ob es für unsere Gäste in Ordnung wäre deiner Einfahrt zu parken."

Nachdem ich diesen Schock auf mein nicht-germanisches System aufgesogen habe, das bezüglich zwischenmenschlichen Angelegenheiten an einem gewissen Grad Feinheit gewohnt ist, frage ich "Was ist der Grund für die Party?".

"Nur Freunde", sagt sie und schaut vage weg, die Straße hinunter.

Es gibt eine schwangere Pause, und dann wird klar, dass ich nicht eingeladen werde.

Nachdem ich mich an den Schlag gewöhnt habe, sage ich ihr, dass ich das nicht tun kann, da ich ein Auto habe und die Einfahrt selbst benutze.

Sie geht weiter und sagt "aber wir haben nirgendwo sonst genug Platz zum Parken", als ob das ausreichend Grund ist, für mich mein Auto zu verkaufen.

"Entschuldigung, Ute, es ist *meine* Einfahrt. Du musst dich selbst mit deinen Gästen darum kümmern."

Sie starrt mich plötzlich trotzig an, als hätte ich sie irgendwie beleidigt – als ob sie mich plötzlich als inakzeptabel eingestuft und vernichtbar beurteilt hat, soweit es in ihrer Macht liegt.

Sie hat mir von einer Party erzählte, zu der sie mich nicht einlud, und bat dann darum, meine Einfahrt zu benutzen, obwohl ich ein Auto darin geparkt habe. Mit anderen Worten, sagte mir sie: "Wir haben eine Party und wir laden dich nicht ein, aber wir wollen deine Sachen benutzen."

Meine Ablehnung ihres gedankenlosen Antrags wurde von ihr irgendwie als unverschämt interpretiert. Ihr harter starrer Blick war ein Beispiel für die oftmalige deutsche Haltung von "Wie unhöflich von Ihnen, mir zu sagen, dass ich unhöflich bin!"

Die Party kam und ging, und ich habe Ute seitdem nicht mehr gesehen.

BING-boooong.

Es ist wieder der knackige gelbe Postwagen, und dieses Mal ist es die freundliche junge Frau, die seit einiger Zeit geliefert hat.

"Paket für dich" sagt sie mit einem unbeschwerten Lächeln, als ob sie mir jetzt etwas geben wollte, dass sie zu Hause mit ihren eigenen Händen gemacht hat, nur für mich.

Nachdem ich für die Lieferung unterschrieben habe, nimmt sie den Stift und sagt, "Danke", als ob sie es meint, und dann steigt sie in ihren Wagen und lächelt mich nochmals an, bevor sie wegrollt.

Ein paar Tage später, läutet die Türklingel wieder, genau während ich ein Möbelstück auf der ersten Etage bewege. Ich stelle die Möbel hin, ziehe mein Hemd wieder an, bürste meine Haare schnell, um vorzeigbar zu sein und laufe hinunter zur Tür.

Es regnet. Es ist wieder die junge Frau von der Post, die auf der Veranda unter dem kleinen Dach steht. Sie hat ein anderes Paket in ihrem Arm, aber als ich meine Hand ausstreckte, um zu unterschreiben, steht sie immer noch da und hält das Paket für ein paar Sekunden noch immer nahe zu Ihrem Körper; Sie starrt mich ziemlich scharf mit einem festen Blick und einem wütenden, zusammengepressten Mund an. Sie sieht so aus, als ob sie erwartet, dass ich mir diese Zeit nehme, um mich ein wenig zu hassen, und ohne das, wird die Transaktion heute nicht erfolgen.

Ich habe mir offensichtlich zu viel Zeit genommen, um dorthin zu gelangen.

Nachdem ich das Paket endlich erhalten habe, schließe ich die Tür und gehe um aus dem Fenster schauen. Die

Postbotin springt direkt in ihren Wagen, fährt los und ist weg.

'Mensch', denke ich, 'das Wetter in Deutschland ist wirklich launisch'.

BING-boooong.

Als ich meine Vorbereitungen für meinen ersten Silvesterabend in Norddeutschland unterbreche, denke ich: 'Es ist sieben Uhr abends. Wer könnte das sein?'.

Ich öffne die Tür und sehe eine Gruppe von etwa sieben Kindern, die plötzlich in perfekter Synchronisation in Gesang ausbrechen.

'Wie niedlich, denke ich. 'Ich werde es hier lieben'.

Dann halten sie ihre Taschen zu mir hoch. Ich schaue hinein, und da ich sofort annehme, dass sie nicht erwarten, dass ich etwas herausnehme und für mich behalte, frage ich sie, was los ist.

"Es ist Rummeltopf", quietscht der Anführer, als ob das für alle offensichtlich wäre.

"Was ist.... Rumpul-Dump?", frage ich.

Er scheint erstaunt zu sein, dass er den ganzen Weg bis zum Anfang der Angelegenheit gehen und das ganze Verfahren erklären muss.

"Rummeltopf ist wenn Kinder herumlaufen und Lieder singen und man ihnen dann Süßigkeiten gibt".

Ich denke an den Jungen mit dem Bettlaken, der einmal gekommen war, um ein dysfunktionales Halloween im Oktober zu feiern, und ich denke: 'Also, sie haben ihr eigenes Ding zu Neujahr hier oben. Und mit Liedern. Das ist der richtige Weg es zu tun'.

"Aber ich habe keine Süßigkeiten", sage ich. Ich bin gerade eingezogen und habe natürlich die Sieben Zwerge für Silvester nicht erwartet.

"Aber es ist Rummeltopf. Du *musst* uns Süßigkeiten geben."

Ich denke darüber nach, was ich diesen Kindern möglicherweise geben könnte, und auch die anderen, die ihnen in den nächsten Stunden sicherlich in Abständen folgen werden. Es muss etwas sein, von dem ich viel habe. Alles, was mir in den Sinn kommt, ist der Haufen von Champignons im Kühlschrank, eine Option, die ich schnell wegwerfe.

"Es tut mir leid, aber ich habe keine Süßigkeiten", sage ich. "Ich wusste nichts über Rommel-Stumpf und hatte euch nicht erwartet."

Der Anführer schaut sich die anderen Kinder in der Gruppe mit einem Gefühl des signifikanten gegenseitigen Verständnisses an, und nachdem sein Kopf nach oben hüpft und sein Kinn nach unten kommt, fangen sie an, ein anderes Lied zu singen, aber es geht darum, wie geizig ich bin und dass ich im Grunde eine schreckliche Person bin.

"Warte, warte!", unterbreche ich, "Ich wusste nichts von Süßigkeiten. Es ist ein Fehler!" Ich versuche den Geschworenen meinen Fall zu erklären, und es gibt ein kleines Plädoyer auf meiner Seite. Ich möchte nicht von den Schulkindern in meiner neuen Nachbarschaft verachtet werden, und ausgerechnet am Silvesterabend, die Zeit der Neuanfänge.

Aber es gibt keinen Weg, sie davon zurück zu halten. Sie haben ihre Anweisungen, ihre kulturelle Tradition und ihre furchtlose Führung. Ich bin im Gesang verspottet, als ein faules Exemplar menschlichen Lebens angeprangert, und als Schurke gebrandmarkt, wenn es um Süßigkeiten und deutsche Kinder geht.

Ich werde ganz klar ein neues Blatt umdrehen und das kulturelle Wissen der hiesigen Drittklässler einholen müssen, und ich habe genau ein Jahr Zeit, um es zu vollenden.

'So feiern die Deutschen hier oben den Neujahrsempfang', denke ich. 'Sie schicken ihre Kinder in die Nacht hinaus, um ihre Nachbarn zu beschimpfen und zu beleidigen'. Es scheint irgendwie passend – ein Teil eines Ganzen und eine Übergabe des Staffelstabs an die nächste Generation.

Das Tor zur deutschen Kultur kann ein heikles Unterfangen sein.

Kleinstadtleben

Rucklingsdorf ist ein schönes kleines Dorf. Es hat nicht viel mehr als ein paar Straßen, aber die Art und Weise, wie sie angelegt wurden, oder besser gesagt, aus der natürlichen Landschaft heraus gewachsen sind, macht das Dorf ziemlich malerisch.

Sobald das dunkelste Grau des tiefen Winters Woche für Woche durch die verschiedenen Stadien des weniger bedrückenden Graues wechselt, auf dem Weg zu dem weißlichen Grau des frühen Frühlings, bricht es schließlich zeitweise in ein blasses Blau aus, das einem Menschen alles zu bieten scheint, was es jemals von einem Himmel wünschen könnte, und das, wie die Bewohner in den dunkelsten Tagen irgendwo im Januar vielleicht gedacht hatten, nicht mehr in diesem Jahr zurückkehren würde.

An solchen Tagen, wenn die Luft so hell und rein ist, beginnen sich die Menschen in der Nachbarschaft von der winterlichen Isolation in ihren Häuser zu befreien, eine Isolation die sich immer wieder so anfühlt als hätte sie, ungerechter Weise ein bisschen zu lange gedauert, bis sich wie in jedem Jahr das Ende des Februars nähert. Im Frühling aber brechen sie frei, sie gähnen und strecken sich, wie Frösche die in eisigen Teichen zum überwintern eingefroren wurden, und jetzt (die Rucklingsdorfer, nicht die Frösche) nehmen sie jene Berufung an, der sich so viele von ihnen den größten Teil ihrer Sonnenuntergangs Stunde für die nächsten acht Monate widmen – herumlaufen.

Wenn herumzulaufen klingt als ob es nichts Besonderes ist, dann ist das weil Sie beim Sonnenuntergang noch nie einen frühen Abend damit verbracht haben, um in Rucklingsdorf herum zu laufen, wenn die Farbe des Himmels sich in rosa Chiffon verwandelt, wie das Kleid einer jungen Frau auf einer Hochzeitsfeier, und die Vögel ihr Freiform Ballett im Sturzflug vor dem Hintergrund der glühenden Wolkenlandschaft ausüben.

Nicht jeder kommt bei Sonnenuntergang in diesen Monaten raus um durch das Dorf zu laufen. In der Tat, die meisten nicht, aber es gibt die Stammgäste: Junge Paare, Rentner, Mitglieder einer Familie die sich in einem Konglomerat so langsam bewegen, dass es scheint, als ob sie still stehen und nur als eine einzige Masse auf einer dieser flachen Rolltreppen, die auf dem Boden einiger Flughäfen zu finden sind, weitergezogen werden. Bei solchen Spaziergängen, sehen die Familienmitglieder furchtbar gelangweilt aus, als ob ihr Verstand über dem Punkt von Schlaf hinaus betäubt wäre und sie es nicht noch eine Minute weiter aushalten können, aber als gäbe es trotzdem absolut nichts, was sie jemals davon abhalten würde, sich in diesen Trott der anspruchslosen trägen, traditionellen Familienspaziergänge einzufinden.

Wahrscheinlich bleiben die meisten anderen Leute einfach drinnen und schauen Fernsehen, aber einige haben dieses Spaziergänge zu einer Art Brauchtum entwickelt, und gelegentlich, gehe ich raus und schließe mich ihren Reihen an.

Heute Abend ist es immer noch kühl, ein Gefühl, dass jemand, der diese bedrückenden, nicht klimatisierten deutschen Sommer schon erlebt hat, zu schätzen lernt.

Auf der nächsten Straße, vorbei am alten Wasserturm, gibt es ein Ehepaar, das für einen Spaziergang herausgekommen ist. Sie sind Anfang 30, und sie gehen so wie andere Paare, ihres Alter es oft tun, wenn sie hier spazieren gehen: Sie gehen direkt nebeneinander und halten ihre Hände mit einer Enge, die unerträglich und unausweichlich aussieht; Ihre Köpfe hängen herunter, und sie reden nicht miteinander.

Sie schlendern eigentlich nicht, sie marschieren eher, schweigend durch die Straßen marschieren, als ob sie entweder verfolgt werden oder etwas verfolgen, ohne sich darüber klar zu sein, was es ist, aber nicht zu wollen dass, was immer es sein mag, sie bemerken könnte.

Ich beobachte sie, während sie vorbei am alten Wasserturm um die Biegung kommen, und fast in Gruß-Nähe von mir sind, und die ganze Zeit, haben sie kein einziges Wort zueinander gesagt, nach oben geschaut oder ihren eisernen Griff, mit dem sie einander halten, gelockert

Als sie sich nähern, grüße ich sie, und die Frau lächelt mich herzlich an und bietet mir ein scheinbar herzliches (und vielleicht dankbares) "Hallo!".

Die Augen des Mannes schießen unter seinen dunklen Augenbrauen hoch, die wie eine Fahne nach einer nationalen Tragödie abgesenkt bleiben, und er scheint es irgendwie zu bedauern, dass seine Frau (oder wer auch immer sie ist) die Wand durchbrach und Kontakt mit diesem... diesem Unbekannten gemacht hat.

Ich war trotzdem froh, mit der Frau einen freundlichen Gruß auszutauschen, und gehe weiter.

Ich gehe an der kleinen Bäckerei vorbei, die auch ein kleine Poststelle beherbergt. Mit Poststelle meine ich, dass die Frauen, die dort arbeiten, auch das Recht haben, Post an zu nehmen und postalische Angelegenheiten zu bedienen, in der kleinen Post-Ecke an der Frontscheibe. Sie bearbeiten alles ordentlich wenn es um die Grundlagen geht: Briefmarken verkaufen, sogar registrierte Post entgegen zu nehmen, aber wenn Sie sie bitten, Ihnen die Kosten für ein Paket zu nennen, das so breit und so lang ist und das, die Vereinigten Staaten innerhalb einer Woche erreichen soll, werden sie sichtbar überfordert, und ein wenig frustriert und etwas aggressiv reagieren, weil man es gewagt hatte, sie so etwas zu fragen.

An diesem wunderbaren Frühlingsabend, gibt es ein weiteres Paar, irgendwo Mitte vierzig, das eine Fahrradtour macht. Wie immer, ohne eine einzige Ausnahme, fährt der Mann vorne, und die Frau hinten. Ich sehe keinen Grund, warum dies unbedingt notwendig ist, besonders in Zeiten der angeblichen Geschlechtergleichstellung. Muss er sie gegen allem schützen, was ihnen plötzlich in den Weg kommt? Gibt es Drachen? In Rucklingsdorf? Vielleicht vor langer, langer Zeit, aber ich denke, sie würden sich, zu diesem Zeitpunkt, auf einem reservierten Grundstück irgendwo anders befinden, oder vielleicht an einen Ort wie Liechtenstein zurückgeführt werden (wenn dieser Ort überhaupt noch existiert. Hat Liechtenstein die Finanzkrise überlebt? Oder haben sie 2009 einfach CNN International ausgeschaltet, den Kopf mit einem kehligen Lachen zurückgeworfen und sich gegenseitig ein Glas voll Diamanten eingeschenkt?). Wie auch immer, die Männer sind immer vorne auf diesen Fahrradtouren, unabhängig von Alter, Jahren der Ehe oder irgendwelcher anderen Beziehungsvarianten.

Es ist nicht so, dass sie gleich abwechselnd anfangen, und einer von ihnen gibt mit den Jahren einfach nach und sagt schließlich: "Oh, was zum Teufel, du fährst zuerst. Das machst du sowieso." Nein, sie beginnen so, und sie machen immer weiter so, Jahr für Jahr, bis zum Ende.

Und man sieht sie nie nebeneinander fahren ("Was? Das ist unpraktisch. Es gibt Verkehr, und laut Statistik des Deutschen Fahrzeugverbandes..."). Sie ändern nicht ihre Geschwindigkeiten , um auf einer langen Strecke nebeneinander langsamer zu fahren und einige Kommentare auszutauschen, vielleicht eine Beobachtung, die sie während der Fahrt gemacht haben, eine Reaktion auf das Leben, oder einfach nur ein warmes Lächeln und einen Blick in die Augen des anderen an diesem herrlichen Frühlingsabend, den sie gemeinsam verbringen.

Nein, sie sind in ihren festen Positionen, kategorisiert und in der Reihenfolge, in der sie die Route so gut wie möglich abdecken können, damit sie es endlich hinter sich bringen. Vielleicht ist das ein Weg für sie, den Eindruck zu erwecken, etwas gemeinsam zu tun, ohne die Unannehmlichkeiten zu erleiden, dass sie sich tatsächlich zueinander in Beziehung bringen. "Wir würden reden, wenn wir könnten, natürlich, aber das können wir nicht, weil wir in einer einzigen Reihe fahren müssen. Schließlich, wie der Deutsche Fahrzeugverband in seiner Veröffentlichung letzten Monat sagte...").

Was wäre, wenn die Frau ihrem Mann nicht folgen will, um nach seinem Ermessen wieder nach rechts abzubiegen, um an dem großen Felsen "Klempt 1982" vor dem Haus von Ralf und Rita Klempt vorbei zu kommen, dann an dem etwas größeren Felsbrocken "Stopf 1952" links vorbei, der vor Hildegard und Gustav Stopf's Haus Beachtung heischt, wie bei jeder ihren anderen Fahrradtour davor, seit sie sich gekannt haben?

Was wäre, wenn sie hier links abbiegen und dann an dem kleinen Backsteinhaus mit dem schwarzen Mercedes davor vorbeifahren will? Du weißt schon, wo Johan Johansen wohnt? Sie kannte Johan schon in der Schulzeit, sie spielten früher zusammen, und später war er als Mannschaftskapitän in der Jugendfußball-Liga so imponierend, und er hat sich jetzt so gut herausgemacht; seine Frau scheint immer so glücklich zu sein, wenn ich sie draußen im Garten sehe.

Warum kann die Frau auf dem Fahrrad diesmal nicht in diese Richtung abbiegen, den Wind in ihren Haaren spüren, sich frei fühlen, und – der rechte Arm ihres Mannes hebt sich punktgenau an (sie weiß, dass er es so macht, dass sie es nicht missverstehen kann) und er wirft seinen Arm in eine scharfe, gerade Linie, die mit der Spitze seines Zeigefingers endet. Er dreht sich nach rechts, und sie schaut auf das Jeansbein ihres Mannes, das auf der Seite, wo sich die Fahrradkette befindet, aufgerollt ist; sie verlangsamt, nur ein bisschen mehr als sonst in dieser Kurve, und schaut weit nach links. Johan Johansens Mercedes schimmert im Orange der untergehenden Sonne; er sieht beleuchtet aus, lebendig... sinnlich...

Und dann dreht sich der Kopf der Frau wieder langsam nach vorne und nach rechts, resignierend – und sie folgt ihrem Mann.

Gerade als die Radfahrer um die Kurve der Harglarckstraße gefahren sind und langsam verblassen, kommen ein paar alte Damen an ihnen vorbei und nähern sich mir. Es gibt viele alte Damenpaare. Tatsächlich scheint es in dieser Stadt eine unbestreitbare Regel zu geben, fast eine Verordnung, dass Männer mit Männern und Frauen mit Frauen gesellschaftlichen Umgang pflegen. Es gibt natürlich Paare, die verheiratet sind oder auch nicht, aber diese haben ihr eigenes einzigartiges Austausch-Muster (das wohl als alles andere als gesellschaftlich verkehren bezeichnet werden kann), und ihre Beziehung zueinander dient einem ganz anderen Zweck. Beim verkehren miteinander sind die Geschlechterlinien jedoch klar, und sie werden praktisch nie überschritten.

Während die beiden Damen Fortschritte machen (wenn man es Fortschritt nennen kann), sehe ich, dass sie... ja, sie benutzen tatsächlich beide das, was man nur als arktische Wanderstöcke bezeichnen könnte. Dies sind kommerzielle Produkte, die die Menschen in der Hand halten und beim Gehen hin und her schwenken, fast wie Skistöcke für den Asphalt.

Zu sagen, dass solche Stöcke "verwendet" werden, ist eine ziemlich umstrittene Position. Auf der einen Seite des Arguments ist der Standpunkt, dass die Stöcke nicht wirklich im traditionellen Sinne "verwendet" werden, da nichts besonders erreicht wird in dem man sie schwingt (oder solche Debattierer würden lieber "trägt" sagen). Befürworter der deutschen Arctic-Walking-Stick-Bewegung (und dies ist eine Bewegung, allein in Bezug auf die reine Teilnehmerzahl, wenn nichts anderes) würden argumentieren, dass der Geher seine Arme beim Gehen bewegen kann, wodurch ein gesamtes "Training" für die alten Damen und Männer, die diese Stöcke normalerweise anwenden, geboten wird. Es ist Wissenschaft, es ist Logik (eine Wertschätzung der rationalen Künste, die nicht zum Ausdruck gebracht wird, während dieselben Menschen bei Kaffee und Kuchen sitzen und über die Aktivitäten der Nachbarn ihrer Nachbarn plaudern und darüber, was andere Menschen über das weltliche Drama dieser sich wiederholenden und eher wiederholten Vorkommnisse denken).

Gegenbeweis für dieses Argument ist die Körperform der Befürworter dieser Denkschule; Es gibt niemals ein Musterbeispiel des menschlichen Körpers unter den Benutzer dieser Arctic-Walking-Sticks. Die Stock-Geher haben fast immer einen der zwei allgemeinen modernen deutschen Körpertypen: Typ A (mutwillig hager und hungrig) und Typ B (fettleibig und nehmen jährlich zu, wobei die Hände an den Handgelenken hin und her flattern, wenn die Stöcke nicht getragen werden). Es gibt natürlich Ausnahmen für alles, aber diese Körpertypen decken die große Mehrheit der Fälle ab.

Die beiden Frauen scheinen ziemlich stolz darauf zu sein, mit ihren Stöcken spazieren zu gehen. Sie scheinen überhaupt nicht von dem selbstbewussten Gefühl geplagt zu sein, in der Öffentlichkeit etwas Lächerliches zu tun. Sie sehen sogar so aus, als würden sie sagen: "Siehst du uns, wie wir mit unseren Stöcken gehen? Ziemlich schlau, oder? Ist gut für den ganzen Körper. Du hast keine Stöcke? Na, wie willst du deine Arme gesund erhalten? Das ist keine sehr effiziente Art, durch die Nachbarschaft zu laufen. Was ist los mit dir?", und sie könnten dann ein bisschen finster auf den Anderen schauen. Es wird jedoch nie gesagt, nur angedeutet in ihren erhobenen Gesichtern, während sie vorbei stolzieren.

Vielleicht hat es etwas mit einem angeborenen Bedürfnis der Deutschen zu marschieren zu tun.

Was es auch immer ist, diese Damen sehen sehr zufrieden mit sich selbst und ihren arktischen Spazierstöcken aus, und als sie auf meiner Höhe sind, nehmen sie es auf sich, mich zu begrüßen. Nachdem ich die Begrüßung erwidert habe, reagieren sie wie eine Fabrikmaschine, die zum tausendsten Mal in ihrer Schleife läuft, ohne dass die Programmierung aktualisiert werden muss, und sie sagen: "Schöner Tag heute".

Ich erkläre meine Zustimmung.

"Nicht so wie der Regen, den wir letzten Donnerstag hatten!", sagen sie, und sie lachen beide, als hätten sie genau das Faszinierendste und Kreativste gefunden, das man sagen könnte, wenn man an einem so angenehmen Tag wie diesem in einer so schönen Gemeinde wie Rucklingsdorf einem Nachbarn begegnet.

Ich bestätige, dass es letzten Donnerstag tatsächlich geregnet hat, und ich ziehe weiter.

Der Himmel wechselt von Chiffon-Rosa zu einer Mischung aus Orangetönen, die an brennende Kaminglut erinnern. Es ist eine besonders schöne Darstellung heute Abend.

Ich folge der Misthaufen Straße und stoße nochmals auf das Paar in ihren Dreißigern. Der Mann schaut immer noch nach unten und ihn scheint die Tatsache, dass wir offenbar wieder aneinander vorbeigehen werden, schrecklich wütend zu machen. Ihre Hände sind immer noch wie zuvor ineinander verschlungen (bis dass der Tod sie scheidet, nehme ich an). Ich lächle seine Partnerin an und sie lächelt zurück, aber wir lassen die Begrüßung jetzt weg, da es so scheint, als wäre es eigenartig, sie an diesem Punkt zu wiederholen.

Als sie mich begrüßt, blicken seine Augen sie etwas boshaft an.

Vielleicht schreibt er zu Hause Liebesgedichte, oder er weint wenn er Häschen über ihren Hof huschen sieht, denke ich.

Vielleicht schlägt er sie.

Ich weiß es nicht.

Ich lausche so lange wie ich kann, nachdem sie an mir vorbeigegangen sind, nur um zu überprüfen ob sie miteinander reden, aber sie reden die ganze Zeit kein einziges Wort.

Ich gehe an der Gaststätte "Der goldene Esel" vorbei, wo alle gesellschaftlichen Veranstaltungen, Clubsitzungen und Stadtversammlungen abgehalten werden. Alles, was in diesem kleinen Dorf passiert, hat hier sein offizielles Debüt.

Für solch eine kleine Stadt mit solch einer winzigen Bevölkerung, gibt es eine erstaunliche Anzahl von Clubs und Vereinen. Der deutsche Verein ist ein Phänomen, ohne welches die deutsche Gesellschaft einfach nicht zusammenhalten könnte.

Am Ende sind alle, trotzdem in unterschiedlichem Maße, menschlich. Daher hat jeder ein Grundbedürfnis, gesellschaftlich zu verkehren und mit anderen Mitgliedern seiner Art zusammen zu sein.

Hier wird es ein wenig heikel für jene Menschen, die gleichzeitig Deutsche sind.

Deutsche können wirklich nicht einfach nur mit Menschen zusammen sein. Es gibt bestimmte psychologische Fähigkeiten, die diese persönliche Intimität erfordert, die einfach auf natürliche Weise zu anderen kommt, und für einige Menschen sind diese Fähigkeiten im Überfluss vorhanden. Es gibt einige Leute, auf die man im Leben stoßen kann (meistens in gemäßigten Klimazonen), die, wenn sie eine Person zum ersten Mal treffen, sich einfach mit ihnen austauschen, als gäbe es nichts anderes, was sie in diesem Moment lieber tun würden. Ein gewisses persönliches Vertrauen entwickelt sich, ein Teilen und eine natürliche Freude am Zusammensein, nur weil die andere Person so ist, wie sie ist und Sie sind, wie Sie sind, und sie genießen die Erfahrung.

Bei den Deutschen, ist das anders. Es ist nicht so, dass sie sich weigern, es zu tun per es; Es ist einfach keine Option für sie.

Wenn zwei Deutsche, die einander unbekannt sind, in so einem Dorf wie dieses aneinander vorbeigehen, wird es in der Regel einen Gruß geben, weder warm noch kühl, sondern frei von jeder wahrnehmbaren Temperatur, und es wird dabei bleiben.

Wenn sich die beiden Menschen als Nachbarn kennen, aber nicht lange genug, wird es oberflächliche Gespräche geben – fast ausschließlich über die aktuellen, neuerlichen oder nahenden Wetterbedingungen – und das wird alles sein. Über das Wetter zu sprechen, ist sicher, es ist einfach. Es gibt keine Enthüllung des Selbst – dessen, was eine Person denkt und fühlt. Es gibt keine Gefahr, kein Risiko – und so gibt es auch keine Angst, dass irgendeine Unsicherheit dazu führen kann, dass das Ordnungsgefühl und die psychologische Sicherheit der Deutschen erschüttert wird. Dadurch fühlen sich die Quatscher sicher – aber sie leben nie wirklich, und es gibt viele verpasste Chancen.

Das Quatschen wird mit einem Furnier der Wärme und Freundlichkeit, mit einem Lächeln und vielleicht einem Lachen geführt werden, und es wird fast sofort zu seinem Abschluss gebracht (Hallo – Es gibt Wetterbedingungen heute – Tschüss), fast als ob das Ende gesucht wird als eine Moment der zufriedenen Flucht, die Flucht aus einer erfolgreich behandelten Notwendigkeit des gemeinschaftlichen Lebens, die sie brauchen, aber wirklich lieber darauf verzichten würden, wenn sie ehrlich sein würden.

Während dieser oberflächlichen Begegnungen, ist es als ob die Menschen immer noch in ihren Häusern hinter ihren Fenstern stehen, mit ihren Vorhängen, die gerade weit genug aufgezogen werden, um hinaus schauen zu können, ohne dass sie von den Passanten im Gegenzug gesehen werden können. Die Deutschen tun dies von ihren Häusern aus, aber selbst wenn sie ihre Häuser verlassen haben, behalten sie diese Denkweise bei. Da sie sich jedoch außerhalb ihrer sicheren Mauern befinden, müssen sie eine andere Möglichkeit haben, sich zu verstecken, und so verstecken sie sich psychologisch hinter diesen banalen und oberflächlichen Geplauder über unpersönliche Kleinigkeiten.

Wenn die Deutschen draußen sind, ist es fast als ob sie eine tragbare, kreisförmige Stange über ihren Köpfen haben die auf einem Pfosten festgemacht wird, und von der ein Vorhang herunterhängt (als ob man sich für eine Kostümparty, als jemand der grade unter der Dusche steht, verkleidet hat, und er trägt seine kleine, tragbare Dusche mit sich herum während er unter den anderen Partygästen zirkuliert). Wenn die Deutschen einen Unbekannten sehen, ist es als ob sie ihren psychologischen Vorhang so eng wie möglich um sich herum schließen, sie stecken ihren Kopf dann kurz daraus und sagen mit einem großen Lächeln, "Dieser Schnee, huh?" und dann ziehen sie den Kopf schnell und verzweifelt hinter den Vorhängen zurück, stirnrunzelnd und Kopf schüttelnd (vielleicht schwitzen sie sogar ein bisschen) während sie den Vorhang eng zusammen klammern, bevor irgendetwas Gefährliches oder Unerwartetes zwischen ihnen und dem anderen Mensch passiert, was sie vielleicht... vielleicht... emotionalen behandeln müssten. (AAAAAHHH!!!).

Die Deutschen sind wirklich ziemlich psychoemotionell behindert.

Wenn die Einheimischen in Rucklingsdorf aneinander vorbeigehen und ausschließlich über das Wetter plaudern, gibt es eine Unterströmung der Angst und Furcht, an die sie anscheinend so gewohnt sind, dass sie es gar nicht bemerken, wie eine Person, die ihre Faust Tag für Tag fest ballt, bis sie zu der Annahme kommen, rein aus Gewohnheit, dass dies ein normaler Zustand für einen Mensch ist.

Für einen Außenstehenden der hineinschaut, aber, ist diese Irrenhaus-Charakteristik schreiend offensichtlich.

Trotzdem, müssen diese Menschen mit einander auskommen, ob es ihnen gefällt oder nicht. Wenn nun jemand mit Ihnen verwandt ist, ist das in Ordnung, weil es sicher ist. Du kennst sie, sie kennen dich, du weißt, was zu erwarten ist, und es ist kein Risiko damit verbunden; Natürlich hat eine solche Beziehung nichts mit Neuigkeiten oder Kreativität zu tun, da alles im Wesentlichen vorhersehbar ist und seinem vorgegebenen Muster folgt – aber das ist ein kleiner Preis, den man für eine so wertvolle deutsche Ware wie psychologische Sicherheit bezahlen muss, also zahlen sie es gerne und bleiben in ihren Gruppen.

Also, Verwandte und Freunde aus der Kindheit. Mit anderen Worten, die Eingliederung in soziale Gruppen unter den Deutschen ist basiert auf dem Geschlechtsverkehr: Entweder hatte jemand in meiner Familie Sex mit jemandem in deiner Familie (z.B. der Vater meiner Mutter hatte Sex mit der Mutter deiner Mutter, also sind wir Cousins), oder deine Eltern hatten zumindest im selben Jahr Sex, in dem meine Eltern Sex hatten, und deswegen waren wir in der gleichen Klasse in der gleichen Schule oder waren Spielgefährten in der Nachbarschaft. Dann können wir uns gegenseitig ein wenig vertrauen; wir können Kaffee und Kuchen zusammen essen und trinken und darüber reden, was die Nachbarn tun, nicht tun, tun sollten oder nicht tun sollten (ein guter Teil dieser Klatschsessions sind sowieso nur Lügen und Erfindungen). Andernfalls, ohne eine solche gemeinsame Sexualgeschichte, die die Deutschen an eine Art von extern verhängter und angeborener Stammeszugehörigkeit bindet, wird ein legitimer gesellschaftlicher Umgang mit einander einfach nicht funktionieren.

Hier setzt der Deutsche Verein oder Verband an.

Die Deutschen verstehen, dass eine völlige Abschottung in ihren Familien und Freundschaftsgruppen die ihnen von Kindheit an vertraut sind nicht ausreicht; nach allem, müssen sich die Menschen zusammenschließen und ihre eigenen Familien gründen, und das führte zu, naja.... Inzucht.... ähem, und, äh, Rucklingsdorf ist, ähhh...

Die *psychologische* Inzucht, durch der ihre Stammesgesellschaft funktioniert, ist eine Sache, aber sie ziehen es vor, ihn nicht über diesen Punkt hinaus zu führen, wenn es vermeidbar ist.

Wie auch immer, gegen ihren Willen, wenn nötig, verlassen die Deutschen die Sicherheit ihres eigenen Hauses und gehen in einen ihrer vielen Vereine: die Freiwillige Feuerwehr, das Jugendunterhaltungskomitee, der Karten- und Brettspielverein und so weiter. Dort können sie heil und unversehrt mit anderen reden und lachen, mit denen sie nicht direkt durch Ihre Familie oder Kindheit verbunden sind; der Grund dafür ist, dass sie immer die sichere Ausrede und den Fluchtweg haben, dass sie nur da sind, weil es Dienstag, 19:00 Uhr, Kegelverein-Abend ist, und wenn die Dinge ein wenig persönlich werden und es nicht funktioniert, na, sie können immer zurück zum Geschwätz des Vereins laufen. "Schließlich bin ich nicht hierher gekommen, um mit DIR über mein Privatleben und meine

Angelegenheiten zu sprechen, sondern nur, weil wir beide bei dieser Vereinsversammlung hier sind, das ist alles".

Auf diese Weise, ermöglichen die zahlreichen Vereine, Verbände und Komitees es den Deutschen, sich mit Menschen außerhalb der sozialen Gruppe, die ihnen bei der Geburt eigentlich gegeben wurde, zu umgeben, und es gibt eine Geborgenheit weil sie sich keiner tatsächlichen zwischenmenschlichen Verantwortung verpflichten müssen. Es gibt immer den Verein, der zwischen ihnen besteht, wie ein Diktator (oh-oh), und jeder Kontakt, den sie mit Vereinsmitgliedern haben, ist indirekt und daher... sicher ("ahhhhhhhhh....").

In vielen anderen Kulturen, werden die Leute normalerweise erst Freunde, und dann sagen sie: "He, lass uns dieses Wochenende etwas tun!" In Deutschland, müssen (*müssen*) die Menschen zuerst etwas in der Öffentlichkeit unternehmen, und nur *danach* könnten sie sich überlegen, mit einander befreundet zu werden.

Es ist alles rückwärts (und das deutsche Wort für "rückwärts schauen" ist zufällig "rücklings").

Jetzt, einmal in einem Verein, haben die Mitglieder die Möglichkeit, sich gegenseitig auszuprobieren, sich vor dem Kauf zu einem Probelauf mitzunehmen, sich gegenseitig wie Hunde auf und ab zu beschnüffeln, bevor sie sich entscheiden, ob sie gut zueinander passen. Und nach so vielen Stunden, die nachweislich einer Art von extern sanktionierter Gemeinschaftsaktivität gewidmet sind, in der Öffentlichkeit, vor anderen Menschen, wo es dann gefahrlos ist, und NUR dann, könnte jemand vielleicht in Betracht ziehen, dich zu bitten, ihnen zu zeigen, wie genau

Sie Ihre Rosen beschneiden, damit ihre Rosen so gut wachsen würden wie die Ihren, und während sie beide ein paar Tage später im Garten zusammen sind, "Verstehe ich nicht, warum wir nicht eine Tasse Kaffee trinken können, und vielleicht einen kleinen Kuchen" ("Welche Art von Kuchen magst du?". "Oh, wirklich?" "Ich auch!" "Wir sollten das irgendwann noch einmal machen.... nur um sicherzustellen, dass ich meine Rosen richtig trimme, natürlich!"). Und nach ein paar Jahren dieses neurotischen Tangos, hast du einen Freund fürs Leben – wenn du es willst.

Und in Rucklingsdorf ist "Der goldene Esel" der Knotenpunkt für diese Gründung zukünftiger Dynastien und lebenslanger Bindungen, die so stark sind wie Eisen, Stahl, Schlagsahne und Puderzucker.

Der "Esel", wie ihn die Einheimischen gerne nennen ("Hast du gehört, was letzten Freitag im Esel passiert ist?", "Wenn wir einen Ort für das Treffen brauchen, warum machen wir es nicht einfach im Esel?", "Jemand muss hinter den Esel aufräumen; da stapelt sich viel Müll an der Hintertür", und so weiter).

Heute spielen ein paar Kinder vor dem Esel. Das Spiel hat etwas mit kleinen Steinen zu tun, die sie in der Straße gefunden haben. Eines der Kinder beschwert sich darüber, dass das andere an der Reihe war, und er macht ein schmollendes Geräusch, als wolle er anfangen zu weinen, obwohl es schon etwa 10 Jahre alt ist (deutsche Kinder neigen dazu, ein wenig zu jammern).

Ein bisschen weiter von Dem goldene Esel die Straße entlang, befindet sich der Stadtfriedhof, und die Grabsteine sehen trügerisch beruhigend und lebendig aus, wenn sie die Pracht dieses Sonnenuntergangs widerspiegeln.

Hoch über den anderen Steinen liegt das örtliche Kriegerdenkmal.

Ich habe bemerkt, dass es in vielen dieser kleinen deutschen Städte solche Steinskulpturen gibt, eine Tatsache, die einen Nichtdeutschen (insbesondere einen Amerikaner) als ziemlich seltsam erscheinen lässt. Die Inschrift lautet im Allgemeinen etwa so: "An unsere Nachbarn, Familie und Freunde, die wir im Zweiten Weltkrieg verloren haben". In Anbetracht der Tatsache, dass trotz der vielen großen einzelnen Deutschen, die tapfer versucht haben, das Chaos im Anfang zu stoppen, war die deutsche Staatsbürgerschaft insgesamt (einschließlich der Menschen, die in Dörfer wie dieser gelebt hatten) für den Beginn dieses Ereignisses und allem, was passierte, verantwortlich, einschließlich für die endgültige Wahl des Führers, der alles durchführte, und (in einigen Fällen) befanden sie sich selber tatsächlich in den Konzentrationslagern, um diese Gräueltaten auszuführen (schließlich haben sie nicht alles nach Luxemburg ausgelagert) – in Anbetracht dessen, erscheint es grob unangebracht, um die Täter zu trauern, statt ihre Verantwortung oder überhaupt die Existenz der Opfer des Holocaust oder der Angehörigen der anderen Armeen, die sie nach Beginn des Konflikts getötet und verstümmelt haben, anzuerkennen.

Es ist das gleiche, als wenn es einen Mann in dem Dorf gäbe, den alle immer mochten, und es stellte sich heraus, dass er eine Gruppe von Frauen vergewaltigt hat, bevor er gefangen wurde und im Gefängnis starb, obwohl seine

Freunde versucht hatten, ihn vor dem Gesetz zu verstecken. Wenn die alten Klassenkameraden des Kerls dann eine Statue mit der Inschrift "In liebevoller Erinnerung an unseren teuer Freund Jupp" in die Mitte der Stadt stellen würden, wäre das eine groteske und unglaublich unsensible Beleidigung für die Opfer des Kerls.

Mit dieser Art deutschen Kriegsdenkmälern, ist es ähnlich. Was wäre das Problem mit einer neuen Inschrift wie "An alle, die im Zweiten Weltkrieg gelitten haben"? Das deckt grundsätzlich alles ab und wird auf eine schöne kleine Plakette passen, für die der Gemeinderat bezahlen kann.

Es kann sogar ein Verein gegründet werden, der das Verfahren übernimmt, nur um alle glücklich zu machen.

Gleich hinter dem Friedhof, führt die Straße zu einer kleinen Lichtung, durch die einige Kühe zu sehen sind, die träge das Gras kauen. Als ich vorbeikomme, heben sie ihren Kopf in Zeitlupentempo und schauen zu mir auf, ohne etwas zu sagen, genau wie es die Einheimischen und einige der Kinder hier tun.

"Es müssen deutsche Kühe sein", sage ich mir.

Hinter der Lichtung, steht das kleine Häuschen mit der niedrigen Steinmauer.

Ich erinnere mich an das erste Mal, als ich es sah. Ich dachte: "Womit ist der Rasen da bedeckt, ist das irgendein neues Material? Vielleicht eine Latexbeschichtung?"

Es stellte sich heraus, dass es sich um das Gras selbst handelte: Der Hausbesitzer schneidet seinen Rasen einfach so sorgfältig, dass er wie ein einziges, glattes Laken aussieht, wobei alle Grashalme soweit wie möglich eine gleiche Länge haben (sogar jenseits dessen, was möglich erscheint); Keiner der einzelnen Punkte der Grashalme ragt aus der Gruppe heraus.

Ich habe es am folgenden Samstag selbst zu Hause ausprobiert und fand es unerreichbar, weil es zu viele Unebenheiten im Boden gibt. Dann schauderte ich innerlich, wie es manchmal einem Ausländer in Deutschland passieren kann: Hat dieser Typ tatsächlich seine Erde ausgeglichen, damit die vollkommen eben ist? Das würde seinen gläsernen Rasen umso bemerkenswerter machen, da sein Grundstück etwas schräg liegt.

Als ich im letzten Herbst diese Straße entlangging, sah ich etwas anderes, das mich verblüffte. Der nächstgelegene Abwasserkanal zum Haus dieses Mannes befindet sich in der Straße vor dem Haus seines Nachbarn. Nun, Rucklingsdorf ist ein sehr grünes Dörfchen; Das ist eines der Dinge, die es so charmant machen. Im Spätherbst, häufen sich die herabfallenden Blätter in den Straßen und Gehwegen.

Sobald der Haufen einmal so groß geworden ist, dass die Bewohner glauben annehmen können, dass jetzt das ganze Laub gefallen ist und die Mehrheit der Blätter in einem einzigen Arbeitsschritt gesammelt werden können, kommen die Menschen mit ihren Harken und ihrem Gartensäcke raus und harken alles pflichtbewusst weg.

In diesem Fall, obwohl verschiedene Stellen im ganzen Dorf noch immer mit Blättern bedeckt waren (da einige Leute schon dazu gekommen waren die Blätter weg zu harken und andere noch darauf warteten, vielleicht auf genau den richtigen Zeitpunkt), war dieser Mann mit dem akribischen Rasen anscheinend bereit, seine Blätter wegzuräumen, obwohl sein Nachbar sein eigenen Blätter noch nicht weggeräumt hatte.

Was ich im Vorbeigehen sah, kam mir wie eine einmalige deutsche Lösung vor: Die Blätter vor dem ersten Haus waren vollständig entfernt worden, und in der Straße vor dem Nachbarhaus, befand sich eine perfekt gleichmäßige Reihe von mehrfarbige Blätter, die etwa 30 Zentimetern vom Bürgersteig entfernt war, beginnend an der Grundstücksgrenze zwischen den beiden Häusern, bis sie den Abwasserkanal direkt vor der Tür des Nachbarn erreichte – wo sie abrupt aufhörte (die Blätter füllten die Rinne von da an immer noch auf).

Dies erlaubte, natürlich, dem Regenwasser vom ersten Haus entlang der Rinne und rein in den Abwasserkanal hinab zu fließen, ohne von irgendwelchen Blättern behindert zu sein, wobei die "Nachbarlichen Blätter" zur Verfügung des Nachbarn liegen blieben, für die Zeit wenn er es schafft sich darum zu kümmern.

Ich ging davon aus, dass es zwischen den Hausbesitzern irgendeine Art Ärger gegeben hatte. Nach allem, welche rationalen Geschöpfe, die in Frieden miteinander leben, würden zu so einer Methode greifen? Zu meiner Überraschung, fand ich später heraus, dass sie die Angelegenheit nie im Voraus besprochen hatten – es war nur etwas, das der Mann auf sich genommen hat, augenscheinlich ohne darüber wütend zu sein.

In gewisser Weise, macht es das noch schlimmer – und viel beängstigender. Ich war mir nicht sicher, ob das unhöflich oder höflich von ihm war. Es scheint wie eine eigenartige Mischung aus beidem.

In gewisser Weise, bin ich in Deutschland seit diesem Moment ständig auf der Hut, wohin ich auch gehe, denn wenn das möglich ist, was könnten sie als nächstes unternehmen?

Wie dem auch sei, ist das im vergangenen Herbst passiert, und während ich an diesem schönen Frühlingsabend heute meinen Spaziergang fortsetze, können zwei Männer in der Ferne gehört werden, die einen herzhaften Gruß untereinander austauschen. Es klang als ob sie sehr froh waren, sich getroffen zu haben, und ich kann hören, dass sie stehengeblieben sind, um eine Weile miteinander zu plaudern.

Es gibt eine sehr schöne Qualität zu den Interaktionen hier unter den Menschen, die sich schon lange kennen. Sie scheinen froh zu sein, ineinander gelaufen zu sein und eine Art kontinuierlichen Dialog fortzusetzen, den sie seit Jahren schon miteinander führen, und dass dies nur die jüngste angenehme Folge für sie ist (auch wenn der Dialog scheint als ob er am Ende nirgendwohin führt).

Die Begrüßung, die sie miteinander austauschen, ist "Moin" – ein Wort, das so kompliziert ist, wie es einfach ist. Es ist die Begrüßung, die im Norden Deutschlands verwendet wird, und an der Oberfläche, bedeutet es nur "Hallo". Graben Sie jedoch ein wenig tiefer wird es klar, dass "Moin" viele verschiedene Bedeutungen hat, abhängig von der Beziehung zwischen den beiden Sprecher.

Wenn die beiden Redner Verwandte oder Freunde aus der Schule sind, bedeutet das Wort "Ich wünsche dir einen guten Tag und ich freue mich, die Erde mit dir zu teilen, gnädiger Mitmensch!"

Wenn Sie jedoch ein Unbekannter sind (mit anderen Worten, nicht einmal ein aktives Mitglied des Angelvereins, des Schützenvereins oder eines der anderen Vereine), dann, wenn jemand "Moin" zu Ihnen sagt , wird es locker übersetzt mit "Bleiben Sie weg", "Lassen Sie mich allein" oder "Ich kenne sie nicht, so Ihre Anwesenheit und ihr Blickkontakt ist mir unangenehm und ich fühle mich unwohl und unsicher. Nun, habe ich Sie begrüßt, und das sollte schon reichen. Und jetzt GEHEN SIE!".

Diese zurückhaltenden Bauern haben es geschafft, all diese subtilen und komplexen Bedeutungen in dieses eine, kleine, nasale Wort hineinzustopfen, was "Moin" zu einem wahren sprachlichen Wunder macht.

Es fängt an ein wenig dunkel zu werden, und der Himmel wechselt zu einen schwangeren Blauton. Ich gehe weiter, vorbei an Müllers Feld (er pflanzt auch in diesem Jahr wieder Weizen, und die Triebe beginnen gerade sich zu zeigen).

Um der Ecke, sehe ich nochmals dieses laufende junge Paar von zuvor. Sie marschieren immer noch im synchronisierten Rhythmus, viel schneller als es für einen ruhigen Spaziergang mit der Geliebten nötig scheint.

Wenn ich ihn dieses Mal sehe, denke ich sofort an Dostojewski (es gibt eine spürbare Ähnlichkeit). Ich merke, dass die Frau einen dieser praktischen deutschen Haarschnitte hat, die sie wie eine Lesbe aussehen lässt. Ist das der Grund, warum sie nicht reden, frage ich mich? Sind alle Frauen mit diesen Haarschnitten ein wenig ... Ich weiß es nicht, ich frage mich nur.

Als wir uns nähern, schaue ich der Frau in die Augen, sie schaut in meine, ohne eine Miene zu verziehen, und wir gehen aneinander vorbei, diesmal ohne etwas zu sagen. Ich kann mir vorstellen, dass sie meint, es gebe keinen Sinn, unsere Beziehung weiter, als wir sie bereits haben, zu verfolgen. Wir hatten eine gute Sache, während es dauerte, aber nach einem Gruß und einem zweiten Lächeln, ist es Zeit, weiterzugehen. Wir sind alle Erwachsene hier.

Oder vielleicht wollte sie "Hilfe!" schreien, aber wagte es nicht und hofft nur, dass ich die Verzweiflung in ihren Augen einfach lesen kann.

Ich stelle mir die intensive Unbeholfenheit vor, heute Abend ein viertes Mal an ihr vorbei zu gehen, und ich kehre um. Ich erreiche mein vorderes Gartentor, gehe ins Haus und schließe die Tür hinter mir.

"Es war ein schöner Tag heute", denke ich mir. "Die Dame mit den arktischen Wanderstöcken hatte Recht."

Im Buchladen

Wenn Sie von Rucklingsdorf aus eine halbe Stunde auf der Bundesstraße Richtung Süden fahren, kommen Sie nach Klarp, eine Stadt die merklich größer ist als Rucklingsdorf aber immer noch charmant.

Wie die meisten deutschen Innenstädte, ist die Einkaufsstraße von Klarp an einem sonnigen Nachmittag immer ein Genuss. Sie ist zeitlos, mit ihrem Kopfsteinpflaster- und Ziegelsteinstraßen und dem geschmackvollen architektonischem Flair den die Gebäude entlang der Bürgersteige, besonders im zweiten Stock ausstrahlen.

Zwischen dem Kopfsteinpflaster und dem zweiten Stockwerk, aber, gibt es, wie in jeder anderen modernen deutschen Stadt, einen Kettenladen nach dem anderen. Für jemanden, der niemals nach unten oder sehr weit nach oben schaut, würde es keinen großen Unterschied zwischen dieser Stadt und einer anderen Stadt, irgendwo auf der anderen Seite des Landes geben, und es wäre schwer zu wissen, in welcher man sich gerade befindet.

Dies kann einer Person viel Geld für den Urlaub ersparen, denn anstatt zu einer charmanten, gehobenen Ortschaft ans Meer zu reisen, kann eine Person überall in Deutschland genauso gut in ihr lokales Stadtzentrum gehen, billige Kleidung aus Thailand kaufen, einen Döner essen und jedem erzählen, was für einen wundervollen Tag er in X hatte (und er gibt den Namen der meist beliebten Urlaubsorte in Deutschland an, die sicherlich die Eifersucht der Menschen wecken werden, die sich seine Sozial-Media-Seite ansehen).

Als ich eines Tages in Klarp durch die Haupteinkaufsstraße spazierte, halte ich kurz vor einem Buchladen und, immer mit der Vorstellung, dass ich in einem solchen Platz eine Gruppe junger Intellektueller mit wilden Haaren und abgenutzten Kleidern vorfinden werde, die eine Blumenrevolution planen, während sie herum hängen und an dem Regal mit internationaler Literatur lehnen (obwohl dies nie der Fall ist), gehe ich den Laden hinein.

Vorbei an den kreisförmigen Auslagen bunter Taschenbücher, sehe ich auf der Rückseite des Ladens eine Arbeitsplatte mit Glasverkleidung, getrennt und unverwechselbar vom Rest des Geschäftes, als ob sie hinter einem grünen Samtvorhang sein sollte.

Als ich näher komme, sehe ich, dass es mit verschiedenen Gegenständen und Mechanismen aus Metall und Glas gefüllt ist. Nur wenn Sie sich wirklich bemühen, *könnten* Sie sich vielleicht vorstellen, dass diese Gegenstände benötigt werden, um den feinen Akt des Lesens durchführen zu können: Es gibt schwarze und weiße Marmorkugeln, die auf grauen Marmorblöcken fixiert sind (Buchstützen anscheinend für die Anspruchsvollen, oder für diejenigen, die in erdbebengefährdeten Gebieten leben), Lupen in Samtkoffern, und Lesezeichen aus verschiedenen glänzenden Metallen (ich verwende selbst einen alten Papierfetzen).

Zwischen dieser Schaustellung von Luxus und Libertinismus, entdecken meine Augen ein Objekt, oder besser gesagt, es entdeckt mich. Es ist ein goldener Kugelschreiber, so schlank wie ein Finger, und wenn ich ihn hochhole und anfasse (wie ein primitiver Inselbewohner, der eine

Muschel am Strand bewundert), sehe ich, dass er auch eine Taschenlampe enthält. Ja, völlig nutzlos, sogar nutzloser als die Marmorkugeln, nehme ich an. Trotzdem bin ich bezaubert und beschließe, mich nach dem Kauf zu erkundigen.

Es gibt eine junge Frau, dünn und wach, die sich damit beschäftigt, einige Gegenstände in den Regalen herum zuschieben und sie dann wieder dort zu platzieren, wo sie waren. Sie macht alles etwas schneller, als es augenscheinlich getan werden muss (wenn es *überhaupt* getan werden muss), und sie kommt mir vor wie eine Person, die sich beschäftigt weil sie sich von wer was weiß ablenken muss.

Ich schaue sie lange genug an, so dass es für sie klar sein musste, dass sie von einem Kunden beobachtet wird... wenn sie es bemerken will, natürlich.

Die Deutschen zeigen eine Tendenz, sich von allen was menschlich in Ihrer Umgebung ist abschotten zu können, falls sie sich dafür entscheiden. Es ist ein bisschen wie ein Igel, der auf einem Platz erstarrt und nur darauf wartet, dass sich ein Eindringling seinen scharfen Stacheln nähert.

Wenn die meisten Menschen jemanden absichtlich ignorieren, sehen die so aus, als ob es sie selber stört, um so was zu tun, als ob sie es gegen ihren eigenen Willen tun. Die Deutschen, aber, scheinen in dieser Hinsicht für solch einen Anlass geboren zu sein. Sie tun es nicht immer und sie können sehr freundlich sein, aber wehe dem, der den deutschen Zorn erweckt.

Ein Deutscher kann direkt neben jemandem stehen, vielleicht sogar direkt vor jemanden, und absolut kein Zeichen zu erkennen geben, dass ein Mensch (oder gar eine wertvolle Lebensform jeglicher Art) in diesem Raum überhaupt vorhanden ist.

Ich denke, dass, wenn ein Deutscher fühlt, dass er Grund dazu hatte, könnte er drei Stunden lang in einem Aufzug mit jemandem Nase an Nase gefangen sein und (wenn der Deutsche entschieden hat, dass es Grund gibt zu fühlen, dass er von der anderen Person beleidigt wurde, oder wenn der Deutsche beurteilt, dass alles und jedes an dieser ganzen Situation unter seiner Würde ist), würde die andere Person den Aufzug verlassen, nachdem sie von der Feuerwehr gerettet worden war und sagen: "Mein Gott, wir standen Nase zu Nase für drei Stunden und er hat nicht einmal mit mir gesprochen. Ich fühlte mich so entwertet." Wenn der Feuerwehrmann sich dann an den Deutschen wenden und fragen würde, was er über die andere Person dachte, die mit ihm im Aufzug gefangen war, so könnte ein solcher Deutscher in einer solchen Stimmung sagen: "Welche andere Person?".

Ebenso stehe ich an einem Ende der Theke in diesem Buchladen, nur zwei Meter von der Verkäuferin entfernt, die es sich zur Aufgabe gemacht hat, mich zu ignorieren, obwohl sie offensichtlich keinen legitimen Grund dafür hat. Ich frage mich, was ich möglicherweise getan haben könnte, um sie zu beleidigen zu dem Punkt, dass sie sich so kalt und ablehnend benimmt, aber ich erinnere mich sofort daran, dass wir uns nie getroffen haben. Eigentlich, würde ich sie gerne treffen, denn ich möchte sie nach dem schlanken, goldenen Kugelschreiber mit der Taschenlampe fragen.

Eine Kollegin aus einer anderen Abteilung tritt auf und bittet sie um etwas Arbeitsbezogenes, und mein unbeabsichtigter Erzfeind reagiert aufmerksam und zuvorkommend, auch mit einer gewissen Kameradschaft ihrer Kollegin gegenüber.

"So, es ist irgendwie selektiv", denke ich. Vielleicht, ist es weil sie nicht in der Lage sein will, eine Person zu bedienen.

Während viele Deutsche, die im Einzelhandel arbeiten, sehr freundlich sind und den Eindruck erwecken, dass wir alle nur ein paar Grad von einer idealen Welt entfernt sind, in der wir uns alle einfach fabelhaft miteinander zurechtfinden, vermitteln andere den Eindruck, dass sie eigentlich Mitglied eines königlichen Hofstaats sein sollten, von verbeugenden Untertanen bedient, während sie selber entscheiden, ob ihnen jemand eine weitere feine Schokolade in den Mund plumpsen lassen sollte – aber dass es irgendwie eine schreckliche Verwechslung gab und sie stattdessen hier in einem Geschäft landeten, mit "diesen Leuten", die Dinge von ihnen fordern.

Das deutsche Gehirn ist eine erstaunliche Sache. Gott weiß, was tief, tief darin liegt.

Ich stehe an der Theke und frage mich, warum sie nicht einfach herüberkommt und ihre Hilfe anbietet, ohne dass ich sie dazu zwingen muss, und es ist in solchen Momenten, vielleicht mehr als in allen anderen, dass mir die Vereinigten Staaten fehlen, wo ich plötzlich mit einem fauxwarmen "Hello, da" begrüßt werden würde (hoch und musikalisch ausgesprochen, wie von einer begeisterten Katze), und von einer Verkäuferin mit einem aufopferungsvollen Lächeln angesprochen werde, die ihr Bestes geben will, um ihren Kunden zu erfreuen.

"Entschuldigen Sie, ich möchte Sie nach diesem Kugelschreiber fragen, bitte", biete ich an.

Es vergehen einige Momente, in denen sie genug Zeit gefunden hat, um ein halbes dutzend Mal einem Haufen Kisten mit einem Tuch abzustauben, bevor sie sich mehr oder weniger in meine Richtung bewegte, als hätte sie schon genug von mir und meinen unverschämten Forderungen in diesem frühen Stadium.

Ich bin plötzlich dankbar, dass wir nicht verheiratet sind.

Sie steht vor mir und schaut auf ihre Bluse, an der sie herumfummelt, als hätte sie einen unerwünschten Faden gefunden, der dort nicht hingehört (Ich schaue. Es gibt keinen Faden).

"Ja?"

Das ist alles, was ich bekomme.

Nicht "Hallo, darf ich Ihnen helfen?", oder "Gruß, Mitmensch. Wir alle rasen gemeinsam durch dieses Universum. Es ist wirklich erstaunlich, dass Sie und ich zufällig hier zusammen an diesem Ort zur gleichen Zeit sind, und ich schätze es sehr, diesen Moment mit Ihnen zu teilen! "

Nein, nur "Ja"? (stellen Sie es sich einen tiefen, gutturalem Ton vor, wie Sie es am Telefon hören könnten, nachdem Sie um drei Uhr morgens die falsche Nummer gewählt haben).

"Kommt dieser Kugelschreiber mit nachfüllbaren Minen?", wage ich zu fragen.

Sie schaut mich irgendwie an, ohne Augenkontakt zu machen. Dann macht sie eine kurze Pause und fummelt für eine kurze Weile unter der Theke herum. Als sie hoch kommt um nach Luft zu schnappen, hat sie eine kleine Schachtel mit einer Zeichnung darauf in der Hand, die Zeichnung könnte Minen darstellen, sie knallt die Schachtel hörbar auf die Arbeitsplatte.

Das ist alles. Es gibt keine Worte.

In dieser Atmosphäre scheint es, vor Allem wenn man meine vorherige Frage und (vielleicht) das Diagramm auf der Schachtel bedenkt, dass jede weitere Aussage übertrieben wäre, und dass sie nicht zu einem Akt absinken wird, der so weit unter ihr liegt, dass sie mit einer so erniedrigenden und unterwürfigen Aussage wie "Ja, hier sind sie!" antworten würde. Nach allem, welches Mitglied des königlichen Hofes in 18 hundert hat jemals gesagt "Ja, hier sind sie" zu einem bloßen Mitglied des öffentlichen Pöbels?

Sie schaut vage über meine Schulter in die Tiefe des Ladens, aber ohne merkbares Interesse an dem, was sie sieht.

Was auch immer sie tut, sie unternimmt große Anstrengungen, um es zu erreichen.

Sie wartet nur darauf, dass ich meine alberne, kleine Entscheidung über den Kugelschreiber treffe, damit sie damit fertig ist und weitermachen kann, und obwohl ich in meinen ersten Monaten in Deutschland lange dem Druck in solchen Momenten zu sprechen nachgegeben hätte, stehe ich jetzt einfach da und schaue ein paar Sekunden lang auf sie (dies ist nicht meine erste königliche deutsche Verkäuferin), bis sie sagt: "Nun?

"Ich nehme es", sage ich, und ich sehe den Empfang ihrer Antwort als einen kulturellen Sieg an, nicht nur für mich alleine, sondern für alle meine Brüder und Schwestern aus jedem Land, die zuvor gegenüber von solchen deutschen Verkäuferinnen standen, und für alle, die dies auch in den kommenden Jahren tun werden. Ich fühle eine zeitlose Verbindung mit ihnen, trotz dieser Isolation von dem anderen Menschen, der im Moment so kalt vor mir steht.

Dann beginnt die Prozedur.

Sie stellt den Kugelschreiber zurück an seinen früheren Platz in der Vitrine, holt eine Box hinter der Theke heraus (eine, die lang und schlank genug ist, um vielleicht eine weitere Iteration des gleichen Kugelschreibers meines Interesses zu enthalten, aber vielleicht auch nicht) und platziert sie in die Mitte eines Blattes Geschenkpapier, das sie von einem Stapel auf der Theke abhebt.

Dann holt sie eine kleine Kiste (anscheinend) mit Minen, hält sie hoch, damit ich sie wahrnehmen kann, und wartet. Ich schaue sie mir an, habe eine Reihe von Gedanken über sie und das gesamte Ereignis, und beschließe, einfach zu nicken, in der Hoffnung, dass ich nicht gerade zugestimmt habe, ein kleines Paket Heroin zu kaufen.

Sie antwortet wortlos, indem sie die kleine Schachtel neben die größere stellt, die beiden als eine Form in der Mitte des Geschenkpapiers neu zentriert, von links nach rechts und von vorne nach hinten mit gleichem Abstand, und dann bewegen sich ihre Finger wie zehn Taranteln, die einen St. Vitus Tanz durchführen, und sie faltet und legt das Geschenkpapier mit perfekten rechten Winkeln, dreht das Paket nach Bedarf (ich schwöre, ich kann einen schwachen, mechanischen "Whirrr" höre, während sie das tut), hält irgendwie alles mit der Spitze eines Fingers an seinem Platz, während sie ein Stück Klebeband von einem Spender mit einer Bewegung wie der eines Schnappmessers abschneidet und die Produkte in das versiegelt, was ich nur als das perfekt verpackte Bündel auf Gottes grüner Erde bezeichnen kann. Es würde den Weihnachtsmann zum Weinen bringen und ihn in den Vorruhestand treiben.

Die Präzision, mit der dieses Paket vorbereitet und eingepackt wurde, steht in einem direkt umgekehrten Verhältnis zu der Menge an wechselseitiger menschlicher Beziehung, die dieses atmende Muster von Verkaufskunst vor mir während des gesamten Verfahrens gezeigt hat. Ich fühle mich effizient und ordentlich bedient, aber als ob von mir erwartet wurde, dass ich meine Kleider vom Boden aufnehme und gehe, ohne ein Wort und ohne jemals zurückzuschauen.

"Danke", sage ich mit einer trotzigen Wärme, in voller Erwartung auf den nachtragenden Blick, den ich dafür bekomme.

Sie steht nur da.

"Noch was", sagt sie (nicht fragt, sondern sagt).

Als ich "nein" sage, dreht sie sich um und verschwindet durch einen Vorhang hinter ihr.

Ich habe keine Ahnung, was sie als nächstes in diesem Raum hinter diesem Vorhang möglicherweise tun würde. Hebt sie ihren dünnen Finger, um kleine Hasen zu beschimpfen und ihnen zu sagen, dass es nur ihre Schuld ist?

Zerbricht und weint sie, oder steht sie vielleicht nur unbeweglich im Dunkeln, erstarrt, und wartet darauf, dass ein anderer Kunde sie wieder einschaltet?

Zuhause, verbringe ich ein paar Wochen damit, meinen neuen goldenen Kugelschreiber mit der Taschenlampe darin zu genießen. Ich betrachte alles, was ich mit einer Taschenlampe in einem Kugelschreiber betrachten kann: In Medikamentenschränken, unter dem Bett, ich öffne meinen Mund und überprüfe mehrmals meine Mandeln, und ich freue mich, wenn etwas hinter ein Regal fällt und ich irgendwelches dünnes Objekt brauche, mit dem ich nach unten reichen kann und das mir genau die richtige Menge an Beleuchtung bieten wird.

Ein paar Wochen sind in diesem Zustand des Konsumentenglücks vergangen, und dann, plötzlich und ohne Vorwarnung, drücke ich den kleinen Knopf an der Seite meines schmalen kleinen Kugelschreibers und… und… und das Licht geht nicht an.

Ich betätige den kleinen Knopf immer wieder, ein und aus, ein und aus, eher aus einem Gefühl der verlorenen Liebe heraus als aus irgendeinem vernünftigen Grund. Letztendlich, nach einer Trauerzeit, bleibt mir nichts anderes übrig, als der harten Realität ins Auge zu sehen, dass mein… mein schlanker goldener Kugelschreiber mit der Taschenlampe… nicht mehr ist. Zumindest ist er nur noch ein Schatten seines ehemaligen Selbst.

Ich verbringe einige Zeit damit, mich davon zu überzeugen, dass ich damit weitermachen kann (schließlich kann ich immer noch damit schreiben, sage ich mir), aber nach einer Weile, kann ich nicht einmal mehr meine eigenen Lügen glauben, und ich erkenne die Wahrheit an… es ist vorbei.

Ich gehe wieder zum Stadtzentrum und genieße den alten Charme des Viertels so sehr wie immer. Ich komme an der Eisdiele vorbei wo die riesigen, zwei-Meter-hohen Eistüte aus Kunststoff an der Tür steht, und ich gehe weiter zum Buchladen und trete hinein.

Alle anderen Kunden gehen friedlich ihren Interessen nach, stöbern leise, und es gibt ein angenehmes, leichtes Lachen an der Seite des Ladens, zwischen einem Angestellten und einem Kunden, der gerade sein Kleingeld nimmt und sich mit einem Lächeln abwendet.

Ich gehe nach hinten, wo sich die Vitrine befindet. Momentan ist niemand da, und ich fühle einen leichten Drang in mir, als ich den goldenen Kugelschreiber sehe, der genau das ist, was… nein, sag ich mir, reiß dich zusammen. Ich bin aus geschäftlichen Gründen hier.

"Kann ich Ihnen helfen?", Kommt eine freundliche Stimme hinter einer Handvoll Büchern hervor.

"Ja, ich habe diesen Kugelschreiber gekauft und er funktioniert leider nicht mehr."

"Ich werde jemanden für Sie rufen", sagt sie, bevor sie warm lächelt und dann geht.

"Es ist eine wunderbare Welt", denke ich mir. "Eine wunderbare Welt".

Nach einer Weile, erscheint hinter der Theke von Stiften und Lupen eine dunkle Gestalt.

Unsere Augen treffen sich.

Sie weiß.

In diesem Augenblick, weiß sie es.

Es ist dieser Typ, der Engländer (noch mal, ich bin aus den USA), der diesen Kugelschreiber gekauft hat. Sie wurde von mir gebeten, zum Schalter zu kommen. Sie scheint zu spüren, dass es ein Problem gibt, als ob es zu einem Konflikt kommen würde. Als sei es nicht vorbei.

"Ja." (Nochmals, kein Fragezeichen).

"Ich habe diesen Kugelschreiber neulich gekauft" – (ich kann in ihren Augen sehen, dass sie sich erinnert und hält die Einführung für nicht nur überflüssig, sondern auch für etwas verschwenderisch) – "und die Taschenlampe funktioniert nicht mehr."

Ich lasse es bei den Fakten. Es scheint der vielversprechendste Ansatz zu sein.

"Haben Sie Ihre Quittung?", gesprochen, als ob sie hofft, dass ich es nicht habe, an welchem Punkt der dünnste Hauch irgendeiner Chance vorbei wäre.

Ich entfalte die Quittung vor ihr, schweigend. Ich kenne meine Gegnerin, ich kenne ihren Typ, und ich bin vorbereitet.

Sie untersucht sie gründlich, ihre Augen hin und her rasend, als ob sie nach einem Zeichen, irgendwelchem Zeichen, sucht.

Dann hält sie inne und, mit einem engen, schiefen, selbstzufriedenen Lächeln, das ich ihr gewaltig verübel, sagt sie, "Die zweiwöchige Rückgabefrist dafür ist schon vorbei", und wirft die Quittung aus ihrer Hand zu mir zurück, wie ein 10-jähriges Mädchen, das sagt: "FAAAaaalsch, *ich* gewinne!". Es ist der glücklichste Moment, in dem ich sie gesehen habe, obwohl es ein bitteres Glück ist.

Alle Deutschen wissen um die zweiwöchige Rückgabefrist. Es hätte genauso gut zwischen dem ersten und dem zehnten Gebot eingemeißelt werden können. Es ist so wertvoll, und so unbestreitbar. Alles, aber ALLES, kann innerhalb von zwei Wochen zurückgegeben werden: Faires Spiel, versiegelte Sache, keine Fragen gestellt. Danach kann es sein, dass ein Unternehmen, je nach Art des Produktes, den Artikel reparieren oder ersetzen muss, wenn er kaputt oder defekt ist, aber *nur*, wenn er kaputt oder defekt ist, und *nur*, wenn der Kunde nicht dafür verantwortlich ist. Nach diesen Spielregeln, wenn ein Verkäuferin nachweisen kann, dass der Defekt des Produkts nicht wirklich die Schuld des Ladens ist oder, dass das Produkt gut genug funktioniert, um aus dem Geschäft zu humpeln und zu pfeifen, dann sind die guten Aussichten vorbei. Sorry, Trottel, du hast den Maulwurf gekauft. Wir hatten keine Ahnung, dass er Durchfall hat.

Warum sagt dann jeder Verkäufer nicht einfach, dass das Produkt in Ordnung ist und dass keine Garantien jemals aufrecht gehalten werden?

Wegen München, deswegen. Denn neben den Bierzelten, die während des Oktoberfestes mit kotzenden Touristen gefüllt sind, ist München das Herz und die Seele der deutschen Versicherungswirtschaft (so zu sagen), und der deutsche Versicherungssektor schließt die Rechtsschutzversicherung ein.

In diesem empfindlichen Gleichgewicht zwischen der Einhaltung einer Produktgarantie und einem Kunden

"Hau ab!" zu sagen, besteht das Wissen, dass jeder Kunde vielleicht die Weitsicht hatte, eine gesetzliche Versicherung abzuschließen. Dann weiß jeder Ladenbesitzer, dass es seine Versicherung gegen ihre Versicherung ist und, indirekt, jede launische Regentag-Verkäuferin weiß, dass es ihrem Chef nicht gefallen wird, wenn sie den Laden mitten in einem juristischen Kampf mit jemandes "Big Daddy" in München hineinzieht.

Deshalb, wenn ich Auge in Auge gegenüber ihrer königlichen Hoheit der Buchladen-Verkäuferin stehe, wissen wir beide, dass es als gleichmäßiger Kampf beginnt. Sie hat die Selbstsicherheit und lässige Missachtung, die daher kommt, dass sie die Torwächterin ist, die Verkündigerin des allmächtigen "Es Soll" oder "Es Soll Nicht Bewilligt Werden", zusammen mit der Freude, dass ich ihr ganz und gar in diesem Maße ausgeliefert bin – eine Maus in ihren gekrümmten Krallen.

Ich, hingegen, habe entweder die Münchner Mafia hinter mir, oder ich bluffe, und sie wird nicht wissen, was der Fall ist, bis es zu spät ist. Sie weiß das, und dieser Konflikt zwischen dem Geschmack des nahenden Sieges und der Angst vor dem gefürchteten Fall in den Abgrund ist in ihren Augen spürbar.

Warum solche Menschen die Dinge für sich selbst so schwierig machen, weiß ich nicht. So oder so, es ist klar, dass, wenn ich einen guten Fall darlegen kann, sie keine andere Wahl haben wird, als den Kugelschreiber als Reparatur raus zu schicken oder ihn auszutauschen (nach ihre Laune und Gnade, natürlich).

Die Quittung zeigt deutlich, dass ich die zweiwöchige Austauschperiode verpasst habe. Und die Schlacht beginnt.

"Aber es funktioniert nicht", biete ich an (das erste, leise grollen der Kesselpauke).

"Müssen Sie eine neue Mine kaufen?"

Sie versucht der Reparatur zu entgehen, indem sie mich zu einem anderen Kauf verlockt – "Sie ist klug", denke ich, "das stehe ich ihr zu".

"Nein, es ist die Taschenlampe. Sie geht nicht mehr an."

"Die Batterie könnte leer sein. Vielleicht mussten Sie eine andere kaufen. Es gibt einen Ein-Euro-Laden direkt diese Straße entlang", sagt sie, während sie zur Tür hinaus schaut und gerade und irgendwie gleichzeitig nach rechts zeigt , wobei sich ihr ganzer Oberkörper nach vorne zur Tür lehnt.

Sie zeigt mir den Weg nach draußen. Sie will, dass ich gehe, aber ich werde nicht so leicht nachgeben.

"Nein, die Batterie ist in Ordnung. Das Produkt ist einfach nicht gut. Ich möchte mein Geld zurück, bitte."

Und dann, hebt die Torwächterin die Zugbrücke hoch – aber spöttisch. Sie hebt ihre Arme im Einklang mit bemerkenswerter Langsamkeit, dehnt ihren Brustkorb aus, wie ein Greifvogel, der anschwillt und kurz davor steht, die Flucht zu ergreifen. Ihre Hände zeichnen die Umrisse eines Ballettmanövers nach, während sie vor ihrer Brust kreisen und sich kreuzen und dann, wie das Crescendo einer tragischen Oper, in die Vertiefungen ihrer Arme verschwinden und als Ganzes eine Barrikade bilden.

Sie steht, stoisch, steif, streitbar, als ob sie sich einen genetisch angeborenen Charakterzug von einer Großmutter zunutze machen würde, die ähnlich vor einem russischen Panzer, allein auf einem kalten, windigen Hügel vor so vielen Jahren, gestanden haben könnte.

Sie scheint sich für eine ziemlich undurchdringliche Kraft zu halten, diese dünne, knochige kleine Verkäuferin mit einem schwarz-blauen Fleck am linken Ellbogen. Ich lache in mich hinein über die Einbildung von Stärke in einem so mageren Exemplar.

Wenn sich ein Deutscher in diesem Zustand befindet, wie der eines aufgequollenen Frosches oder eines Kugelfisches, ist die Phantasie seiner Widerstandskraft jenseits jeglichen Kontakts mit der Realität und der Verhältnismäßigkeit. Sie scheinen tatsächlich zu denken, nur weil sie ihr Gesicht in einen sauren Ausdruck verwandeln und ihren Oberkörper erweitern, dass die andere Person kauernd und wimmernd weglaufen wird, während ihr kleiner roter Luftballon an einer Schnur hinter ihnen her wackelt. Ein Deutscher in so einem Zustand begreift nicht, dass das Falten der Arme kein starkes logisches Gegenargument ist. Außerdem, scheinen sie nicht zu verstehen, dass eine Bedrohung der Körperlichkeit jeglicher Art in einer Gesellschaft von Gesetzen bedeutungslos ist – obwohl, wenn dieses Ritual von einem dünnen kleinen Ding in einer billigen Bluse ausgeführt wird, ist es desto lächerlicher.

Von hoch zu Ross mit dem wehenden Bannern und dem fließenden, königlichen Tuch, spricht sie einen Satz gedehnt aus, der mehr wie ein Gerichtsurteil als alles andere ist – ein einziges, langsames Wort nach dem anderen.

"Wiiiieeee wissen Siiiieeee... dass die BATTeriiiieeee... nicht TOT ist?!" Sie setzt einen scharfen, pathologischen Akzent auf ihr vorletztes Wort.

Nochmals, ist dies nicht meine erste Woche in Deutschland, auch ist es nicht das erste Mal, dass ich billigen Müll in einer glänzenden Hülle in einem deutschen Laden kaufe und ihn zurückgeben muss.

Ich habe mich auf alle Eventualitäten vorbereitet.

Die Batterie – das ist ein so vorhersehbarer Fluchtweg.

Ich greife in meine Tasche und ziehe einen kleinen Batterietester heraus, schraube das goldene Stiftgehäuse ab, stecke die Batterie ein und lasse den "Piepton" der vollen Batterie meinen Sieg erklären.

Ich nehme die Batterie heraus, halte sie dort, als wäre ich bereit und willig, sie immer wieder einzusetzen, um "Piep" nach "Piep" zu erzeugen, bis die Verkäuferin bereit ist, an ihren Haaren zu reißen und ihre Unterwerfung zur Vernunft in einem Anfall von Wahnsinn zu erklären.

Sie nimmt den Kugelschreiber aus meinen Händen und tritt hinter die Theke zurück, wo sie ein Formular cholerisch herauszieht und kratzig darauf kritzelt.

Das Formular hat oben das Wort "Reparatur" in Fettdruck.

"Eine Reparatur wird nicht reichen", sage ich. "Es gibt ein Problem mit dem Entwurf."

Ich nehme jetzt einen anderen Kurs und versuche, ihren Sinn für Vernunft anzusprechen.

Ich entferne das Gehäuse, um den Mechanismus freizulegen.

"Sehen Sie dieses kleine Stück Plastik?", sage ich und zeige darauf. "Es ist zu dünn. Es hält nicht mehr, nachdem der Knopf ein paar Mal gedrückt wurde."

Ihre Augen glänzen wie die eines Diebes, der die Polizeisirenen hört, wenn er in die Enge getrieben wird, und dann einen letzten, verzweifelten, hoffnungsvollen Plan hat.

"Sie müssen es zu sehr gedrückt haben."

Sie schaut nicht auf. Sie blufft, und sie weiß, dass ich es weiß.

"Zeigen Sie mir, wo in der Bedienungsanleitung die Anzahl der Aktivierungen oder der Grad des Drucks angegeben ist."

Sie ist sichtlich nervös. Gegenüber eines gut strukturierten Satzes und eines soliden Arguments, werden solche Menschen besonders unruhig.

Die Bekanntheit ihrer Position als Torwächterin steht im sterblichen Kampf mit dem Geist der Münchner Rechtsschutzversicherungsbranche, und der Kampf ist tief in ihren Augen sichtbar.

Sie starrt in mein Gesicht; Sie sieht mich von oben bis unten an; Sie schaut sich noch einmal im Laden um und sucht nach irgendwelchen Anzeichnen von Unterstützung, dann auf den Stapel Kisten hinter der Theke…

…dann, erweitern sich ihre engen Pupillen, und es ist vorbei.

Sie wendet sich verzweifelt einem Papierblock zu, kritzelt dort einige Symbole auf ein Formular und r-r-r-reißt dann das Papier vom Block.

Dann, klickt sie unharmonisch auf die Kassentasten, bis die Kasse die Schublade ausspuckt. Ihre Finger lecken ein paar der bunten europäischen Noten aus der Kassenschublade, und sie überreicht sie mir, zusammen mit ein paar Stückchen Gold.

Ich danke ihr. Sie schaut weg. Und es ist vorbei.

Das Deutsch der Deutschen

Es ist allgemein bekannt, dass die deutsche Sprache – um es milde auszudrücken – kompliziert ist.

Die Deutschen, die die Herausforderungen ihrer Muttersprache gemeistert haben, scheinen diese Komplikation als Zeichen ihrer überlegenen Intelligenz zu sehen, während Menschen aus anderen Ländern dazu neigen, zu einer anderen Schlussfolgerung zu kommen.

Wenn Deutsche mit Fremdsprachigen über ihre eigene Sprache reden, lächeln die Deutschen meist stolz (und etwas herablassend) und sagen "Deutsche Sprache, schwere Sprache" – als ob sie, die "dazu geboren wurden", keine Erwartung haben, dass die sprachlichen Proleten aus anderen Ländern mit ihrem niedlichen, kleinen, einfachen Syntax jemals den zerklüfteten Berg der deutschen Sprachgewandten erklimmen könnten.

Es ist richtig, dass Fremdsprachler oft mit den kleinen Einzelheiten der Sprache bestimmte Fehler machen, unabhängig davon, wie weit hoch auf den Berg sie sich gekämpft haben. Die Deutschen scheinen dies jedoch als Beweis dafür zu sehen, dass sie selbst geistig fortgeschrittener sind, weil sie etwas tun können was andere, die unter ihnen versuchen den Berg zu erklimmen, für unerreichbar halten.

Die Frage, die die Deutschen von diesem kategorisierenden und hierarchischen Standpunkt aus übersehen, ist folgende: Warum gibt es überhaupt einen Berg und warum muss er so zerklüftet sein?

Wenn eine Person (oder sogar eine ganze Gesellschaft) von Punkt A nach Punkt B reisen muss, ist es dann intelligent, die Straße zu nehmen, die über einen spitzen Hügelkamm nach dem anderen führt, wo man Lawinen und steil abfallende Abgründe so gut es geht vermeiden muss, oder sollte man den Weg mit den geringsten Biegungen, wo man geschützt von der heißen Sonne ist nehmen, nach dem Prinzip, dass "der kürzeste Abstand zwischen zwei Punkten eine gerade Linie ist"?

Wer ist in diesem Fall klug, die Person, die sich selbst unnötige und vermeidbare Plackerei aussetzt, um an denselben Punkt zu gelangen, den sonst unzählige andere Personen regelmäßig erreichen, oder die Person, die den praktischeren Weg beschreitet und ohnehin dasselbe Ziel erreicht – erfrischt, mit mehr Energie und ist vielleicht im Prozess davon nicht neurotisch geworden?

All diese übermäßigen Komplikationen in ihrer eigenen Sprache sind nur ein Beispiel dafür, wie die Deutschen durch Hyperfokussierung auf unnötige Details sich selbst in die Quere kommen.

Das deutlichste Beispiel ist die Tatsache, dass die Deutschen so viele verschiedene Wörter für das einzige englische Wort "the" haben.

Es gibt insgesamt sechs Wörter, die alle genau dasselbe bedeuten wie: "the". Einmal, dass die Deutschen an diesem Punkt der Überkomplikation angekommen sind, geben sie sich aber nicht damit zufrieden, um es da zu lassen und sich auf ihren umständlichen verflochtenen Lorbeeren auszuruhen.

Und so irgendwo in der dunklen, stürmischen Vergangenheit oder was sich auch immer im Laufe der Jahrhunderte ereignet haben mag, dass diese Menschen ihre jetzige Form hat erreichen lassen, wurde entschieden, dass sich diese sechs Wörter noch weiter verändern lassen, je nachdem, wo sie genau im Satz stehen.

"Sechs Wörter für eine Bedeutung? *Nur* sechs Wörter? Sind Sie sicher, dass das reicht? Na, was ist, wenn es knapp wird? Ohne Genauigkeit, gibt es nicht genug Sicherheit, so..."

"IN ORDNUNG, wir könnten dann... lass uns sehen. Ah! Ich habe es. Wir nehmen einige dieser Wörter und verwenden sie mit genau der gleichen Schreibweise, um andere Wörter der gleichen Wortart mit diesen Wörtern zu ersetzen, wenn sie sich in anderen Sequenzen eines Satzes befinden!"

"Ausgezeichnet! ... aber worüber zum Teufel reden Sie da?"

"Zum Beispiel, wir sagen "der Mann" und "die Frau". Aber wie wäre es, wenn wir jedermann dazu zwingen würden, "der" nochmals zu benutzen, aber nur in den Fällen, wenn einer Frau etwas *gegeben* wird? Dann heißt es, statt "*die* Frau", müssen sie "*der* Frau" sagen, und alles umdrehen."

(Es ertönt ein wahnsinniges Lachen).

"Hahahaha! Was für eine tolle Idee... Und in wie vielen unterschiedliche Weisen sollten wir das tun?"

"Ähmmm...", sagt der alte germanische König von seinem sperrigen Holzthron, während er an seinen Fingern abzählt, "wie wäre es mit... wie wäre es mit zwölf?", sagt er plötzlich, mit einem hinterhältigen Blick in die Augen.

"Fantastisch!!", bricht der Hofeunuch in Ekstase aus. "Zwölf verschiedene Wörter für die gleiche Bedeutung? Das ist genial, eure Hoheit!"

"Ja, ich weiß", sagt er und streichelt langsam seinen wilden, grauen Bart. "NIEMAND wird es verstehen können – es sei denn, es ist einer von uns!"

Und dann, ext der verrückte König plötzlich einen weiteren Liter fermentierten Honigwein herunter und kleckert dabei einen Großteil davon in seinen drahtigen Bart.

Warum musste es zu so was kommen? Die Niederländer haben viel mit den Deutschen gemeinsam, und obwohl sie sich nicht mit einem einzigen Wort für "the" begnügen konnten, hatten sie den guten Geschmack, die Auswahl zumindest auf insgesamt zwei zu beschränken: "de" und "het".

Das ist zumindest verdaulich.

Aber zwölf verschiedene Versionen des Wortes "the", wobei jedes von ihnen sich überlappt, und verwendet wird, um einander zu ersetzen, wie Scrabble-Steine am Spielabend in einer Irrenanstalt?

Im Ernst, Leute.

Für diejenigen, die nicht zu den Eingeweihten gehören, beginnen die deutschen grammatischen Artikel mit einer bereits überhöhten Menge von drei: der, die, das.

Wie Bakterien in einer Petrischale, erweitern sie sich sofort und vermehren sich auf sechs verschiedene Wörter, abhängig davon welchen Platz sie im Satz haben: der, dem, den, des, die und das.

Und um diesen rostigen, spitzen Dolch ein wenig tiefer in das Gehirn der Menschen zu stoßen, nur um sicher zu sein, viele von ihnen werden benutzt, um einander zu ersetzen, abhängig, wiederum, von dieser wertvollen germanischen Ware: ORDNUNG.

Als Ergebnis, könnte "die" vielleicht "der" werden, und "der" ändert sich manchmal zu "den", während "den" eine der vielen anderen Formen von "die" ist, und so weiter, und so weiter, und...

Jetzt, hat sich der Spieleabend in der Irrenanstalt in ein hysterisches Gedränge verwandelt, um den richtigen Sessel zu finden nachdem die Musik aufhört hat, die von denen aufgeführt wurde, die offenbar vergessen haben, ihre "Irren-Medizin" zu nehmen.

Ist es das was die Deutschen so allgemein verklemmt und ängstlich macht – sich als Kinder dem psychischen Stress zu unterziehen, um diese hyperfokussierten Einzelheiten herausfinden zu müssen um zu verstehen, was die Menschen um sie herum sagen? Nach allem, bevor ein Kind an den Punkt kommt, wo es endlich verstehen kann, dass seine Betreuer eigentlich nicht sagen, "Warum *essen* wir nicht einfach das Baby", hat das Kind bereits eine solche Einweihung in seine eigene Sprachkultur durchgemacht, dass es niemals einen Weg zurück für ihn geben kann.

In diesem Licht, wäre es ein Akt des Mitgefühls der Kinder zuliebe, wenn die Sprach- Wissenschaftler und die Politiker die in den Talk Shows diskutieren, zustimmen würden, einfach alle Artikel in "dat" zu ändern und damit wäre der Fall erledigt.

Einige Deutsche haben diesen Prozess der sprachlichen Vereinfachung ohnehin schon allein eingeleitet, ein Zeichen dafür, dass einige aus dem Stamm sehen, dass eine Veränderung vorgenommen werden muss.

Seien wir ehrlich – wenn das schon vor Jahren geschehen wäre, würde heute niemand die anderen elf Formen des Wortes vermissen. Denken Sie an die Gehirnkapazität, die dadurch freigesetzt würde – geistige Energie, die dann für Unternehmungen verwendet werden könnten, die viel wertvoller sind, als nur herauszufinden, was wir versuchen zu einander zu sagen.

Nach so vielen Generationen des mysteriösen und unerklärlichen frühen Ablebens ihrer Patienten, wachten Ärzte auf der ganzen Welt eines Tages endlich auf, und stoppten Blutegel zu benutzen, die das Blut aus kranken Menschen saugten, um Patienten zu heilen. Aus Ehre für diesen Akt der tragisch verspäteten Vernunft, warum kann nicht auch dieser progressive Schritt der Neugestaltung der deutschen Sprache zum Wohle der Menschheit unternommen werden: für die Deutschen ebenso wie für die anderen, die sich mit ihr beschäftigen.... für MICH?!!

Dazu kommt das Kuddelmuddel der verschiedenen Endungen für alle Adjektive, es ist eigentlich so als ob man alle Puzzleteile in die Luft wirft und dann schreit "Los!".

Deutsche, machen Sie Witze? Spielen Sie nur mit dem Rest von uns? Sprechen Sie wirklich nur eine lockere Version des Italienischen zu Hause unter sich, wenn niemand hinsieht? Seien Sie ehrlich – Sie können mir vertrauen, ich werde es niemandem sagen.

Es ist einfach zu viel.

Und das ist nur die *Grammatik* – aber die Deutschen hören damit nicht auf. Nein, nein – die Deutschen nehmen die gleiche Missachtung des effizienten und rücksichtsvollen Denkens und wenden es auf ihren Wortschatz an, mit jeder Chance die sie bekommen.

Betrachten wir das Wort, das sie für das englische Wort "chimney" verwenden (sehen Sie Deutsche, wie prägnant und kompakt das ist?). Ihr Wort für "chimney" ist "Schornstein".

O.K., es ist ein wenig schwer auf der Zunge, und es klingt als ob jeder, der es sagt, bereits hoch berauscht ist, aber es wird reichen.

Aber passen Sie auf, was die Deutschen als nächstes tun. Sie greifen in ihre Tasche von fanatischer Wortschöpfung und fangen einfach an, andere Wörter nacheinander mit diesem Wort zusammen zu klatschen, ohne dass ein rationales Ende in Sicht ist.

Aus "Schornstein", wird so "Schornsteinfeger", und mit ein wenig Spucke und Hoffnung, ist das erweitert zu "Schornsteinfegermeister" (das war der Mann, der schon früh keine Probleme hatte, das Wort "Schornsteinfeger" auszusprechen).

Wenn sich nun all diese hochqualifizierten Fachkräfte entscheiden würden, sich zu versammeln, wie zum Beispiel um Fachwissen auszutauschen und eine generell wilde Zeit in Las Vegas zu haben, würden sie an ihrer jährlichen "Schornsteinfegermeisterversammlung" teilnehmen, und wenn sie erfolgreich genug wird, und sie jährlich wiederholt werden würde, würde sich die "Schornsteinfegermeisterversammlung" (wie aus eigenem Willen) in die "Schornsteinfegermeisterjahresversammlung" umwandeln.

Natürlich, zusammen mit dem starken Alkoholkonsum und den fragwürdigen Rendezvous, ist eine Versammlung keine Versammlung ohne dass jedes mal ein Sitzungsprotokoll erstellt werden muss , und dieses wertvolle Dokument würde den Titel "Schornsteinfegermeisterjahresversammlungsprotokoll" tragen (ein Wort so lang, dass es keinen Platz für die Beschreibung der Einzelheiten des Treffens lassen würde).

Für den Fall, dass Sie sich gewundert haben, haben die Jungs, die Bereitschaftsdienst haben, falls der Schornsteinfeger nicht verfügbar ist, auch ihre Führer an der Spitze, ihrer jährlichen <u>Versammlungen</u> und, natürlich, die Aufzeichnungen Ihres Protokolls. Dieses Dokument wäre (hier kommt es) das "Stellvertretenderschornsteinfegermeisterjahresversammlungsprotokoll".

Das ist fast ein vollständiger Satz in den meisten anderen Sprachen.

Wie können wir jemals Weltfrieden haben, wenn einige von uns so denken?

Ehrlich!

Sogar viele häufigere Wörter sind nur kleinere Wörter, die zusammengeschlagen wurden, wie mit zwei schweren Fäusten.

Zum Beispiel, sagen die Deutschen "umgehen", wo Engländer "circumvent" sagen könnten.

"Umgehen" ist nur die eher stumpfe Verschmelzung von "um" mit "gehen", was in Englisch wortwörtlich "go around" wäre.

Wir Englischsprachigen haben auch die Möglichkeit zu sagen, dass wir etwas "go around" wollen, wenn wir uns dafür entscheiden, aber wir können auch das elegantere "circumvent" wählen (was vom lateinischen "circum", also "Kreis", und "ventus", also "kommen", abstammt).

Ist das nicht schön?

Warum muss alles in Deutschland so verdammt *praktisch* sein, auf Kosten einer Spur oder einer Silhouette der Schönheit?

Nein, die Deutschen möchten möglichst wenige Wörter in ihrem Sprachschatz zur Verfügung haben, so dass sie schneller mit dem ansonsten so störenden Sprechprozess fertig werden können.

Man kann manchmal den Eindruck haben, dass es wirklich nur sechs Wörter in der Sprache gibt und dass die Deutschen sie einfach auseinander hacken und die Teile hier und da wild zusammenstecken, wie Arme und Beine an Frankensteins Körper.

Und ich denke nicht, dass es viele Deutsche überraschen wird, wenn ich sage, dass die deutsche Sprache keine besonders anmutige Ausdrucksform ist.

Es sind all diese Konsonanten, die manchmal einfach nacheinander zusammengeklebt sind, als ob jemand sie auf einem staubigen Haufen auf dem Dachboden gefunden hätte und sagte: "Oh, was solls, *das* kann genauso gut auch ein Wort sein".

Schauen Sie sich das Wort "murmeln" an (ein Wort mit einer besonderen passenden Bedeutung). Spüren Sie einfach, wie sich die Zungenspitze auf Ihrer Palette bewegt, wenn Sie dort an das Ende dieses Wortes gelangen. Es ist, als würden Sie versuchen, Erdnussbutter vom Dach Ihres Mundes wegzukratzen, die sich versehentlich irgendwie dort angeklebt wurde.

Und ja, Sie haben es erraten ... die Deutschen machen von dort aus weiter: Sie sagen "murmelnd", wenn sie sagen, dass jemand "murmelt", und egal wie klar und deutlich sie es aussprechen mögen, die Ironie zwischen dem Klang und der Bedeutung ist staunen erregend.

Warum sprechen Sie nicht ein bisschen mehr wie die Italiener, die Spanier, die Portugiesen – sogar die Franzosen, die so kreativ sind, dass sie fast die Hälfte jedes Wortes der Fantasie überlassen, anstatt alles vollständig auszusprechen.

Sie können es auf Ihre eigene Art tun, aber kommen Sie schon, Deutsche – machen Sie die Dinge ein wenig weicher.

Muss es klingen, als ob jemand das Heimlich-Manöver durchführt, jedes Mal, wenn wir jemanden bitten, uns das Salz herüber zureichen?

Selbst wenn es endlich jemandem gelingt, dieses wilde Pferd einer Sprache in den Griff zu bekommen, werden die Deutschen die Leistung des anderen nur widerwillig anerkennen.

Die meisten Deutschen gehen davon aus, dass eine Person entweder völlig fließend oder absolut unfähig ist, ihre Privatsprache zu sprechen.

Es gibt natürlich Ausnahmen, aber oft, in dem Moment, in dem Sie "des Hund" statt "des Hundes" sagen, wenn Sie über Ihren Hund sprechen, egal wie lange Sie vielleicht schon im Voraus über die subtilen Herrlichkeiten des Tieres und seine Ähnlichkeit zu einem griechischen Gott doziert haben, wird der Deutsche plötzlich beginnen, in monosyllabischen Äußerungen zu Ihnen zu sprechen – als ob Sie auf einmal vor ihm stehen mit einem billigen Koffer, der mit Airline-Aufklebern bedeckt ist in der einen Hand und einem deutschen Phrasenbuch in der anderen Hand, und Sie fragen "Wh, wh, where ist det toilet?".

Die Deutschen verstehen in der Regel nicht, dass es zwischen den Anfängen der Sprachkenntnisse und dem perfekten Sprachfluss, unzählige Grade von Differenz entlang der Skala gibt.

Mit anderen Worten: Zumindest wenn es um Fremdsprachenkenntnisse geht (und ich würde behaupten, auch in anderen Dingen), begreifen die Deutschen in der Regel nur Schwarz und Weiß und merken nicht, dass auf der Palette eine Vielzahl unterschiedlicher Farbtöne zur Verfügung stehen.

Wenn sie Sie jemals in dem Club der Mitsprachler ihrer rockigen, stämmigen Sprache willkommen heißen, müssen Sie auf jeden Fall zuerst in der Lage sein, Gedichte von Friedrich Schiller auswendig zu rezitieren, bevor sie akzeptieren, dass Sie tatsächlich Ihren eigenen Kaffee an der Theke bestellen können, ohne dass ihnen erniedrigender Sprachunterricht angeboten wird.

Und weiter noch, egal, wie Ihre Leistungen in Deutsch als Fremdsprache bisher gewesen sein mögen, es wird immer noch *bestimmte* Deutsche geben, die plötzlich (und verdächtig) die Fähigkeit verlieren, das zu verstehen, was Sie sagen – auch wenn Sie schon 25 Minuten lang mit ihnen über die Zukunft der Europäischen Union gesprochen haben – nur weil Sie Ausländer sind.

"In der Lage" das zu verstehen was "ein ausländischer Redner" sagt und verstehen zu "wollen" was ein "Ausländer" sagt sind manchmal zwei sehr unterschiedliche Dinge in Deutschland – nicht immer, aber es passiert, und meiner Erfahrung nach, mit einem unangenehmen Grad an Häufigkeit.

Es gibt eine Art von Person in Deutschland, die sich nicht besonders wohl fühlt mit der Idee, dass Ausländer ihre Luft teilen, und sie stehen im Gegensatz zu den vielen Mitgliedern der deutschen Bevölkerung, die rücksichtsvoll und gastfreundlich gegenüber Menschen anderer Länder sind, auf der einen oder anderen Ebene.

Wenn Sie so klingen, als wären Sie ein englischer Muttersprachler, werden die weniger international denkenden unter den Deutschen (noch mal, nicht alle, sondern eine bestimmte Art, und Sie *werden* sie hier treffen), um Ihren Zugang durch sie zur deutschen Sprache zu verbieten, oft beginnen, mit Ihnen in gebrochenen Englisch zu sprechen. In solchen Fällen, ist die Botschaft, "Sie, Ausländer, zu dem ich freundlich sein soll (um mir und anderen zu zeigen, dass ich kein Nazi bin) den ich aber eigentlich verachte, weil Sie mich verunsichern, sie sind zu dumm und hilflos, um unsere hoch komplexe Sprache verstehen zu können, die nur die vorrangigen geborenen und hier aufgewachsenen Deutschen (uh-oh... hier gehen wir wieder) verstehen können, natürlich, so ich werde Ihnen den Vorzug geben, mit mir zu sprechen, aber nur in meinem höchst unzureichenden Gebrauch *Ihrer* eigenen Muttersprache".

Mit anderen Worten: "Wenn ich entgegen aller Beweise urteile, dass Sie nicht in der Lage sind, unsere Sprache ausreichend zu sprechen, dann ist es völlig angemessen, dass ich Ihre Sprache spreche, unabhängig davon, wie schlecht ich das tun könnte – das heißt, auch wenn mein Englisch viel schlechter ist als Ihr Deutsch".

Wenn der ausländische Sprecher in solchen Fällen höflich seinen eingeborene Gesprächspartner darüber informiert, dass er in der deutscher Sprache sprechen sollte, da sie (nach allem) in Deutschland sind, dann spricht eine solche Art Deutscher oft widerwillig Deutsch, aber er wird oft nur Worte von ein oder zwei Silben benutzen, die er mit sirupartiger Langsamkeit ausspricht und in einigen Fällen etwas heraus schreit, als ob der Ausländer von Natur aus auch taub sein müsse (zusammen mit allen anderen angeborenen Mängeln, von denen man annehmen könnte, dass der Ausländer sie besitzt; Ob sich eine solche weniger aufgeschlossene Version eines Deutschen auch unbewusst vorstellt, dass der Ausländer von irgendwelcher seltsamen Art von Insekten befallen ist, ist eine etwas offene Frage).

Diese Art von extrem Deutschen, der ähnlich ist zu einem gewöhnlichen Deutschen an Steroiden, beginnt oft mit einer Scheinfreundlichkeit und spricht so etwa wie ein Elternteil mit einem begriffsstutzigen Kind. Wenn der Ausländer ihm dann aber mitteilt, dass es keinen Grund gibt, so langsam zu sprechen, mit mehr Lautstärke zu sprechen oder den Dialog auf Basiswortschatz und isolierten Satzfragmente zu beschränken, kann der Ausländer erwarten, dass diese engstirnige Version der deutschen Bevölkerung Anzeichen von Beleidigung zeigt, als ob er es für unhöflich hält, dass die Gastfreundschaft der Einheimischen gegenüber diesem anderen vor ihm stehenden Exemplar des menschlichen Lebens in Frage stellen wird.

In einem solchen Fall, hat sich diese grobe Version eines Deutschen die Rechtfertigung dafür angeeignet, den Ausländer für unbefriedigend zu halten, obwohl das negative Urteil des Deutschen über den Ausländer nichts anderes ist, als dass der Ausländer die missbilligende Behandlung, die er von seinem kulturellen Gastgeber (oder von seinem ebenfalls steuerpflichtigen Nachbarn, je nach dem) erhalten hat einfach ablehnt, sowie die eigene Erwartung des Extremdeutschen, dass der Ausländer eine solche Behandlung akzeptieren sollte, als ob der Ausländer tatsächlich in einer niedrigeren Gesellschaftsklasse wäre, wie in Indien, und kein Recht auf Gleichheit hätte.

Nochmals, beschreibt dies nicht alle Deutschen, oder sogar die meisten von ihnen, aber es ist mir im Alltag oft genug passiert (im Bus, beim Brotkauf, usw.), dass es sicherlich ein Gift im Wein ist, und es lohnt sich deswegen, Ausschau danach zu halten.

Es ist schon schwer genug, mit einer Fremdsprache umzugehen, was auch immer der Fall sein mag. Unabhängig von meinen eigenen persönlichen Errungenschaften in der Sprache, wie die auch sein mögen, bin ich auch ein paar Mal auf dem Weg selber gestolpert, ohne von außen dabei behindert zu werden.

Einmal, wollte ich ein paar Radiergummis für meinen Druckbleistift kaufen. Die Verkäuferin war sehr freundlich und sehr hilfsbereit. Sie führte mich zur Abteilung im Laden, in der die kleine Kiste war, in der die Radiergummis aufbewahrt wurden, und dann fragte sie in völliger Unschuld, wie viele der Radiergummis ich kaufen möchte?

Es ist ein Druckbleistift – man weiß nie, wie schnell diese Radiergummis verbraucht werden. Und da sie ziemlich schwer zu finden waren, sagte ich zu ihr: "Ich weiß nicht, vier oder fünf... lassen wir uns es sechs machen!", froh, dass wir in dieser Sache zusammen waren.

Ihre gesamte Haltung änderte sich in einem Augenblick, und ich hatte keine Ahnung, warum. Es stellt sich heraus, dass das deutsche Wort für "sechs" hört sich, auf mysteriöse Weise, genauso wie das deutsche Wort für "Sex" an, und so habe ich, in meiner sprachlichen Unschuld und ohne eine besondere Subtilität der Formulierung dieses präzisen deutschen Satzes, dem hübschen Ladenmädchen, das mir bei den kleinen Gummi-Radiergummis half, versehentlich vorgeschlagen, dass wir es treiben sollten.

Sie war nicht befriedigt.

Wenn sie es wäre, hätte mich ihre Reaktion noch *mehr* überrascht, da ich nur nach den kleinen Radiergummis gesucht hatte.

Sie holte die sechs Radiergummis aus der kleinen Kiste, transportierte sie mit einem flotten, engen Gang zur Theke gegenüber, legte sie in einer kleinen Papiertüte für mich bereit und erledigte die Transaktion – und die freundliche

Dame, die mir die Frage am Anfang so nett gestellt hatte war nicht mehr zu sehen.

Ich dachte daran, das Missverständnis aufzuklären, aber ich wollte die Sache nicht noch schlimmer machen.

Ein andere Mal, vor langer Zeit, gab es einen besonders kalten Winter. Ich war ein bisschen krank geworden und ging in die Apotheke, um etwas für meine verstopfte Nase zu finden.

Als ich durch die Regale schaute, stieß ich auf die Teeabteilung und mein Auge fiel auf das Wort: "Verstopfungstee".

"Na, Verstopfung bedeutet eine Obstruktion", dachte ich. "Außerdem, trinken Menschen oft Tee, wenn sie Erkältungen haben."

"*Das* ist das richtige Produkt für *mich*!", entschied ich.

Es hat sich herausgestellt, dass ich nah daran war – oh, so nah. Verstopfungstee *wirkt* tatsächlich gegen einer körperlichen Obstruktion einer bestimmten Art – und ich verbringe den ganzen Abend auf der Toilette, und bezahle so teuer für meinen einfachen Fehler.

Missverständnisse zwischen mir und der deutschen Sprache sind jedoch nicht immer auf meiner Seite der Beziehung entstanden.

In einigen Teilen Deutschlands, gibt es große Felder mit Blumen, die Reihe für Reihe gepflanzt werden; aufragende Sonnenblumen, die bis zum Himmel reichen, vielfarbige Gladiolen und eine Reihe anderer Wunder. Und vor vielen dieser Blumenbeete, gibt es eine kleine Metallbox mit einem kleinen Schlitz und ein paar einfachen kleinen gezackten Messern, die an der Seite aufgehängt sind. Die

Idee ist, dass Leute kommen und ihre eigenen Blumen aus den Reihen auf dem Feld schneiden und dann die entsprechende Menge Münzen in die kleine Metallbox legen, gemäß der dort veröffentlichten Preisliste. Diese einfache, kleine landwirtschaftliche Einrichtung ist ein Wunder des Vertrauens, ganz zu schweigen von der öffentlichen Sicherheit (aufgrund der Messer), aber sie funktioniert immer fantastisch.

Eines Tages, als ich einen Faust voll dicker, flauschiger Sonnenblumenstiele in der Hand hielt, kam ein Mann auf das Feld. Wir schauten uns an und lächelten, und nachdem ich Hallo gesagt hatte, sagte er zu mir: "Asdfoa iweur oawd slja poeiur, het?".

Es war eine Frage, und sie war im deutschen Dialekt.

Sofort nachdem ich die Töne gehörte hatte, bemerkte ich seine fehlenden Zähne und die Erdtöne seiner abgenutzten Kleidung.

Was er sagte, klang wie eine zufällige Konstellation gutturaler Ejakulationen, und ich konnte nicht ganz sicher sein, dass der Mann nicht an irgendeine Art von einer schmerzhaften körperlichen oder psychischen Krankheit litt.

Der deutsche Dialekt ist nicht wirklich Deutsch, per se. Es ist wie eine herzhafte Wurst aus verschiedenen, nicht identifizierbaren Zutaten, die Sprache im Allgemeinen nur schwach ähnelt.

Im Grunde genommen, wenn man die Sprache der Niederlande, die Sprache Dänemarks, und vielleicht einem Hauch Schwedisch nimmt und sie in einem Fleischwolf zusammen mahlen würde, so weit, dass alles leicht integriert ist, aber es noch große Stücke gibt, wäre das Ergebnis etwas, das ähnlich dem deutschen Dialekt schmecken und riechen würde.

Als der Mann im selbst geschnittenen Blumenfeld anfing, zu mir zu sprechen, rannte ich durch meine Erinnerung an jeden einzelnen deutschen Sprachtest, Studienführer und Hörbuch, dem ich mich bis dahin ausgesetzt hatte, und ich kam mit leeren Händen zurück. Ich wurde vorbereitet, Deutsch auf Business-Niveau und an Universitäten zu verwenden, aber ich war beklagenswert unvorbereitet, mit einem Einheimischen zu sprechen, während ich Blumen im Feld schnitt.

Also, Fremdsprache im Allgemeinen, deutsche Grammatik, deutscher Wortschatz, der Klang der deutschen Sprache und, gelegentlich, sogar einige der Deutschen selbst: Es kann genügen, einen Ausländer dazu zu bringen, einfach bunte Bilder zu zeichnen und sie an andere Menschen weiterzugeben, um auszudrücken, was er sagen will – oder vielleicht eine etwas zugänglichere Sprache zu lernen – wie Japanisch.

Eine kleine Überraschung

Das Geräusche von Möwen, die am Strand rufen, und das metallische Klingen eines Segelbootmastes füllen meinen Kopf. Es gibt auch das Geräusch von etwas Schwerem, das fallen gelassen wird, und dann wieder fallen gelassen wird, als ich aufwache merke ich, dass ich im Bett bin.

Als die nautische Szene verblasst, sind die Töne immer noch da. Ich bin mir nicht sicher warum oder was sie verursacht.

Noch immer etwas groggy und müde, merke ich, dass es Samstag ist.

Meine Freundin liegt im Bett neben mir, und als sie langsam erwacht, hat sie einen Blick, als sei etwas in ihren Schlaf eingedrungen und sie will wissen, warum.

"Es hört sich an, als käme es von draußen", sage ich.

Die Uhr sagt, dass es ein paar Sekunden nach 9.15 ist.

"Was ist das? ," fragt sie sich selbst genauso wie mich. Von der Art und Weise, wie sie es sagt, klingt ihre Frage eher wie "Was könnte dieses Geräusch für uns bedeuten, und sind wir davor sicher?".

Der Klang wird lauter, voller. Es scheint, als käme es von überall her, auf einmal.

Dann, als ich wacher werde, beginnt der Klang sich in verschiedene, identifizierbare Töne zu teilen.

"Das klingt nach Musik", sage ich, jetzt umso mehr verwirrt.

Ich ziehe etwas an, stehe an der Schlafzimmertür, und versuche zu hören, aus welcher Richtung der Ton kommt, und dann gehe ich dahin.

Die Töne führen mich zum vorderen Fenster, das zur Straße hinaus geht. Ich schaue hinaus, und ich kann einfach nicht glauben, was ich da sehe.

Es ist eine kleine Parade, die die Straße entlang auf uns zukommt, aber es ist die kleinste Parade, die ich je gesehen habe.

Als sie von der Sockgassen Allee auf unsere Straße abbiegt, wird deutlich, dass die Parade nur aus fünf Personen besteht.

Es gibt den Schlagzeuger, natürlich, und jemanden, der eine helle Flöte spielt ('die Möwen', denke ich mir). Dazu gesellt sich eine Person, mit einem Glockenspiel, sowie ein Trompeter.

Vor ihnen geht ein Mann, der mit äußerstem Stolz vor seiner Gruppe marschiert. Er trägt einen großen Stock unbekannter Art, aus dem am oberen Ende ein fedriges Material heraus kommt. Er streckt seinen Stock hoch in die Luft und zieht ihn dann synchron mit dem schweren, gleichmäßigem Schlag der Trommel wieder nach unten.

Meine Freundin ist aufgestanden und hat den Weg zum Fenster gefunden. Ihr Haar ist immer noch durcheinander vom Liegen auf dem Kissen. Sie schielt mit den Augen und schaut hinaus, und dann dreht sie sich zu mir um und wir beide lächeln uns leise an.

Es ist der Rucklingsdorfer Poker und Skat Verein, der seine Parade veranstaltet.

Sie alle tragen eine Art informelle Uniform, oder zumindest Kleidung der gleichen Farbe, aber es ist aus einem Material, das festlich aussieht, wie Filz, und das im täglichen Leben nicht getragen werden würde.

Es gibt keine anderen Bands, keine Autos fahren langsam vor ihnen her, und es gibt eine spürbare Abwesenheit von irgendjemandem, der hinter ihnen herläuft und sie unterstützt.

Nichts.

Nur die fünf Mitglieder des Rucklingsdorfer Poker und Skat Vereins, die es sich zur Aufgabe gemacht haben, der Gemeinde auf diese Weise zu erklären, dass sie eine organisierte Einheit, und darauf sehr stolz, sind. Sie scheinen zu denken, dass es völlig vernünftig und keineswegs rücksichtslos ist, die anderen Mitglieder der Gemeinschaft an einem Wochenende aus dem Schlaf zu reißen, um diesen Stolz auszudrücken.

Während sie weitergehen, setzt sich die Musik fort, und es hört sich nicht schlecht an für die Musik einer dörflichen Parade. Sie erreichen alle Töne, und sie halten den Rhythmus miteinander. Ab und zu wird die Pfeife ein wenig schrill und die Trompete wird etwas wackelig, aber es ist klar, dass diese Jungs für dieses Ereignis geübt haben, dass sie es geplant haben.

Sie haben geplant, die Nachbarschaft an einem Samstag mit schrillen hohen Noten aus einer Metallpfeife aufzuwecken, während sie auf eine Basstrommel schlagen.

Darauf müssen sie sich in ihrer Freizeit seit Monaten vorbereitet haben: abends nach der Arbeit, an Wochenenden, wann immer sie Zeit finden konnten.

"Das ist Karl Grosbauch ganz vorn", sagt meine Freundin, während sie leicht lächelt und aus dem Fenster auf das gesamte Spektakel schaut, als ob sie in einem Geschäft ein paar Welpen hinter dem Schaufenster beobachtet.

"Haben sie sonst noch jemanden?", frage ich rhetorisch.

"Sie müssen einige Familienmitglieder haben", sagt sie, "oder andere Freunde."

"Etwas", sage ich.

Dann denke ich mir: Wenn das hier so üblich ist, wie wäre es, wenn ich nächstes Wochenende mit einer kleinen Trommel, einem Becken zwischen den Knien und einem Kazoo ausgehe, und als einziger Vertreter des "Amerikanischen Vereins – Niederlassung Rucklingsdorf" allein durch die Straße marschiere? Würden die Einheimischen diese Vorstellung des Stolzes an einem Samstagmorgen begrüßen, wenn sie sonst vielleicht schlafen würden?

Ich beobachte die fünf Jungs in der Parade während sie vorbeigehen.

"Glaubst du, dass sonst jemand weiß, dass dies gerade passiert?", frage ich.

"Ich weiß nicht", sagt sie.

Dann sehen meine Freundin und ich uns noch einmal kurz an, ihr Lächeln fängt an langsam breiter zu werden, und wir brechen lachend zusammen und krümmen uns dort vor Lachen vor dem Fenster.

"Lass uns ein paar Pfannkuchen backen", sage ich.

"Ja!", sagt sie begeistert, und wir verlassen die Parade des Rucklingsdorfer Poker und Skat Vereins, um ihn in sein glorreiches Schicksal hinein marschieren zu lassen.

Im Urlaub

Der Urlaub ist in der Regel eine Chance für die Menschen, sich zu entspannen, das Joch abzustreifen, das wir Tag für Tag tragen müssen, nur um durchzuhalten, vielleicht die Messlatte für unsere Standards ein wenig zu senken, und im Allgemeinen eine Pause von dem Stress und der Spannung einzulegen, die damit verbunden sind, nur der zu sein, der wir sind, und alles einfach zusammenzuhalten.

Dies ist nicht der Fall für die Menschen von Rucklingsdorf, oder für irgendwelche Deutschen, was das betrifft.

Wenn die Deutschen in den Urlaub fahren, nehmen sie sich selber sichtbar und spürbar mit auf die Reise.

Was sie brauchen, ist eigentlich eine Pause vom Deutsch sein, und es gibt keine psychiatrische Couch, die stark genug ist, um der bloßen Gewalt dieses Gewichts standzuhalten.

Das Problem ist, dass, wenn die Deutschen tatsächlich in der Lage wären, für eine kurze Zeit einmal nicht "so deutsch" zu sein – wenn sie auch nur für einen kurzen Moment den engen Ball aus Stahl und Angst lösen könnten, zu dem sie zusammengewachsen sind – dann würden sie wahrscheinlich nie wieder in die psychologische Enge ihrer früheren germanischen Existenz zurückkehren wollen; Sie würden anfangen, buntere Kleidung zu tragen, spontan in der Öffentlichkeit zu singen und mit mehr Knoblauch zu kochen, und sie würden keine beweglichen Metallteile mehr produzieren und ihre Weizenfelder so effizient und effektiv wie zuvor hacken, und wohin würden sie (oder sogar die ganze relativ zivilisierte Welt) bleiben?

Nein, es ist gut für uns, dass die Deutschen nie aufhören, Deutsche zu sein. Schließlich, muss jemand den Wagen ziehen (nachdem die Amerikaner die Idee des Wagens von jemand anderem übernommen, ihn verbessert, effizient in erschwinglichen Einheiten vermarktet und jeden davon überzeugt haben, sich zu verschulden um den zu kaufen).

Wir brauchen die Deutschen so wie sie sind – ja, es könnten natürlich Verbesserungen am Modell vorgenommen werden, aber es ist leider ein Pauschalangebot. Was auch immer sie zwingt, sich beim Management darüber zu beschweren, dass die Wände in ihrer Ferienwohnung knarren, es ist dieselbe Quelle, das selbe prekäre Gleichgewicht zwischen dem "Es" und dem "Über-Ich", zwischen selbst befriedigendem Impuls und von außen auferlegter Verantwortung, aus der ihre Produktivität resultiert. Die Deutschen – nimm sie oder lass sie; Wir haben keine andere Wahl.

Deutsch zu sein kommt aber, mit enormen Kosten für das Wohl der Deutschen einher.

Dies ist nirgendwo deutlicher als wenn die Deutschen die Seite ihres Kalenders aufschlagen und sehen, dass der geplante Zeitpunkt für sie, in den Urlaub zu gehen angekommen ist.

Sie können die unverwechselbaren Spezies von "Deutschen-im-Urlaub" sofort erkennen. Obwohl die Ehepaare sich in der Regel nicht öfter in der Öffentlichkeit austauschen als sie es in ihrem kälteren Klima tun, die Gruppen der älteren, weiblichen Deutschen die allein in Urlaub fahren verbringen anscheinend immer eine tolle Zeit miteinander (vielleicht weil ihre Ehemänner nicht da sind und die Frauen sich endlich ein wenig entspannen können, zumindest in dem Maße, wie es irgendeine von ihnen tatsächlich kann).

Dieser Kontrast zwischen dem Verhalten der Ehepaare und dem der Frauengruppen (auf Reisen und anderweitig), zusammen mit den eher abrupten Frisuren der Frauen, lässt mich ehrlich fragen, ob deutsche Frauen in der Regel eine kulturell unverhältnismäßige Tendenz haben, zu wünschen, dass sie Männer ganz aus der Gleichung herauslassen könnten, so zu sagen, wenn die Welt eine von weniger Tabus wäre – unabhängig davon, ob sie tatsächlich etwas tun, um das in ihrem Privatleben durchzusetzen. Sie scheinen einfach so froh zu sein, wenn sie in der Gesellschaft anderen Frauen ihres eigenen Alter sind, und so sehr anders, wenn sie mit ihren eigenen männlichen Partnern zusammen sind. Dann wiederum, wenn man sieht wie die deutschen Männer sind, vielleicht denken die Frauen einfach, dass sie keine andere Auswahl haben, als ihre soziale Erfüllung in der Gesellschaft anderer deutscher Frauen zu finden.

Was auch immer der Grund dafür ist, Gruppen von deutschen Frauen über dreißig, die im Urlaub sind, scheinen immer mitten in einer Party zu sein. Sie lachen, sie plaudern frei, sie lächeln fröhlich, sie interessieren sich für alles, was um sie herum passiert: Im Urlaub in ihren Gruppen, sind deutsche Frauen dieser Altersgruppe ganz klar in ihrer Bestform.

Auffällig an diesen Partys ist aber, dass es sich um exklusive Partys handelt, zu denen nur diese besonderen deutschen Frauen eingeladen sind. Sie können alle mit einem Souvenirverkäufer in Florenz plaudern oder zusammen mit einem Kellner in Athen laut lachen, aber sie fühlen sich wohl, weil sie in einer Clique mit anderen deutschen Frauen zusammen sind, die denken, verhalten und sich so kleiden, wie sie es tun.

Das ist nicht das gleiche wie wirklich loszulassen; Es bedeutet sich *innerhalb der Gruppe* loszulassen, aber es ist keine Pause von der Gruppe, in die man tief integriert ist.

Es ist diese Integration, jene Reihe von Gewohnheiten und Verhaltensweisen, von denen die Deutschen so dringend eine Pause brauchen, und man kann nicht über die eigenen Grenzen hinausgehen, wenn man seine Grenzen mit sich herumträgt, in jedem kroatischen Restaurant und in jeder portugiesischen Straßenbahn.

Egal ob Mann oder Frau, es kommt einem vor, als ob die Deutschen von der *Idee* begeistert sind, sich in den wärmeren, südlicheren Ländern Europas ein zu finden. Sie scheinen es zu lieben, für ein paar Wochen südeuropäisch zu spielen und so zu tun, als ob sie es selbst könnten, wenn sie es wollten, wenn es genügend Grund dafür gäbe, und wenn es ihre Produktivität sobald sie nach Hause zurückkehren nicht sehr stark beeinträchtigen würde, so entspannt und lässig wie ihre Nachbarn in den gemäßigteren Klimazonen zu sein.

Wenn die Deutschen in den Urlaub fahren, ist es als ob das Schweinchen, das sein Haus aus Ziegelsteinen gebaut hat (was die Deutschen übrigens oft tun), ein paar Wochen verbringt, um im Haus des anderen Schweinchens zu bleiben, das sein Haus aus Stroh gebaut hat; Beim Strohhaus, gibt es Espresso (was das Schweinchen aus dem Backsteinhaus fälschlicherweise "Ex-presso" nennt, während es den Besitzer des Strohhauses korrigiert, der es richtig als "Espresso" ausspricht). Es wird in der Öffentlichkeit getanzt (ohne irgendwelche Vereinsmitgliedschaft oder Eintrittskarten). Es gibt Drama.

Die Deutschen wollen frei sein, aber am Ende, müssen sie produzieren und Verantwortung übernehmen.

Wie lösen sie dieses Dilemma?

Sie erfinden das Konzept ihrer "südeuropäischen Seele".

Die Deutschen haben nicht die Absicht, jemals aufzuhören, Deutsche zu sein das könnten sie nicht, auch wenn sie es eigentlich wollten. Sie müssen jedoch das Gefühl haben, loszulassen, und zu glauben, dass sie nicht *wirklich* im Käfig gefangen sind, den ihr abgeschottetes Gehirn für sie bildet.

Um diese beiden inneren Anforderungen in Einklang zu bringen, bleiben sie verantwortungsbewusste, selbstbeherrschte Deutsche, überzeugen sich aber selbst davon, dass ihre *Seele* in Wirklichkeit frei und locker ist; es sind nur die Anforderungen und die Notwendigkeiten, im täglichen Leben verantwortlich zu sein, und die ihnen *von außen* auferlegten Verantwortungen die sie dazu *zwingen* so zu sein wie sie sind.

Sonst, wären auch sie locker und sorglos. Auch sie wurden dann mit den Bullen laufen, sich im Stadtzentrum versammeln und lautstark lachen, während sie stundenlang Hände voll Tomaten aufeinander werfen (ohne sich insgeheim zu fragen, mit welchem Waschmittel die Tomatenflecken am effektivsten aus ihrer lässigen, weißen Urlaubshose entfernt werden können, einmal, dass sie wieder im Hotelzimmer ankommen).

"*Im Inneren*, sind wir frei und entspannt", sagen sie sich. "Nur an der *Oberfläche* sind wir standfest und pünktlich. Schließlich ist das die beste Balance, nicht wahr? So *sollten* alle sein. Das ist was uns Deutsche besonders macht, was uns... naja... wirklich *besser* als alle anderen macht"....und da gehen sie nochmals, um wieder Deutsche zu sein.

Sie verstehen es einfach nicht.

Diese Fantasie ihrer freien südlichen Seele zeigt sich in den vielen Namen, die sie ihren Kindern seit einigen Generationen gegeben haben. Ein Besucher seines Landes ist zunächst überrascht, so viele Vornamen zu hören, die so klingen, als ob sie in wärmere Teile des Kontinents gehören: Manuela, Marta, Rita – bis man später herausfindet, dass der Name manchmal eine kürzere Version ihres offiziellen Namens ist, wie wenn "Rita" eigentlich eine Abkürzung von "Holgeritha" ist, als ob sie wirklich nach einer Figur aus einer Richard Wagner Oper benannt worden wären, aber dass ihre Eltern die Illusion behalten wollten, dass sie sich noch in ihrem dreiwöchigen Urlaub in Barcelona befinden.

So sind die Deutschen am Urlaub.

Und die Rucklingsdorfer sind da keine Ausnahme...

Matthias wacht um 6.00 Uhr in seiner Ferienwohnung an der Ostseeküste Deutschlands auf. Er hatte seine Uhr auf "Vibration" gestellt, damit er seine Frau Kathrin nicht wecken wurde.

Eigentlich, hat er seit 5.00 Uhr morgens wach gelegen und darauf gewartet, dass die Uhr vibriert (damit er den Alarm nicht vermisst und verschlafen würde).

Er befördert seinen großen Körper mühsam in eine sitzende Position auf seiner Seite des kleinen Bettes. Er riecht immer noch nach Nikotin vom Vortag.

Er ist Anfang vierzig, und er sieht aus wie ein Oger aus den dunklen Zeiten: Er ist riesig in Höhe und Umfang, langsam und unaufmerksam, mit Knopfaugen, die für sein fleischiges Gesicht zu klein erscheinen, er hat Konstellationen mehrerer schwarzer Warzen unterschiedlicher Größe unter den Augen. Die Haut seines Gesichts ist ungleichmäßig mit lila Flecken und kleinen roten Beulen bedeckt, und er hat einen dicken Berg von Fett in seinem Nacken.

Als Erstes faltet er das Paar schwarzer, sauberer Socken auseinander, das er auf den Nachttisch gelegt hatte und zieht sie an. Dann, steckt er seine Füße in seine Ledersandalen, die er gekauft hat, um sich auf diesen erholsamen Urlaub am Strand vorzubereiten.

Im Badezimmer, zieht er seine kurze Hosen an und kämmt sein Haar über eine kahle Stelle. Dann, nimmt er zwei frische, weiße Handtücher vom Stapel auf dem Waschtisch, entfaltet sie, faltet sie dann langsam nacheinander wieder zusammen, so dass ihre Ecken diesmal gleich sind, klemmt sie sich unter seinen Arm und geht zur Tür.

Obwohl sich die Ferienwohnung in Norddeutschland befindet, sind die Wände hinter ihm in südeuropäischen

Pastellfarben gestrichen (obwohl diese Farben in der natürlichen Umgebung dieser Region nicht vorhanden sind). Die Küche ist mit gerahmten Aquarelldrucken mit hell illustrierten französischen Baguettes und dampfenden Kaffeetassen dekoriert, die mit italienischen Wörtern in eleganten, fließenden Kursiven über gekritzelt sind.

Es ist zweifelhaft, dass die Franzosen und Italiener ihre eigenen Häuser mit Bildern von Produkten aus ihren lokalen Supermärkten schmücken. Es ist auch nicht wahrscheinlich, dass es am sonnigen Strand in Italien viele Ferienwohnungen gibt, wo die Wände mit Bildern deutscher Exportmaschinen oder mit blumigen Feldern geschmückt sind, auf denen "Schmetterling" in schwarzen gotischen Buchstaben kreuzweise auf der Oberfläche mutig prangte.

Die Wohnung hat eine beruhigende Atmosphäre von Leichtigkeit und unbeschwerter Freude.

Durch diese helle Szene, läuft Matthias buckelig, seine Arme steif und leblos an beiden Seiten herunterhängend, als sei sein ganzer Körper im Laufe der Jahre eingefroren. Wenn er sich bewegt, läuft er nicht wirklich; Lieber hebt er einen Fuß leicht, schiebt ihn nach vorne und lässt dann das gesamte Gewicht seines Korpus gnadenlos darauf fallen (es könnte genauso gut einen hallenden Trommelschlag und eine vibrierende Bassnote von einer Tuba geben, während er jeden Schritt macht, wobei der Boden bebt und die Kinder kilometerweit weg vor Angst und Vorahnung weinen).

Es gibt absolut nichts Pastelliges an ihm.

Als Matthias sich auf den Weg über die schmale Treppe macht, schwingt er mit jedem Schritt langsam hin und her.

Dann, schleppt er sich in seinen kurzen Hosen und seinen Sandalen, durch die seine schwarzen Socken zu sehen sind, aus dem Poolbereich. Niemand ist zu dieser frühen Stunde da, und er wählt zwei Liegen aus, die sich nebeneinander befinden und weit außerhalb des Platzes stehen an dem die Sonne später scheinen wird (obwohl sie sich für diesen Urlaubsort entschieden haben, damit sie in diesem Jahr "ein wenig Zeit in der Sonne verbringen können", wie seine Frau ihren Gästen erzählte, zu denen er damals nickte und grunzte, während er mit seiner Zigarette über den Tisch gebeugt saß).

Dort am Pool, entfaltet er dann jedes Handtuch und legt eines auf jede der Liegen. Er schaut sich das Ergebnis für einen Moment an, und dann beugt er sich langsam und mit Mühe nach jedem Handtuch hinunter und zerzaust es mit seinen stummelartigen, rauchigen Fingern ein wenig strategisch, so dass die Handtücher wirken, als wären sie dort in einem Moment von Frivolität lässig hingeworfen worden.

Dann, dreht er sich um und schleppt sich wieder die Treppe hinauf und zurück in die helle, bunte Ferienwohnung. Der Bettrahmen quietscht, als er sich wieder ins Bett zu seiner Frau legt, sicher in dem Wissen, dass er ohne Zweifel die beiden Liegen reserviert hat damit sie bereit sind, wenn er und seine Frau nach dem Frühstück beim Pool sitzen möchten, unabhängig davon, wie viele andere Touristen die Liegen in der Zwischenzeit nutzen möchten.

Nach allem, sind Regeln Regeln – auch im Urlaub.

Ein Besuch

Die Schmalztupfs wurden eingeladen. Meine Freundin hat sie gebeten, zum Abendessen zu kommen, und deshalb spiele ich als Teil des Deals mit.

Ich hatte Rüdiger Schmalztupf ein paar Mal im Dorf getroffen. Er schien sehr deutsch zu sein. Er war der Typ, auf den Sie sich mit Ihren Steuern verlassen würden, aber Sie würden nie erwarten, dass er Sie danach anschaut und Sie fragen würde: "Kann ich eine Umarmung haben?".

Als der Minutenzeiger der Uhr um sieben an seinem Platz einrastet, läutet die Türklingel.

"Faszinierend", denke ich mir.

Es ist sicherlich Rüdigers Klingeln: Bestimmt und durchsetzungsfähig. Er presst seinen Finger etwas länger auf die Türklingel als nötig, um sicher zu sein, dass sie ausreichend funktioniert – lange genug, um auf jeden aufdringlich zu wirken, der noch nicht an der Tür aufgetaucht ist, durch einen Fehler den er nur sich selbst zuschreiben kann. Bei dieser Prozedur, wird der "Bing" gegen seinen Willen herausgezogen, bevor der "Bong" danach endlich Luft holen kann.

Die Damen begrüßen sich, und es ist klar, dass der Grund für diese Veranstaltung darin besteht, dass die Frauen mit einander quatschen können. Rüdiger gibt mir die Hand, so sachlich wie etwas getan werden kann und als wäre es ein sehr, sehr wichtiges Ereignis, das heute Abend hier stattfindet.

"Das ist mein Sohn, Üorg", sagt er und winkt mit der Hand in dessen Richtung.

"HalloesfruetmichSiekennenzulernen."

Er ist Mitte zwanzig und spricht mit erstaunlicher Geschwindigkeit, eine Neigung vieler junger deutschen Männer. Vielleicht ist es die Anhäufung von Testosteron, die sie in dieser frühen Entwicklungsphase noch nicht gelernt haben, einzuordnen und zu unterteilen. Was auch immer es sein mag, es verlangt viel Mühe zu entschlüsseln, was er gesagt hat, wo ein Wort aufhört und das andere beginnt.

"Hallo", sage ich. "Entschuldigung, aber wie war Ihr Name nochmal?"

"Üorg ", Rüdiger brüllt.

"Yerg? ", frage ich.

"Üorg ", sagt Üorg.

"Irg? "

"Es ist 'Üorg'", sagt Rüdigers Frau Frieda (nochmals, eher sachlich), als sie sich zu mir dreht.

"Org? "

"Üorg, mit Umlauten ", erklärt der Junge.

Ich bin zutiefst verwirrt, und ich frage mich wieder, warum die Deutschen augenscheinlich die Idee lieben, ihre Kinder nach Klängen zu benennen, die jemand machen könnte, wenn er an einem Hühnerknochen erstickt. Vielleicht ist es der Klang, den die Frau in dem Moment machte, in dem das Kind empfangen wurde.

Wir betreten das Wohnzimmer. Während die Damen plaudern – wie Wasser das endlich fließt, nachdem ein Pfropfen vom Boden eines Eimers herausgezogen wurde – schaue ich mir Rüdiger an und sehe, dass eine Einschätzung stattfindet.

Um die Dinge ein wenig aufzulockern und ein gewisses Zusammengehörigkeitsgefühl zu schmieden, suche ich nach einer Ähnlichkeit zwischen uns.

"Ich sehe, dass wir den gleichen Geschmack in Kleidung haben", sage ich.

Er starrt plötzlich auf meinen grünen Kaschmirpullover, der zufällig zu seinem passt. Dann greift er mit beiden Händen nach meinem Pulli, und seine fleischigen Finger wühlen ihn aus meiner Jacke (ich war gerade vom Garten hereingekommen), und er sagt: "Aber deiner hat ein LOCH ."

Er ist spürbar erleichtert, das Loch entdeckt zu haben, von dem ich bis jetzt nichts wusste, da es so klein war, aber durch Rüdigers Ausgrabungsverfahren natürlich viel größer geworden ist.

"Ich bin froh, dass Sie heute Abend kommen könnten", sage ich trotzdem; ich benutze "Sie", um höflich zu seine.

"Oh, ich denke, dass wir einander duzen können", sagt Rüdiger, als ob wir schon sehr enge Freunden sind.

"Wirklich?", denke ich mir. Aber, wenn in Rom...

Rüdiger beginnt langsam, sich einem Gemälde an der Wand zu nähern. Es ist eins, das ich gemacht habe. Es ist eine Ozeanszene, in der das Licht von den Spitzen der Wellen reflektiert wird, und dieses Licht entspricht den Farben eines Vogels im Vordergrund. Ich bin ziemlich stolz auf das Ergebnis.

"Hast du dieses Bild gemalt?, fragt Rüdiger.

"Ja", antworte ich, mit stillem Stolz.

"...das dachte ich mir", murmelt er, in einem tiefen, rauen Ton, als ob er hinter seiner Hand eine enttäuschende

Entdeckung gemacht hat, die er zu jemandem neben ihm auf einer Geschworenenbank aufdeckt.

Er schaut weg vom Gemälde, als ob er für immer damit fertig wäre und keinen Grund sieht, warum jemand noch einmal zu diesem Bild zurückkehren sollte.

'Den ganzen Abend', denke ich mir.

Der Sohn scheint jung genug zu sein, um seine Neigung zur Kunst vielleicht noch nicht vollständig durch die Belange der Industrie ersetzt zu haben, also frage ich ihn: "Bist du jemals zum Museum in Kargburg gegangen, Yourg"?

"Eigentlichisteseinbisschenweitfürmich."

"Es tut mir leid, aber könntest du für mich etwas langsamer reden? Mein Deutsch ist noch nicht ganz perfekt."

"Oh", lacht er, mit verlegener Bescheidenheit, als ob seinen Fehler für sich selber etwas peinlich fand und mehr als glücklich war, ihn einzuräumen.

"Ichhabegesagtdasseseigentlicheinbisschenweitfürmichist", fährt er fort, seine Hochgeschwindigkeitsleistung absolut unverändert. "Es ist zweiundfünfzig Komma sieben Kilometer von unserem Haus entfernt, und ich habe noch kein eigenes Auto." Er erwähnt die Daten wie ein Computer, der einen Ausdruck in den Raum spuckt.

Ich knicke etwas nach innen ein, da er die genaue Entfernung in Kilometern (und vielleicht in Zentimetern?) zu einem Ort wusste, den er noch nie besucht hat.

"Planst du, bald ein Auto zu kaufen, Yourg?", frage ich.

Frieda schwenkt wieder zu mir und sagt: "Es ist Üorg", an diesem Punkt deutlich verärgert durch meine Unfähigkeit, etwas so Einfaches und Offensichtliches zu begreifen.

In einem Gespräch mit Frieda über Heimdekorationen, erwähnt meine Freundin, dass ich gerade die kleine Ecke, die ich als eine Art Büro im Obergeschoss benutze, neu dekorieren möchte.

"Ist das so?", Sagt Frieda zu mir und verschränkt die Arme, um sich auf irgendetwas vorzubereiten. "In welcher Farbe willst du es streichen?"

"Ich habe über ein schönes Blau nachgedacht", sage ich, froh im Moment an das schöne Blau erinnert zu werden.

"Du solltest hellgrau versuchen", informiert sie mich. "Wir haben unser Wohnzimmer hellgrau gestrichen", sagt sie, als sie ihren Kopf mehr oder weniger in die Richtung in der Rüdiger steht brüsk wirft.

"Grau? Na, es ist eine ziemlich dunkle Ecke und ich wollte etwas ein bisschen festlicheres."

Sie starrt mich einen Moment an, dann wendet sie sich an meine Freundin und sagt zu ihr: "Das Grau in unserem Wohnzimmer hat das Schwarze in den Möbeln wirklich hervorgehoben", und streckt ihren Torso etwas höher in die Luft, als sie das sagt.

"Mein Gott", denke ich. "Es gibt schwarze Möbel?"

Die Damen reden über verschiedene Farben und dann dreht sich Frieda zu mir, immer noch mit verschränkten Armen, und sagt: "Das Grau hat wirklich den entscheidenden Unterschied gemacht." Es ist eine Antwort auf etwas, das meine Freundin gesagt hat, aber Frieda entschied, ihre Feststellung an mich zu richten.

Sie hört auf zu reden und starrt mich an. Ich starre sie an, beobachte ihre Körpersprache und sage mit einer Sachlichkeit, die ich von Rüdiger angenommen habe: "Ich werde es blau streichen".

Ich habe mich da und dort für das Blau entschieden.

Sie funkelt mich mit einem wütenden Blick an, als würde sie gerne, wie ein hungriger Berglöwe, auf mich springen, und alles von mir zerreißen, bis nur noch der Begriff, diese Ecke grau zu streichen, übrig bleibt.

Sie scheint dann eine vage und bändigende Erinnerung daran zu haben, dass es Gesetze gibt, dass es eine Bundesverfassung gibt, geschützte Freiheiten, vielleicht das amerikanische Militär, und... sie zieht ihre Krallen rein und kauert launisch im Platz, als ob eine dunkle Wolke über ihrem Kopf grollt, die jeden Moment zu platzen drohte und die es trotzdem nicht wagte... nicht gerade jetzt.

Wir gehen in das Esszimmer und setzen uns zum Abendessen.

Wenn ich den Sohn frage, ob er arbeitet, erwähnt er, dass er Ingenieurwissenschaften studiert. Ich frage, ob seine Freunde sich genau soviel für Mathematik und Daten interessieren wie er.

"Ja, mehr sogar", sagt er mit Vergnügen. "Manchmal, wenn wir am Wochenende irgendwo hingehen wollen, anstatt den Ort zu erwähnen, sagen wir vielleicht das Jahr, in dem das Gebäude gebaut wurde, oder die Geschwindigkeit, mit der mein Freund eine Stunde braucht um dorthin zu fahren, und die Anderen müssen erraten, was für ein Ort es sein könnte!"

Er sagt dies mit offensichtlicher Fröhlichkeit – wie ein verrücktes Kind, das einen Lutscher leckt und bemerkt, dass es der mit dem zusätzlichen Zucker darin ist.

"Und dann lachen wir alle!," sagt er und lacht sich selbst in Stücke, in einem einzigartigen Moment, was für ihn, totale Losgelassenheit sein muss.

Ich schaue seine Eltern, Rüdiger und Frieda, einen nach dem anderen an und frage mich, was sie all die Jahre getan haben, dass der Junge so geworden ist.

Ich öffne den Rotwein und frage Frieda, ob sie etwas möchte.

"Ja!", brummt sie mich missbilligend und scharf an, offenbar verärgert, dass ich sie in eine Position gedrängt habe, in der sie mir etwas Bejahendes sagen muss.

"Yarg?", frage ich, während ich die Flasche in dem Bereich über seinem Glas halte und wartet auf seine Entscheidung.

"Jabitte", sagt er.

Rüdiger beäugt die Transaktion, und dann sagt er: "Rotwein ist gut für das Herz, Üorg."

Ja," antwortet der Sohn, "die meisten Kapillaren sind im menschlichen Gesicht zu finden, wo –".

Sein Vater unterbricht ihn mit müder Geduld, als sei es eine Gepflogenheit, an die sie alle gewöhnt sind.

"Der ältere Bruder von Üorg hatte gerade seinen zweiten Herzinfarkt", sagt der Vater.

Er wartet darauf, dass meine Freundin und ich mitfühlend nicken, und dann geht er weiter.

"Dirk ist im Banksektor. Er ist Leiter seiner Abteilung", fügt Rüdiger hinzu, mit einer Mischung aus ruhigem, stoischem Stolz und einem Anflug von Tragödie. "Er hatte seine erste kurz nach dem er 30 wurde."

'Was ist in dem Haushalt dieser Kinder passiert?', frage ich mich, als ob ich jemanden anrufen will, um die zu retten... Obwohl ich weiß, dass es an diesem Punkt zu spät dafür ist.

"Er engagiert sich in seinem Job sehr ," fügt Frieda hinzu. "Seine Frau sagt das immer."

"Rüdiger, möchtest du gerne ein Glas Wein?", biete ich an.

"Ja, bitte", sagt er und beobachtet wie die rote Flüssigkeit kaskadenförmig in sein Glas fließt, deutlich mit der Vorfreude auf das Vergnügen, das ihn erwartet.

Er lächelt, als er das Glas an seine dicken Lippen hebt. Einen plötzlichen Moment, nachdem er den Wein probiert, zieht er das Glas zurück und seine Mundwinkel ziehen sich zur Seite, wie die eines enttäuschten Calvinisten. Dann stellt er das Glas ab und schiebt es nur noch spürbar ein wenig weiter von sich weg.

"Er ist zu süß", sagt er. ""Hast du noch etwas anderes?" Er hebt seinen Oberkörper etwas an und ich beobachte, wie sich sein Kopf hin und her bewegt, während er versucht, in die Weinsammlung im Regal hinter mir zu spähen.

'Deutsche', sage ich mir selbst.

Meine Freundin kümmert sich darum und stellt eine zweite Flasche und neue Gläser auf den Tisch, und nach einer weiteren Verkostung, ist die Genehmigung nach einer kurzen Zeit erteilt.

Ich trinke weiterhin den Originalwein aus meinem Glas, obwohl er eigentlich zu süß für einen Tafelwein ist. "Ich mag es", sage ich, zur Unterstützung meiner Freundin, die den Originalwein am Vortag mit großem Stolz ausgewählt hatte, und um einen Lanze für die zivilisierte Gastfreundschaft zu brechen.

Das Gespräch dreht sich um Politik, die Gesellschaft und verschiedene Ereignisse in den Nachrichten. Unabhängig vom Thema, ist Rüdiger nicht in Verlegenheit, wenn es darum geht, seine Meinungen zu haben und diese zu äußern, sowie klarzustellen, dass alle anderen, die das Gegenteil behaupten, irregeführt sind.

Dann frage ich sie, nur aus Neugierde und um zu bestätigen, ob ich Frieda heute Abend so weit klar gelesen habe, was sie über die Farbe der Wände dort im Esszimmer denkt. Sie guckt mir finster in die Augen, und versucht, diesen Dolch weiter tief in mein Gehirn zu treiben.... aber ich lasse ihn nicht durch.

Üorg erklärt seine Schätzung der Länge und Breite des Wohnzimmers, und er sagt, dass er die Proportionen für sehr geeignet hält. Als sich das Gespräch ändert, sitzt Frieda da und hasst mich in stillem Abscheu.

Ich drehe mich zu meinem Teller und genieße meine Rouladen und Kartoffeln mit der dicken braunen Soße.

Nach dem Hauptgang, wechseln sich meine Freundin und ich ab, um das Geschirr wegzubringen, den Nachtisch herauszubringen und mit den Gästen zu reden.

Der Sohn erwähnt, dass er ein Interesse am Schachspiel hat. Er beschreibt die verschiedenen, möglichen Eröffnungszüge (alle die, eigentlich, in ihrer Reihenfolge der Uneinnehmbarkeit), als ob er die Abstraktionen der Kriegskunst genießt.

Als ein Versuch, meine Interessen mit denen der anderen Partei in Einklang zu bringen, frage ich ihn, ob er weiß, wann das Schachspiel erfunden wurde, und erwarte, dass ich unverzüglich über das Thema informiert werde.

Er schaut von seinem Nachtisch hoch in die Luft, es scheint ihm nichts einzufallen und dann starrt er mich an. Bis zu diesem Zeitpunkt, war er ein ziemlich positiver, angenehmer Mensch, aber er sieht plötzlich unstet und unsicher aus, als ob er im Prozess ist, den Halt auf seinem Fundament zu verlieren. In seinen Augen wächst plötzlich eine Abwehrhaltung, gefolgt genauso plötzlich bei einem Blick von ebenso unkontrollierbaren Aggressionen. Dann, im nächsten Moment, sieht er schuldig aus, als wüsste er, wie er auf mich reagierte, und bedauerte zutiefst dies sowohl als auch die Tatsache, dass er seinen sonst festen Griff an seinem Charakter verloren hatte.

Sein Vater sagt uns, dass er und Üorg ab und zu Schach spielen, und dann, als ob er seinen Moment des Zusammenbruchs zu seiner dunklen Seite wettmachen wollte, sagt Üorg: "Ja, ich spiele ungefähr dreimal in der Woche. Ich bat meine Freundin, zu spielen, aber sie sagte, dass sie es nicht mag."

Der Schachingenieur hat also eine Freundin. Ich frage mich, wie ihre Romanze sein könnte. Ich stelle sie mir in einem Moment der Intimität vor, mit geschlossener Tür, während sie sich lieben, als die Stimme des Mädchen mit einem leisen kleinen "Oh" von Überraschung beginnt, gefolgt von einem weiteren kleinen "Oh", etwas lauter und höher als das erste, gefolgt von einem weiteren erwartungsvollen "Oh", und dann... nichts.

'Zugunfähig', denke ich. 'In drei Zügen'.

Der Nachtisch ist aufgegessen und die Gäste scheinen zufrieden zu sein, da zu sitzen und ihren neuesten Beitrag zur Rauchwolke zu machen, die sie in der letzten Stunde in unserem Haus gemeinsam produziert haben.

In solchen Momenten, gibt es nach dem Essen mit den Einheimischen eine Bequemlichkeit, die sich von praktisch allen anderen Formen ihrer Gesellschaft abhebt. Vielleicht ist dieser andere Teil ihrer Persönlichkeit von Nikotin gebändigt, wie Dracula von Sonnenlicht.

Die Kaffeetassen werden geleert, die Aschenbecher bis zum Überlaufen gefüllt und Rüdiger, Frieda und… ihr Sohn manövrieren sich zur Eingangshalle. Überall werden Hände geschüttelt (na ja, fast überall. Frieda sorgt dafür, dass sie günstig außer Reichweite ist, sobald wir an der Reihe sind) und unsere Gäste verlassen uns. Vor der Tür stehend, wendet sich Rüdiger zu uns und sagt: "Das müssen wir irgendwann nochmals tun."

Als ich das höre, habe ich den anschwellenden Impuls, die Tür sofort ins Schloss zu werfen und sie zu verriegeln, aber ich wehre mich dagegen.

Als die Schmalztupfs endlich gehen, erinnere ich mich daran, dass vieles, was ich in Deutschland zu tun habe, elektronisch und über das Internet abgewickelt werden kann, und ich bin zum ersten Mal an diesem Abend wirklich glücklich.

Im Supermarkt

Die Supermärkte in Deutschland sind eine Oase in einer ansonsten bröckelnden Ära; Sie erinnern daran, dass die deutschen Supermärkte die letzten sein werden, wenn unsere Gesellschaft in ihr nächstes internationales dunkles Zeitalter geht. Sie werden heldenhaft und standhaft (wenn nicht nur aus uninspirierter Gewohnheit) als letzte Bastionen des guten Geschmacks und zivilisierten täglichen Lebens bleiben – als ob in Tausenden von Jahren, sechsfingerig Außerirdische mit geheimnisvoll leuchtenden Stirnen und vergrößerten Fingergelenken ein altes, natürlich konserviertes Brot aus der Bäckereiabteilung eines Ortes ausgraben werden, wo ein deutscher Supermarkt vor hunderten von Jahren vor ihrer Zeit stand, und, in Anerkennung der hohen Qualitäten des herrlichen Laibes, ein Hologramm davon in einen ihrer schwebenden Museen stellen würden. Umgeben von einer Laser geschützten Vitrine, der Laib Brot – mit seiner knusprigen Kruste, seinem zarten inneren Herzen und eben den richtigen Aromen von Salz und Hefe – wird dazu führen, dass die zukünftigen Außerirdischen unsere Epoche in einer weit höheren Wertschätzung halten werden, als diese unsere Zeiten überhaupt verdienen. Nach allem (könnten die futuristischen Außerirdischen denken), wie schlimm könnte eine Gruppe von Menschen sein, die Brot produzierte, das so zutiefst befriedigend und bekömmlich ist wie dieses? (Ich gehe davon aus, dass das Brot das in den 1930er Jahren in Deutschland verkauft wurde, ironischerweise auch von erstaunlich hoher Qualität war).

Begierig auf mein neustes Abenteuer im örtlichen Supermarkt ein paar Kilometer von Rucklingsdorf entfernt, biege ich in die nächste Spur des Parkplatzes ein, und während ich beiläufig nach einem freien Platz suche, bin ich plötzlich mit dem regulären Bestandteil eines deutschen Einkaufstags konfrontiert – die mehrfach gegliederte Reihe von Einkaufswagen, die in einer schlängelnden Linie aus ihrer überdachten Hütte hervorragen – als ob sie eine betrunkene, prähistorische Schlange bilden, die alle Vorbeikommenden herausfordert, und alle die Möchtegern-Einkäufer mit ihrem schlingernden Körper verspottet, während sie reißzahnartige Kratzer in die Autos derer beißt, die mutig vorbei kriechen.

In anderen Ländern, die auch von Menschen bewohnt sind, gibt es Supermärkte in denen solche Einkaufswagenschlangen einfach nicht existieren. Es liegt irgendwie in der Macht der Menschen die woanders wohnen, es zu schaffen und es sich leisten zu können, einen Arbeiter zu entsenden, der die Wagen so verteilt, dass sie in die verschiedenen Stellhütten passen, ohne dass diese drahtigen Riesentiere das Vorankommen der Käufer (und somit den Fluss der Volkswirtschaft) behindern.

Nach allem, ist der Aufbau eines Supermarktes mit enormem Aufwand und Planung verbunden, alles um Kunden – mit Hilfe von Eimern voller Geld, die für die Werbung ausgegeben werden – zu gewinnen. Schließlich, unter all den Leuten, die die Einkaufsbroschüren, die sie mit ihrer Post erhalten haben, wegwerfen, gibt es einige Auserwählte, die letztendlich entschieden haben, zu diesem bestimmten Supermarkt in dieser bestimmten Stadt zu kommen um ihr Geld auszugeben, um ihren überarbeiteten und unterversorgten Familienmitgliedern zu helfen, genug Nahrung zu haben, so dass diese für eine weitere Woche überleben können – während der deutsche Supermarktmanager, wie in einer seiner fehlgeschlagenen Bemühungen um "out-of-the-box" zu denken, entscheidet:

"Ich weiß, was ich tun werde! Ich werde die Einkaufswagen dazu verwenden, eine physische Barrieren zwischen den Kunden und den Eingangstüren zu schaffen, so dass die Käufer nicht nur Schwierigkeiten haben, durch den Parkplatz zu fahren, sondern zusätzlich die Herausforderung vor sich haben, einen Hindernislauf absolvieren zu müssen, sobald die Käufer ihre Autos verlassen haben und versuchen die Rennstrecke zu Fuß zu durch zulaufen, müssen sie sich um die Einkaufswagen herum schlängeln. Auf diese Weise *verdienen* die Kunden das Recht , in meinem herrlichen Supermarkt einkaufen zu können. Andernfalls, könnte jeder x-beliebige Käufer möglicherweise hereinkommen, und die werden vielleicht nicht die Fähigkeiten besitzen, um die wundervollen Eigenschaften der von mir verkauften Waren zu schätzen."

Dies folgt auf Friedrich Nietzsches Konzept, dass "nur die Starken überleben". Vor allem in einem Land, das sich so charakterfest auf die Herstellung, den Kauf und das stolze Vorzeigen teurer Automobile konzentriert, wenn eine Person nicht über die fahrerischen Fähigkeiten verfügt, um herausragende Metallgitter zu navigieren, die im Wind schwanken, dann verdienen sie es sicherlich kein Essen und Trinken zu bekommen, um zu überleben.

Na, es ist eine Frage der Entwicklungsgeschichte und der Qualitätssteigerung der Gattung. Wenn diese Einkaufswagenschlangen nicht auf den Parkplätzen wären, würde die Qualität der deutschen Rasse in Rekordzeit sinken. Wir sollten alle dankbar sein, dass diese Supermarktmanager keine Arbeiter aussenden, um diese monströsen Wagenketten aufzubrechen, denn dann würden die deutschen Kinder durch mangelnde Herausforderung in ihrer Umgebung schwache Denkweisen und faule Persönlichkeiten entwickeln, und die würden nie in der Lage sein, deutsche Ingenieure zu werden, um unsere Welt mit allerlei zuckelnden Maschinen und tödlichen Sportwagen zu versorgen.

Eigentlich, ohne die zusätzliche Herausforderung, die diese langen Barrikaden von Einkaufswagen für den durchschnittlichen deutschen Bürger im Alltag darstellen, könnten die künftigen Generationen des deutschen Volkes möglicherweise nicht die innere Stärke und den harten, zackigen Gusto haben, der erforderlich ist, nach Belieben zwischen den deutschen grammatikalischen Artikeln von "die, der, das, den" usw. zu unterscheiden, und Deutschland würde zu einer Gesellschaft, in der die Menschen entweder guttural und unzusammenhängend miteinander plappern, diesmal *ohne* Zuhilfenahme der organisierten Grammatik, oder sie würden alle gegen ihren Willen gezwungen sein, eine einfachere und angenehmere Sprache zu sprechen (ich glaube, dass Esperanto immer noch verfügbar ist, und zwar mit einem starken Rabatt).

Trotz der Herausforderungen, die mir meine Umgebung an diesem Samstag bereitet hat, schaffe ich es wieder in den Supermarkt und fühle das gebührende Gefühl der Ehre bei dieser Leistung gegen alle Widerstände. Als ob durch einen wedelnden Finger und ein mürrisches Gesicht, werde ich aber bald von der deutschen Gesellschaft gelehrt, nicht zu früh auf meinen bisherigen Leistungen im Parkplatz sitzen zu bleiben; um sicherzustellen, dass ich meine Wachsamkeit rasiermesserscharf halte, war der Manager des Supermarktes so rücksichtsvoll, dass er ein Metallschild mit der Aufschrift "We Care About You" (auf Englisch, natürlich) direkt vor dem Eingang aufgestellt hat.

Es gibt natürlich einen Knoten von Kunden, bestehend aus Menschen, die versuchen, das Geschäft zu betreten, andere, die versuchen, das Geschäft mit ihren gekauften Waren zu verlassen, wieder andere, die versuchen, Einkaufswagen in der Nähe des Eingangs zurückzugeben, sowie die Fahrer, die versuchen, zärtlich aber trotzig in den engen Räumen zu parken, in die dieser Knoten der hungrigen und unberechenbaren Menschheit strömt. Es müssen mehrere Treffen und zahlreiche Versuche der Supermarktleitung nötig gewesen sein, um endlich genau den Ort am Eingang festzulegen, an dem dieser liebevolle Ausdruck vom Vorwärtsdenken und menschlicher Rücksichtnahme so viele Kunden gleichzeitig blockieren würde.

Es ist ein Kompliment an das deutsche Volk, dass es mit solchen Bewegungsengpässen ohne zwischenmenschliche Konflikte oder scheinbaren inneren Stress umgeht. Keiner von ihnen scheint jemals ein Problem mit einer solchen Behinderung zu haben; sie scheinen ihre Präsenz lediglich als eine weitere notwendige Last des modernen Lebens zu akzeptieren (obwohl sie absolut nicht notwendig ist), und könnten sogar mit der internationalen und fortschrittlichen Eigenschaft zufrieden sein, die ihr lokaler Supermarkt zeigt, wenn er dieses besondere Zeichen an diesem besonderen Ort setzt.

Andererseits, scheint dies auch ein weiteres Beispiel für das "Führerprinzip" in Aktion zu sein: Wenn die Person, die eine Stufe höher in der Hierarchie steht, etwas tut, muss ihr blind gehorcht werden, ohne dass sie in Frage gestellt oder kontra diktiert wird. Das ist etwas, das mich hier immer dann beunruhigt, wenn ich es in die Praxis umgesetzt oder (besser gesagt) "aktiviert" sehe.

Der Knoten der Kunden wurstelt sich krampfartig durch, aber es funktioniert, auf seine eigene funktionsuntüchtige, Drittweltland-ähnliche Art und Weise. Es erfordert jedoch zusätzliche Anstrengungen. Deutschland ist kein Ort, wo man sich entspannen und einfach mit seinem Tag weitermachen kann. Vielen Dank, liebe deutsche Supermarktmanager, dass Sie dafür gesorgt haben, dass ich auf Trab bleibe und mich nicht gehen lasse. In welchem Zustand wäre ich ohne Sie?

Das Schild ist auf Englisch – ein Teil des allgegenwärtigen Bemühens der deutschen Geschäftswelt, international zu wirken und keineswegs durch ihre eigenen germanischen Tendenzen stark eingeschränkt vorzukommen. Deswegen, frage ich mich auch, wie viele Menschen in diesem kleinen Bauerndorf überhaupt verstehen, was auf dem Schild steht, da die meisten von ihnen noch nie weiter als zum benachbarten Bauerndorf gekommen sind, was genau so aussieht wie ihr eigenes Bauerndorf. Das Konzept der Werbung ist, dass es einfach Ihre Aufmerksamkeit erregt, ohne dass Sie darüber nachdenken, so unbewusst wie möglich. In dem Moment, in dem der Zugriff auf das Internet mit dem Mobiltelefon erforderlich ist, um einen Werbeslogan zu übersetzen, ist der eigentliche Zweck dieses Schildes nicht mehr vorhanden.

Ein Stück Stonehenge hätte genauso gut aus England importiert und dort platziert werden können, um den Bewegungsfluss zu blockieren: Es wäre ebenso ineffektiv und international gewesen, und hätte ungefähr genauso unnötiges Chaos verursacht, aber zumindest mit ein wenig ländlichem Charme.

Beim Betreten eines der gehobenen deutschen Supermarktes, entsteht sofort das Gefühl von Fülle und Qualität. Hier gibt es alles, was sich ein Mensch mit bürgerlichem Geschmack wünscht (also selektiv, aber nicht zu raffiniert), und es gibt genug Marken von jedem Gegenstand, um einen Bewohner eines Sowjetblocks aus den 1980er Jahren dazu zu bringen, mit glasigen Augen vor den Regalen zu stehen, immobilisiert von seiner Unfähigkeit, sich aus den verschiedenen Kauf-Optionen von gefüllten Oliven zu entscheiden.

Neben der Auswahl aus den verschiedenen Bechern mit aromatisiertem, streichfähigem Fett und der Vielzahl der aufgeschnittenen Tierteile, die wie immer verfügbar sind, bin ich an diesem bestimmten Samstag daran interessiert, eine Flasche Rotwein zu kaufen. Als hätten die Verantwortlichen meine eigenen, persönliche Gewohnheiten und Geschmäcker durch unzählige Marktforschungen studiert, gibt es eine kleine Auswahl an südeuropäischen Weinen in einer Ausstellung direkt am Eingang. Es hätte genauso gut ein Schild geben können, auf dem stand: "Artikel, damit du dich ausgefallener fühlst, als du tatsächlich bist"; diese Auswahl wirkt wie immer auf mich, also wähle ich eine Flasche Wein aus und mache mich auf den Weg, zufrieden, dass ich einen Gegenstand weniger auf meiner Liste zu suchen habe und dass ich deshalb in meinem Leben einen Schritt voraus bin.

Dann, nachdem ich an einem Artikel namens "Sülze" vorbeigezogen bin und mich frage, worin genau es bestehen könnte und warum jemand den Konsum des Produkts in irgendeiner Weise als Ergänzung zu ihrem Leben empfinden würde, komme ich zufällig an der eigentlichen Weinabteilung vorbei.

Nun, ich bin eine Person, der es nicht unbekannt ist, in einem fremden Land zu leben, eine Fremdsprache zu lernen und sich an andere Lebensweisen anzupassen. In dieser Vielzahl von möglichen Variationen, wie Dinge von anderen Menschen auf der ganzen Welt gemacht werden können, wird jedoch ein gewisses Maß an Machbarkeit und Logik erwartet. Wofür es zwei völlig unterschiedliche Abteilungen in verschiedenen Teilen des Ladens gibt wo das gleiche Produkt angeboten wird ist einfach nicht rational.

Ich weiß, ich weiß... Ein sehr steifer Deutscher mit randloser Brillen, keinem Gesichtsausdruck und absolut keiner Modulation in seiner Stimme könnte antworten, "Aber die erste Abteilung ist für feine Spezialitäten, und diese Abteilung ist nur für Wein." Ich verstehe das, aber nach dem gleichen Prinzip von (Un)Ordnung, sollte Wein auch in der Frucht Abteilung ausgestellt werden, da Wein ja schließlich aus Obst hergestellt wird, . Ebenso, in einem germanisch organisierten Supermarkt, soll es Wein auch neben dem Orangensaft geben, da es sich um Getränke handelt, die sich aus einem bestimmten Pressverfahren entsteht. Außerdem, warum gibt es nicht auch Wein, der beim Waschmittel verkauft wird (also in der "Gießbare Flüssigkeiten" Abteilung)?

Für eine Gesellschaft, die stolz darauf ist, über organisiert zu sein, ist diese Tendenz, die in fast jedem Supermarkt in ganz Deutschland üblich ist, ein Beispiel der Überkategorisierung, die sich der Organisation selbst in die Quere stellt. Es ist erstaunlich ineffizient in seiner Effizienz, da eine Person an verschiedenen Stellen im Geschäft verschiedene Abteilungen betrachten muss, um einen einzigen Kauf zu tätigen, um manchmal wieder an den vorherigen Ort zurückzukehren, um einen vorzeitig ausgewählten Artikel zurückzugeben. Warum verstecken Sie nicht einfach den Wein, den ich mir wünsche, unter einem Sofa-Kissen wie ein Osterei?

Dieses dysfunktionale Denken, das zu einer extremen über Aufmerksamkeit führt um alles an seinen richtigen Platz zu bringen, führt mich dazu, mir jemanden mit einer Zwangserkrankung vorzustellen, der alle Fliesen im Fußboden zählt und dann, wenn eins fehlt, einen Nervenzusammenbruch hat.

Mit anderen Worten: Für eine Gesellschaft, in der "Ordnung sein muss," damit die Menschen ein Gefühl von Sicherheit und Frieden spüren können, ist dieser gescheiterte Versuch, Ordnung zu schaffen (und, stattdessen, tatsächlich Chaos zu schaffen, als Ergebnis) ein Zeichen für das Bedürfnis eines Volkes nach etwas, mit dem sie sich nicht selbst versorgen können.

Die Deutschen brauchen dringend Ordnung, aber sie platzieren ein Produkt an drei oder mehr Stellen in ihren Supermärkten, weil sie nicht in der Lage sind, den einen einzigen Ort zu entschlüsseln, wo es am besten geeignet wäre. Was passiert, wenn dieser mentale Ansatz auf Politik, Schulbildung oder etwas wirklich Wichtiges angewendet wird (wie die sequenzielle Präsentation verzweifelter Darsteller auf "Deutschlands nächster Supi-Star")? Wenn der deutsche Verstand keine Ordnung schaffen kann, ist das Ergebnis "Deutscher Wahnsinn," und die Menschen beginnen, steif, eng und anklagend zu werden. Schauen Sie sich diese Produktorganisation in einem deutschen Supermarkt an, und Sie haben einen durchdringenden Einblick in die dunklen Tiefen der deutschen Psyche!

Dieser Erkenntnis trotzend, und da die Menschen im Supermarkt offenbar immer noch genug Ordnungssinn verspüren, um ruhig mit ihrem Einkauf fortzufahren, ohne in einen verrückten Zustand zu eskalieren, gehe ich weiter, vorbei an der kleinen Abteilung italienischen Waren, die einige gefroren Pizzas enthalten und, verblüffend, noch eine Auswahl an Weinen (ich weiß, die "Italienische Zeug" Abteilung... ich verstehe schon, ich verstehe...), entlang der Anzeige von orientalischen Gegenständen (sie haben immer ihren eigenen Platz, getrennt von allem anderen, was deutsch ist und doch irgendwie dahin gehört), die "Geschenke für jemanden, mit dem Sie warm wären, wenn Sie so eine Art Person wären" Abteilung, und dann wappne ich mich für die endlose Reise von einem Ende der gefrorenen Pizza in der Kühltruhe zur anderen (ja, das ist richtig... Eine zweite Abteilung für Pizza. Das habe ich bemerkt).

Als ich um die Ecke biege, sehe ich, dass es derzeit nur eine einzige offene Kasse gibt, mit einer langen Schlange davor. Ich gehe und nehme meinen Platz am Ende ein, und nach einer Weile ist bei der nächsten Kasse etwas Bewegung zu erkennen.

Auch du lieber Gott! Eine zweite Kasse steht kurz vor der Eröffnung, und es wird sehr bald die Zeit kommen, in der diese einzige Schlange in der ich stehe, Anlass haben wird, sich in zwei zu teilen, wobei einige von uns auf der Mutterlinie bleiben werden (wie auf der Titanic), und andere unter uns sich entscheiden werden, sich zu befreien und ihre Chancen auf eine unsichere endgültige Platzierung in der Schlange vor der nächsten Kasse zu wagen.

In solchen Momenten, gibt es ein spürbares Gefühl der Intensität. Die Körperhaltung versteift sich etwas, und in einigen Fällen verlassen die Hüften ihre temporäre, diagonale Position der desinteressierten und unerwünschten Freizeit und gehen in ihre horizontale Stellung, in Vorbereitung auf Konflikte und Krieg. Für diejenigen Vorreiter, die gerade vor der schwierigen Entscheidung stehen, ob sie das Risiko eingehen und sich trennen oder im Komfort des Sicheren und Vertrauten bleiben wollen, ist diese Gewichtsverlagerung das Zeichen dafür, wer in der Gruppe innerhalb weniger Minuten zum Konkurrenten wird.

Es gibt Gesetze, und dann gibt es nur noch die Art und Weise, wie Menschen in einer bestimmten Region der Welt

Dinge tun, ohne dazu gezwungen zu werden. In einer solchen Situation, wenn eine neue Kasse in einem deutschen Supermarkt eröffnet wird, könnte Folgendes theoretisch passieren: Jeder *könnte* einfach implizit miteinander vereinbaren, dass derjenige, der zuerst in der ursprünglichen Linie ist, die erste Wahl hat, und wenn diese Person beschließt, dort zu bleiben, wo sie ist, jeder der nächsten Personen, nacheinander, dann entscheidet (ohne Druck von jemand anderem), zu gehen oder zu bleiben. Es gibt in Deutschland einige zivilisierte Käufer, die nach diesem Prinzip funktionieren, und ich, als Mitglied der Gesellschaft, der auf meine ganz kleine Weise zum Lauf der Menschheitsgeschichte beiträgt, bin immer dankbar für ihren guten Geschmack.

Unter ihnen, gibt es jedoch so schmerzhaft oft mindestens einen "Springer" – den Kerl mit einem Beutel fadem Weißbrotes, einer Dose Thunfisch und einem Beutel Gummibärchen-Imitat (die billige Version), die unsicher von seinen Fingern fest umklammert sind – der SOFORT aufbraust, wie eine wütende Flut, neben jedem anderen Individuum, das vor ihm deutlich aus der Flottille der ursprünglichen Linie getreten ist, um in den Strom der neuen Linie einzutreten. Es geht um Leben und Tod. Glücklicherweise in solchen Momenten, wissen wir, dass die Schützenheime ihre Waffen nach Gebrauch abschließen müssen, so dass dieser Konflikt des Linienwechsels im Supermarkt ein Ereignis ist, von dem man im Wesentlichen sicher sein kann, dass es frei von jedem tragischen Ergebnis sein wird, das einer grafischen Berichterstattung würdig ist. Es ist jedoch eine Erinnerung daran, dass nicht alle von uns beschlossen haben, den Sozialvertrag zu unterzeichnen und das Wohlergehen der Gruppe stets im Blick zu behalten.

Nachdem ich einen Taktschlag darauf gewartet habe, dass meine Vorgänger in der ersten Reihe ihre Absichten klären (nicht ohne ein gewisses Maß an brüderlicher Liebe zu ihnen in diesem Moment, in dem wir alle vor einer gemeinsamen Entscheidung stehen mussten und beschlossen, zusammen statt gegeneinander zu arbeiten), trete ich lässig aus der Reihe und bewege mich gemächlich auf die nächste zu. Plötzlich, wie eine dunkle Wolke der Größe Russlands, die von einer Ecke eines sonnigen Himmels zur nächsten schleicht und den Himmel überschattet, erscheint ein riesiger "Springer" von hinten und zu meiner Seite. Von seiner dicken, amorphen Form und seiner Wahl der Lebensmittel, scheint es, als ob dies die körperlichste Anstrengung sein könnte, die er die ganze Woche gemacht hat. Es gibt keinen Körperkontakt, so hat er genügend Platz zum Vorbeigehen, offiziell, solange er verzweifelt schnell läuft und alle vor ihm daran hindert, den Platz zu besetzen, falls sie es wünschen sollten.

Er hätte den Frieden wählen können, wie der Rest von uns aufrechten Mitgliedern der Gesellschaft, aber nein – er hat den Kampf gewählt, er hat den Krieg gewählt, er hat den unregulierten Kapitalismus gewählt. Er hat den Pakt, auf dem unsere Zivilisation beruht, zerstört, er hat eine entscheidende und unverwechselbare Linie in den Sand gezogen und gesagt: "Es ist mir egal, wer von euch zu Hause Familienmitglieder hat, die krank, alt oder altersschwach sind, oder deren Kinder mit euch in der Schlange alles tun, was sie können, um das Bedürfnis zu unterdrücken (obwohl sie zwingend mal müssen), bis sie nach Hause kommen. 'Es ist *ich* oder *du*, du bist entweder für mich oder gegen mich. Wenn du so schwach bist, dass du dir nicht die Mühe machst, wie ich es getan habe, dann verdienst du es, zurückzubleiben, und ich ernte die süßen Gewinne meiner unternehmerischen Energie. Hört, hört, ich werde gedeihen!"

Und dann, sind wir da: Zwei Kerle die direkt nebeneinander in einer Schlange in einem Supermarkt stehen. Seine Hüften beginnen, die horizontale Ebene zu verlassen und sich in lungernder Langeweile abzuschrägen, während er darauf wartet, dass die Menschen vor uns (die inzwischen die andere Schlange vom Gang aus betreten haben) bedient werden. Da sind wir, zwei Krieger (oder ein eigensinniger Krieger und ein Samstagskäufer) in einer Entfernung voneinander, die normalerweise gefährlich und unbequem unter zwei Gegnern wäre, die aber nun der Entfernung unserer Lebensmittel auf dem Förderband entspricht, während sie sich fortbewegen. Nach einer unangenehmen Pause und einer angespannten Stille, greift er schnell nach der kleinen Trennstange und legt sie nach etwas nervösem Herumtasten unbeholfen zwischen unsere Artikeln.

Dann, spreche ich.

Niemand spricht in solchen Situationen in deutschen Supermärkten, und das ist einer meiner kleinen Beiträge zur Menschheitsgeschichte.

"Dreißig Sekunden", sage ich ihm, ruhig und rational. "Sie haben etwa dreißig Sekunden in Ihrem Leben gespart, indem Sie hier so her geeilt sind, wie Sie es getan haben."

Er gibt vor, unsichtbar zu sein. Ich versichere ihm, dass das nicht der Fall ist, da ich hinzufüge, "und jetzt müssen Sie sowieso hier warten."

Das ist alles; Es wird mit stiller Standhaftigkeit gesagt, und es gibt keine Aggression... Aber er weiß es. Und ein Platz ein paar Schritte hinter uns in der Reihe wäre ihm plötzlich viel angenehmer gewesen als sein Fleck auf der Bergspitze, wo der Wind am kältesten weht.

Während des Wartens, vertreibe ich mir die Zeit, indem ich mich umschaue. Die meisten anderen Käufer benutzen Einkaufswagen, aber es gibt einige, die sich entschieden hatten, an allen Reihen von Wagen vorbeizugehen, als sie den Laden betraten, und nun ihre Waren in den Händen prekär an sich drücken, wie ein Baby, das zu fallen droht.

Das erstaunt mich immer wieder: Die Leute wissen, dass sie einkaufen gehen, und wissen, dass sie eine Reihe von Gegenständen einsammeln werden die sie natürlich tragen müssen. Es ist eine Sache, wenn ein Junge aus der Universität so etwas tut, während er ein paar Bier und eine Tüte Chips holt; Er lernt (schließlich ist das der Grund, warum er in der Universität ist). Na ja, es ist sogar komisch. Sobald ein Käufer etwa 30 Jahre gelebt hat, hat er sich höchstwahrscheinlich schon früher Nahrungsmittel gekauft und ist mit dem Prozess vertraut, und trotz seiner jahrelangen Erfahrung in dieser Hinsicht, steht er immer noch da und jongliert seinen kalten Behälter von Haagen Daas und seine zerbrechliche Eier.

In der anderen Schlange, legt ein Mann seine Waren von seinem vollen Einkaufswagen auf das Förderband. Gleich nachdem er angefangen hat, nähert sich die alte Frau, die als nächstes an der Reihe ist, dem Ende des Förderbandes mit einer Präsenz, die einen Polizisten misstrauisch machen würde, wenn er sie nachts auf einer Straße sehen würde: Sie sieht aufmerksam aus, während sie sich bemüht, jeglichen Augenkontakt zu vermeiden, und dann beginnt sie vorsichtig vorwärts zu gehen, als würde sie gegen ihren Willen von einem Drang getrieben, der größer war als alles, was die Schulbildung und die Religion vielleicht versucht hatten, ihr anzuziehen. Dann fängt sie an, ihre Hand in ihren kleinen Korb zu stecken, zieht ihre Produkte heraus und legt sie mit überraschender Beweglichkeit auf das Förderband.

Inzwischen, ist der Mann, der vor ihr steht, weit davon entfernt, seinen Wagen zu leeren. Er hat noch viel Artikeln übrig, aber während sich das Förderband bewegt, jagen die Sachen der alten Dame seine und füllen damit die Stelle, die er benötigt, um für den Rest seiner Gegenstände Platz zu machen. Es gibt einen unangenehmen Moment, in dem die alte Dame zögert, offenbar in der Hoffnung, dass das Offensichtliche nicht tatsächlich geschehen wird, und wenn es der Fall ist – wenn es klar wird, dass sie eindeutig in den Förderbandraum des Mannes eingedrungen ist – das schnelle Ritual von Wiedergutmachung und Scham beginnt, indem sie ihre Waren auf dem Förderband zurückbewegt, eins nach dem anderen – beginnend mit den Gegenständen in der Frontlinie und über die anderen in den freien Raum am Ende der Linie springend, während sich das Förderband weiterbewegt.

Es ist wie ein umgekehrtes reumütiges Schachspiels, bei dem das einzige Ziel darin besteht, die eigenen Steine vom Kontakt mit denen der anderen Partei wegrennen zu lassen.

Wie in den meisten Wettbewerben zwischen Mann und Maschine, ist die alte Dame nicht schnell genug, um auf diese Weise genügend Platz für die neuen Gegenstände des vor ihr stehenden Mannes zu schaffen – vielleicht ist es eine Frage des Alters; Vielleicht hatte sie in ihren jüngeren Jahren die Agilität, dieses eigenartige Supermarkt-Schachspiel durchzuführen und, wenn nicht zu gewinnen, zumindest gegen die Konkurrenz wacker standzuhalten.

Wenn ja, sind diese Tage nun vorbei, und sie sieht offenbar keine andere Möglichkeit mehr, als ihren bloßen Unterarm zu verwenden und alle ihre Gegenstände auf dem Förderband nach hinten zu schieben (obwohl auch nur in dem minimalen Maße, wie sie es für notwendig hält, das Unheil zu beheben, das zu ihrer Überraschung entfesselt wurde). Ihre kleine Shampooflasche stößt an und beginnt vom Förderband zu fallen, und sie ist gezwungen, eine sehr reizlos und verzweifelte Bewegung zu unternehmen, um sie vor ihrem Sturz zu retten. Dies ist die Situation, die sie für sich selbst geschaffen hat: Sie ist jetzt tief drin, und es gibt kein Zurück mehr.

Am Ende, gelingt es dem Mann vor ihr, seine Waren auf das Förderband zu legen (hauptsächlich dank der Tatsache, dass er seine Waren wie Bausteine aufeinander stapelt und seine Produkte in den Raum quetscht, den die alte Dame hinter ihm für ausreichend erachtet hat, wieder frei zu machen, nachdem sie den Platz erobert hatte).

Nachdem dieses Ereignisses mir schon früher ein paar Mal passierte und ich das kulturelle Muster bemerkte, begann ich in die Supermarkt-Schlangen zuerst mit meinem Körper zu gehen, mit dem Einkaufswagen dicht hinter mir. Den Wagen habe ich als bewegliche Barrikade benutzte zwischen mir und wer auch immer hinter mir in der Schlange war.

Normalerweise, reicht die Anwesenheit des Wagens zwischen uns aus, um zu verhindern, dass die Psychopathologie überhaupt ausgeklinkt wird. In den Augen der nächsten Person hinter mir, gibt es oft einen Anblick von Spannung, und dann bewegt sie sich, merklich und wie durch Gewohnheit, um ihre Waren auf das Förderband zu legen, bevor ich meine ganz hingelegt habe. Plötzlich stellt sie fest, dass mein Wagen über das Ende der Linie hinausragt und sie in einem Abstand von einem guten Meter von dem Ort hält, an dem sie sein will.

Ich finde es sogar notwendig (und ratsam), dies zu tun, wenn ich der erste in einer neuen Schlange bin und das gesamte Förderband wie eine endlose schwarze Autobahn vor mir offen ist, wobei der große Metallkäfig meines Einkaufswagens dem Zweck dient, der eigentlich durch die Selbstkontrolle, Rücksichtnahme und Geduld der nächsten Person bedient werden sollte.

Aber wie schon gesagt, wir sind in Deutschland. Es ist wie die BMW-Fahrer auf der Autobahn. Wo immer sie unterwegs sind, stellen sie sich offenbar vor: "Ja, der Ort, an dem ich bin, ist gut, aber wenn ich diesen nächsten

Platz nur ein paar Zentimeter vor mir erreichen könnte, wäre dieser Drang in mir zufrieden, und der Wolfsmensch in mir würde still sein, bis… OK, ich habe es erreicht, und jetzt der NÄCHSTE Platz, und der NÄCHSTE, und wenn nur… GrrrrUUUUUUlll".

Die ganze Zeit während dieses Ereignisses an diesem Samstag in diesem bestimmten deutschen Supermarkt außerhalb von Rucklingsdorf stattfindet, machen die alte Dame und der Mann vor ihr keinen Blickkontakt, erkennen sie die Existenz des anderen nicht an und führen überhaupt keinen zwischenmenschlichen Austausch durch, obwohl sie dieses freudsche Ballett gemeinsam vor der gesamten Supermarktkundschaft aufführen, die nichts Besseres zu tun hat, als es schweigend zu beobachten.

Vor mir gibt es eine Bewegung. Hier kommt es – ich bin dran. Der vor mir gelaufene "Springer" beendet seinen Kauf und vermeidet ebenso den Blickkontakt mit mir während er geht (in Deutschland, wird viel Aufwand für die gezielte Vermeidung von Augenkontakt getrieben. Die Menge von Energie, die in dieser Weise verbraucht wird, ist so enorm, dass das deutsche Bruttoinlandsprodukt deutlich steigen würde wenn diese produktiver investiert würde).

Als ich an der Reihe bin, Grüßt mich die Kassiererin mit einem Ton, der klingt, als ob sie versucht es von Herzen zu tun, aber nach so vielen Malen, kann sie es einfach nicht mehr.

Es erinnert mich an die Prostituierten, die ich in den Schaufenstern von Amsterdam gesehen habe, die einen Blick hatten, der sowohl ein burschikos "Es ist schön,

DICH zu sehen, großer Kerl" als auch einen gleichzeitigen, erschöpften, weltmüden "Bitte achten Sie auf Ihren Schritt, wenn Sie das Karussell betreten, der Herr" ausdrückte.

Wenn ich mir die Kassiererin ansehe, bin ich mit gewaltigem Mitgefühl für sie erfüllt. Sie verbringt ihre Zeit im Moment nicht damit, Bilder von französischen Landschaften zu malen, und ich bezweifle, dass sie die letzte Strophe zu ihrem neuesten Gedicht komponiert, während die Maschine vor ihr "Piep. Piep piep...Piep" macht.

Wie immer. frage ich mich dann, wie oft sie es bedauert, in ihren Schuljahren nicht mehr Anstrengungen unternommen zu haben.

Diesem Gedanken folgt meine Frage, wie viele Menschen in ganz Deutschland, in ganz Europa, genauso wie in China und Usbekistan und Ecuador, auch an solchen Registrierkassen sitzen und den gleichen Gruß an den Kunden richten müssen, mit der Angst, dass sie gefeuert werden könnten, wenn der Gruß nicht freundlich genug erscheint.

Sie sagt mir meine Gesamtsumme und es gibt eine Pause, während wir darauf warten, dass meine Bankkarte im Gerät bearbeitet wird. In diesem Moment, bin ich für sie dankbar, dass sie die Chance hat, für einige Sekunden aus dem gesamten wirtschaftlich unterdrückenden Netz, in dem sie sitzt, frei zu sein, während ich zur selben Zeit auch ein Gefühl von opernartiger Tragödie verspüre, wenn ich denke, dass sie in solchen Momenten nicht die Ablenkung der Handbewegungen und der piepende Maschine hat und kein andere Wahl hat als einfach dort zu sitzen und sich voll bewusst zu sein, dass dies ihr Leben ist: heute, morgen und übermorgen.

Ich denke an Bob Cratchit, den Arbeiter, der für Scrooge in "Ein Weihnachtslied" schuftete, und dann an Computerprogrammierer und andere Arbeiter, die sich in Isolierung eine Stunde nach der anderen abmühen.

Dann, ändern sich meine Gedanken und ich denke an die deutschen expressionistischen Maler, die von innen Farbe und Gefühl hervor brachten wie niemand sonst; Ich denke an Goethe und die Leiden seines jungen Werthers, an das deutsche Wirtschaftswunder der 1950er Jahre, und ich denke: "Ist das, worauf es nach allem hinausläuft?".

Ich höre die Kassiererin "Kassenbon?" sagen, ich sage ja, und die Quittung wird herausgerissen und mir übergeben. Dann schaut sie mich an und verabschiedet sich –wir nehmen Augenkontakt auf, halten ihn und tauschen ein herzliches Lächeln aus. Und dann denke ich: "Ach, nach jeder 45zigsten Sekunden oder so, hat sie einen warmen, menschlichen Austausch mit einer Person nach der anderen. In Hunderten von Momenten jeden Tag durchbricht sie diese Barriere in der Welt zwischen Fremden und sich selbst, jene Barriere, die zwischen so vielen der Kunden an ihrer Kasse im Supermarkt besteht. Das ist doch nicht so schlecht für sie. Zumindest ist es etwas."

Ja, ich weiß natürlich, dass sie dies vielleicht tun muss, um ihren Job zu behalten, und dass sie diese unzähligen Momente mehr hassen könnte als jeden anderen Teil ihres Tages. Es ist eine eindeutig nicht-deutsche Sache, den Blickkontakt mit einem Fremden zu halten. Trotzdem, knüpft sie eine menschliche Verbindung, auch wenn sie gegen ihren Willen ist – und das ist mehr, als man für viele Menschen in kleinen Dörfern wie Rucklingsdorf sagen kann.

Diese sind für mich sehr emotionale widersprüchliche Momente an den Supermarktkassen, in jedem Supermarkt. Die Freude, die Trauer, das Bedauern, die Sehnsucht das die sich in der Einheit zusammenzuschließen und ihre Ketten brechen und rufen "Jetzt sind wir frei! Lass den Champagner los!", und das tragische Bewusstsein, dass es keine solche Revolution geben wird, und dass die reichen Kerle an der Spitze nur die Schrauben enger und effizienter drehen, Tag für Tag.

Ich lasse sie dort, wo sie sitzt (wieder fällt mir das Bild der Prostituierten in Amsterdam ein) und ziehe zum Packtisch am Fenster, wo ich mir ein paar Minuten nehme, um meine Lebensmittel in meine Einkaufstaschen zu packen. Ich bin ausnahmslos der Einzige, der so etwas tut. Niemand in Deutschland scheint die Bequemlichkeit die darin liegt seine Lebensmittel einzupacken entdeckt zu haben. Ich habe es in all meinen Jahren hier noch nie gesehen, dass irgendjemand anderes es getan hat. Ich will das Wort verbreiten, wie ein Prediger in einer reisenden Medizinschau aus alter Zeit, und sie von den Vorteilen dieser Arbeitsweise überzeugen. Dann, erinnere ich mich, dass ich weit weg in einer Welt bin, in der sie jahrhundertelang etwas anderes gemacht haben und dass solche Gewohnheiten nicht leicht brechen, wenn überhaupt.

Ich gehe wieder raus auf den Parkplatz. Es hat angefangen zu regnen. Ich gehe an einem Deutschen nach dem anderen vorbei, die gekrümmt an der Rückseite ihrer Autos stehen, während sie einen Artikel nach dem anderen strategisch an seine Stelle in den Kofferraum legen (sie haben ihr System, augenscheinlich), während ihre praktischen Frisuren immer nasser werden von dem kalten, dunklen Regen. Sie tragen alle dünne Hemden, ohne Jacken oder Regenschirme (Deutsche tragen keine Jacken bis im tiefsten Winter, wenn sie alle gegenseitig überlegen, dass es kein Zeichen der Schwäche mehr ist, nachzugeben, und sie geben sich selbst nicht den Luxus von Regenschirmen – sie leiden einfach und halten es aus. Denn warum soll ein guter Regenschirm nass werden, wenn es nicht unbedingt notwendig ist?).

Ich sehe diesen Blick der Bitterkeit auf ihren Gesichtern und frage mich, warum sie nicht lernen und sich verändern. Sicherlich haben mich genug Menschen in diesem Dorf gesehen, wie ich Lebensmitteltaschen benutzt habe, zum Punkt, dass sie mit ihren Familienmitgliedern und den Mitgliedern ihrer verschiedenen Organisationen und Vereine darüber plaudern konnten, wobei das Wort wie Klatsch durch Mundpropaganda sich verbreiten würde, und nach und nach könnte es Fortschritt geben.

Aber nein, dies hier ist Deutschland, und die Menschen stehen im kalten Regen, allein bei ihren Auspuffrohren, und holen ihre Artikeln aus dem Einkaufswagen und legen sie in den Kofferraum, aus dem Einkaufswagen und in den Kofferraum, wie Roboter.

Rosten diese Roboter jemals im Regen?

Selbst wenn ein Ehepaar dieses Ritual durchführt, gibt es keine Konversation, kein Lachen und keine gemeinsame Freude.

Ich steige in mein Auto, das mit qualitativ hochwertigen Lebensmitteln gefüllt ist, schalte die Frank Sinatra-CD ein, singe mit, über vorbeigegangener Liebe, denke an die tragische Kassiererin, den anarchistischen "Springer", die Regentag-Roboter, und ich rolle weiter in noch einem rosigen deutschen Sonnenuntergang.

Der Kaffeeklatsch

Elke hat gerade die guten Tassen hingestellt, und damit das Eindecken ihrer Tisch abgeschlossen. Sie erwartet ihre Cousine Clothilde heute Nachmittag um 15.00 Uhr für Kaffee und Kuchen (jeden Donnerstag, Kaffee und Kuchen mit Clothilde um 15.00 Uhr).

An diesem Nachmittag, aber, fühlt sich Elke ein wenig anders als normalerweise, wenn die Kaffeestunde näher rückt. Ihre Cousine hat gefragt, ob sie eine andere Frau zum Kaffeeklatsch einladen könne, jemanden, der gerade in die Nachbarschaft gezogen war und mit der Clothilde, durch ihre Zeit in dem örtlichen Verein für Musikverständnis, eine nähere Bekanntschaft entwickelt hatte. Der Verein für Musikverständnis war im Grunde genommen wirklich nur ein weiterer Kaffeeklatsch, mit der Ausnahme, dass während sie quatschen, sie ein CD laufen ließen die im Hintergrund spielt bis sie abgelaufen ist. Darüber hinaus, haben sie eine Sekretärin, die die Veranstaltung immer mit einer Verlesung des Protokolls aus der vorherigen Sitzung beginnt (die in der Regel aus einer Rezitation des Namens und dem Jahr der Veröffentlichung der CD besteht, die sie im Hintergrund während ihrer vorherigen Sitzung gespielt hatten), so gab es eine mehr formale Stimmung.

Tatsächlich ist die neue Frau (Sabine, die in ihren Dreißigern ist) schon vor über anderthalb Jahren nach Rucklingsdorf gezogen, und die meiste dieser Zeit verbrachte sie damit, sich einen der Gemeinde Vereine nach dem anderen anzusehen, aber sie spürte immer, dass nach dem

Ende des Treffens, sie von den anderen Mitgliedern bis zur nächsten Sitzung nichts hören würde, und dass es wirklich kein Gefühl des Fortschritts auf persönlicher Ebene gibt.

So lief es, bis sie begann als "Assoziiertes Mitglied" an dem Rucklingsdorfer Verein für Musikverständnis teilzunehmen. Offizielle Mitglieder müssen eine Jahresgebühr von 50 Euro zahlen (um die Kosten für den Erwerb von gelegentlich ein paar neuen CDs zu decken, abgesehen von den CDs, die der jeweilige Gastgeber von seinem eigenen Regal im Obergeschoss herunterbringt, sowie mehr im allgemeinen einen Grund zu haben, einen Unterschied zu zeichnen zwischen offiziellen Mitglieder und den Mitglieder, die nur assoziiert sind). Außerdem, halten es die anderen offiziellen Mitglieder nicht für richtig, dass Sabina die Gebühr zahlen sollte, wenigstens für eine Weile, da die anderen entschieden haben, dass sie immer noch neu im Dorf ist und andere Kosten haben muss – von ihrem Umzug, und so weiter (nochmals, von vor über anderthalb Jahren). Vielleicht wird es eines Tages soweit sein, dass Sabina die Jahresgebühr zahlen muss, wenn sie ein offizielles Mitglied wird, aber die allgemeine Bewertung ist, dass diese Zeit bis jetzt noch nicht gekommen ist.

Auch wenn Sabine immer noch nur ein assoziiertes Mitglied ist, begann Elkes Cousine Clothilde, nach und nach an ihr Gefallen zu finden. "So ist Clothilde", denkt Elke mit einem kleinen Seufzer, als sie die kleinen Kuchenteller an ihren Plätzen umstellt und sie leicht verdreht (obwohl sie kreisförmig sind, so es keinen großen Unterschied macht).

Clothilde gehört zu jenen Deutschen, die einem vorkommen als ob sie aus einem Märchen der Brüder Grimm herausgekommen sind. Sie ist recht füllig, und sie wohnt in einer der niedrigen Grashütten (offiziell in einem "Reetdachhaus", also ein Haus mit Dächer aus Schilf), die im Dorf zu finden sind.

Sie trägt auch eine Art Kleidung, die eher wie eine Verhüllung aus Filz aussieht, manchmal mit einem hochgestelltem Kragen, der so aussieht, als ob er bei bestimmten Wetterbedingungen zu einer Kapuze heranwachsen könnte (wenn ein paar geheime Wörter darüber gesprochen werden), was ihr den Anschein eines Mönchs oder einer guten Hexe gibt. Sie bestellt die Kleider aus einem Katalog, der sich an diejenigen wendet, die eine Vorliebe für eine besonders spürbare Garderobe, fließende Gewänder, warme Erdtöne, Amulette und verschiedene Kinkerlitzchen haben, oft mit einem etwas mittelalterlichem Charakter.

Und Clothilde ist gut, daran hat niemand irgendwelche Zweifel. Ihre engsten Angehörigen nannten sie oft "Clotschen", was die Verkleinerungsform des ersten Teils ihres Namens darstellt. So nannte sie ihre Mutter, als Clothilde ein Kind war. Nachdem sie dies gehört hatten, nannte sie der eine oder andere Spielgefährte manchmal "Klößchen". Einige der Einheimischen, die eine Sprache sprechen, die vage zwischen Hochdeutsch und einem primitiven Dialekt liegt, sprechen ihren Namen noch heute ähnlich zu diesem neckischen Wort aus ihrer Kindheit aus (entweder absichtlich oder anderweitig, oder vielleicht etwas dazwischen), irgendwann entschied sie sich einfach, es als Teil des

Schicksals zu akzeptieren und fing an zu reagieren, als die Leute sie "Klößchen" nannten.

Als junge Frau, entwickelte sie eine Vorliebe für alle Dinge "New Age", und nachdem sie eine Weile verheiratet war, ließ sie ihren Mann Detlef vor ihrem Reetdachhaus ein Schild anbringen, in dem sie der Bevölkerung erklärte, dass sie "Wellness and Spiritual Healing" Leistungen anbot (was "Wohlfühlen und geistige Heilung" bedeutet, obwohl das Schild in Englisch geschrieben war, um es als etwas Besonderes hervorzuheben. Eigentlich, hatte ihr Mann einen Fehler gemacht, indem er "Welness" auf das Schild gemalt hatte, wobei ein "l" fehlte. Die meisten Leute hatten aber keine Ahnung, dass es überhaupt einen Unterschied gab, und die Mehrheit derjenigen die den Fehler bemerkten hatten ihn nur Klößchens "Schaffenskraft" zugeschrieben. Und natürlich, gab es einige, für die es eigentlich ganz egal war).

Im Laufe der Jahre, gab es einige Konkurrenten in der Nachbarschaft, die ähnliche Dienstleistungen anboten (oder zumindest ein Schild mit der Aufschrift hatten, dass dies der Fall sei), woraufhin Clothilde einen kleinen bunten Wirbel hinzufügte, eine Art funkelnde, sprudelnde Spirale, um das Teilwort "Welness" herum, so dass sie sich von der Menschenmenge hervorheben würde und zu zeigen, dass, was auch immer die anderen behaupten wollen, sie war in diesem Dorf das Authentische, und niemand sollte irgendwelche Zweifel daran haben.

Ihr Interesse an der neuen Frau im Dorf, Sabina, beruht auf Sabinas Zustand als Außenseiterin, und Clothilde findet dieses Merkmal von großem Interesse – "bezaubernd" ist das Wort, das sie verwendet, um ihre neue Bekanntschaft anderen zu beschreiben.

Na, das heißt nicht, dass sie den Weg für die neue Frau völlig frei gemacht hat. Schließlich ist Clothilde Deutsch, trotzdem wie sie manchmal... äh, das ist ... wie sie sonst sein mag. Es gibt eine unbestimmte Anzahl von Stunden, die Sabina dem Wohle ihres gewählten Vereins widmen muss, bevor sie (wenn überhaupt) als berechtigt betrachtet wird, um die eiserne Schwelle zwischen "ihnen" und "uns", "rein" oder "raus" zu überschreiten, und sie steht kurz davor, diese Anforderung erfüllt zu haben.

Es gibt einen primitiven Stamm, der irgendwo auf einer Insel vor der Küste der zivilisierten Welt lebt, und sie sind seit so vielen Jahrhunderten von der Gesellschaft abgeschnitten, dass sie keine Kleidung im modernen Sinne tragen, ihre Sprache ist für niemanden außerhalb ihres Klans verständlich, sie bemalen immer noch ihre Gesichter in verschiedenen Farben und Designs, und sie haben keinen Kontakt zu jemandem außerhalb der Grenzen ihrer isolierten Welt. Ein paar Mal, haben Fremde versucht, auf die winzige Insel einzudringen und sich mit den Einwohnern auszutauschen – und es ging *nicht* gut (zumindest wird dies von den Überresten zerrissener Hemden mit fest geknöpftem Kragen vermutet, die im Laufe der Zeit an das Festland herangetrieben wurden).

Rucklingsdorf ist diesem winzigen Inselstaat in vielerlei Hinsicht sehr ähnlich. Und hier ist Sabina, eine Deutsche aus einem anderen Staat, die versucht, das Siegel dieser Stammeswelt offen zu brechen. Die Tatsache, dass sie aus demselben Land stammt, reicht nicht aus – für die Einheimischen, gibt es immer noch mehr Dinge, die anders und unbekannter sind als Gewissheiten und Ähnlichkeiten, und sie halten diese für ein gefährliches Rätsel.

Clothilde hat eine Anziehungskraft auf gefährliche Geheimnisse, auf ihre eigene, dunstige Art und Weise, und nach über anderthalb Jahren und weit über siebzig Stunden, die in dem Rucklingsdorfer Musikverständnis Verein verbracht wurden, nahm sie es auf sich, ihre Cousine Elke zu fragen ob es vielleicht nicht schön wäre, diese "charmante" Frau aus dem Verein für Kaffee mit ihnen an einem dieser Nachmittage einzuladen.

Elke versteifte sich plötzlich etwas mehr als gewöhnlich, als der Vorschlag kam, aber da sie die Fähigkeit ihrer Cousine kannte, eine Person durch Nettigkeit zu zermürben (und wer weiß, welche anderen Kräfte sie tatsächlich besitzen könnte), stimmte Elke widerwillig zu. Schließlich, waren die vagen Kriterien von etwa 70 oder mehr Stunden in einem Verein fast erfüllt, und dem Eindringling wurde, wie verlangt, Potential bescheinigt. Elke hätte sie nicht eingeladen, aber jetzt gab es kein Zurück mehr.

Es klingelt, wobei Elke etwas zusammen zuckt, und als ihre Besucher willkommen geheißen werden (oder besser gesagt, als Clothilde willkommen geheißen wird und ihr Gast Sabina in der Strömung mitgerissen wird), stehen die drei für eine Weile im Wohnzimmer, unweit der Eingangstür, durch die die Besucher gerade gekommen sind, und tauschen ein paar grundlegende Grußworte aus, und ertrinken fast in höflichen Formalitäten, und schaffen es dabei jede Form persönlicher Verbindlichkeit zu vermeiden.

"So", sagt Elke zu Sabina, "du hast beim Musikverständnis Verein angefangen", als ob sie um Bestätigung bittend, nur für den Fall.

"Eigentlich, bin ich jetzt schon seit über einem Jahr dabei", sagt Sabina mit einem großen Lächeln in einem angenehmen Ton, unbewusst wahrnehmend, dass sie mehr unterwürfig als üblich wirken muss in dieser Situation die ihren Einstieg auf der nächste Ebene vorbereiten soll.

"Na, dann ist es für dich nicht ungewohnt, ein schönes Stück Kuchen und eine gute Tasse Kaffee zu genießen", sagt Elke, während sie etwas nach gibt und sich umgänglicher macht, obwohl sie absolut nichts von irgendwelcher Bedeutung sagt.

"Ja", sagt Clothilde friedlich, "wir sind bekannt dafür, ab und zu etwas Angenehmes herauf zu beschwören."

"Na, dann lass uns Platz nehmen", sagt Elke, als ob sie diese Gelegenheit mit einem der Vereinstreffen verwechselt.

Neben dem makellosen Porzellan mit dem geschmackvollen aber einfachen blauen Muster an den Rändern, gibt es eine kleine Torte, die gerade genug für die drei ist, wobei jeder der Gäste ein Stück mit nach Hause nehmen kann, als eine Art Abschiedsgeschenk. Es gibt auch einen Teller mit Plätzchen verschiedener Art (aus dem Supermarkt, aber die mit den königlichen Aufdrucken von Pferden und Kronen, so dass sie als Gästeplätzchen geeignet sind). Es gibt Kaffeecreme, eine volle Kanne starken Kaffees (mit eine weitere in der Küche als Absicherung), eine Schüssel frisch zubereiteter Schlagsahne (Elke hatte sich früher am Tag bei der Handhabung des Schneebesens, zwecks Herstellung der Sahne als eine ernstzunehmende Kraft erwiesen) und, natürlich, die kleine Porzellandose, die neu mit Zucker gefüllt wurde.

Das reichliche Angebot an Leckereien für den Kaffeeklatsch steht im starken Kontrast zum dem Snack, ein trockenes rechteckigen Knäckebrot mit einer dünnen Scheibe leicht stinkenden Käses, den Elke sich etwa halbwegs zwischen dem Frühstück und der Ankunft ihrer Besucher erlaubt hatte. Das Knäckebrot ähnelt dem, was in anderen Ländern ein Kräcker wäre, aber es ist abrasiver und dichter, als ob es kompakt zwischen zwei Fäusten aus Stahl gedrückt würde, bis jeder Überrest von Feuchtigkeit und Leichtigkeit aus ihm herausgewürgt wurde... und dann wird es manchmal mit ein paar Samen bestreut, bevor es in den Ofen geworfen wird, nur für den Fall. Es kann eigentlich ganz lecker sein, aber man muss darauf vorbereitet werden. Das Knäckebrot neigt dazu, der letzten Ration aus den ansonsten leeren Regalen eines unterirdischen Bunkers zu ähneln.

Nachdem alle Formalitäten erledigt sind, beginnt das Quatschen. Es ist ausnahmslos oberflächlich, was Gedanken genauso wie Gefühle angeht, wobei das Thema von einer Sekunde zur nächsten springt und keine einzige Idee beibehalten oder zu einem Reifegrad entwickelt wird, wobei in der Regel ein Satz unterbrochen wird, um einen anderen einzubringen, der nicht wertvoller ist als der erste.

"So", beginnt Elke, weil sie die Gastgeberin ist und außerdem der Typ, der bei diesen Dingen immer beginnt. "Wie läuft es mit dem Musikverständnis Verein?"

"Ganz in Ordnung", zwitschert Clothilde. "Oh, Elke, dieser Kuchen ist fabelhaft! Sind das Mandeln?"

"Ja, ich habe sie gestern bekommen, als ich nach Frevelskirchen ging. Ich musste einen Brief senden. Hast du gesehen, dass die Jansens ein neues Auto in ihrer Einfahrt haben?

"Ja", sagt ihre Cousine wiederum. "Das ist ihr Sohn. Er ist für ein paar Wochen von der Schule aus zu Besuch."

"Schöne Vorhänge", unterbricht die neue, Sabina.

"Na, danke schön", antwortet Elke (Treffer, Sabina – einen kleinen Schritt weiter voran). "Ich habe sie gekauft, nachdem ich aus dem Krankenhaus kam."

"Elke musste im vergangenen Jahr wegen einer Hautreizung für ein paar Tage ins Krankenhaus. Es war ziemlich schwer."

"Ja, ich konnte nicht aufhören zu kratzen. Ich kratzte wochenlang!", und sie alle lachen, unabhängig von der Abwesenheit von Humor. Als das Lachen anfängt sich wieder zu beruhigen, bewegt Elke ihr Kinn mit einem Ruck über ihre Kaffeetasse in Richtung des Fensters und sagt: "Schau mal, wie gut die Forsythie in diesem Jahr wächst."

"Bald wird sie die Seite des Hauses überwachsen", sagt Clothilde, mit einem Gefühl der unheilvollen Warnung, als sie ihren Kaffee schluckweise trinkt.

"Wie lange ist er von der Schule aus hier?"

"Wer? ," fragt ihre Cousine.

"Der Jansen-Jungen."

Und für so was, hat Sabina über anderthalb Jahre ihrer Freizeit investiert und darauf gewartet, dass jemand für sie bürgt. Gott sei Dank, dass der Kaffee in Deutschland so gut ist. Sonst, weiß ich einfach nicht, ob es sich lohnen würde.

So geht das Gespräch weiter, bis die Quatscher auf den Hauptgrund für die Begegnung stoßen: Gerüchte – Gerüchte über jeden und allen, der zu diesem Zeitpunkt nicht anwesend ist (was in der Tat ein Grund sein könnte, warum so viele Deutsche Frauen bei so vielen Kaffeeketten erscheinen: Die Tradition könnte als Akt der Selbstverteidigung weitergeführt werden).

"Ach!," führt Elke ein, als ob sie sich nur zufälligerweise an etwas erinnert, und als ob sie sich *nicht* auf diesen Kaffeeklatsch gefreut hätte in den letzten fünf Tagen seit das angebliche Ereignis passiert ist, um mit ihrer Cousine darüber zu reden, "hast du gehört, dass Lars Jansen vielleicht – wie soll ich es sagen?", Elke schaut herauf in die Luft, um eine dramatische Pause einzulegen, indem sie die Spitzen ihrer knöcherigen Finger mit einem verschlagenen ironischem Lächeln auf ihrem Gesicht, aneinander reibt, "seine Hände ein wenig zu tief in die Keksdose des Büros getaucht hätte?"

"Meinst du diese Sekretärin?!", schnappt Clotschen, die sich mit einem Lächeln auf dem Gesicht nach vorne lehnt, in der Hoffnung, dass es um eigentlich um diese Sekretärin geht.

"NEIN!", plappert Elke aus, als ob sie von dem Vorschlag verblüfft ist, und nur mit der Maus ein wenig spielen sie aber nicht zerstören will, "Ich sagte seine *Hände*!"

"Oh", sagt ihre Cousine, als sie sich zurücksetzt und auf den Boden schaut, deutlich enttäuscht.

"Was hat er gemacht?," fragt die neue Frau, Sabina, ihre Gastgeberin.

"Na", fährt Elke fort, nachdem sie Sabina für einen kurzen Moment angeschaut und sich entschieden hat, dass sie selbst froh ist, ihr Gerücht auf die eine oder andere Weise zu erzählen, auch wenn es zu jemandem ist, der die Anforderung der 70 oder mehr Stunden im Verein nur fast erfüllt hat, und nichts sonst. "Kennst du Wenke Sorenson?"

"Natürlich", sagt Clothilde, Sabinas leeren Gesichtsausdruck konternd. "Ihr Mann arbeitet in dem Geschäft wo LKWs vermieten werden, zusammen mit Lars Jansen. Nein!", Clothilde schreit, als sei es ihr gerade aufgefallen. "Meinst du...?"

Elke nickt schon mit dem Kopf langsam auf und ab in Bejahung.

"Richtig", sagt sie, als hätte sie gerade einen Wettbewerb gewonnen, aber wobei die ganze Trophäe von Bösem tröpfelt. "Wenke Sorenson hat zu Katrin Altnagel gesagt, dass ihr Ehemann ihr erzählt hatte, dass einhundertzweiundsiebzig Euro am Freitag aus der Registrierkasse verschwunden seien, und das war wenn Lars Jansen Schichtdienst hatte, und für die Nacht abschließen musste."

"Hat der Ehemann ihn dabei gesehen?", fragt Sabina, glücklich in den inneren Kreis der Stadt so aufgenommen zu werden, obwohl sie den Fehler eines Anfängers begangen hat, das Gespräch mit etwas so mühsamen wie der Frage nach Beweismitteln zu belasten.

Elke schüttelt den Kopf, mehr wegen Sabinas Naivität als wegen der Tatsache, dass es keine Zeugen gab.

"Nein", sagt Elke barsch, "aber Katrin Altnagel sagte, dass direkt nachdem Wenkes Mann das Geld gezählt hatte, schloss er den Laden, und Katrin sagte, er hatte Wenke davon erzählt, sofort als er nach Hause kam... und Lars bestellte die Steak-Platte am Montagabend beim Benefiz-Abendessen in Dem goldenen Esel, nicht wahr?", und sie erlaubte es den Andeutungen, die Löcher zu füllen, wo sonst ein nachprüfbares Argument gewesen wäre.

Die offensichtliche Möglichkeit, dass Wenkes Ehemann das Geld möglicherweise falsch gezählt hätte, ohne es nachzuzählen, scheint allen bequem zu entgehen, vom Ehemann über die Klatschkette bis zu Klößchen und ihrer neuen Bekannten Sabina.

"Glaubst du wirklich, dass er das Geld genommen hat?", fragt ihre Cousine, etwas traurig um Larsens willen.

"Nun, Wenke Sorenson scheint zu glauben, dass ihr Mann so denkt."

Das ist es, dann. Egal, was wirklich passierte, der Ruf von Lars Jansen ist jetzt getrübt, und das für immer. Denn die Klatschkette ist zu lang, um von irgendjemandem wirklich verfolgt zu werden, und so wurde das Urteil einfach so stehen gelassen.

Zum Glück für ihn, gibt es ähnlichen Klatsch und Gerüchte über fast jedem in der Nachbarschaft, also sind sie am Ende im Wesentlichen alle gleich.

Es gibt sogar ein paar Gerüchte über Elke die durch dem Dorf fließen, und sie hat vor, zu versuchen, ihre Cousine zu ein paar ausgewählten Kaffeeklatsche in die Nachbarschaft zu schicken, um herauszufinden, was die genauen Einzelheiten sind.

Und natürlich, gibt es mehr als ein paar Gerüchte über "Klößchen", was es mit ihren "Stimmungskristallen" und ihrer "Art und Weise" auf sich hat, aber niemand hält diese Gerüchte für wichtig, die man über sie hört. Die Meinungen über "Klößchen" sind längst getroffen.

In Rucklingsdorf, werden Quatschen und das Aufwühlen von Gerüchten, die Art mit dem Ruf anderer Menschen umzugehen und die eigene Zeit zu verschwenden nicht als etwas Unmoralisches angesehen; Es ist stattdessen die Kunst, dieser Menschen: Mozart hatte das Klavier, Napoleon hatte seine Soldaten und sein Gelände, und die Rucklingsdorfer haben... na ja, einander, und es gibt keine anderen Marionetten, die geschmeidiger sind und die ihrem gegebenen Zweck effizienter dienen.

Obwohl es keineswegs alleine Elkes Berufung ist, liebt sie es besonders, Gerüchte zu manipulieren – sie zu hören, sie auf ihrem Weg weiterzugeben, sie nach ihrem Geschmack und ihren Vorlieben zu verändern, wie auch immer ihr Zeitplan in der Woche und die Bereitschaft oder Leichtgläubigkeit ihres Zuhörers es in jenem Moment erlaubt.

Elke ist Mitte dreißig, nur ein wenig älter als Sabina, aber sie könnte leicht irgendwo in der Nähe von sechzig vermutet werden, abhängig von der Beleuchtung. Sie hat bereits angefangen, ihre Haare in diesem unverkennbar deutschem Stil zu tragen, den Frauen, die diese Art Frisur unterstützen oder verteidigen, als "praktisch" bezeichnen (nicht anmutig, schön, liebenswert – aber praktisch, wie in einer Vernunftehe: "Es ist nicht gerade eine glückliche Ehe, aber es ist eine praktische Ehe").

Sie ist auch besonders groß und spindeldürr, als hätte sie nicht entdeckt, dass die türkischen Einwanderer in Deutschland schon längst das Wunder ihrer Küche importiert haben: den Döner – Fladenbrot übervoll mit am Spieß-gebratenem Fleisch, verschiedene Saucen und einen kleinen Hauch von Himmel (zwischen dem Fett und Öl, natürlich). Elke bleibt bei ihrem Knäckebrot, wo sie sich sicher fühlt.

Das Interesse an den "Nachrichten" über Lars Jansen lässt etwas nach (da die Frauen am Tisch an dieser Stelle im Wesentlichen alles bekommen haben, was sie können, bevor weiter ausgekundschaftet wird), und sie haben das Thema für die zukünftige Verwendung abgelegt.

Sabina bricht mit ihrer kleinen Kuchengabel ein weiteres Stück Kuchen frei, während Clothilde etwas mehr Kaffeesahne in ihren Kaffee gießt, und ihren Zeigefinger hebend, mit dem Sahnekännchen einmal, zweimal die Tasse umkreist und dann schnell über der Tasse an das Kännchen klopft, als ob sie eine Zauberei ausführt.

Vor dem Fenster, führt ein Mann seinen Hund Gassi, und auf der anderen Straßenseite gibt es einen anderen Mann, der einfach anhält wo er ist, sich dem anderen Mann zuwendet und ihm schweigend mit den Augen folgt und anstarrt: ein deutscher "Glotzer", eine Spezies, die in dieser Region der Welt weitverbreitet ist.

"Schau mal, da ist Gerhard", erwähnt Elke. "Er ist wieder mit seinem Hund unterwegs."

"Hast du gehört, dass sie in Frevelskirchen eine Zugangsstraße zur Autobahn bauen wollen?", fragt ihre Cousine, als ob sie diese über eine abscheuliche Tat informiert, von der sie in den Nachrichten gelesen hat.

Hier war ein Thema, das angesprochen werden musste. Nicht in allen Einzelheiten, per se, sondern in seiner ganzen Unverschämtheit.

"Kannst du das glauben?", sagt Elke, "als ob wir nicht schon genug Leute hätten, die durch Rucklingsdorf fahren", sagt sie, und sie wirft einen scharfen, stillen Blick auf Sabina über den Rand ihrer Kaffeetasse, während sie trinkt.

"Ich verstehe nicht warum sie denken, dass wir eine weitere Straße in der Gegend brauchen", sagt Clothilde und schmollt defensiv. "Wer weiß, was für ein Verkehr, sich dann zusammenbrauen würde."

Elke stellt ihre Tasse mit einem entscheidenden "Klirren" ab.

"Das habe ich Dagmar Schimmelfuss auf der Sitzung des Schweinezüchterverbandes letzte Woche gesagt", sagt Elke, "und sie stimmte zu." Sie überträgt diese Information mit erhobenem Kopf und nickt ein wenig; Ihre Augen schließen sich in rechteckige Schlitze und sie kreuzt langsam ihre Arme vor ihrer Brust, als ob diese gemeinsame Meinung mit einem Einheimischen die Angelegenheit in Bezug auf alle Feinheiten der Gerechtigkeit vollständig geklärt hätte. Ihre Cousine nickt zustimmend, und Sabina, der Eindringling, schaut nur von einem zum anderen.

"Es ist nicht mehr so, wie es war", sagt Clothilde, in Übereinstimmung mit der Zustimmung ihrer Cousine bezüglich ihres eigenen Standpunktes.

"Das stimmt, Clotschen", sagt Elke, als sie die Verkleinerungsform ihres Namens benutzt, um Unterstützung und Zuneigung zu zeigen.

An dieser Stelle, sind die beiden Rucklingsdorfer der Meinung, dass sie die Sache aus allen möglichen Blickwinkeln untersucht haben, und das letzte Urteil ist, dass eine Verbindung zur Autobahn nur eine alberne Verschwendung wertvoller Zeit und hart verdienten Geldes ist, ein Vorschlag von Menschen, die es nicht besser wissen – Menschen, die es nicht so gut wissen wie sie.

Was die beiden Hausbesitzer vernachlässigen, ist die Tatsache, dass ein Zugangsstraße zur nahegelegenen Autobahn ihr Dorf als Wohnort attraktiver machen würde, was wiederum die Immobilienwerte in die Höhe treiben würde. Diese einzige Änderung, die für sie vorgenommen würde, während sie passiv auf ihrem Hinterteilen sitzen und sich beschweren (Hinterteilen, die sich in einigen Fällen selbst durch so viele cremige Angebote bei einem Kaffeeklatsch nach dem anderen stetig vergrößern) – diese einzige Änderung würde die Differenz von Zehntausenden von Euro für jeden von ihnen bedeuten, was den Wert des Eigentums betrifft – für nichts, und alles im Namen des Fortschritts.

Aber dieses Wort ist hier in Rucklingsdorf ein Fremdwort, wo die Anwohner unerschütterlich und direkt in die Mitte ihrer Teller schauen und es nicht wagen und sich nicht bemühen, über den Rand zu schauen, wie das deutsche Sprichwort sagt. Sie bemerken nichts, was darüber hinausgeht, in vollem Vertrauen darauf, dass ihr volles und unbegrenztes Wissen über alles, was innerhalb der

Grenzen des Tellerrandes geschieht, alle Kenntnisse und Informationen umfasst, die für jeden mit gesundem Menschenverstand von irgendwelcher Bedeutung sind.

Sabina wischt sich den Mund mit einer Serviette ab und räuspert sich dann leicht.

"Eigentlich", sagt sie höflich, "wird mir diese Zugangsstraße viel Zeit an meinen Arbeitstagen ersparen, wenn ich hin und her fahre", als ob die Rationalität dieses Beitrags eine Ergänzung zu diesem bestimmten Dialog wäre.

Elke schaut signifikant auf ihre Cousine, und Clothilde schaut auf die Untertasse, die sich unter ihrer angehobenen Kaffeetasse befindet. Sie tupft mit einen ihrer molligen Finger auf einen Krümel, der in der Mitte übrig geblieben ist, und stopft ihn dann in ihren Mund.

Leb wohl, liebe Sabina. Es waren schöne anderthalb Jahre, solange es dauerte.

Sabina arbeitet ein paar Tage in der Woche in einer Arztpraxis etwa 45 Minuten entfernt. Sie muss auf den Landstraßen pendeln, da es keine andere Möglichkeit gibt. Am Morgen, nachdem sie dafür gesorgt hat, dass ihre Kinder auf dem Weg zur Schule sind, steckt sie oft hinter einem Traktor fest und bewegt sich mit was man am besten als rüstigen Trab bezeichnen kann, ein Tempo, das anderen Menschen hinter ihnen nicht hilft, mit den Anforderungen der modernen Zivilisation Schritt zu halten. Vor ein paar Tagen, schleppte der Traktor vor ihr einen hohen, hölzernen Anhänger, und als der Traktor auf eine Welle in der Straße stieß, wurde ein großer, dunkelbrauner Klumpen von dem dampfenden Haufen frei geschüttelt, der gefahren wurde. Der Klumpen flieg hoch, mit der unbelasteten Gnade eines Vogels, der die Flucht ergreift, und landete mit einem lauten "FLUMP!" auf Sabinas Windschutzscheibe – durch die sie weder die reizvolle Landstraße, den Traktor vor ihr noch irgendwelchen möglichen ankommenden Fußgänger sehen könnte.

Die beiden Cousins sehen nicht die Vorteile für sie selber und für die Arbeiter in der Stadt (einschließlich ihrer Ehemänner), die eine neue Zufahrtsstraße mit Sicherheit bieten würde. Sie würden es besser finden, wenn die Autofahrer weiterhin mit Kuhmist beworfen würden, als irgendwelche Anzeichen von Fortschritt oder Veränderung in Form einer Anbindung an die Autobahn auszuhalten.

Es ist ein enger, enger Kreis, die Ränder der Teller in der Stadt Rucklingsdorf.

"Na, wir werden sehen, was sie da drüben tun", murmelt Elke in einem widerstreitenden Ton.

Alle trinken ihren starken Kaffee schluckweise. Clothilde nimmt sich die Zeit, noch ein Plätzchen zu essen und dann, nachdem sie sich den restlichen Stapel kurz anschaut, legt sie schnell ein weiteres auf ihren Teller, für später.

"Oh", erinnert sich Elke plötzlich, "mein Mann sagte, dass er deinen Mann am Samstag gesehen hat, und dass sie ein gutes Gespräch über etwas hatten."

Passiert war folgendes, Elkes Ehemann ging aus dem Haus, um einen Brief in den Briefkasten an der Ecke zu werfen, und es war Clothildes Ehemann, der zufällig vorbeikam. Sie begrüßten sich, mit einem Ton, als ob das Ereignis eine sehr angenehme Überraschung war, und dann schaute Elkes Mann plötzlich hoch in den Himmel und sagte, dass die Wolken anfangen, vom Westen her ein wenig schnell herzuziehen, seines Erachtens nach. Clothildes Ehemann schaute ebenso auf und sagte: "Yup, sieht so aus." Dann schüttelten sie die Hände, verabschiedeten sich in einem Ton der Dankbarkeit und Wertschätzung und gingen ihre eigenen Wege. Clothildes Ehemann ging weiter in die Richtung, in die er zuvor gegangen war, und Elkes Ehemann kehrte nach Hause zurück, und in der Eile und Aufregung über das gesellschaftliche Ereignis, hatte er vergessen, den Brief zu einzuwerfen.

Als er ins Haus kam, fragte Elke: "So, hast du den Brief abgeschickt?", und er sagte "Ne!" mit einem großen Lächeln, und er erzählte ihr alles, was mit dem Ehemann ihrer Cousine passiert ist, und so hat sie davon erfahren.

"Diese beiden haben niemals irgendwelche Problem miteinander gehabt, so lange ich mich erinnern kann", sagte Clothlide.

"Dein Ehemann Dagmar ist einer meiner Lieblings-Cousins", sagt Elke, als sie beifällig lächelt.

"Ich weiß ," sagt das Klößchen stolz, "Er war immer lockerer als unsere anderen Cousins."

Sabina hört auf, ihren Kaffee zu trinken und schaut von einer der Frauen auf die andere.

Dann wird ihr die Neugier zu viel.

"Wie eng verbunden sind eure Familien überhaupt?", wagt sie zu fragen.

Die beiden Cousins schauen plötzlich von ihr weg. Elke richtet ihr Besteck gleichmäßiger mit ihrem Platzdeckchen aus, und Clothilde entscheidet, dass dies der richtige Zeitpunkt für den zusätzlichen Keks ist.

Das Thema von wer mit wem verwandt ist und wie eng diese Beziehungen eigentlich sind kann in Rucklingsdorf ein heikles Thema sein. Je nachdem, wie weit zurück im Stammbaum die betreffende Ehe oder Partnerschaft geht, gibt es einige Fälle, in denen niemand die Angelegenheit direkt erwähnt oder irgendwelche mögliche auftauchende Fragen darüber jemals beantwortet, wobei das Problem durch viele Änderungen des Themas und mit Hilfe des Räusperns vermieden wird. Vielleicht sind sie selber nicht einmal sicher, aber es hat im Laufe der Jahre Geschichten gegeben, und ab und zu gibt es eine bestimmte Verwandte, welche sich bei einem bestimmten gesellschaftlichen Ereignis entweder auf eine besondere Weise verhält oder eine besonders alberne, lebensverändernde Entscheidung macht, die ein paar der Menschen in ihrem inneren Kreis negativ beeinflusst, und diese Fragen tauchen in den Köpfen der Menschen dann erneut auf, nur um unausgesprochen zu bleiben.

Dementsprechend, räuspert sich Elke und befreit ein kleines Stück Knäckebrot, das irgendwo im Gaumen hängengeblieben war, allem Kaffee zum Trotz.

"Ähhh... hast du diese neue Kassiererin im Supermarkt gesehen?", Spuckt Clothilde verzweifelt aus.

"JA!", bestätigt Elke mit offensichtlicher Dankbarkeit. "Sie ist türkisch, nicht wahr?"

"Ich denke schon", fügt ihre Cousine hinzu. "Ihre Kinder gehen zur gleichen Schule wie Lukas und Johanna, oder?"

"Ja", sagt Elke und schlürft ihren Kaffee.

"Sind deine Kinder mit ihnen befreundet?", Fragt Sabina.

"In der Schule, machen sie viele Sachen zusammen, weißt du, und sie sehen einander oft auf dem Spielplatz."

Elke denkt an eine Zeit, als sie Lukas und Johanna vom Spielplatz abgeholt hat, weil sie alle Elkes Eltern besuchen wollten. Ein paar Teenager kamen hinzu und der kleine türkische Junge lief sofort zu den Teenager und begann mit einem breiten Lächeln auf seinem Gesicht aufgeregt zu plaudern. Der, mit dem er sich unterhielt, erwidert die Wärme und das Interesse des Jungen, und Johanna sagte ihrer Mutter, es sei der ältere Bruder des Jungen.

Elke erinnerte sich, wie die drei Teenager aussahen: Sie waren extrem frisiert und hatten sehr außergewöhnliche Haarstile (sogar ihre Augenbrauen sahen stilisiert aus). Ihre Levis waren schmerzhaft eng und überall waren Goldketten und -ringe zu sehen. Aus der Art und Weise, wie sie sich bewegten und aufeinander reagierten, war es offensichtlich, dass sich jedes Mitglied der Gruppe sehr darauf konzentrierte, ob die anderen Mitglieder seine Frisur, seinen Schmuck, seine Augenbrauen-Landschaftsgestaltung usw. mochten.

"Nun, er ist ein wunderbarer Junge!", fügt Elke nach der Erinnerung hinzu, als ob es jemanden wagt, ihre Aussage in Frage zu stellen.

"Ja!", Fügt ihre Cousine hinzu, auch etwas zu eifrig, "ich höre, dass die ganze Familie sehr nett ist!"

Elke sieht Sabina an, damit sie etwas sagt, aber Sabina fügt nur hinzu: "Ich habe sie noch nie getroffen."

Elke wendet sich enttäuscht von ihr ab und fügt ergreifend hinzu: "Ich habe gehört, dass der Vater arbeitet bei... Ich habe gehört, dass der Vater irgendwo arbeitet."

Clothilde schaut plötzlich nachdenklich mit einem scharfen, fixierten Blick hoch in die Luft gerade über ihrem Kopf, als wollte sie dort etwas sehen.

"Ja, das stimmt, nehme ich an", sagt sie mit einem unnatürlich geformten Lächeln.

Nach einer Pause, fügt Elke hinzu, "Ich hoffe, sie fühlen sich hier zu Hause."

"Ich auch!", reagiert Clothilde, fast schreiend.

"Ich finde es schön, dass sie hierher gekommen sind", sagte Elke.

"Ich auch! Sie haben jeden Grund, hierher zu kommen. Es ist schön, dass sie ein besseres Leben für sich haben wollen!", sagt Clothilde und schaut mit großen Augen direkt auf ihre Cousine, die den starren Blick mit gleicher Intensität erwidert.

Dann sieht Elke, dass es Clothildes Augen sind, die zuerst zum Foto an der Wand huschen. Neben den Bildern von Elkes lächelnden Kindern und einer Glamouraufnahme einer strahlenden Clothilde und ihres Mannes, gibt es einen Rahmen, der einen ihrer Vorfahren zeigt, der nicht vor langer Zeit verstorben ist. Er steht mit einer starken Festigkeit, die mit seinen straffen Gesichtszügen übereinstimmt. An ihm ist in allem eine militärische Korrektheit spürbar, ebenso wie ein durchdringender, kalter Blick.

Elke wendet sich auch dem Bild langsam zu, als ob sie gegen ihren Willen davon angezogen wird, und Sabina bemerkt, dass sich die Augenbrauen der beiden Cousinen heben, fragend, reumütig... und dann, als sie ihre Köpfe zurück zum Tisch drehen, treffen sich die Augen der beiden Cousinen zufällig und sie tauschen einen schnellen, unangenehmen Blick aus, bevor sie ebenso schnell ihre Köpfe voneinander wegdrehen.

"Nun, möchte jemand noch etwas Kuchen?", sagt Elke mit einer knappen, hohen Stimme, und als sie den Kuchen ansieht und merkt, dass fast alles davon schon gegessen wurde, bis auf die beiden Stücke, die für die Gäste zum Mitnehmen übrig bleiben, schaut sie den Kuchen finster an, als ob er sie im Stich gelassen hat.

"Vielleicht noch einen von den Kekses", sagt Clotschen. "Die sind so klein."

"Sabina", befiehlt Elke, "Nimm einen Keks!"

Sabine schaut Elke plötzlich an und nimmt, ohne nachzudenken, einen Keks und hält ihn über ihren Teller. Nach einer kurzen Pause, in der Elke sie noch immer anstarrt, steckt Sabina den Keks in den Mund und hält ihn dort, ohne zu kauen.

Der Fernseher war an, und nach einer kleinen Zeit der unangenehmen Stille, drehen sie sich alle in diese Richtung.

Es ist eine Reality-Show, und eine amerikanische Familie wird auf einer Reise durch Aachen gezeigt. Wenn einer der Elternteile interviewt wird, ist es klar, dass er begonnen hat, Deutsch zu lernen, aber er spricht es mit einem so starken amerikanischen Akzent, dass es absolut keine Anzeichen einer kulturellen Anpassung in seinem Stil oder Verhalten zeigt. Wenn er das Wort "aufregend" sagt, spricht er es mit einem schweren, langsamen, schleppenden Texas-Tonfall aus:"Eeeooowf-raaay-guuun".

Die Fernsehszene wechselt zu der Familie, die zur Kathedrale geht, und die Frau schreit schrill vor Aufregung, wie "awesome" das Gebäude ist. Am Kaffeetisch im Wohnzimmer, zucken die Schultern der drei Frauen beim unerwarteten Schrei ein wenig.

Die Reality-Show endet mit der Familie, die sich an ihrem ausgewählten Ort der Erfrischung in diesem Zentrum der europäischen Geschichte und Kultur versammelt: einer amerikanischen Kaffee-Restaurantkette.

Sabina schaut auf die beiden anderen, hebt ihre Augenbrauen und zuckt mit den Schultern, und die anderen sind sich einig.

Vielleicht gibt es Hoffnung für Sabina, nach allem.

Die Zugfahrt

In der Geschichte der Menschheit, gibt es Seuchen, Plagen, Epidemien – und dann gibt es die Deutsche Bahn.

Die Deutsche Bahn ist die Haupt Gesellschaft, welche die überwiegende Mehrheit der Züge in Deutschland betreibt. Es ist das einzige Unternehmen, das einen derartig großen Anteil dieses Services anbietet, von dem so viele in der Bevölkerung abhängig sind, und so haben normalerweise, ihre Opfer in der Sache – also die Passagiere – keine andere realistische Wahl.

Und die Deutsche Bahn weiß es.

Die Deutsche Bahn ist wie eine Eisen- und Stahlmafia: Sie wissen, dass sie größtenteils tun können, was sie wollen, alle anderen wissen, dass sie größtenteils tun können, was sie wollen, und die Mitglieder der Bevölkerung gehen meistens einfach weiter, und akzeptieren dieses ungleiche Kräfteverhältnis; Sie vermeiden es, wenn sie können, und wenn nicht, halten sie es einfach aus.

Ja, es gibt Treffen von Politikern und es gibt Talkshows mit Halbintellektuellen in Jeans, die das Thema erörtern und diskutieren (schließlich, sind wir in Europa), aber nichts wird grundlegend geändert (wieder, Europa).

Nach der Sonntags-Podiumsdiskussion, bei dem Mitglieder der verschiedener politischer Fraktionen und das Management des Zugsystems debattieren und die verschiedenen Auswirkungen seiner Unzulänglichkeiten besprechen, ist der lokale Bahnsteig am Montagmorgen oft wieder einmal mit zwei oder mehr Wagenladungen von Fahrgästen gefüllt, die von den verspäteten Zügen nicht abgeholt wurden, wieder einmal, einer nach dem anderen – als gäbe es in Deutschland ein riesiges Erdloch an einer Stelle, an der jede einzelne Bahnlinie durchfahren muss, und ein Zug nach dem anderen fällt, wie Lemminge, immer wieder hinein – in das große Erdloch der Deutschen Bahn.

"Du verstehst nicht", sagt vielleicht einer der Halbintellektuellen aus den Podiumsdiskussionen und grinst arrogant meine dumme Unschuld an, da er die ganze Situation wirklich in ihrer Gesamtheit erfasst, und ich bin nur ein einfacher Anfänger in diesem Bereich. "Es gibt viele verschiedene Strecken im Eisenbahnsystem, und ihre Gleise sind noch nicht alle auf dem neusten Stand, vor allem die im Osten" – es ist über dreißig Jahre her –"und der Schwierigkeitsgrad bei der Synchronisation so vieler Komponenten auf dieser Ebene des logistischen Managements, insbesondere angesichts des externen Drucks auf Kosten und Finanzplanung, kann unbeabsichtigt dazu führen, dass"...

...und währenddessen, sind die nassen, zitternden Arbeiter auf den Plattformen nochmals in ihren Bemühen behindert worden, zur deutschen Exportwirtschaft ihren Beitrag zu leisten.

Wie kann dies in einem Land geschehen, das als Epizentrum der Logik und des geordneten Funktionierens bekannt ist? Ein Land, in das die Menschen Tausende von Kilometern durch Wüstenländer laufen, die von mörderischen Kriegsherren kontrolliert werden, nur um hier anzukommen, die Sprache zu lernen, einen Job zu finden und... verspätet zur Arbeit kommen zu müssen, denn heute schafft die deutsche Eisenbahngesellschaft es einfach nicht sich zusammenreißen.

Manchmal, wenn eine Person aufwacht, egal was sie mit ihren Haaren macht, egal wie viele Handvoll Haargel sie einschäumt, gibt es immer noch eine Haarlocke, die einfach ungehorsam herausragt und sich weigert, gezähmt zu werden. Das Bürsten der Haare funktioniert einfach nicht und es gibt wirklich keine Hoffnung dafür, bis die Person aufgibt, einfach weiter macht mit ihrem Tag, bis sie nachts einschläft und am nächsten Morgen es noch einmal versucht. In diesen Momenten kosmischer und kosmetischer Folter, wird ein Amerikaner sagen, dass er "einen schlechten Haar-Tag hat".

Nachdem ein übermüdeter deutscher Pendler am Morgen eine zusätzliche Stunde auf seinem Bahnsteig gestanden hat und von der Ankündigung erfährt, dass sich sein Zug wieder verspäten wird, und dass er zum vierten Mal diesen Monat spät zur Arbeit kommt, kann er seinem Chef sagen, dass der Arbeiter heute einen "schlechten Zug-Tag" hatte.

Wenn sich ein Zug in Deutschland verspätet, werden die Fahrgäste durch die Ansage einer weiblichen Stimme über Lautsprecher darüber informiert. Die Stimme ist freundlich, sanft, aber am Ende ist es nur ein weiteres kaltherziges Stück deutscher Maschinerie – sie gibt sich den Anschein als ob sie wirkliches Interesse am Schicksal des Reisenden hat: "Wir, die Deutsche Bahn, sind nett, wir sind schön, sogar stilvoll, vielleicht spärlich bekleidet; komm und lass mich dir diese Botschaft ins Ohr flüstern, nur für dich; wir sind friedlich und überhaupt nicht aggressiv, und du solltest auch nicht aggressiv werden, egal wie lange dein Zug diesmal verspätet ist. Auf Wiedersehen, mein besonderer Freund. Es ist ein wunderbarer Tag heute."

Nach der Botschaft, erwarte ich am Ende immer unterdrücktes Lachen zu hören, als würde sich die Sprecherin mit der schönen Stimme an ihre Mitarbeiterin wenden und sagen "Diese Gimpel", und beide lassen ein boshaftes Glucksen los. Dann stelle ich mir vor, wie ihre Mitarbeiterin das Telefon aufnimmt und sagt: "O.K., wie viele Züge sollen *diese* Woche verspätet werden, Herr Putin?"

Von der ganzen Gruppe von Pendlern, die aufgrund dieser Verzögerungen zu spät zur Arbeit kommen müssen, gehört nicht ein bestimmter Prozentsatz von ihnen zu den hoch entwickelte deutschen Ingenieure, von denen wir immer wieder hören? Macht das die ganze Situation nicht ziemlich peinlich?

Für diejenigen von uns, die sich Tag für Tag auf dieses System für den Transport zwischen unserer Ertragsquelle und unserem Schlaf- und Sicherheitsort verlassen, ist die Deutsche Bahn ein Dämon. Seine Funktionsweise kann einen Pendler an den alten griechischen Mythos über die Leber erinnern, die von einem Geier rausgerupft wird, nur um dann zurück zuwachsen und dann nochmals herausgerupft zu werden, für immer und ewig.

Wenn ein Pendler auf dem Bahnsteig steht und auf einen weiteren verspäteten Zug warten muss, bedeutet dass zusätzliche zehn, zwanzig Minuten, eine zusätzliche Stunde seines Lebens, die ihm gegen seinen Willen gestohlen wird, Zeit die er nie wieder zurückholen kann.

Wie viele Stunden in der Lebensdauer eines Fahrgastes der Deutschen Bahn sind so verschwendet? – Zeit die er mit seinem kleinen Sohn oder seiner kleinen Tochter verbringen könnte, indem sie sich beim gemeinsamen Spielen liebevoll einander in die Augen schauen könnten, während Vertrauen entwickelt wird, und ein Sinn von Wohlbehagen sich in seinem Nachwuchs entfaltet, statt dieses Blicks auf die Gesichter des Kindes, wenn Mama das Telefon ablegt, und sagt, "Papa wird wieder spät von der Arbeit nach Hause kommen, Liebste", und das Kind dreht sich mit zwei feuchten, hoffnungslosen Augen zur Haustür, die sich nicht öffnet.

Dann fühlt sich das Kind vernachlässigt. Er beginnt Probleme in der Schule zu haben, seine Leistung ist beeinträchtigt, er bekommt niedrigere Noten, er entwickelt nicht die Fähigkeiten, die Wissenschaftlichen- und Forschungs-Jobs zu besetzen, für die Deutschland es schwer findet, genug junge Menschen zu finden, die diese Arbeitsplätze füllen könnten.

Und da ist es, liebe Zugreisende – die Deutsche Bahn stellt eine Gefahr für die Gesellschaft dar.

Florian wacht auf vom Froschquaken, der Ton seines Telefonalarms.

Als er und seine Kumpel es an einem Wochenende gemeinsam bei ein paar Bier auswählten, drückte er immer wieder den Knopf wenn sie nicht hinschauten, damit es klingelt, und sie hatten sich ständig kaputt gelacht. Über die nächsten paar Wochen, ließen die Jungs jedes Mal ein lautes "Quaaaaak" raus, immer wenn etwas passierte, was sie für witzig hielten.

Momentan, um 5.00 Uhr, wirkt es einfach nicht genauso auf ihn.

Es ist immer noch dunkel. Seine Frau Stephanie schläft. Sie kann es sich gönnen, bis sechs Uhr auszuschlafen, dann muss sie die Kinder bereit machen, bevor sie sie zur Schule fährt und dann selbst zur Arbeit geht, näher an ihrem Wohnort.

Er hat einen Frühstücksriegel und einen schnellen Schluck Saft, weil er weiß, dass wenn er richtig frühstücken will, muss er die blau leuchtet Nummer "4" vor den anderen Ziffern auf der Uhr jeden Morgen sehen wenn er aufwacht, und der junge Mann in ihm, der immer erwartet hatte, dass etwas Glorreiches in seinem Leben passieren würde, konnte das einfach nicht akzeptieren.

Er duscht in etwa der Hälfte der Zeit die er dafür am Wochenende nimmt. Das Wasser ist lau, zu kühl um es wirklich zu genießen. Er weiß, dass, wenn er das Wasser zu heiß macht, würden die Poren seiner Haut sich öffnen und es nur noch schlimmer machen, in diesen Wintermonaten im Wind auf dem Bahnsteig herumzustehen.

Er geht die zwanzig Minuten von seiner Wohnung zum Bahnhof zu Fuß und trägt seine weiche Aktentasche mit seinen Büropapieren über die Schulter geworfen.

Er erinnert sich an die Zeit, wenn er und Stephanie beschlossen hatten, die kleine Gemeinde Rucklingsdorf zu verlassen und näher zur Stadt zu ziehen, der Arbeit zuliebe. Als sie sich die Wohnung anschauten und sahen, wie nah es am Bahnhof war, sagte er, "Ist das nicht toll, Schatz?"

Der Wind ist heute bitter. Beim Gehen, muss er sich mit seinem Oberkörper ein wenig nach links lehnen, und dann ist es fast erträglich.

In der Garage des gelben Hauses, gibt es ein Hund, der immer bellt, wenn Florian an ihm vorbeigeht. Der Hund fangt jetzt an zu bellen, und der Ton trifft heute Morgen ein wenig scharf auf die Ohren des jungen Mannes. Florian zuckt zusammen, und dann nochmals als der Hund im Rhythmus bellt.

Florian steigt die Zementstufen zum Bahnsteig hoch und merkt, wie viele Menschen schon da sind. Es ist mehr als die übliche Menge für seinen Zug, und er weißt sofort, dass einige Leute auf ihren vorherigen Zug warten, der bereits verspätet ist.

Trotz des Windes von heute Morgen, hat er immer noch etwa drei Minuten. Er steht dort auf der hohen Plattform und blickt auf den Sonnenaufgang, der in der Ferne über dem Bauernhof aufgeht. Die Kühe sind bereits draußen und er sieht ihnen zu, wie sie das Gras kauen und ihre Gewicht auf ihren knöchernen Beinen hin und her verlagern. 'Es ist wunderschön um diese Uhrzeit, auch wenn es so kalt ist', denkt er bei sich als es versucht, die helle Seite der Dinge zu sehen. Eine der Kühe muht klagend; die andere hört für einen Moment auf zu kauen, schaut auf die erste und dann senkt sie ihren Kopf zurück zum Gras. Florian denkt über seinen und Stephanies Plan nach, vielleicht eines Tages hier auf dem Land ein kleines Haus zu kaufen. Die Kinder könnten in ihrem eigenen Garten spielen, und sie könnten eine friedliche –

–"Sehr geehrte Fahrgäste", unterbricht die statische Ankündigung. Die abrupte Veränderung erzeugt ein spürbares und unangenehmes Gefühl direkt unter Florians Schläfen. "Der 6.15-Zug nach Smurzeldorf wird sich um vierzig Minuten verzögern. Vielen Dank für Ihr Verständnis."

Auf der Plattform, gibt es einige leichte Knurren zu hören, aber das ist alles.

'Ich habe Ihnen mein Verständnis nicht gegeben ', denkt Florian bei sich: Er hasst die Deutsche Bahn jedes Mal ein wenig mehr, wenn er diese Endung der Ansage hört. 'Ihretwegen, muss ich hier in der Kälte stehen, und dann nehmen sie einfach an, dass ich das akzeptiere und verstehe und nicht stocksauer darauf bin', denkt er, als er mit jedem Moment ärgerlicher wird.

Mobiltelefone werden angehoben, und das schnelle Klicken und das Versenden der Nachrichten beginnt, die Vorgesetzten werden darüber informiert, dass die Passagiere heute Morgen spät ankommen werden. es tut mir leid (zusammen mit dieser Angst, die mit dem Drücken der Senden-Taste einhergeht – der Angst, dass irgendwann, der Abteilungsleiter endlich die Geduld verlieren wird und sich einfach an einen anderen Arbeiter für die Beförderung aussuchen wird.

'Danke für Ihr Verständnis', hört Florian wieder in seinem Kopf.

Die Zigaretten kommen jetzt heraus, fast als Trost; Die Passagiere stehen ein bisschen mehr lässig da und verlagern ab und zu ihr Gewicht. Ein Mann in einer Krawatte macht leise ein frustriertes "Umph", nachdem er eine Nachricht gelesen hat, die er auf seinem Telefon erhalten hat. Der Kopf einer jungen Frau schaut aus dem kleinen Plastikbehälter mit Joghurt auf, den sie gerade geöffnet hat, und nachdem sie gesehen hat woher die Störung kam, kehrt sie zu ihrem Frühstück zurück.

Es beginnt leicht zu regnen. Kragen werden hochgezogen und die Menschen beginnen, sich in Richtung des inneren Teils der Plattform, weg von der Kante, zu verdichten. Als der Regen zunimmt, geht Florian dorthin, wo die lange Bank ist. Es gibt ein paar freie Plätze, aber sie befinden sich direkt unter dem Loch im Holzdach über ihnen, und das Wasser beginnt zu spritzen und sich auf der Oberfläche der Bank zu sammeln. Ab und zu, spritzen ein paar Tropfen und landen auf der Schulter der Frau, die neben den leeren Plätzen sitzt, und der Regen wird vom Material ihres Mantels aufgesaugt.

Auch nach der zweiten Verzögerung, sind alle Menschen überraschend ruhig. Sie sind eindeutig frustriert, und erschöpft, aber niemand scheint aufgeregt zu sein. Es gibt kein Schreien, keine Beschwerden, und es hat nicht den Anschein, dass sie anfangen werden, miteinander zu reden und ihren Zorn zu einer gemeinsamen Stimme zu vereinen, um mit den Machthabern Kontakt aufzunehmen und Veränderungen zu fordern.

Sie scheinen es nur als unveränderliche Unannehmlichkeit zu akzeptieren, weshalb es sich anscheinend nie ändert.

Als das Pfeifen des kommenden Zuges endlich in der Ferne zu hören ist, steht die Dame von der Bank auf. Sie hat einen nassen Fleck auf ihrem Mantel, wo sich der Regen auf ihrer Schulter angesammelt hatte.

Die rote, metallische Form des Zuges schiebt sich vor Florian und versperrt ihm den Blick auf den ruhigen Bauernhof. Ein Paar müde Augen aus dem Inneren des Zuges rutschen langsam an seinen Platz, und für einen Moment starren Florian und der Pendler, der passiv aus dem Fenster geschaut hat, plötzlich und unbeabsichtigt tief in die Pupillen des anderen – die Pupillen eines Fremden – die nur wenige Zentimeter voneinander entfernt auf den gegenüberliegenden Seiten des Glases sind.

Er hatte heute Morgen noch nicht einmal Stephanies Augen gesehen, als die Zeit für ihn ankam, die Wohnung zu verlassen.

Wenn sich die Türen öffnen, ist klar, dass der Zug bereits ziemlich voll ist und dass es keine Sitzplätze geben wird, für die neuen Passagiere die in den Zug einsteigen, gibt es kaum Platz, um zu stehen.

Er findet einen Platz und muss dann ein paar Schritte näher an die anderen Fahrgäste heranrücken, um Platz zu schaffen, aber er kann durch das Fenster sehen, dass es noch zwei Personen auf dem Bahnsteig gibt, und die Kunden der Deutschen Bahn müssen immer näher und enger zusammenrücken.

Der Zug ruckelt etwas beim Start, und Florian muss plötzlich seine Haltung verbreitern und seine Füße wie ein Ringer flach drücken, um nicht aus dem Gleichgewicht geworfen zu werden. Er stößt trotzdem leicht mit einer Frau die hinter ihm steht zusammen, er schenkt ihr ein entschuldigendes Lächeln. Sie heben beide ihre Augenbrauen und verziehen den Mund einen Ausdruck, als hätten sie Schwierigkeiten, etwas Bitteres runter zu schlucken, einen Gesichtsausdruck um zu zeigen, dass sie und alle anderen hier an dieser Sache beteiligt sind und niemand besonders zufrieden damit ist.

Die Landschaft huscht draußen vorbei, aber Florian kann nur flüchtige Szenen und Splitter davon erkennen zwischen den Köpfen und Hälsen der anderen Passagiere, während er da im Gang steht.

Manchmal, an den wenigen Tagen, an denen er die Arbeit früh verlasst, ist der Zug ziemlich leer, und er kann in einem der Bereiche sitzen, in denen es auf einem Platz vier Sitze gibt, die sich gegenüberliegen; Manchmal, ist er der einzige Passagier dort. An diesen Tagen, holt er ein Buch heraus oder schaut einfach aus dem Fenster auf die vorbeiziehende Landschaft, die Beine wie ein Gentleman gekreuzt.

Er schaut heute auf diese Sitze im Wagen . Die vier Personen sitzen da so aufrecht wie möglich, um sich nicht gegenseitig zu behindern oder anzustoßen. Eine von ihnen ist eine junge Frau mit einem bunten Wollhut. Sie sitzt neben einer älteren Frau, und ihnen gegenüber sitzen zwei Geschäftsleute. Die Geschäftsleute lesen jeweils Zeitungen, gefaltet zu engen, kleinen Vierecken, um Platz zu sparen. Im Vergleich zu den anderen, die stehen, sehen diese vier begünstigter aus, aber es gibt immer noch Leute, die gegen ihre Köpfe stoßen oder sich plötzlich an ihren Rückenlehnen festhalten, um ihr eigenes Gleichgewicht wieder zu stabilisieren, immer wenn der Zug seine Geschwindigkeit ändert.

Florian beginnt, die Hitze zu bemerken. Da es Winter ist, haben die Wagen die Heizung eingeschaltet, aber sie ist immer entweder komplett aus- oder ganz hoch geschaltet. Die Deutsche Bahn kümmert sich nicht um etwas, das so rücksichtsvoll wäre wie eine Zwischeneinstellung. Er muss sich irgendwie abkühlen. Da alle zusätzlichen Passagiere aus den verspäteten Zügen wie Bauernhoftiere auf engstem Raum versammelt sind, ist Florian so fest eingeklemmt, dass er nicht manövrieren kann, um seinen Mantel auszuziehen, also behält er ihn an.

Bevor die nächste Haltestelle kommt, beginnt er in der Hitze zu schwitzen. Er merkt, dass die Frische seiner Morgendusche längst verblasst ist und dass er sich bald dem Punkt nähert, an dem er eine weitere braucht, obwohl es an seinem Arbeitsplatz keine Duschen gibt.

Er bemerkt die Zeit auf einer Uhr, an einer schlanken weiblichen Hand, die sich am Rücken des Sitzes eines anderen Passagiers zur Unterstützung festhält. Er kann nur die Hand der Frau und etwas von ihrem Unterarm sehen, und er merkt, dass ihre Finger den Sitz ziemlich eng und verzweifelt umklammern und tief in den Schaum sinken.

'Es ist erst 7.15 Uhr', denkt Florian. 'Wie kann der Tag eines Menschen in so kurzer Zeit und so früh am Morgen so unangenehm gemacht werden?'.

Er beginnt sich bewusst zu werden, dass er ausgiebig schwitzt, und er fragt sich, ob er die Tatsache verbergen muss, dass er Schweißspuren unter seinen Armen hat, wenn er ins Büro kommt und seinen Mantel auszieht.

Nach einer Weile, beginnt es schwer zu werden, so lange im Platz zu stehen, vor allem da das Boden des Zuges ständig unter seinen Füßen rüttelt.

'Warum ist es so?', denkt Florian. 'Warum muss es so sein?'

Die Frau mit dem bunten Wollhut in der Ecke beginnt, in ihrem gestreiften Rucksack, den sie zwischen ihren Füßen hält, herumzustöbern. Sie zieht einen roten Wärmebehälter heraus, gerade nach oben und sehr vorsichtig, als wäre er eine Atomwaffe die nicht hochgehen soll. Nachdem sie den Behälter auf ihren Schoß gestellt hat, hält sie ihn mit ihrer Hand im Platz, ihre Ellenbogen noch immer fest an ihrer Seite, dann schraubt sie den kleinen Deckel mit schnellen Bewegungen ihrer Finger ab, wie jemand, der einen Tresor öffnet.

'Es ist Hühnersuppe', merkt Florian. Er kann es riechen, nachdem der Deckel für einige Sekunden geöffnet war.

'Vielleicht ist sie krank', denkt er, da ihm von seinem Platz aus nichts anderes übrig bleibt als sie zu bemerken.

Sie fängt an die Suppe zu schlürfen, so leise wie sie es anscheinend tun kann, und die Geschäftsleute in den Sitze ihr gegenüber beginnen, sie abwechselnd anzuschauen. Die ältere Dame neben ihr rutscht so weit wie möglich weg von ihr, obwohl das aufgrund des Platzmangels nicht viel hilft.

Die junge Frau scheint die Menschen, die sie aus dem ganzen Wagen anschauen, nicht zu bemerken. Sie genießt sichtlich den Komfort ihrer Suppe.

Florian erinnert sich an den Frühstücksriegel und sein Glas Saft von diesem Morgen, und er spürt wie sein Magen straff wird. Es scheint schon so lange her zu sein.

Nach ein paar Schlucken, schraubt die junge Frau mit dem bunten Wollhut den Deckel in umgekehrter Richtung zu, stellt den Wärmebehälter wieder in seine sichere Position im Rucksack zwischen ihren Füßen zurück, und als sie sieht, wie einer der Geschäftsmänner ihr gegenüber sie missbilligend anstarrt, zieht sie wie zu einer Entschuldigung, eine kleine Schnute.

Florian erinnert sich, als er und Stephanie in ihre Wohnung unweit des Bahnhofs eingezogen sind, damals in freudiger Erwartung, mit dem Zug zur Arbeit pendeln zu können.

'Ich werde lesen können, während andere Leute in ihren Autos hin und her fahren müssen', dachte er damals, 'und außerdem, wird es besser für die Umwelt sein'.

Er schaut auf die Uhr am Arm bei der Kopfstütze und rechnet, dass, wenn er heute mit dem Auto gefahren wäre, müsste er seine Wohnung erst in einer Stunde verlassen.

Er erinnert sich daran, wie Stefanie Augen aussahen, als sie am vergangenen Sonntag auf dem Kissen neben ihm aufwachte.

"Hallo, Reiner!", hört er, und er sieht die junge Frau mit dem bunten Wollhut an, als sie in ihr Handy spricht. Ihre Stimme ist so laut, als wäre sie auf der Straße.

Während das Gespräch auf dem Handy weiter geht, ist jeder im Wagen mit der Frau sichtbar frustriert, zu unterschiedlichen Graden. Die beiden Geschäftsleute mit den eng gefalteten Zeitungen ihr gegenüber und die ältere

Frau neben ihr sind deutlich frustriert, aber sie sind der junge Frau physisch zu nah, um etwas dazu zu sagen; Denn nach jeder Konfrontation, müssten sie für den Rest der Zugfahrt ihr gegenüber sitzen, und die Unannehmlichkeit, die dadurch entstehen würde, hält ihren Frust in Schach.

Die Stimme der Frau mit dem bunten Wollhut beginnt zu eskalieren, wie es auf einem Handy tendenziell passiert, wenn es so viele Hintergrundgeräusche gibt. Jetzt, schreit sie im Wesentlichen in die Gesichter der Passagiere, die direkt ihr gegenüber sitzen.

Schließlich, platzt eine Frau hinten Florian wie eine geschwollene Beule und schreit sie an, "Oh, würdest du bitte einfach nur die Klappe halten!"

Dabei hat sie offenbar für alle anderen im Zug gesprochen.

Die junge Frau am Telefon sagt Rainer, dass sie gehen muss, und dann legt sie ihr Handy weg und sitzt still auf ihren Platz, hält die Ellenbogen fest, und tut so als hätte sie nichts falsch gemacht.

'Der Zug wäre nicht so voll, wenn es heute Morgen all diese Verspätungen nicht gegeben hätte, denkt Florian bei sich. Er erkennt, dass die Bahngesellschaft nicht für das Verhalten dieser Frau verantwortlich ist, aber wenn all diese Leute nicht gezwungen wären, so eng zusammenzurücken, wäre sie nicht so aufdringlich. Sie wäre nur 'diese laute Frau in einem der anderen Sitze heute im Zug '.

'Immerhin', denkt Florian, 'wird es immer Leute wie sie geben, aber sie müssen es nicht verschlimmern, indem sie uns in solch einer Weise zusammenpressen. Es macht es nur so viel schlimmer.'

Er blickt zurück auf die Frau, mit der er vorher zusammengestoßen war und mit der er einen kameradschaftlichen Blick in dieser stressvollen Situation geteilt hatte, aber zu diesem Zeitpunkt, gibt es kein Anzeichen von Mitgefühl von ihr. Sie sieht jetzt ermattet aus; All ihre Gesichtsmuskeln sind erlahmt und sie kann die ganze Situation offensichtlich nicht mehr ertragen.

Das Zittern in seinen Füßen verlangsamt sich und er weiß, dass der Zug fast am Ziel angekommen ist.

Durch das Fenster rechts, sieht er das hohe Gebäude auf der Seite des Bahnhofs gegenüber dem Stadtzentrum. Es ist das Gebäude mit den Fenstern, aus dem die Nutten sich immer herauslehnen und den Zügen die vorbeifahren zuwinken.

Als er es zum ersten Mal sah, dachte er: 'Wow, wie freundlich', dann sah er eine andere Frau in einem anderen Fenster und dann noch eine, und er dachte, 'Oh'.

Es erstaunt ihn zu sehen, dass es einige Frauen gibt, die schon (oder vielleicht immer noch) im Einsatz sind, und die langsam aus den einzeln Fenstern mit breiten Armbewegungen hin und her winken, als ob sie eine Fahne schwenken, während der Zug an ihnen vorbeifährt.

Es scheint seltsam, sie dort zu sehen, als er gerade bereit ist, seinen Tag im Büro zu beginnen, Verantwortung zu übernehmen und sich zu benehmen. Er schaut aus dem gegenüberliegenden Fenster, ohne es zu merken.

Als sich der Zug dem Bahnhof nähert, gibt es eine kontrollierte Eile und ein Richtungswechsel der Passagiere, um sich für den Moment der Abfahrt im Verhältnis zu den Türen in Stellung zu bringen.

Als der Zug zum Stillstand kommt, ertönt das Geräusch von kratzendem Metall, und als sich die Türen öffnen, ist eine enge, aber sichtbare Gasse zwischen den neuen Fahrgästen auf der Plattform frei. Die Fahrgäste außerhalb des Zuges warten mit offensichtlicher Ungeduld – die von einem germanischen Pflichtbewusstsein in Schach gehalten wird – auf die Pendler, die aussteigen, bevor die Außenstehenden ihrem eigenen Drang folgen, einzusteigen.

Als Florian einmal geschäftlich in einer Stadt im Süden Europas war, war er in einem Zug, und als sich die Türen öffneten, wurde er zu einer dicken Wand aus Menschen im Inneren verdichtet, die aussteigen wollten, und ihnen gegenüber befand sich eine dicke Wand aus anderen Menschen, die hineinwollen. Nachdem jede Gruppe eine Sekunde darauf zu warten schien, dass die andere aus ihren Weg geht, begannen die Individuen in jeder Gruppe, einfach ihren Weg nach vorne, in die gegnerische Gruppe zu weben, wie einzelne Finger, oder wie die Fische von zwei Schulen, die als Ganzes beginnen, dann sich teilen, um durch einander zu schwimmen, und die sich dann auf der anderen Seite wieder vereinen, wie eine MC-Escher-Zeichnung.

'In Deutschland, ist es anders', bemerkt Florian jetzt, und er schätzt diesen Unterschied, wenn er durch die geräumte Gasse aussteigt, während einige eifrige deutschen Fahrgäste von der Plattform sich so schnell wie möglich hinter ihm hineinschieben, sobald die Zahl der noch aussteigenden Fahrgäste klein genug ist, um durch die geräumte Gasse zu passen.

Nach diesem Spießrutenlaufen, geht er in Richtung Treppe.

Als er an einem Kiosk vorbeikommt, sieht er ein paar Bücher, die zum Verkauf stehen. Unter den Liebesromanen und Kriminalromane, gibt es ein leuchtend rotes Buch mit dem Bild eines der Züge darauf.

'Noch ein Buch darüber, wie schlecht diese Züge sind', denkt er. Er hat vor Jahren einmal eins gekauft und es gelesen. Die Autoren hatten sogar eine Organisation zur Bekämpfung des Eisenbahnsystems gegründet, mit einer Website, die zeigte, wo die letzten Proteste stattfinden werden.

'Das Zugsystem ist so schlecht, dass es sogar in den Bahnhöfen Bücher gibt, die das Thema dieses schlechten Systems behandeln', dachte Florian. Wie kann es so funktionsuntüchtig sein und trotzdem erlaubt werden, so weiter zu machen? Warum bringen die Politiker diese Situation nicht im Ordnung?'

Der Schweiß auf seinem Gesicht vom überhitzten Zugwagen beginnt, sich kalt anzufühlen, jetzt, da er draußen ist. Er zittert ein wenig und hofft, dass es nicht noch schlimmer wird.

Als er die Treppe erreicht, schaut er auf die große Uhr über der Plattform.

Er muss noch die Straßenbahn nehmen, um die Stadt hinaufzufahren, und von dort aus muss er zu Fuß gehen. Er plant immer zusätzliche Zeit für seine Pendelfahrt, um

Zugverspätungen zu berücksichtigen, aber es reicht nicht immer aus.

'Das war's, ich werde es jetzt nicht mehr rechtzeitig schaffen.'"

Als er später am Abend nach Hause kommt, sehen seine Augen müde aus, sein Körper ist zusammengebrochen, und er schnieft.

Er legt seine weiche Aktentasche auf den Kredenztisch und niest dann heftig – seine Haare verwuscheln.

Stefanie hört ihn und kommt um die Ecke immer noch in ihrer Bürokleidung.

"Hallo... du siehst krank aus. Ist deine Nase verstopft?", fragt sie, mit Sorge in ihrer Stimme.

"Ja", sagt Florian. "Ich habe die Nase voll von der Deutschen Bahn !" – und er macht schon Pläne, ein zweites Auto zu kaufen.

Karneval

Diese heißblütigen Brasilianer, die wilden, künstlerischen Seelen von New Orleans und – die Deutschen?

Ja, glauben Sie es oder nicht, es gibt ein Fest, das so ungezügelt und freizügig ist, dass es alle drei unter einem wirbelnden Cape willkommen heißen kann – den Karneval.

Die lange Karnevalszeit in Deutschland wird treffend als "fünfte Jahreszeit" bezeichnet, als ob sie nicht wirklich im Rahmen der Realität stattfindet, wie sie die Deutschen allgemein kennen und anerkennen. Im Rheinland, beginnt der Karneval im November – um elf Minuten, nach der elften Morgenstunde, am elften Tag, des elften Monats.

Überlassen Sie es den Deutschen, eine genaue Zeit zu einem bestimmten Zeitpunkt festzulegen, wann sie es sich endlich erlauben zu entspannen und Spaß zu haben.

Dieser bestimmte Tag ist der Tag ihres "Hoppeditz" – eine mythische kleine Gestalt, die eine Kreuzung aus Hofnarr und einer Art kleinem Ziegenwesen ist und auf die heidnischen Zeiten in Deutschland zurückführt wird (angenommen, dass die heidnischen Zeiten in Deutschland jetzt vorbei sind, natürlich). An diesem Tag, erwacht Hoppeditz auf dem Stadtplatz und taucht aus einem riesigen Krug Senf auf (je nach örtlichem Brauch und, wie ich annehme, der aktuellen Verfügbarkeit von Senf). Die Veranstaltung wird mit Musik, Gesang und, natürlich, dem Genuss von viel deutschem Bier angekündigt.

Dann gibt es eine lange Zeit des kalten, grauen Winters, in der sich die Karnevalsgruppen auf den großen Tag vorbereiten, Monat für Monat wie betrunkene Bienen in den Bienenstöcken ihrer jeweiligen Karnevalsverbände...

...und dann passiert es: Das wilde Durcheinander ging los.

Im Februar, versammeln sich die Menschen in den größeren Städten, verkleidet als Clowns, Wikinger, pelzige Tiere – und mit einer großen Anzahl von Männern, die wie Frauen in Röcken und blonden, geflochtenen Perücken verkleidet sind (als ob sie, verdächtig genug, das ganze Jahr darauf gewartet hätten, endlich diese Seite von sich zeigen zu können. "Weil es Karneval ist, natürlich. Nicht, weil ich, ähhhh... Wer will noch einen GETRÄNK?!!")...

Es gibt Paraden mit riesigen Festzugwagen, welche die Politiker satirisch verspotten, die mit riesigen, grotesken Köpfen dargestellt werden, Lieder werden von den Zehntausenden von Menschen auf den Straßen gemeinsam gesungen... und es gibt das Trinken. Und noch mehr Trinken.

Es wird gesagt, dass die meisten Babys in Deutschland neun Monate nach dem Karneval geboren werden (man beachte auch hier die geplante Präzision, auch wenn es um den größten Akt der menschlichen Freiheit und Nachsicht geht). Angesichts der großen Besorgnis über den starken Rückgang der deutschen Bevölkerung, würde die deutsche Kultur, ohne diesen übermäßigen Alkoholkonsum und die öffentliche Trunkenheit, anscheinend vom Erdboden verschwinden.

Neben den Paraden, gibt es auch verschiedene Festveranstaltungen, die "Sitzungen" genannt werden, weil die versammelten Zelebranten an langen Tischen zusammensitzen, während sie Live-Musik hören, miteinander singen und (natürlich) trinken.

Überlassen Sie es den reservierten Deutschen, ein so heiteres Ereignis zu nehmen und es nach dem eher gebändigten Ereignis des "Sitzens" zu benennen.

Dann, am Aschermittwoch im Frühjahr, wird eine Strohpuppe (von der oft angenommen wird, dass sie der arme "Hoppeditz" ist) auf den öffentlichen Platz gebracht, und wie seit Jahrhunderten üblich, wird das arme Wesen von den jauchzenden und betrunkenen Zelebranten umringt, als Sündenbock für die Sünden vermöbelt, die sie selbst während des Karnevals vollbracht haben (und vielleicht noch ein paar mehr, die sie immer noch vorhaben), und die Figur wird angezündet bis sie in Flammen aufgeht – ein Bild, das zahlreiche offensichtliche Parallelen zu den dunkelsten Momenten der deutschen Geschichte aufweist. Es ist merkwürdig, dass die Menschen dieses Landes ein so tiefes Bedürfnis zeigen, sich um eine Figur zu versammeln, die sie als schwächer als sie selbst empfinden, und sie verspotten, bevor sie versuchen, sie zu zerstören, vorzugsweise in Flammen – die Deutschen sollten wirklich diese Seite ihres Wesens beobachten, bevor sie wieder außer Kontrolle gerät.

Ich erinnere mich, als ich vor einigen Jahren am Karneval in Düsseldorf teilgenommen habe. Es war als ich die Stadt besuchte, bevor ich mir sogar vorstellte, dass ich eines Tages in Deutschland leben würde. Wir wurden zu Hause mit einer passenden Menge Schnaps versorgt (nicht Alkohol, sondern "Schnaps", ein schönes, peppiges Wort, das mein wanderndes amerikanisches Herz gern hörte). Es gab ein Gefühl, dass etwas Großes bald passieren würde, ein Sinn der Vorfreude auf das Wunderbare... Und ich wurde nicht enttäuscht.

Als wir uns auf den Weg in die Innenstadt machten, feierten alle, und alle waren leichtherzig. Die Polizei war da, um die wilde Menge unter Kontrolle zu halten, aber sie waren wahrnehmbar locker. Ich bemerkte, wie unterschiedlich sie von der Polizei war, die ich in Städten in den Vereinigten Staaten bei großen Paraden gesehen hatte – diese Haltung, als ob amerikanische Polizisten kampfbegierig und eifrig waren, um den Kopf von jemandem mit einem Holzknüppel (wenn nicht schlimmer) einzuschlagen, "gib mir nur ein Grund".

Nicht hier, auf den sonnigen Straßen von Düsseldorf. Es war, als ob die Zelebranten und die Polizei alle froh wären, gemeinsam am Karneval teilzunehmen, und niemand wollte irgendjemandem irgendwelchen Schaden zufügen.

Als ich durch die Menge dieser lockeren, freien, glücklichen Deutschen ging, erinnere ich mich daran, wie ich mir spontan dachte: "Weißt du, ich könnte hier leben".

Wir machten uns auf den Weg zu einem Platz auf dem Bürgersteig, und ich dachte, "Was auch immer es ist, hier ist der Ort, an dem es passieren wird".

Alle jubelten, gemächlich, erwartungsvoll vor Beginn der Feierlichkeiten. Es gab ein zufriedenes und lebendiges Geschwätz, das zu wachsen begann.

Und dann hörte man von einer Seite der Straße ein Geräusch ein leises Murmeln – weit weg, verschwommen, aber es kam unüberhörbar auf uns zu.

Ich schaute mir die anderen in der Menge an, und die in meiner Gruppe, und sie lächelten und lachten.

"Also ist es ein gutes Geräusch", dachte ich froh.

Und als das Geräusch sich in Musik verwandelte, gab es Wände von Festzugwagen, die sich in ihrer Größe ausdehnten, während sie langsam, immer näher herankrochen – das ungestüme Vorspiel eines herannahenden Festzugwagen am Karneval kann die Sinne wirklich überwältigen.

Und dann begann das Singen. Es war ein Lied, das alle Einheimischen kannten, und es gab ein vereintes Gebrüll der Freude, von Menschen, die ihre kollektive Stimme im Gesang erhoben, Lieder mit absolut keiner Bedeutung, aber welche daher desto erlösender waren, an diesem Tag der Freiheit von dem dunklen, feuchten Käfig des Winters und der Verantwortung, diesem Tag der Freiheit in die mehrfarbige, Konfetti-Welt des Karnevals.

Und als die Festzugwagen an uns vorbei schwebten, gab es den überschäumend, lang ausgezogenen Jubel von "Alaaf!" bei der Begrüßung zwischen den Reitern der Festzugwagen und ihren Anbetern auf der Straße.

Und dann begann das Werfen der Bonbons, die "Kamellen". Von hoch oben aus der Luft, regnete ein bunter Schauer nach dem anderen von einzeln eingewickelten Bonbons auf uns hinunter, Handvoll nach Handvoll, wie ausbreitende Wolken süßer Tupfen, die gegen den blass blauen Hintergrund des Himmels geworfen wurden – und die Menge wurde verrückt. In diesem Moment, gab es für niemanden unter uns Wichtigeres, als einen dieser Kamellen aus der Luft in seinem freien Fall zu fangen – als ob nach einen Kanarienvogel oder einen leuchtend orangefarbenen Finken zu greifen – oder, wenn man nicht so viel Glück hatte, in eifriger Verzweiflung auf dem Boden zu kriechen, um Ihre Sternstunde zu retten, und zu den "Habern" und nicht die "Habenichtsen" dieses glorreichen Ereignis gehören zu können.

Das liegt daran, dass die Kamellen, diese einfachen kleinen Bonbons, plötzlich einen Wert erlangen, der in überhaupt keinem Verhältnis zu ihrem eigentlich alltäglichen Wert steht. Wenn wir uns die Mühe machen würden, einen Moment zu stoppen, um dieses wohl gehütete Wunder zu betrachten, das wir krampfhaft in unseren Händen halten, würden wir sehen, dass es in der Tat nichts anderes als billige, individuell verpackte, zuckerhaltige Süßigkeiten aus dem Discountladen sind, die jeder jederzeit in großen Tüten für zwei Mäuse kaufen könnte (einschließend an diesem Tag, im Laden direkt hinter unserem Rücken dort auf dem Bürgersteig).

Aber das war Karneval. Warum sollte jemand aufhören und über die Bedeutung von Bonbons denken – warum sollte er über *irgendwas* nachdenken? Wir hatten gerade einen ganzen Winter überstanden, in dem wir in dunklen, düsteren Räumen gesessen und gedacht haben. Heute war ein Tag der FREUDE, ein Moment der GLÜCKSELIGKEIT, wenn – wenn SÜSSE BONBONS VOM BARMHERZIGEN HIMMEL AUF UNS HERAB GEWORFEN WERDEN, und alles, was wir tun mussten, war, die Bonbons haben wollen, hoch in die Luft zu greifen, und unsere Hände wurden für uns gefüllt, und es war Glückseligkeit.

Unter diesen Bedingungen, stieg der Wert dieser Bonbons augenblicklich und wild an, mehr als bei den Börsenkursen zur Zeit des Internetwahnsinns der späten 1990er Jahre – noch mehr als der große Tulpenwahn der Niederlande im 17. Jahrhundert, als einzelne Tulpenzwiebeln einen Preis erzielten für den man eine Mini-Villa an der Küste kaufen könnte.

Heute, gab es keine derartigen Konzepte wie Wert und Marktfähigkeit, nicht in dieser, der fünften Saison von vieren, in der die Grenzen dessen, was war und was sein könnte, was sein sollte, allmählich verschwammen (vielleicht ermöglicht durch all das Trinken, aber trotzdem…).

Aber trotzdem – so unsichtbar wie alles andere wurde, was in diesen Momenten keine Kamelle war – herrschte ein inspirierendes Gefühl vom Zusammensein und Teilen, ohne eine einzige Erinnerung, dass irgendjemand jemals gegen einen seiner Brüder sein könnte, nicht gegen seine Karnevalsbrüder – nicht hier, Auf diesem Gehsteig, und nicht heute.

Gelegentlich, waren einige unter uns während sie tranken so abgelenkt, dass sie den Moment der spontanen Fortführung der Bescherung mit dem Eintreffen des nächsten Festzugwagens nicht bemerkt hatten. Als ihnen das klar wurde (oder zumindest klarer wurde), schluckten sie plötzlich alles was sie konnten aus ihren roten Plastikbechern herunter, und diese dann mit einem lauten "Alaaf !!" hoch in die Luft zu heben, als ob sie nach einem Segen riefen – und diesen Segen hatten sie erhalten, als ein Bonbon, in leuchtend orange-blaues Papier eingewickelt, mit einem großen, schlampigen "PLOTSCH" in ihrem Becher landet und die Menschen in ihrer Nähe mit dem abgestandenen Bier besprühte – wie ein Segen – und der Gesalbte lächelte dem Empfänger der wertvollen Kamelle fröhlich an, während Bier über sein Gesicht tropfte, und die freuten sich für ihn in der großen Fülle seines neu gefundenen Vermögens.

Als ein weiterer Festzugwagen vorbei fuhr, und wir alle noch immer im wilden Rausch der Kamellen waren, schaute eine junge Frau von der pulsierenden Menschenmenge, die um sie herum, auf dem gegenüber liegenden Bürgersteig stand, auf, und unsere Blicke trafen sich – sie sah mich, ich sah sie, sie lächelte und ich lächelte zurück, und obwohl ich bereits mit meiner Freundin feierte und keine anderen Pläne hatte, erkannte ich: "Ja, hier kann heute alles passieren!"

Angesichts der ekstatischen Erregung dieses impulsiven Ereignisses, ist es interessant festzustellen, dass Deutschland auch als das Land einiger der größten philosophischen Denker bekannt ist, welche die Erde je geziert haben – die Meister der Rationalität – und an diesem Tag, stellte ich mir Immanuel Kant und Arthur Schopenhauer vor, als sie durch die gepflasterten Straßen von Düsseldorf stolpern, beide mit roten Schaumnasen und bunten Ballonhosen, die Arme lässig um die Schultern des anderen geschlungen, während die rüpelhaft singen und Bier aus großen Blechbechern trinken, und ein Auge für Puppen offenhalten (hey, vielleicht hätte es ihnen gut getan).

Ich spürte die Lebendigkeit der friedlichen, fröhlichen Menschenmenge, zu der ich gehörte, und ich dachte, "Ich liebe es, hier in Deutschland zu sein".

Ich erinnere mich an all das heute, viele Februare später, als ich in Rucklingsdorf auf meinem Sessel sitze und fernsehe.

Eine der vielen "Sitzungen" wird übertragen: die erhebende, walzerartige Musik aus den Akkordeons, das schnelle und gleichmäßige OM-pah-pah, OM-pah-pah vom Schlagzeug, die bunten und festlichen Farben, die überall zu sehen sind – auf den Tischen, an den Musikern, auf den Kostümen der Menschen, auf dem Fahnenmast und anderen Dekorationen, die großzügig von den Lampen herunter hängen. Es gibt dieses Lachen und Betrunkensein, das morgen das Leben so vieler Menschen und die Entstehung so vieler Familieneinheiten für die kommenden Generationen verändern wird.

...und da, unter all dem, an einem der Trinker-Tische, umgeben von Feierlichkeiten von allen Seiten, sitzt der deutsche "Sauertopf" – eine Frau Mitte fünfzig, mit einem Stirnrunzeln, das genau das Gegenteil eines Lächelns ist, so tief, dass es die Seite ihrer Wangen mit jedem prallen Trommelschlag immer tiefer eindrückt. Sie wurde von ihren Familienmitgliedern dorthin gebracht, die sie beim gemeinsamen Tanz im verlassenen Gang hinter ihr an schubsen.

Inmitten der Freude und des Festes sitzt sie, elendig, mit den Ellenbogen auf dem Tisch, ihre Hände krallen sich rund um ihren riesigen Bierkrug, der halb leer und nicht halb voll ist, wobei die Bierlauge dünner wird und verschwindet, langsam und tragisch an den Seiten des Krugs herunterrutschend.

Ihr Mund ist rundum mit einem Oval aus dickem Clown-Rot bemalt, und es gibt große, orange-braune Sommersprossen, die auf ihr Gesicht gepunktet sind. Und in einem Bogen von weit oben, ragt aus ihrem bauschigen, violett-grünen Filzhut eine künstliche Sonnenblume hervor, die sich zum Rhythmus der Musik auf und ab schwingt, trotz ihrer Trägerin darunter.

Diese Frau (oder eine der unzähligen anderen Deutschen wie sie) könnten auch gesehen werden, wie sie an schönen Sommernachmittagen in Deutschland draußen an den Tischen der Straßencafés sitzen, während die fröhlichen italienischen Eisverkäufer unter den gelb-orange gestreiften Markisen singen, als sie für die glücklichen kleinen Mädchen und Jungen Kugeln mit farbenfrohem Geschmack in Pappbecher werfen, und die aufgeregten Kinder können es kaum erwarten die Köstlichkeiten zu erhalten – während sie, der "Sauertopf", der schwarze Strudel der Freudlosigkeit, die perfekte Werbung für Psychotherapie, in ihrem Ekel und ihrer Unzufriedenheit verbrennt, in Konkurrenz mit dem Glanz der Mittagssommersonne.

Und heute, bei den Karnevalsfesten, umgeben von den Freunden und Familienmitgliedern, die ihr am nächsten und liebsten sind, inmitten des Raumes, der vor Rhythmus und Klang und Farbe und Freude einfach platzt – sitzt sie unter der herabhängenden Blume auf dem Kopf, und lässt diesen Karneval – wieder – an sich vorbeiziehen.

Euro Trash

Herr Klumpf sitzt, an diesem Samstagmorgen, in seinem Holzstuhl mit der guten Rückenstütze, gegenüber dem geöffneten Fenster in seiner Wohnung und versucht, mit der Korrektur einer weiteren Kiste Studentenpapiere Fortschritt zu machen.

Er lebt etwa 40 Minuten südöstlich von Rucklingsdorf, und die Schule ist weitere dreißig Minuten von dort entfernt.

Er hat sich vorbereitet, bis zum Abendessen beschäftigt zu sein, also hat er seine Tasse Pfefferminztee und einen Riegel dunkler Schokolade auf dem kleinen Tisch neben sich gestellt, als kleinen Luxus, um ihm durch die Aufgabe die vor ihm liegt zu helfen.

Er hat sechs große, klare Kunststoffkisten die bis zum Benotungstermin am Ende des Monats korrigiert werden müssen, eine für jeden seiner Kurse in Deutsch Sprach- und Literaturwissenschaft am Berufskolleg, wo er unterrichtet. Seine Kurse sind eine Voraussetzung dafür das Programm erfolgreich zu beenden, und keiner der Schüler freut sich besonders, daran teilnehmen zu muss.

Die Qualität der Studentenberichte ist erschreckend niedrig, und es wird jedes Jahr spürbar schlechter. Als er ein Zeichen auf einer Seite setzt, um zu zeigen, dass zwei gebrochene Satzfragmente zu einem kompletten zusammengefügt werden müssen, denkt er an den Studenten, dessen Arbeit es ist.

'Sein Vater hat ihm im vergangenen Semester einen Porsche gekauft', hat einer der anderen Lehrer ihm erzählt.

Während er sich abmüht, um herauszufinden, was der Student im nächsten Absatz eigentlich sagen wollte, kommt von draußen der Klang von Stimmen. Sie fangen an und schweigen dann wieder, aber nach ein paar Minuten, werden sie zu einer stetigen Präsenz, und ihr Volumen nimmt zu.

Er blickt aus dem Fenster auf den charmanten kleinen Park mit dem Teich, der direkt gegenüber auf der anderen Seite des Fußweges vor seinem Gebäudes liegt. Auf der Picknickbank, die vier Stockwerke unten ihm direkt gegenüber von seinem Fenster steht, sitzen drei Männer und trinken Bier.

Einer der Männer, ein schlaksiger, sieht ausgemergelt und unterernährt aus, in einer Weise wie man sie oft bei Alkoholiker sieht. Er hat einen ungleich rasierten Bürstenhaarschnitt und ein verschwommenes Tattoo eines Spinnennetzes an der Seite seines Halses. Sein T-Shirt ist schwarz und ausgeblichen, mit den Wörtern 100% Schwarzarbeit", die sich auf die illegale Arbeit beziehen, die auch einige Sozialhilfeempfänger (unter anderem) in Deutschland nebenbei machen, ohne es der Regierung zu melden. Die Schultern des T-Shirts kommen an den Nähten auseinander.

Die beiden anderen Kerle sehen ziemlich zottig aus, und das T-Shirt des einen ist mit dem verblassten Aufdruck eines Schädels-und-Kreuzknochens verziert.

"Hmmm", grunzt Herr Klumpf leicht zu sich selbst, und dann schließt er das Fenster.

Nachdem er zu den Papieren zurückgekehrt ist, merkt er bald, dass der Klang der Stimmen von draußen immer noch durch das Fenster dringt.

Er steht auf und schaltet am Radio den klassischen Musiksender an, um den Lärm zu ertränken, und dann kehrt zu seinem Stuhl zurück.

Mit dem geschlossenen Fenster , beginnt die Luft in der Wohnung bald muffig und unangenehm zu werden, und nachdem zwei weitere Papiere fertig sind, erkennt er, dass zwischen der Ablenkung der Musik und dem Klang der Stimmen, die hin und wieder sowieso hörbar herein kommen, wird er sich einfach nicht auf seine Arbeit konzentrieren können.

Er legt seinen Kugelschreiber hin, nimmt einen Bissen von der Schokolade und einen Schluck Tee, wechselt von seinen Hausschuhen in seine schwarzen Schuhe (die gleichen, die er bei der Arbeit während der Woche trägt, (bemerkt er freudlos) und geht die Treppe hinunter.

Er nimmt die Treppe nur um etwas Bewegung zu bekommen, nachdem er den ganzen Morgen gesessen hat, er geht nach draußen und auf die Männer an der Picknickbank zu.

Sie plaudern immer noch und lachen miteinander, aber der mit dem ungleichmäßigen Bürstenhaarschnitt hebt eine Bierdose an den Mund und späht über die Dose, zu Herrn Klumpf als dieser näher kommt.

"Hallo", grüßt der Lehrer sie in einem freundlichen Ton.

Sie blicken ihn einfach an, als ob sie sein Eindringen nicht würdigen.

Dann sagt derjenige mit dem Bürstenhaarschnitt, "Wie geht's, Alter?" mit einer tiefen, kratzigen Stimme. Es fehlen ihm ein paar Zähne an der Seite.

Nachdem Herr Klumpf sich kurz an seinen Unmut erinnerte, als er neulich diesen Satz im Flur in der Schule gehört hatte, sagt er: "Gut, danke".

Dann, mit der Hoffnung auf einen reibungsloseren Übergang zum Thema seiner Sorge, und ohne eine zu finden, erzählt er den drei Männern, warum er gekommen ist.

"Ich wohne dort oben", sagt er, als er sich umdreht und auf sein Fenster zeigt.

Der schlaksige Mann mit dem Bürstenhaarschnitt nimmt Kenntnis welches Fenster es ist, und nimmt dann einen weiteren Schluck aus der Dose.

"Ich bin ein Lehrer und ich habe viele Papiere, die ich heute korrigieren muss, und ich kann mich leider nicht darauf konzentrieren, weil Sie hier unten so laut reden."

Er sagt es der gesamten Gruppe, aber er merkt instinktiv, dass der Mann mit dem Bürstenhaarschnitt der Anführer von ihnen ist.

Der Anführer starrt den Philologielehrer etwas trotzig an, ehe er seine Haltung plötzlich ändert und scheinbar entgegenkommend sagt, "Es tut mir leid. Wir werden versuchen, leiser zu sein".

Herr Klumpf bemerkt ein leichtes Grinsen auf dem Gesicht eines der anderen jungen Männer, bevor es hinter einer erhobenen Bierdose verschwindet.

"Vielen Dank, meine Herren", sagt der Lehrer.

Er dreht sich um und geht zurück zu seiner Wohnung, froh, eine friedliche Lösung für das Problem gefunden zu haben, obwohl er an der Standhaftigkeit der getroffenen Vereinbarung zweifelt.

Er lässt sich wieder auf seinen Stuhl nieder und bemerkt, dass er drei weitere Papiere beendet hat, ohne von außen Geräusche gehört zu haben.

'Die sind nur ein paar struppige Kerle, die am Wochenende ein paar Bier trinken', denkt er. 'Das ist nicht so schlecht.'

Er nimmt den nächsten Bericht vom Stapel und bemerkt, dass die Kiste immer noch fast randvoll ist, er schaut auf den Namen.

Es ist das Mädchen, das immer in der letzten Reihe sitzt und auf ihr Handy schaut. Während er unterrichtet, bemerkt er, dass sich ihre Gesichtsausdrücke zwischen Langeweile und plötzlicher Freude bewegen, gefolgt nochmals von ausgedehnter Langeweile, während ihr Finger über den Bildschirm wischt, und er weiß, dass sie soziale Medien betrachtet. Er hat sie dazu gebracht, das Telefon ein- oder zweimal abzulegen, aber sobald er etwas auf die Tafel schreibt und sich danach umdreht, liegt es wieder vor ihr. Die Verwaltung sagt, dass er nichts dagegen tun kann, weil sie das Recht hat, in der Klasse zu sein und eine Ausbildung zu erhalten.

Nach einem Seufzer, wie jemand, der einen schweren Stein auf einen Berg tragen muss und sich nicht darauf freut, beginnt er den Bericht zu lesen.

Halbwegs durch den ersten gebrochenen Satz, ertönt plötzlich eine pulsierende, pochende Musik, die von einem

Ausbruch herzhaften Gelächters durch das Glas des geschlossenen Fensters überlagert wird.

Er schaut auf die gerade, dünne Markierung auf dem Papier, die sein Kugelschreiber gemacht hat, als er durch die Ablenkung abrutschte.

Das Gelächter erhebt sich wieder draußen, alle drei zusammen und dann abwechselnd, während das Pochen weitergeht.

Er steht auf und geht zum Fenster, von wo er aus einer Luftperspektive auf die Männer schaut, die am Picknicktisch faulenzen. Da ist das Radio, ein großer rot-schwarzer Kasten ein Ding mit über dimensionalen Lautsprechern.

Rechts, sieht er auf die Straße, die entlang des Parks in die Sackgasse führt, wo sein Gebäude liegt. 'Es ist überall still und ruhig', denkt er. 'Überall, außer hier'.

Er blickt auf die Männer und das Radio zurück. Aus seiner Perspektive, fühlt er sich wie in einem Militärbomber, der ein Ziel lokalisiert.

Er klopft mit den Fingerspitzen gegen die Glasscheibe, wie ein Vogel in einem Käfig, und die Männer machen einfach weiter, ohne es zu merken.

Dann krümmt er seine Finger nach innen und klopft wieder, diesmal kräftiger, um über die Musik gehört zu werden, und die drei Gesichter schauen im Gleichtakt auf die dünne Form des Lehrers im Fenster.

Sie nehmen ein paar Schluke aus ihren Bierdosen und kehren zurück zu was immer für ein Thema sie in der letzten Stunde besprochen haben.

Herr Klumpf tippt nochmals, diesmal härter und schneller aufeinander folgend, und wenn die Gesichter diesmal zu ihm aufblicken, winkt er ihnen zu, um sie daran zu erinnern, dass er noch da ist und noch immer versucht, die Papiere zu korrigieren.

Der Mann mit dem Bürstenhaarschnitt wedelt mit den Fingern als er dem Mann im Fenster zurück winkt, und die beiden anderen jungen Männer brechen in Gelächter aus und schlagen mit den Fäusten auf den Tisch.

Ihr Anführer scheint mit der Reaktion zufrieden zu sein, die er von seinen Kumpeln erhalten hat. Der Philologielehrer starrt nur auf sie hinunter und, da er keine andere Alternative sieht, kehrt auf seinen Stuhl zurück.

Als er die Aluminiumfolie vom Schokoriegel zurückzieht, beißt er in ihn hinein, wobei sein oberes Zahnfleisch freigelegt wird und seine Lippen fest aufgerollt sind.

Dann versucht er aus Verzweiflung, sich selbst davon zu überzeugen, dass seine Umstände nicht so schlimm sind, wie es scheint.

'Nun, wie lange können sie doch noch da sitzen?', sagt er zu sich selbst. 'Sie unterhalten sich nur miteinander und hören sich diese pochende Musik an. Wie lange können sie es aushalten? Außerdem, worüber können sie sich möglicherweise so lange unterhalten?'

Er erinnert sich an die beiden Schüler die gestern in der 4. Stunde auf der linken Seite des Klassenzimmers gesessen haben, und ständig miteinander sprachen, zuerst jedes Mal, wenn er sich umdrehte, und dann sogar, wenn er der Klasse gegenüber stand, unabhängig davon, dass er sie mehrmals gebeten hatte, sich "ruhig zu sein".

'Sie werden ihr Bier trinken und gehen', redete er selber ein, ' schon alleine aus Langeweile, wenn es sonst keinen anderen Grund gibt.'

Er kehrt zu seinen Papieren zurück und konzentriert sich so gut er kann bei dem Lärm von draußen.

Nach 16.00 Uhr, bemerkt er, dass es schon vor einer Weile ruhig wurde. Er steht auf und geht zum Fenster, verschiebt die Vorhänge etwas und schaut auf den Picknicktisch.

Er ist leer, bis auf ein paar zerdrückte Bierdosen, die herumliegen. Das Radio ist auch weg.

Erfüllt mit Erleichterung, ähnlich dem, was er fühlt, wenn er die Schule verlässt und am Nachmittag auf der Straße nach Hause fährt, kehrt er auf seinen Stuhl zurück.

Er schlürft seinen Tee – mit dem Versuch sich zu überzeugen, dass der Tee ihm eine größere Befriedigung gibt als es tatsächlich der Fall ist – und kehrt zu seinen Berichten zurück.

Am nächsten Morgen, Sonntag, wacht er mit einem brennenden Gefühl in den Augen auf. Er schlief wieder ein, um sich jeden Luxus zu gönnen den er könnte, bevor er zu seiner Arbeit auf dem Holzstuhl zurückkehrte, aber er wurde vom Klang der Stimmen vor dem Fenster und dem pulsierenden elektrischem Takt geweckt.

'Sie sind zurück', stellt er fest, seine Augen weit geöffnet, während er dort liegt, plötzlich steif auf dem Kissen, und er hat das Gefühl, gefangen zu sein.

Im anderen Raum, schaut er aus dem Fenster und er sieht sie, und er sieht auch, dass sie ihn sehen, und er beobachtet, wie der Mann mit dem Bürstenhaarschnitt und dem Spinnenweb-Tattoo sich gemächlich weg vom Fenster und zurück zu seinen Freunden wendet, mit gekreuzten Beinen und seinem Arm mit der Bierdose in seiner Hand beiläufig über das Radio auf dem Picknicktisch drapiert, wie ein König, der Hof hält.

Herr Klumpf bereitet sich eine Tasse Pfefferminztee zu und bereitet sich auf sein Tagespensum vor. Er mag es nicht, am Sonntag arbeiten zu müssen, aber die Korrekturen müssen rechtzeitig erledigt werden und er hat keine andere Wahl.

Er beginnt mit der anderthalb stündigen Arbeit, die er hofft, vor dem Frühstück zu vollenden, und er es ist ein ständiger Kampf, sich durch den Lärm von außerhalb des Fensters zu konzentrieren.

Plötzlich, gibt es einen hochgezogenen Schrei, fast wie ein langes, herausgezogenes Quietschen. Er steht auf und schaut aus dem Fenster, und dort sind jetzt zwei Frauen mit den Männern am Picknicktisch. Sie trinken alle Bier, trotz der frühen Stunde, und sie zeigen keine Anzeichen dafür, dass sie bald gehen werden.

"Sie vergrößern sich", sagt er laut zum Zimmer, und schaut dann auf den Haufen von Papieren, die knapp bis zum oberen Rand der klaren Plastikkiste reichen.

Nicht durch irgendeinen Sinn der Logik, so sehr wie aus Verzweiflung, wendet er sich an das Fenster, öffnet es und ruft zu der Partei hinunter.

"Ich muss arbeiten!," schreit er sie an. Er erkennt, dass es deswegen keine Vortäuschung mehr gibt, dass sie miteinander kooperieren, und es ist klar, dass die Gegner sind.

"Wir auch!", schreit der Anführer über den Lärm der Musik, mit einer Hand an der Seite seines Mundes zu einem Trichter gekrümmt, und seine andere Hand mit dem Bier wieder über das Radio beiläufig drapiert – und die ganze Besatzung bricht in Gelächter aus, als ob sie nur auf einen Grund dafür gewartet hatten.

Die Tonhöhe der schreienden Frau erschüttert einen Nerv in seinen Ohren, und er schließt das Fenster mit einem lauten "FLUMP!".

"Das war's", sagt er seinem Zimmer trotzig, und er nimmt sein Telefon auf und ruft die Bullen an.

"Hallo", sagt er zur Stimme am Telefon. "Ich bin Lehrer und ich versuche, meine Papiere an einem Sonntag zu bewerten, und ich habe einen Haufen – MENSCHEN (sagt er sarkastisch) außerhalb meines Fensters, die Bier trinken und Lärm machen, und ich kann mich nicht auf meine Arbeit konzentrieren!"

Wenn er aufhört, erkennt er, dass seine Stimme erhoben wurde, aber er hofft, dass die Worte "Lehrer" und "Bier" genug Gewicht tragen würden, um einige Ergebnisse zu erzielen.

"Wir werden ein Auto schicken", wird er informiert. Als er dem Mann am Telefon dankt, hat er ein Schuldgefühl, da er seine Stimme zu jemandem erhoben hatte, der nicht Teil des Problems war, und der ihm schließlich helfen würde.

Er kehrt auf den Holzstuhl zurück und nimmt einen anderen Bericht vom Stapel. Trotz der festen Unterstützung des Stuhls, hat er das Gefühl, dass die Muskeln in seinem Rücken seit gestern eng geworden sind, und obwohl er eine Weile hin und her rutscht, kann er einfach keine bequeme Position finden.

Er macht sich auf den Weg durch den Stapel, trotz des ständigen Gemurmels das durch die Fensterscheibe dringt, und das mit den plötzlichen Lachausbrüchen und lauten Schreien geschmückt ist.

Er schaut auf die Uhr. Es ist über eine Stunde her, seit er die Polizei rief.

"Wie lange werden sie brauchen?", fragt er das leere Zimmer.

Nach weiteren vierzig Minuten, klingelt es an der Haustür, und bald darauf klopft es an seiner Wohnungstür. Er öffnet und sieht dort zwei Polizisten stehen.

Er fühlt sich beruhigt, dass so viele geschickt wurden, um mit der Situation umzugehen, und er stellt sich den Blick auf den Gesichtern draußen vor, wenn sie weggeholt werden.

Er begrüßt die Polizisten und erklärt die Situation wieder, indem er im Wesentlichen wiederholt, was er bereits am Telefon gesagt hatte, aber mit der Ergänzung "und man kann das Radio von hier aus hören". Dann, zeigt er auf das Fenster und die Polizisten schauen auf die Gruppe unten am den Picknicktisch.

Lächelnd zu sich selbst über die Gerechtigkeit, die kurz darauf auf seine Gegner entfesselt werden wird, ist er überrascht, als einer der Polizisten zu ihm sagt, "Haben Sie ein anderes Zimmer, in dem Sie heute arbeiten könnten?"

"Ein anderes Zimmer?", sagt Herr Klumpf ungläubig, seine Stimme eng und ein bisschen erhöht.

Er spürt, wie sein Griff auf die Situation ihm entgleitet. Er sieht die Polizisten jetzt eher als Beschützer der anderen Partei, und weniger als jemanden mit der Absicht, etwas zu unternehmen, um die Party abzubrechen und die Trinker wegzuschicken.

"Nein", sagt er, als ob die Fakten dazu beitragen würden, die Angelegenheit zu seinen Gunsten zurückzudrehen, "es sind nur diese beiden Zimmern." sagt er ihnen schroff.

"Wir werden runter gehen und mit ihnen reden", sagt derselbe Polizist. Der andere hat bis jetzt noch kein Wort gesagt.

"Danke", sagt Herr Klumpf, etwas brüllend.

Sie gehen, und er wartet auf eine Veränderung. Das stetige klopfen des Basses der Musik beginnt einem Pochen irgendwo in seinem Kopf zu ähneln.

Er tritt vorsichtig ans Fenster und sieht die Polizisten, die draußen mit den störenden Trinkern sprechen. Er ist überrascht, wie ruhig das geschieht, als ob sie miteinander plaudern.

Der Hauptpolizist winkt seine Hand im Richtung des Radios.

"Hier kommt es!", sagt der Lehrer laut zu sich selbst und erwartet, dass ihm seine sehr verspätete Belohnung endlich ausgehändigt wird.

Der Mann mit der Bürstenhaarschnitt sagt etwas, und die beiden Polizisten fangen an leicht zu lachen.

"Es ist, als wären sie zusammen in einer Kneipe", sagt Herr Klumpf, erstaunt über das was sich vor seinem Fenster entfaltet.

Plötzlich, schauen alle zusammen zum Fenster hoch, und er duckt sich hinter die Vorhänge.

Dann sieht er, wie der große, hagere Trinker nach dem Radio greift, als würde er es herunter schalten. Der Trinker wendet sich wieder dem Polizisten zu, sie geben einander die Hand, dann gibt es eine Runde Händeschütteln in der gesamten Gruppe, und die Polizisten verschwinden.

Herr Klumpf öffnet das Fenster leise, mit der Vorstellung, dass er von unten nicht gesehen wird. Er hört, dass das Radio immer noch eingeschaltet ist, aber das Pulsieren ist jetzt leiser.

"Was ist gerade passiert?", fragt er laut in das Zimmer. "Das kann nicht alles sein, was sie dagegen tun werden."

Dann klingelt es an der Haustür, und bald darauf klopfen die Polizisten wieder an seiner Wohnungstür, und treten ein.

"Wir haben mit ihnen gesprochen", informiert ihn der Polizist ruhig, "und sie haben zugestimmt, das Radio für Sie herunterzuschalten."

'Zugestimmt, für mich', hört der Lehrer, als ob es ein Gefallen wäre, etwas, das sie nicht tun müssen, und als könnten sie genauso gut anders entscheiden. Als ob er ihnen dankbar sein sollte.

"Was?", sagt Herr Klumpf. Er ist so fassungslos, dass dies der Stand der Dinge sein könnte, dass er ein bisschen desorientiert ist.

"Sie sollten jetzt in der Lage sein, Ihre Papiere zu korrigieren", sagt der Polizist, als hätte er die Angelegenheit erfolgreich bearbeitet und den Frieden in der Nachbarschaft wiederhergestellt.

"Machen Sie Witze?!", sagt Herr Klumpf, sichtlich aufgeregt. "Sie werden nur das Radio wieder hochdrehen, nachdem Sie gegangen sind!"

"Wenn das passiert, können Sie eine Liste aufstellen über jedes Mal, wenn die Musik anfängt und aufhört. Und es würde helfen, wenn Sie ein paar Ihrer Nachbarn dazu bringen, Sie dabei zu unterstützen."

"Wer hat Zeit dafür?!", schreit er. "Ich muss diesen ganzen Papierstapel bis morgen korrigieren", und als er auf die Plastikkiste der Studentenberichte blickt, beginnt sein Kopf etwas heftiger zu pochen. Wenn die Störung draußen nicht gewesen wäre, wäre er inzwischen schon auf halbem Weg durch. "Wie kann so was erlaubt sein?", sagt er. Er glaubt nicht, dass dies die einzige Auswahl sein kann, die ihm angeboten wird.

"Wir bekommen viele solche Anrufe", sagt der Polizist und wendet sich teilweise an seinen Partner, der still, aber präsent bleibt.

"Sie bekommen viele solche Anrufe? Warum tun Sie dann nicht etwas dagegen?" Er erkennt, dass es ihm nicht helfen wird, wenn er der Polizisten beschuldigt, aber er ist jetzt mehr angewiderter von der schieren Ungerechtigkeit der Situation als von der eigentlichen Störung selbst.

"Wir können nichts dagegen tun", erklärt der Polizist, als ob er das vielleicht möchte, aber dass ihm die Hände gebunden sind. "Es ist ihnen erlaubt, draußen zu sein und zu reden."

"O.K.", sagt der Lehrer, aufgewühlt durch die Verniedlichung der ganzen Situation, "aber was ist mit dem Trinken und der Musik?"

"Sie dürfen draußen etwas trinken, wenn sie wollen, und sie können Musik hören, solange sie niemanden im Haus belästigen."

Herr Klumpf ist an dieser Stelle über die Irrationalität verärgert, und er bemüht sich, ruhig zu bleiben.

"Aber ich bin von diesem Lärm belästigt. Sie belästigen mich!"

"Das Geräusch muss über einem bestimmten Dezibelwert liegen, und sie haben es auf eine Lautstärke gesenkt, die jetzt in Ordnung ist."

Die Schleife der Gegenlogik wird für den Lehrer unerträglich, und er versucht, irgendwelche rationale Antwort zu bekommen, indem er seine Frage umformuliert.

"Aber was passiert, wenn sie einfach die Musik lauter machen, nachdem Sie gegangen sind? Ich habe keine Zeit, Listen zu führen und eine Nachbarschaftswache zu organisieren. Was tue ich *dann*?!"

"Sie können uns noch einmal anrufen, aber es wird wirklich nichts bewirken. Sie werden wahrscheinlich nur die Musik leiser stellen, wenn wir hier ankommen, und warten, bis wir gehen."

'Also, sind sie doch nicht dumm', denkt der Lehrer. 'Sie wissen, was los ist'.

"Wie kann das passieren?", fragt er. "Wie kann ein Lehrer daran gehindert werden, die Papiere seiner Studenten zu korrigieren, nur weil ein paar Betrunkene vor seinem Fenster sitzen und die Nachbarschaft stören wollen?"

Der Polizist zuckt mit den Schultern.

"Diese Art von Leuten sind ziemlich klug", sagt er.

Herr Klumpfs Augen straffen sich. 'Jetzt muss ich Komplimente über diese degenerierte Menschen hören', denkt er bei sich.

"Arbeiten die überhaupt?", fordert er heraus.

"Wir wissen nichts über diese bestimmten Individuen, aber wenn wir solche Anrufe bekommen, behandelt es normalerweise um Hartz-IV-Leute", sagt der Polizist und erwähnt das Sozialprogramm in Deutschland für Menschen, die längere Zeit nicht gearbeitet haben.

"Sie meinen Wohlfahrt-Beziehern?!"

"Normalerweise", wiederholt der Polizist, "sind es Menschen, die von Hartz IV leben."

"Meinen Sie, dass ein Lehrer jungen Menschen nicht helfen kann, eine Ausbildung zu bekommen und Arbeit zu finden, nur damit ein Haufen Wohlfahrt- Bezieher vor seinem Fenster sitzen, sich am Sonntagmorgen betrinken und die Nachbarschaft stören können?"

"Das System ist nicht perfekt," sagt der Polizist, etwas weltmüde, offenbar nicht ohne Empathie für Herrn Klumpfs Situation, und bewusst, dass dieser Mann, der sie angerufen hat und vor Ihnen steht, jetzt zum ersten Mal die Spitze des Systems entdeckt, in dem die Polizisten Tag für Tag für Tag tätig sein müssen.

"Es ist Politik", sagt sein Partner plötzlich, der zum ersten Mal spricht, als sei es wichtig genug für ihn, es von seiner Brust zu bekommen.

Der andere Polizist behält sein ruhiger Aussehen, während er sich Herrn Klumpf anschaut.

"Wenn sie aggressiv werden, oder wenn es irgendwelche Schäden gibt", sagt der erste Polizist, "rufen Sie uns an und wir werden gleich hier sein," fast so, als ob er froh wäre, etwas dagegen tun zu können, zumindest einmal.

Herr Klumpf hört die Worte "aggressiv" und "Schäden" und fragt sich, wie weit diese Situation eskalieren könnte, wie gefährlich es für ihn werden könnte.

"Ich werde das tun", sagt er. Er erkennt jetzt, dass die Polizisten sich nicht dafür entscheiden, passiv zu sein, sondern dass sie vom System genauso stark schikaniert werden, wie er wird. Er sagt "Dankeschön, dass Sie trotzdem gekommen sind."

"Gern getan," antwortet der Polizist, mit einem tiefen Blick in die Augen des Lehrers, immer noch ruhig wie ein Stein, aber als ob er dankbar ist, dass die Gesamtsituation von jemand anderen auf der anderen Seite verstanden wurde – froh, dass das funktionsuntüchtiges Netz, in dem er und sein Partner gefangen sind, von einem anderen Mensch wahrgenommen wurde.

Nachdem sie gegangen sind, sitzt Herr Klumpf wieder auf seinem Holzstuhl. Obwohl er sehr, weit hinten mit seiner Arbeit ist und nicht weiß, wie er diese Papiere jemals bis morgen korrigieren wird – wenn die nächsten Charge begonnen werden muss – nimmt er sich eine Minute Zeit, um die Auswirkungen dieser Situation auf sich wirken zu lassen.

In dem kleinen vakanten Zimmer, starrt er leer vor sich hin.

"Die Gesellschaft", sagt er laut, als sei es ein Fluch. Als ob er eine Frage beantwortet, die ihm jemand gestellt hatte.

Dann gewinnen seine Augen wieder ihren Fokus, und er wendet sich an den kleinen Tisch, an dem die Schokolade ist, nur um zu sehen, dass nichts mehr davon übrig ist, außer der leeren Verpackung.

"Verdammt", sagt Herr Klumpf, nicht weiter an die Schokolade denkend.

Das Wartezimmer

Als ich das Wartezimmer für meine jährliche ärztliche Untersuchung betrete, sehe ich, dass der Raum weitgehend leer ist, bis auf eine alte Frau, die in der Ecke sitzt.

Wir lächeln uns einladend an und ich setze mich in die Reihe ihr gegenüber.

"Hallo", sagt sie, anscheinend begierig darauf, ein Gespräch zu beginnen, während sie wartet.

"Hallo", antworte ich und lächle sie an.

"Ich bin wegen meiner Gallenblase hier", informiert sie mich, als ob ihre Untersuchung dort im Wartezimmer bereits begonnen hätte.

"Oh?", sage ich, ein wenig verloren für Worte. "Nun, ich höre, dass der Doktor einen sehr guten Ruf hat", füge ich hinzu, um etwas zu sagen, das so eng mit ihrer Gallenblase verbunden ist, wie es die Anständigkeit zulässt.

"Ja, ich komme schon seit Jahren hierher", sagt sie.

Es ist schön, dieses freundliche Gespräch zu führen, während wir warten. So lässt die Welt sich wie ein intimeren Ort fühlen.

Wir tauschen weiterhin ein paar Worte hin und her, und ich freue mich, dass das Gespräch trotz meines amerikanischen Akzents und meiner Mängel der deutschen Sprachkenntnisse reibungslos verläuft.

Wir reden über die Stadt und wie schön das Zentrum ist.

"Ja, ich kaufe auch dort ab und zu ein", sage ich.

Dann hält sie inne und sieht mich lächelnd an.

"Ich habe einen *Nachbarn*, der türkisch ist ", sagt sie plötzlich, als ob sie mir ein Gefallen dabei tut.

Sie sagt es mit einem Akzent auf das Wort Nachbar, als ob, da ich ein Ausländer bin und ihr türkischer Nachbar auch ein Ausländer ist, das genauso gut ist (obwohl ich in keiner Weise türkisch aussehe).

In einem Augenblick, frage ich mich, wie die Eltern dieser Frau in den 1930er waren, wie sie aufgezogen wurde, was für ein Gedankengut ihren eigenen Kindern und Enkelkindern beigebracht wurde...

...und ich wende mich einem Magazin zu, um einen Artikel über Menstruationskrämpfe zu lesen.

Auf dem Wochenmarkt

Dort oben, am Ende der schmalen, Kopfstein gepflasterten Gasse, zwischen dem massiven grauen Stein des Rathauses und den offenen, grünen Fensterläden des alten Gasthauses, kann der Obst- und Gemüsemarkt der Stadt bereits in all seiner Lebendigkeit und Fülle gesehen werden.

Das erste, was auffällt, ist die Menschenmenge – die schier Quantität der Leute, die sich heute hier versammelt haben, auf diesem Marktplatz, einfach weil sie guten Geschmack schätzen – weil die Früchte weicher und süßer sind und das Gemüse knackiger und lebendiger ist.

Es gibt Buden, die mit fleischigen Pflaumen überschwemmt sind – so einem dunklen Farbton von Purpur, dass sie fast schwarz aussehen, mit einer, die in der Hälfte aufgeschnitten ist, damit alle sehen können, wie gut die Pflaumen sind – jenes rosige, verführerische Fleisch im Inneren, das im Sonnenlicht glitzert, weil es so feucht ist.

Es gibt Stapeln und Haufen von dicken, grünen Trauben, die aus Italien importiert werden und aufeinander überquellen, wie eine lebhafte Familie. Die Trauben sind mit einem goldenen puderigen Dunst bedeckt, schmecken wie Zucker und Liebreiz, als ob man den Wein, der von der florentinischen Sonne in sie hinein gebacken wurde, schon schmecken könnte.

Daneben, befindet sich der Blumenstand, aus dem jede einzelne Farbe hervorbricht, die Sie je gesehen haben, und dann noch ein paar mehr. Es ist wie ein Süßwarenladen, ein glücklicher Traum, mit den gigantischen Sonnenblumen, ihre Köpfe so groß wie die Köpfe von Kindern, die stolzen Tulpen, so hell, dass sie aussehen, als ob ein verrückter Künstler vorbeikam und sie mit aquarell Farben bemalt hat, wenn Sie grade nicht hinschaut haben. Es gibt eine tiefe, wässrige Vase nach der anderen, gefüllt mit lebensbejahenden Trieben und Blättern, hellgrün, lila, orange und blau.

Entlang dieser Reihe, befindet sich die Fischbude, mit dem Aroma von frischem Fisch im Backteig, der in einer Fritteuse in der Ecke im Freien frittiert wird. Der Fisch im Backteig wird auf einem flachen, kleinen Brötchen serviert, das viel zu klein ist für das große Fischfilet, und deswegen auf beiden Seiten des Brötchens hervorragt, genauso weit wie das Brötchen lang ist. Es ist völlig unpraktisch, und der Saft des Fisches tropft überall die Hände hinunter, in die Risse zwischen den Pflastersteinen auf dem Boden – aber trotzdem, wartet immer eine lange Schlange vor der Theke, wo sich die Fritteuse befindet. Jeder scheint damit zufrieden zu sein, dass er warten muss, denn er weiß, dass es sich lohnt: Jener warme Saft, der aus dem knusprigen Teig rinnt, wenn sie das erste Mal in den Fisch beißen – ihren Fisch, frisch für sie gebacken heute, auf dem Markt unter freiem Himmel am Marktplatz.

Die Auswahl an Käsesorten, hart und weich, weiß und gelb und orange, einige mit Kräutern gemischt, einige umgeben von einer Schale aus bunten, zerkleinerten Blumenblättern und Blüten. Die großen runden Räder mit ausgeschnittenem Keil, die die klaffenden Löcher im Herzen des Käses zeigen. Die Platten mit unterschiedlichem Streichkäse, gemischt mit Nüssen, mit Honig oder mit würzigem roten Paprika gepudert.

Heute, ist dort ein junges Ehepaar, das der Käsehändlerin dankt, als sie ihnen eine kleine Probe überreicht, und der Vater übergibt die Probe dem kleinen Mädchen an seiner Seite, zum Kosten. Während sie es schmeckt, blicken ihre Augen nach oben und nach links, als ob sie darin eine Subtilität bemerkt – etwas, das in ihrer Welt komplett unbekannt war und gerade entdeckt wurde – und die Eltern beobachten sie und lächeln. Und die Käseverkäuferin beobachtet sie und lächelt.

Die kleinen Stehtische, an denen Menschen vor dem Kartoffelpufferwagen stehen und ihre knusprigen Kartoffelpuffer mit Apfelmus darauf essen, sind fast voll; Es gibt nur noch einen freien Platz, wenn Sie einen möchten. Aber Sie müssen ein wenig warten: Der Mann am Stand plaudert mit einem seiner Kunden, und Sie sind erst an der Reihe, wenn der andere Kunde gesagt hat, was er sagen will, und der Mann am Stand gesagt hat, was er sagen will. Es kann sein, dass Sie dort eine Minute oder länger stehen und warten müssen. Und dann, nachdem der warme Austausch seinen Lauf genommen hat und sein natürliches Ende erreicht hat, dreht sich das lächelnde Gesicht Ihnen zu und strahlt Sie an, und Sie wissen, dass alles in Ordnung ist.

Am Bäckereistand, gibt es eine kurze Reihe von etwa fünf Personen, und während alle geduldig warten und die Kuchen, Pasteten, Brötchen und Brotlaibe ansehen, erscheint eine ältere Frau an der Seite des Wagens. Sie schleicht sich an, ohne irgendjemanden anzugucken, und sie steht neben der ersten Person in der Reihe, ohne ein Wort zu sagen. Nachdem der Kunde, der bedient wird, sein Gebäck in einem kuschelig verpackten Bündel dankbar nimmt und wie ein frisches Baby wegträgt, wendet sich der Mann hinter der Theke mit einem freundlichen Lächeln an die ältere Frau und fragt, was sie heute kaufen möchte. Niemand scheint etwas dagegen zu haben, und sobald sie sich beim Bäcker bedankt hat und sie einen Ausdruck der gegenseitigen Erkenntlichkeit getauscht haben, wendet er sich an die nächste Person in der Reihe, und die Bestellung wird mit eifriger Wärme gestellt.

Unsere Körbe sind jetzt voll mit üppigen Feigen, zwei großen Trauben goldgrünen Weintrauben, mit scharlachroten Blumen, die auf ihren hellgrünen Stielen herausragen, den Pfirsichen, den frischen Tortenstückchen gefüllt mit gelber Creme und Schlagsahne oben drauf.

Wir gehen am Rathaus vorbei und nochmals die Kopfstein gepflasterte Gasse hinunter, packen alles in den Kofferraum und fahren vom Parkplatz.

...und wir fahren von der Stadt zurück, entlang an den Weiden, vorbei an den Weizenfeldern, zurück in das kleine Rucklingsdorf, unsere Sinne voll, unsere Körbe überquellend, und wir wissen, dass, egal was passiert, es wieder eine gute Woche sein wird.

Ostdeutschland (Damals und Heute)

Bei Reisen durch die Bundesländer der ehemaligen DDR, nicht weit von der Gemeinde Rucklingsdorf, fällt zunächst das allgemeine Gefühl der Apathie auf, das allgemeine Gefühl, dass "das hier nicht funktioniert ".

Erstens, gibt es einen überwältigenden Anteil an Mauern in Ostdeutschland, die augenscheinlich noch nie angemalt wurden – selbst jetzt, so lange nach dem Fall der Sowjetunion, und trotz rund 25 Jahren zusätzlicher Finanzierung durch den "Solidaritätszuschlag" (der "Solidaritätssteuer", die Arbeitnehmer in Westdeutschland zu zahlen haben, um Ostdeutschland auf den neuesten Stand zu bringen).

Fahren Sie die Hauptstraßen in Ostdeutschland entlang, und Sie werden eine trockene, unbeschichtete, poröse graue Mauer nach der anderen sehen, als hätten die das gesamte Sonnenlicht weggesaugt, und es bleibt nichts übrig, was irgendwelche Helligkeit ausstrahlen kann.

Alles andere ist ein vernachlässigtes olivgrünes oder verwaschenes Braun, wie Gartenabfälle.

Es gibt keine Blumenkästen mit leuchtend, roten Geranien die über den Rand der Kästen vor den Fenstern heraus quellen, keine gelben Fachwerkhäuser in akribischem Zustand, die das Auge wohlhabender Touristen begeistern würden.

Stattdessen, gibt es die langen, zinnähnlichen Bauernhof-Lagereinheiten, die scheinbar den Verfall eher als alles andere beherbergen.

In den Innenstädten, werden Sie die Wohnblöcke des sozialen Wohnungsbaus nicht übersehen können – Miniatur-Hochhauswohnungen, die kein Anzeichen von Verzierung oder visueller Stimulation zeigen, und bestenfalls auf ihren flachen, rechteckigen, institutionellen Fassaden einen Anstrich aus blasser, weißer Farbe erhalten haben.

Die Bewohner dieser Gebäude lungern oft vor dem lokalen Discounter herum, als ob sie nun die Soldaten ersetzt haben, die früher in der Region der Grenzkontrolle und der sowjetischen Besatzungsmacht dienten.

In öffentlichen Parks, zwischen den Spaziergängern und den Menschen, die zu Mittag essen, gibt es andere, deren Körper hoffnungslos über dem Gras zusammen geknautscht sind. Es scheint, als hätten sie nirgendwohin zu gehen und nichts Besonderes zu tun. Es ist ein anderes Aussehen und eine andere Körperhaltung als in der Freizeit – wie der Unterschied zwischen einem Rentner und einem Arbeitslosen.

Dann, werden Sie auf Menschen treffen, die scheinen, als hätten sie jahrzehntelang nicht gelächelt, die einfach nur in der Gesellschaft eines anderen sitzen und Ihr vorbeigehendes Auto anstarren, wie in einem Zoo – als hätten sie nicht die Absicht irgendetwas zueinander zu sagen, da sie augenscheinlich bisher nicht viel zueinander gesagt hatten.

Es gibt keine Anzeichen dafür, dass die Menschen im Allgemeinen das Gefühl genießen, erwerbstätig zu sein – ihren Verstand und Körper so zu nutzen, wie es nur ein Mensch kann – und die Zufriedenheit zu finden, die sich aus einem solchen Unterfangen ergibt. Man hat nicht das

Gefühl, dass die Menschen erwarten, dass es morgen oder sogar im nächsten Jahrzehnt besser wird – besser als es bisher für sie war.

Stattdessen, gibt es eine Verrottung, einen kollektiven Zerfall.

Ich erinnere mich, dass ich in Berlin auf einer Bustour durch die Überreste des ehemaligen DDR-Regimes gefahren bin. Es war ein Fleck Erde, der von oben nach unten und von Seite zu Seite gründlich in Beton gehüllt war – wie eine Person in einem Zementanzug, mit Zement in der Nase, in ihren Ohren – mit keiner einzigen Blüte oder einem einzigen Baum, mit keinem einzigen Lebenszeichen, mit dem Himmel blockiert durch dicke, seelenlose Gebäude, zu nah beieinander, als ob sie gezwungen wären, nebeneinander zu stehen – wie Fremde, die mit vorgehaltener Waffe gezwungen waren, in den Häusern des anderen zu leben – eine Mauer aus Mauern innerhalb der ehemaligen Mauer, die einen Teil Berlins umgeben hatte. Die ganze Umgebung war ein stehendes Denkmal für das Böse und die Verzweiflung, Bedingungen, die noch spürbar waren, als ich Jahrzehnte später im Bus vorbeikam. Es war einfach, sich eine Kamera an einem Pfosten vorzustellen, um jeden zu beobachten, alles über Alle zu wissen – und die wenigen Menschen, die die Namen einiger der vielen aufschrieben. Ich hatte noch nie zuvor das Gefühl der Verwesung der menschlichen Hoffnung gekannt, wie ich es an diesem Tag an diesem Ort gesehen hatte.

Und die Landschaften und Dörfer der ehemaligen DDR sehen noch heute wie eine Variante dieses blassen, blutleeren Themas aus – wie es im Westen Berlins der Fall *wäre*, wenn niemand die zerbrochenen Ziegel- und Steinscherben aufgegriffen und zu einer florierenden Zivilisation zurückgebaut hätte.

Es ist schön, dass die Mauer gefallen ist und die Soldaten nach Hause gegangen sind.

... aber was jetzt?

Wie wäre es mit etwas Farbe und ein paar Blumen, für den Anfang? Dann können wir von da an weitermachen.

Katzen, usw.

Was es um Katzen geht, zeigen die Deutschen eine überraschende Leichtigkeit in der häufigen und öffentlichen Verwendung des Wortes "Muschi".

Ihr Kosename für das Tier hat eine ebenso starke Bedeutung wie das ähnliche englische Wort "pussy".

Deutsche Paare gehen spazieren, und wenn der Mann eine Katze auf dem Bürgersteig sieht, ruft er einfach "Muschi, Muschi" dem Tier zu, so laut wie er will, und seine Frau scheint sich nichts dabei zu denken.

Einmal, als eine Nachbarin gärtnerte, kam ein anderen Nachbar vorbei und sie begannen zu plaudern. Als sie sich zu ihrem Blumenbeet nieder beugte, erschien ihre Katze neben ihr und rieb ihren Kopf an den kurzen Hosen der Frau.

"Was für eine schöne Muschi!", grölte der Mann von hinten – und die Frau fiel beinahe vor Überraschung um.

Manchmal, hört man an einer warmen Sommernacht in Rucklingsdorf eine Frau, während sie durch die Straßen wandert und ihre Katze beim Namen ruft, indem sie "Mietzie, MIET-zieeee" sagt und versucht, die Katze für den Abend einzuholen.

Wenn ich das höre, erwarte ich immer, dass sie von einem Mann mit ähnlichen Interessen verfolgt wird, der nicht weit dahinter durch die Straßen streift und mit einer wehmütigen Stimme "Muschi, MUUU-sssssschi!" ruft.

Der neue Freund

Es war eine weitere Gemeinderatssitzung, die in "Dem goldene Esel" stattfand. Der große Raum wurde heute Abend dafür genutzt, und er war voll.

Bevor die neuesten Feinheiten der Dorfpolitik auf uns losgelassen wurden, gab es Kuchen und heiße Getränke, als eine Art Aufwärmer für was auch immer kommen sollte.

Ich brachte mein Stück Mohnkuchen und Kaffee zu einem freien Platz an einem Tisch und setzte mich. Neben mir war ein Mann in meinem Alter, den ich noch nie zuvor getroffen hatte. Nach einem freundlichen Gruß und einem Lächeln, kamen wir ins Gespräch.

"Also noch eine Gemeinderatssitzung", sagte ich um ein Gespräch zu beginnen.

Der Mann zuckte nur mit den Schultern, schürzte die Lippen und lächelte mich an, als teilte er ein Geheimnis mit mir.

Also, erwarten sie selber am Ende, auch gar nichts voneinander, dachte ich mir.

Wir sprachen über das Wetter und wie die Gartenarbeit in dieser Saison bis jetzt ging.

"Meine Frau und ich haben gerade eine neue Hortensie an einem schattigen Ort an unserem Gehweg gepflanzt, und es wächst sehr gut", sagte er, mit offensichtliche Zufriedenheit.

"Zumindest wird es nicht von den Schnecken aufgefressen", sagte ich, und wir lachten leicht zusammen, da wir alle die Schnecken als einen gemeinsamen Feind betrachteten.

Wir genossen unseren Kuchen und unsere Getränke, unterhielten uns die ganze Zeit, lächelten miteinander und tauschten hier und dort ein angenehmes Kichern aus. Wir waren eindeutig froh, in der Gesellschaft des anderen zu sein.

Nach etwa zwanzig Minuten, war am Tisch am Kopfende des Raumes ein unorientiertes Rascheln zu erkennen, und er sagte, "Es sieht so aus, als würde der große Moment beginnen".

Wir lächelten uns wieder an, mit einer Art herzlichen Dankbarkeit. Dann drehten wir uns nach vorne, beide immer noch offensichtlich entspannt vom Genuss unserer angenehmen Bekanntschaft.

———————

Ein paar Tage später, als ich durch die Nachbarschaft zu Fuß ging, sah ich zufällig meinen neuen Freund draußen in seinem Garten, als er ein paar Kiefernzapfen zusammen harkte, die im Wind herunter geweht waren.

"Hallo", rief ich aus, als ich meinen Arm zur Begrüßung hob, froh, ihn wiederzusehen, da ich mich auf einen weiteren warmen Austausch wie neulich Abend freute.

Er hörte auf zu rechen, stand da und starrte mich an, unbeweglich – als ob er plötzlich von einem unwillkommenen Fremden überfallen worden wäre. Dann, hob er seine Hand leicht am Handgelenk und bewegte sich so wenig wie möglich, während er noch offiziell den Akt der

Begrüßung einer anderen Person ausführte. Dann, kehrte er zu seiner Gartenarbeit zurück.

Das einzige Geräusch, das zu hören war, war das Schaben der Metallzähne des Rechens über den Rasen.

"Die Hortensie sieht schön und gesund aus", beglückwünschte ich ihn, als Verweis auf unseren sozialen Erfolg vom anderen Tag.

Er drehte nur seinen Kopf leicht in meine Richtung, lächelte höflich und ging "Hmm", ohne aufzuschauen, und harkte weiter.

Ich stand da und beobachtete ihn eine Weile, bis er einen kleinen Haufen Kiefernzapfen zu seinen Füßen vor der Hortensie angesammelt hatte.

Dann, als mir klar wurde, dass das Gespräch ins Leere lief, drehte ich mich um und ging weiter.

Ich ging an einem charmanten kleinen Haus nach dem anderen vorbei.

'Was ist los mit diesen Leuten?', dachte ich bei mir.

Zwischen Demokratie und Nazismus

Demokratie

Die Demokratie ist bereits seit fast einem Jahrhundert ein Fundament der deutschen Gesellschaft, und das Land hat sich auf der Weltbühne bei der Anwendung dieser besonderen Gesellschaftsform zu einem Spitzenreiter entwickelt.

In Anbetracht der langen Geschichte des deutschen Volkes, aber, ist die Institution der Demokratie relativ neu für die deutsche Kultur.

Vor der derzeitigen staatlichen und rechtlichen Struktur, gab es von Jahrhundert zu Jahrhundert kulturelle Gewohnheiten, sowie Generation für Generation von Kindererziehung, die natürlich von Geburt an zu einem kulturellen Gefüge führten, das, wie es immer in jeder Gruppe von Menschen der Fall ist, seine tief verwurzelten Gewohnheiten und Tendenzen hat.

Wenn sich Menschen ändern, geschieht dies in der Regel schrittweise im Laufe der Zeit, und die neuen Ideen und Ansätze werden allmählich hinzugefügt, wenn die alten Normen und Glaubensvorstellungen langsam aufgegeben werden, in welchem Umfang auch immer so was geschieht. Deutschland wurde jedoch buchstäblich über Nacht von einem Moment auf den anderen demokratisiert, und das steht in krassem Gegensatz zu der Weise wie menschliche Entwicklung natürlich passiert.

Selbst in diesen Tagen der Internationalisierung und eines globalisierten Globus, besteht ein klarer Unterschied darin, was es bedeutet, Teil der Kultur Südamerikas, Asiens, Skandinaviens und Europas zu sein. Auch wenn in Europa die verschiedenen Europäer bestimmte Gemeinsamkeiten aufweisen, gibt es große Unterschiede zwischen den einzelnen europäischen Völkern – beispielsweise zwischen den Deutschen und den Franzosen (fragen Sie einfach einen von ihnen, oder folgen Sie den Nachrichten aus Brüssel über die Europäische Union).

Daher, ist der Prozess, in dem die Demokratie in die deutsche Kultur übernommen wurde, wie die Wirkung von Wasser auf einem Stein: Der Stein wird sofort nass, aber es ändert seine grundlegende Form nur langsam, ganz, ganz langsam und im Laufe vieler menschlicher Lebenszeiten.

Ein Teil dessen, was eine menschliche Persönlichkeit ist, resultiert aus den Filmen, die eine Person gesehen hat, aus der Geburtsreihenfolge in ihrer Familie, aus den modernen Trends ihrer Generation usw. Zu den unzähligen Einflüssen, gehören ebenfalls Merkmale, die Jahrhunderte zurückliegen. Es gibt sogar heute bemerkenswerte Unterschiede zwischen Menschen, die aus Kulturen stammen, die einst unter der Obhut des antiken Roms standen, und denjenigen, für die das nicht der Fall war. Dieser Unterschied ist Teil eines jeden einzelnen menschlichen Wesens heute, wenn wir mit unseren Freunden zusammensitzen und ein paar Bier trinken, wenn wir mit unseren Freunden zusammensitzen und Shisha aus einer Wasserpfeife rauchen, und so weiter.

Die letzten 75 Jahre Demokratie in Deutschland wurden zu den Jahrtausenden von Gruppenverhalten und Gruppendenken hinzugefügt, die von Generation zu Generation weitergegeben wurden, jedes Mal etwas geändert, aber niemals völlig von dem unmittelbar vorhergehenden Muster abweichend. Denken Sie nur an sich und Ihre eigenen Eltern. Es gibt inhärente Ähnlichkeiten, egal wie verschieden sie auch sind, genauso wie Unterschiede, egal wie groß die Ähnlichkeit ist. Dies ist natürlich einer Generation nach der anderen passiert, weshalb es immer noch einen Unterschied zwischen den Kulturen Spaniens, Finnlands, Chinas usw. gibt.

Deutschland war ein lockeres Netzwerk einzelner Stämme, lange nachdem sich andere Kulturen bereits in ihren eigenen, zusammenhängenden Gruppen organisiert hatten. Ursprünglich, gab es kein Gefühl von "wir sind alle in dieses Ding zusammen", "lass' uns darüber reden und sehen, wie wir uns dabei fühlen", und dieser Grundbestandteil des demokratischen Prozesses wurde in seiner Entwicklung unter den Mitgliedern der deutschen Kultur sehr verzögert, ungeachtet des Grundes dafür.

Die Deutschen tendierten längst zu einer kleinen Gruppenstruktur mit einem einzelnen Gruppenleiter. Wie nahe ist das Gefühl der gegenseitigen Identifikation zwischen einem kleinen deutschen Kuhdorf und einem anderen kleinen deutschen Kuhdorf, das drei Bushaltestellen entfernt liegt, oder zwischen den nördlichen Bundesländern und denen des Südens? Welches unterscheidet sich von Hamburg mehr: das deutsche Saarland oder das ganz andere Land Österreich? Es ist eine rhetorische Frage, ja, aber diese Diskussion könnte die ganze Nacht andauern.

Für diejenigen unter Ihnen, die in Deutschland leben oder sich regelmäßig mit ihm als Ganzes beschäftigen, berücksichtigen Sie die folgende Worte direkt nebeneinander: Mecklenburg-Vorpommern, Baden-Württemberg, Berlin.

Ist Ihr Gehirn geplatzt?

Man kann es sogar nur mit den älteren Bundesstaaten machen (um die Ausrede zu vermeiden, dass der Unterschied nur das Ergebnis des Zweiten Weltkriegs ist und dass es wirklich weitgehend auf den Einfluss anderer Länder auf Deutschland zurückzuführen ist): Schleswig-Holstein, Nordrhein-Westfalen, Bayern.

Die verschiedenen Teile Deutschlands sind zwar vereint, aber die haben dennoch ihre eigenen Besonderheiten.

Deutschland ist ein einziges Land, aber seine einzelnen Gruppen haben sich noch nie psychologisch, grundsätzlich, als Teil eines größeren Ganzen (über das Praktische und Notwendige hinaus) identifiziert – und das gilt schon vor der Aufteilung des Landes in Ost und West nach dem Krieg.

In der ersten Hälfte des 19. Jahrhunderts, gab es die "Zollvereine", eine Zusammenarbeit zwischen den Hunderten von verschiedenen deutschen Gebieten und Staaten. Das Ziel war es, im Wesentlichen, aber, den Handel zwischen den einzelnen Gruppen zu erhöhen. Es gab keinen Sinn von "Du magst Schnitzel, ich mag Schnitzel, lassen uns einfach einander verstehen".

Nein – es war für Geld, aus Bequemlichkeit. Mit anderen Worten, haben sie sich miteinander auseinandergesetzt, weil sie es *mussten*, nicht weil sie es *wollten* – nicht aus einem Sinn für gemeinsame Persönlichkeiten, sondern aus gemeinsamen Umständen.

Es ist wie der Unterschied zwischen der Beziehung zwischen Bewohnern eines Mehrfamilienhaus in einer Stadt und der Beziehung zwischen Familienmitgliedern. Die Nachbarn im Mehrfamilienhaus wohnen nebeneinander, sie haben mit anderen zu tun, sie könnten sogar gute Freunde werden, *fast* wie eine Familie – aber sie halten sich immer noch für psychologisch getrennt: Es gibt mich und es gibt dich, egal wie nah wir uns gekommen sind. Im Gegensatz dazu, identifizieren sich die Mitglieder innerhalb einer Familie als Teile einer Gruppe, unabhängig davon, ob sie es wollen oder nicht.

Deutschland und die Deutschen sind eher wie die Bewohner einer Wohnung in einer Stadt, oder besser gesagt, wie die einzelnen Bewohner vieler einzelner Wohnungen in vielen verschiedenen Städten. Sie nehmen sich selbst nicht als grundlegende, psychologische, Einheit wahr.

Das Grundprinzip, dass wir Mitglieder derselben Familie sind, mit tiefen Gemeinsamkeiten, die wir gegenseitig schätzen und würdigen – und jene Illusion ausüben, die Familienmitgliedern ausüben, dass *obwohl wir voneinander getrennt sind, verstehen wir uns dennoch als eins, als Teil eines einheitlichen Ganzen* – das ist bei den Deutschen nicht spürbar, weder auf föderaler Ebene, noch auf kommunaler Ebene, noch auf individueller, zwischenmenschlicher Ebene.

In der Regel, nähern die Deutschen sich nicht dem Leben an, als ob sie alle im selben Team wären, und als ob sie alle untereinander die Richtung verhandeln, in die das Team gehen soll.

Jeder Deutsche ist eine Insel.

Und sie behandeln einander als solche.

Die Deutschen arbeiten zusammen und bilden Vereinen zwischen den verschiedenen Inseln, tauschen Produkte zwischen den verschiedenen Inseln aus, konsumieren Konfekt und Kaffee, wenn sie als verschiedene Inseln am selben Tisch sitzen – aber die psychologische Abgrenzung zwischen einer und der anderen Insel, wo eine endet und die andere beginnt, bleibt.

In Deutschland, gibt es kein Gefühl dafür, dass die einzelnen Teile, die einzelnen Menschen zu einem kompletten Ganzen zusammengefügt werden können.

In so vielen der Automobilmotoren und Industriemaschinen, für die Deutschland berühmt ist, gibt es oft unzählige Metallzähne an verschiedenen Metallzahnrädern aller Größen und Formen, die alle in ein einziges funktionierendes System integriert sind.

Wenn es den Deutschen nur gelingen würde, dass die einzelnen Menschen in ihrer Kultur (einschließlich der gebürtigen Deutschen selbst) so miteinander in Verbindung stehen würden wie die einzelnen Zähne der Metallzahnräder ihrer Maschinen, dann wäre *das* jetzt etwas – aber das würde Sozialkompetenz einbeziehen, und es ist überhaupt nicht das Gleiche.

Mit anderen Worten, sind die menschliche Fähigkeiten in Deutschland nicht so stark wie die technischen Fähigkeiten der Menschen. Und der Unterschied scheint zu sein, dass Sozialkompetenz keine Frage der Präzision ist. Es erfordert Flexibilität, Anpassung an das Spontane und Unvorhersehbare, eine Wahrnehmung, wie die eigenen Handlungen sich auf die andere Person auswirkt, und auf diese Auswirkungen zu reagieren – und das passt hier nicht rein.

Nun, geben Sie "Demokratie" dazu.

Es hat funktioniert (Gott sei Dank!), aber es hat auf eine besondere deutsche Art funktioniert, und nicht auf eine Art, die besonders demokratisch ist.

Diese besondere deutsche Art ist, dass Demokratie eine Grundverfassung beinhaltet – also eine Reihe von Gesetzen, eine Reihe von *Regeln* ("Haben Sie *Regeln* gesagt?", sagt der Deutsche. "Ich höre zu!"), Und die Deutschen *lieben* es, Regeln zu folgen. Es gibt ihnen ein Ordnungsgefühl ("Ordnung – muss – sein!"), Und wenn sie ein Ordnungsgefühl haben, fühlen sie sich geborgen. Und wenn sie sich geborgen fühlen, beruhigt sich der wahnsinnige Kuckuck, der von Zeit zu Zeit willkürlich in seinem Kopf herumfliegt, und er schläft ein (wenn auch nur solange das Gefühl der Geborgenheit anhält).

Es ist deswegen *nicht* so, dass Demokratie in Deutschland funktioniert basiert auf eine gegenseitige Erkennung, dass sie alle vereint sind, oder dass sie ein ernsthaftes Interesse an den Anliegen der anderen Mitglieder der Gruppe haben, daran diesen Anliegen zuzuhören und sie miteinander zu diskutieren, um einen gegenseitigen Konsens zu erzielen – vielleicht ein wenig anders als das, was jeder ursprünglich wollte, aber etwas, das für jede Partei ausreichend ist, so dass sie zum täglichen Geschäft von "wieder näher zu einander zu sein" zurückkehren können, wie zuvor, jetzt, nachdem irgendwelche Meinungsverschiedenheiten gelöst wurden.

Nein, das ist nicht die Demokratie Deutschlands.

Die Demokratie Deutschlands läuft folgenderweise: "Du willst es auf deine Weise machen und ich will es auf meine Weise machen. Na, jaaaaa... mal sehen, was die Regeln von uns verlangen". Dann schauen sie sich das Regelbuch (die Gesetze, die Grundverfassung) an, schauen plötzlich auf und sich gegenseitig an und sagen "In Ordnung, das ist es dann. Die Regeln sagen so, also ist es erledigt."

Und das funktioniert gut genug, es ist funktional, aber nirgendwo in diesem Prozess gibt es ein gegenseitiges Geben und Nehmen, einen gegenseitigen Austausch und das Erkennen von Interessen und Anliegen und eine kooperative Lösung zum Besten beider Parteien, so weit wie möglich.

In der deutschen Demokratie, gibt es keine Zusammenarbeit, kein Miteinander – es gibt nur eine Verbeugung vor dem großen Meister, *"DIE REGELN"*, aber es gibt kein Teilen.

Ja, die Fernsehsender sind mit Gruppen von Politikern und Anderen gefüllt, die reden und diskutieren, aber es gibt im Allgemeinen die folgende Ansätze:

Redner A: "*Hier* ist *meine* Idee."

Redner B (kreuzen die Arme über der Brust): "Nun, *hier* ist *MEINE* Idee!"

Redner A (der jetzt *seine* Arme über *seine* Brust schlägt): "Nun, deine Idee ist *überhaupt* nicht wie *meine* Idee!" (als seine Stimme spürbar eskaliert).

Und sie sitzen da und schmollen, die Arme verschränkt, sprechen einseitig aufeinander ein, und niemand hört wirklich zu, und nichts entwickelt sich wirklich.

Das ist nicht Demokratie.

Es gibt keinen Ort in der Welt, an dem die Demokratie in diesen Tagen besonders gut abschneidet, auch nicht die USA. Dennoch gibt es in der grundlegenden Psyche des deutschen Individuums und der deutschen Kultur etwas, wobei, während die Demokratie zwar funktioniert, es jedoch nicht der natürliche Zustand des Deutschen ist, und die Deutschen verstehen ihn nicht wirklich – sie sehen nicht wirklich, dass Demokratie mehr ist als, dass alle Menschen den gleichen Regeln folgen, und die sich vor der gleichen Reglementierung beugen – Demokratie ist ein grundlegendes Interesse aneinander, und ein zwischenmenschlicher Umgang miteinander, der sich aus diesem grundlegenden Gesichtspunkt ergibt.

Stattdessen, funktionieren die Deutschen weiterhin nach der gleichen psychologischen Sozialstruktur, der sie schon genauso lange gefolgt sind, als sie herzhafte Würstchen hergestellt haben – dem "Führerprinzip", dem Konzept, dass, was auch immer der Typ eine Stufe höher auf der Leiter sagt, das ist, was ich tun muss.

Heute ist die Grundverfassung der deutsche Führer – aber was passiert, wenn eine Person oder Gruppe kommt und die Verfassung zerreißt? Wird das deutsche Volk zusammenkommen und sagen, "Nun, lass uns zusammen über diese Sache reden"– oder werden sie einfach welchem neuen Führer auch immer folgen, anstelle des derzeitigen, konstitutionellen Führers?

Es liegt in der Natur der Deutschen, dem Führer zu folgen, und sobald dieser Führer nicht mehr eine Grundverfassung, sondern etwas viel Schlimmeres ist, liegt es in ihrer Natur (natürlich mit Ausnahmen, aber auf kultureller Ebene), diesem Führer zu folgen – wer auch immer oder welche Art von Führer auch immer als der Stärkste herauskommt.

Das ist es, was mir einen Heidenschrecken in Bezug auf die deutsche Demokratie einjagt.

Und es gibt heutzutage eine Menge Kakerlaken da draußen, die versuchen, Grundverfassungen anzufressen, und es gibt viele wackelige, instabile Zustände in der Welt – in der Wirtschaft, in der Umwelt, in den Familieneinheiten und so weiter.

Die Welt von heute ist so reif für die Diktatur, und die Deutschen sind so grundsätzlich anfällig für ihre berauschenden, illusionären Allüren – und ich will einfach nicht, das so was passiert. Deutschland geht es schon so gut für so lange. Wenn nur die Deutschen verstehen könnten, dass es in der Demokratie um mehr geht als nur darum, Regeln zu befolgen, sondern darum, sich tatsächlich darum zu kümmern, was der andere Typ will.

Das ist was den nächsten deutschen Ausraster verhindern würde.

Und ich sehe nicht, dass sich diese Veränderung bis jetzt vollzieht.

Ein einfaches Beispiel aus dem Alltag zeigt dies deutlich.

Während die Autobahnen in Deutschen berühmt und luxuriös geräumig sind, sind die kleinen Straßen in deutschen Städten und Gemeinden für mehr als zwei enge Verkehrsspuren meist zu klein. Wenn zufällig ein Auto auf der Straße geparkt wird (was in vielen Fällen absolut erlaubt ist), muss das dahinter liegende Auto warten, wenn auf der anderen Fahrspur ein Auto aus der Gegenrichtung kommt. Erst nach dem das andere Auto vorbei ist, ist es dem Auto hinter dem geparkten Fahrzeug erlaubt, weiter zu fahren.

Das ist in Ordnung, aber beachten Sie, wie die beiden Fahrer, die beiden Personen, diese Situation in der Regel bewältigen. Während sie in völliger Isolierung voneinander in verschiedene Richtungen unterwegs sind, führt ein Umstand aus der Außenwelt (das geparkte Fahrzeug) dazu, dass sie plötzlich miteinander umgehen müssen, um einen Unfall zu vermeiden, und damit die beiden Fahrer dann mit dem eigenen individuellen Leben weiter gehen können.

Es ist folgendes passiert, das Auto hinter dem geparkten Fahrzeug, abgesehen von Ausnahmen (es gibt immer wieder Ausnahmen), hat die Regel gehorsam befolgt und darauf gewartet, dass das andere Auto vorbeifährt, bevor es um das geparkte Auto lenkt und weiterfährt.

Aber versuchen Sie das Folgende: Wenn Sie im Auto in der freien Fahrspur sind, die nicht durch das geparkte Fahrzeug blockiert wird, *winken und lächeln* Sie dem wartenden Fahrer zu, wenn Sie an ihm vorbeifahren, und danken ihm dafür, dass er diese kleine zivilisierte Aufopferung durchgeführt hat.

Das Ergebnis hat mich jedes Mal erstaunt, wann auch immer ich es getan habe – es gibt einen Blick von tatsächlicher Aggression, von Wut, als ob der wartende Fahrer es klar machen will, dass "Ich stehe hier nicht für *Sie*, wer auch immer Sie sind. Ich halte wegen der *Regeln* an. Es sind die *Regeln*, die sagen, dass ich hier anhalten muss, also halte ich hier an. Ich tue es sicher nicht aus Rücksicht auf irgendwelche Personen *Sie*!"

Das kleine Dankeschön-Winken und -Lächeln in solchen Situationen ärgert die Deutschen in den meisten Fällen deutlich. Es ist faszinierend! Es scheint, dass sie der Meinung sind, dass es irgendwie erniedrigend genug ist, ihre eigenen Interessen für die andere Person zu opfern, als ob es nicht ganz Nietzschean genug für sie wäre, und als ob sie sich zusätzlich ärgern würden über den bloßen Hinweis, dass sie auf eine so niedrige Ebene von Schwäche gesunken waren.

Sie scheinen sich auch nicht wohl zu fühlen mit diesem Sinn der gegenseitigen Intimität, die ihnen durch das Dankeschön-Winken und -Lächeln plötzlich gegen ihren Willen aufgezwungen wird – weil, am Ende, sind sie mit Ihnen in dieser Sache *nicht* zusammen.

Es gibt absolut kein Gefühl dafür, dass wir zwei Mitmenschen sind, die aus gegenseitiger Rücksichtnahme und Wertschätzung gerade eine ansonsten möglicherweise konfrontative Situation erfolgreich verhandelt haben, und sie in Zusammenarbeit und in Frieden gelöst haben.

Das ist keine Demokratie. Das bedeutet nicht im gleichen Team zu sein, die Interessen und das Wohlergehen der anderen als gleichwertig mit unseren zu betrachten.

Das ist bloße, blinde Gehorsamkeit gegenüber dem Führer, den Regeln, und wenn der Führer (den die Regeln repräsentieren) dem wartenden Autofahrer sagen würde, das er in das andere Auto hineinrasen sollte (um zu verhindern, dass es so viel Kohlenmonoxid produziert, vielleicht), oder den anderen Fahrer zu verhaften und ihn in ein Arbeitslager schicken zu lassen, dann wäre das höchstwahrscheinlich was passieren würde – gehorsam, nach dem Führerprinzip.

Übrigens, während der Fahrer hinter dem geparkten Fahrzeug wartet, sieht man fast immer, dass sein Auto sich ungeduldig und schrittweise nach vorne schubst, Millimeter um Millimeter, statt nur ganz anzuhalten, als ob das Anhalten um des Anderen willen eigentlich gegen seinen eigenen Willen ist.

Das ist keine Akzeptanz des Konzepts des Teilens. Es ist die Selbstunterwerfung zur Macht – zur Macht der Regeln.

Und das ist wirklich nicht der Punkt von Demokratie.

Nazismus

Im Allgemeinen, haben die Deutschen viele positive Eigenschaften, für die sie international bekannt sind (wie Zuverlässigkeit, Ehrlichkeit, Direktheit, Ausdauer, konzentriertes Denken usw.).

Neben diesen Tugenden, fehlen ihnen auch bestimmte zwischenmenschliche Feinheiten, die zumindest in vielen anderen Kulturen häufiger vorkommen. Im Besonderen, zeigen die Deutschen in der Regel die Tendenzen von:

A) rücksichtslos und/oder unbewusst über die Auswirkungen ihrer Handlungen auf andere zu sein und

B) die Kontrolle über ihre negativen Emotionen zu verlieren, wenn sie sich unsicher fühlen.

Wenn man in Deutschland lebt, zusammen mit der Annehmlichkeit und Höflichkeit, die oft dargelegt wird, ist es einfach nicht zu vermeiden, das man einige Menschen treffen wird, die auf eine andere Meinung mit einem schockierenden Maß an Aggression und kämpferische Trotzhaltung reagieren, oder die viele Handlungen des täglichen Lebens in eine Weise vollbringen, die eine atemberaubende Missachtung aller Menschen in ihrer Umgebung (auch anderer Deutscher) zeigen.

Ja, alle Gruppen von Menschen haben solche Individuen unter sich, und wir sind alle so von Zeit zu Zeit, aber der Anteil und der Grad eines solchen Verhaltens in Deutschland ist, trotz der vielen anderen positiven Eigenschaften, eines von vielen einzigartigen und prägenden Merkmalen ihrer Kultur.

Die Deutschen sind dafür bekannt, schwer zu arbeiten und ihren Anteil beizutragen, aber sie sind auch dafür bekannt, dass sie manchmal nicht einmal bemerken, dass sie andere Menschen (absichtlich oder anderweitig) beleidigt haben während sie ihre Pflicht erfüllen, sie sind aber auch dafür bekannt, dass sie sich von Zeit zu Zeit etwas übertrieben streng verhalten. Es gibt Deutsche, die *nicht* schwer arbeiten, und es gibt Deutsche, die normalerweise *sehr* höflich sind, aber es gibt eine kulturelle Neigung, die ein einzigartiges kulturelles Muster aufweist.

Das ist einfach ein Teil davon, Deutscher zu sein. Es gibt positive und negative Tendenzen in allen Kulturen, und in Deutschland, gibt es besondere positive Tendenzen genauso wie besondere negative Tendenzen, und (wie in jeder Kultur üblich) die Kombination und das Gleichgewicht ist für ihre Kultur einzigartig ihre eigene.

Im Leben der meisten Deutschen, werden sie ihre Pflichten erfüllen, ihre gesellschaftlichen Ereignisse feiern, ihre Familien erziehen, und, in der Zwischenzeit, werden sie ihren Beitrag zur Gesellschaft leisten, und obwohl sie es oft schaffen werden, auf dem Weg dorthin eine Reihe von sozialen Rücksichtnahmen gegenüber anderen hier und da zu verletzen (ob sie bemerken, dass sie es getan haben oder nicht), beabsichtigen sie normalerweise keinen Schaden und haben nicht die Absicht, in das Wohlergehen anderer einzudringen. Eigentlich, befürworten sie im Allgemeinen, dass andere die Chance haben, gut zu leben. Sie können immer noch ausbrechen, wenn ihr Gefühl von Sicherheit und Ordnung gefährdet ist, aber das kann (je nach Person) vorübergehend und situationsabhängig sein.

Diese kulturelle Neigung, Dinge nicht aus der Perspektive des anderen zu sehen, sowie die Tendenz, ihre Selbstbeherrschung zu verlieren, *kann* jedoch unter bestimmten Umständen und je nach Hintergrund des Einzelnen in Richtung Hass und Zerstörung gegenüber anderen ausgeübt werden.

Mit anderen Worten, gibt es einige Deutsche, die – obwohl sie manchmal grob stolpern, wenn es um gesellschaftliche Umgangsformen geht, und ein wenig unbeständig sind, wenn es um Spannungsmomente geht –

ansonsten gute Mitglieder der Menschheit sind (auf ihre eigene Weise ärgerlich, vielleicht, aber noch immer respektabel und allgemein freundlich). Im Gegensatz dazu, gibt es einige Deutsche, die nicht nur in Bezug auf gesellschaftliche Umgangsformen stolpern und ein wenig explosiv sind, sondern die grobe Verletzungen der menschlichen Rücksichtnahme und – im Extremfall – der Menschenrechte begehen.

Es gibt einen Unterschied zwischen diesen beiden Arten von deutschen Persönlichkeiten, genauso wie in den Ergebnissen ihres Handelns und Verhaltens, aber es ist interessant, dass die Quelle des Fehlens gesellschaftlicher Rücksichtnahme und emotionaler Selbstbeherrschung mehr oder weniger die gleiche ist.

Das bedeutet, dass es jene Merkmale innerhalb der deutschen Persönlichkeit gibt, die (neben anderen positiven Merkmalen) zu einer temperamentvollen Missachtung anderer Menschen in der einen oder anderen Weise tendieren. Diese Tendenz kann entweder zu a) einer bloßen Verärgerung und gesellschaftliche Derbheit in einem ansonsten angenehmen (oder, wenn nicht, erträglichen) Mitmenschen, oder (in einem ganz anderen Individuum) b) einem hasserfüllten Zerstörer des Friedens und des Wohlbefindens anderer Menschen führen.

Die Quelle ist die gleiche, aber das Ergebnis ist anders.

Mit anderen Worten:

```
                          |   Normaler ärgerlicher
                          | > Deutscher (aber
                          |   nichts Schlimmeres)
Zwischenmenschliche       |
Missachtung und      > |
Volatilität               |
                          |
                          | > Nazismus
                          |
```

Der Mangel zwischenmenschlicher Raffinesse und emotionaler Selbstkontrolle führen nur in einer Minderheit der extremeren Deutschen zu schwerwiegenden destruktiven Verhaltensweisen. Die Tatsache, dass die Mehrheit (wenn auch nicht alle) der Deutschen diese Eigenschaften mit ihren extremeren Landsleuten teilen, ist der Grund, der so eine empfindliche Sensibilität erzeugt, wenn ein typischer Deutscher dem Thema Nazismus gegenübersteht.

Solche Deutschen sind keine Nazis und haben weder die Absicht, noch das Denken noch den Wunsch, etwas zu tun, das in irgendeiner Weise mit dem Nazismus zusammenhängt.

Trotzdem, fehlt es ihnen an natürlichen Fähigkeiten, die Bedürfnisse und Interessen anderer Menschen zu berücksichtigen (zumindest in dem Maße, in dem diese Fähigkeit normalerweise in vielen anderen Kulturen vorhanden ist), und sie neigen dazu, manchmal etwas überhitzt zu reagieren. In diesen Individuen der deutschen Kultur, sind diese Tendenzen lediglich einfache Persönlichkeitsfehler (und wir haben alle unsere eigenen besonderen Mängel, sowohl kulturell als auch individuell). Dieselbe Tendenz, das Fehlen der natürlichen Fähigkeit, wenn es darum geht, die Bedürfnisse und Interessen anderer Menschen zu berücksichtigen, und auch manchmal ein wenig außer Kontrolle zu geraten, ist jedoch auch ein Keim, aus dem bei anderen Personen die Mentalität des Nazismus (oder irgendeiner anderen destruktiven Ideologie) *potenziell wachsen* kann, und ohne die eine solche Ideologie nicht möglich wäre.

Und das ist es, was anscheinend so viele Deutsche dazu bringt, die zusätzliche Distanz zu gehen, um sich nicht nur zu anderen Menschen, sondern auch zu sich selbst (und *insbesondere* zu sich selbst) zu beweisen, dass sie keine Nazis sind. Sie besitzen *nicht* die Art von Persönlichkeit, die die Nazis besitzen, aber sie haben einige Eigenschaften, *aus denen* sich die Eigenschaften der Nazis *ergeben* können (obwohl keine Gefahr besteht, dass eine solche negative Entwicklung in sie selber auftreten wird).

Wenn also ein typischer Deutscher ein Hemd einkauft und etwas verärgert wird, da er den Akzent des ausländischen Arbeiters, der ihn im Laden bedient, nicht verstehen kann, könnte er ein enormes Schuldgefühl verspüren und befürchten, dass in dieser Weise mit einem Ausländer frustriert zu sein bedeutet, dass er wirklich tief in seinem Inneren ein Nazi ist – obwohl er es wirklich interessant finden könnte, dass Menschen aus anderen Kulturen unter ihm leben, solange er seine Einkäufe erledigen und ohne frustrierende Hindernisse seinen Tag verbringen kann.

Mit anderen Worten, wenn Sie die Art Person sind, die sich gerade ein Blatt Papier nimmt, die Ihnen jemand übergibt, ohne "Danke" zu sagen, oder den Passagier in Ihrem Auto anbrüllt, weil Sie die Autobahnausfahrt selbst verpasst haben, kann es sein, dass Sie einfach ein normaler Deutscher sind.

Der Nazismus verlangt viel mehr Hass als das.

Eine andere Art Deutscher ist jemand, der aufgeschlossen sein möchte, der an die Prinzipien der Demokratie und der Gleichheit in der Theorie glaubt und der darauf abzielt, die Menschen herzlich zu behandeln, aber (durch seine Erziehung usw.) es einfach nicht zurückhalten kann, dass seine angeborene engstirnige Abneigung gegen Ausländer von Zeit zu Zeit überkocht, obwohl er diesen Teil seines Charakters nicht mag. Solch eine Person lebt in einem ständigen Kampf zwischen dem Wunsch, aufgeschlossener und beherrschter zu sein, als er tatsächlich ist, und dem immer gegenwärtigen Drang, irrational beurteilend zu sein.

Für eine solche Person, ist das unverhältnismäßige Potenzial, rücksichtslos und aggressiv zu werden, immer vorhanden und kann jederzeit aktiviert werden, wenn die sozialen Bedingungen richtig (oder falsch) genug dafür sind, um sie auszulösen.

Dann gibt es natürlich die tatsächlichen Nazis – Menschen, denen es mehr als nur ein bisschen an gesellschaftlichen Umgangsformen und beständiger Vernunft fehlt, und die wirkliche Bedürfnisse haben, zu hassen und zu zerstören, als ein Mittel ihrem eigenen unglücklichen Mangel an Selbstwertgefühl entgegenzuwirken.

Der Typus des Deutschen, der gemein und gestört genug ist, um möglicherweise ein Nazi zu werden, dessen

Umweltbedingungen jedoch nicht problematisch genug sind, um den Schritt zu machen, sich aktiv für eine Nazi-ähnliche Ideologie zu interessieren, ist ein "Protonazis" – all die internen Bestandteile sind augenscheinlich vorhanden (die Engstirnigkeit, die kochende Aggression), es ist nur noch kein brennendes Streichholz gefallen, um den trockenen Heuhaufen in Brand zu setzen. Es ist, als ob sie ein "Träger" für die Anfälligkeit hasserfüllter Ideologie sind, wie Menschen, die ein Gen für Krebs in sich tragen: Vielleicht wird es aktiv und vielleicht auch nicht.

Wenn Sie genug Zeit in Deutschland verbringen, werden Sie auf eine beunruhigende Anzahl von Einheimischen stoßen, die dieser Beschreibung zu entsprechen scheinen. Es sind nicht alle, und es sind nicht die meisten – aber es sind immer noch zu viele.

Abgesehen von der Minderheit der Deutschen, die offene Mitglieder von Bewegungen sind, die eine gefährliche Ähnlichkeit mit der dysfunktionalen Ideologie des Nazismus haben, haben die meisten Deutschen den starken Wunsch, nicht fälschlicherweise als Teil dieser Gruppe wahrgenommen zu werden. Noch wichtiger, sie wollen *sich selber* nicht als Anhänger einer Ideologie von Hass und Zerstörung identifizieren.

Was für so viele Deutsche schwierig wird, wenn sie versuchen, sich von der jüngsten dunklen Vergangenheit ihrer Kultur zu distanzieren ist, dass obwohl sie die Prinzipien des Nazismus in keiner Weise unterstützen, solche Individuen , als Teil ihrer Natur einige zwischenmenschliche Mängel haben, die für *einige Menschen* und unter *bestimmten Umständen* ein Samenkorn sein könnten, aus dem die Mentalität des Nazismus wachsen *könnte*. Auch wenn diese Mentalität des Nazismus nicht in *ihnen* wachsen würde, kann gerade die Ähnlichkeit, auch im Umgang mit anderen Menschen etwas weniger gewandt zu sein ausreichen, um die freundlicheren, funktionelleren Deutschen nervös zu machen – in einigen Fällen, bis hin zu einem Gefühl von Scham und Befangenheit, als ob sie denken, "Wir reden barsch und sind ungeduldig, und die Nazis reden barsch und sind ungeduldig, also sind wir vielleicht Nazis".

Nein, solche Deutschen sind keine Nazis, und sie haben auch nicht die Absicht, Nazis zu werden.

Wenn zwei Deutsche ein Manko haben, wenn es darum geht, die Auswirkungen ihres Verhaltens auf andere Menschen zu betrachten, und sie beide dazu neigen, aggressiv zu werden, und falls der Misserfolg einer bestimmten Leistung sie verunsichert, dann wird einer von ihnen diese Reaktion möglicherweise wie das zivilisierte (wenn auch fehlerhafte) Mitglied einer modernen Gesellschaft behandeln, das er ist, während in dem anderen dieser Samen in ihm zu einem Unkraut der Zerstörung und des Hasses heranwachsen könnte.

Deutsch zu sein bedeutet sicherlich nicht, dass jemand ein Nazi ist, obwohl es in der Kultur einige besondere Merkmale gibt, die bei einigen Individuen und unter bestimmten dysfunktionalen Umständen den Rohstoff liefern können, damit diese einzelnen Mitglieder der Gruppe dem Nazismus (oder einer anderen hasserfüllten Ideologie) beitreten wollen.

Eine dieser Eigenschaften ist die Tendenz, nach dem "Führerprinzip" zu denken – dem Konzept, dass dem Führer blind und um jeden Preis gefolgt werden muss. Eine andere ist die Tendenz, jemand anderem als Sündenbock die Schuld zu schieben, um sich in Stresssituationen von Unsicherheitsgefühlen zu befreien, und eine weitere ist das ausgeprägte Bedürfnis nach einem Sinn für Ordnung.

Solche Merkmale sind Tendenzen in der deutschen Persönlichkeit. Sie treten oft in unterschiedlichem Maße und Proportionen im deutschen Alltag auf, aber in sich selber identifizieren sie einen Menschen nicht als Nazi.

Wenn ein bestimmtes deutsches Individuum jedoch unsicher genug, hungrig genug bzw. hoffnungslos genug ist, können diese Eigenschaften diese Person anfälliger für hasserfüllte Ideologie machen, als es bei jemandem aus einer anderen Kultur unter ähnlichen negativen Umständen der Fall wäre.

Die deutsche Persönlichkeit (in all ihren Formen, würde ich sagen) zeigt auch eine einzigartige Beziehung zwischen dem "Es" und dem "Über-ich" – zwischen dem, was man tun will und dem, was man den äußeren Anforderungen nach tun muss.

Im Idealfall, sind diese beiden Teile einer Persönlichkeit im Gleichgewicht und gehen mit einander reibungslos um: Ich will einen Keks, aber er wird meinen Appetit verderben, also werde ich ihn für den Nachtisch aufheben – kein Problem.

Im Gegensatz dazu, ist es möglich, dass diese beiden Triebe nebeneinander, aber weniger integriert, im Konflikt miteinander stehen, und diese Art von Beziehung zwischen diesen beiden ist im deutschen Alltag häufig zu beobachten.

Statt dieses glatten Gleichgewichts, scheint es oft so, als würden Deutsche auf einen "kleinen Diktator" in ihren Köpfen reagieren, der sie anschiebt und sie dazu treibt, bestimmte Dinge zu tun, die sie offenbar nicht besonders wollen, wenn sie eine Wahl hätten (*extra* hart zu arbeiten, den Boden *besonders* gründlich zu schrubben usw.). Auch wenn Sie Ihnen sagen, dass es genau das ist, was sie tun wollen, scheinen die Deutschen in diesen Momenten nicht friedlich und glücklich zu sein, und es scheint nicht so, als ob sie derzeit ihren eigentlichen Wünschen folgen (ihrem "Es").

Vielmehr, wirken sie strenger, unruhiger und verdrossener als sonst, und als ob sie auf die Stimme eines ausschimpfenden Erwachsenen in ihrem Gehirn hören, die Stimme eines "kleinen Diktators", der sie zwingt gegen ihre eigenen gegensätzlichen Wünsche zu handeln.

Deshalb werden Sie oft Deutsche sehen, die, zum Beispiel, mit aggressivem Rausch an ihrer Fensterscheibe reiben und reiben, als ob er dieses Fenster hasst, alle die Flecken hasst, und vielleicht alle Fenster in der ganzen Welt hasst, genauso wie den Akt der Reinigung des Fensters selbst, als ob er dazu gezwungen ist, das Fenster zu putzen – im Gegensatz zu jemandem, der glücklich pfeift, während er seine Aufgaben ausübt.

Ein anderes Beispiel ist etwas einzigartiges, das oft passiert, wenn Sie eine Bestellung aufgeben, etwa in einer Bäckerei.

Wenn Sie in einer Bäckerei in Deutschland sind und Sie der freundlichen, lächelnden Angestellten "Ich möchte ein Roggenbrot, bitte" sagen, wird die Angestellte vielleicht plötzlich aufhören zu lächeln, ihre Augen werden sich vielleicht plötzlich mit überraschender Schärfe konzentrieren (als ob sie sich auf etwas Tiefes in ihren Schädel konzentriert), und sie wird vielleicht die Bestellung "ein Roggenbrot!" hörbar zu sich wiederholen – scharf und in einem etwas erhöhten Ton, fast militaristisch, mit all den subtileren Feinheiten der Höflichkeit und zwischen menschlichen Rücksichtnahme der ursprünglichen Anfrage eliminiert, wie beim Schmelzen von Stahl – und es ist nicht so, als ob sie es Ihnen als eine Art Frage (mit erhobener Intonation am Ende) wiederholt, wie etwa in einem Akt der Bestätigung; Es ist eher so, als ob ein Teil von ihr einem anderen Teil einen Befehl gibt, als ob ein "kleiner Diktator" in ihrem Gehirn jenen Teil von ihr befiehlt, der lieber nur auf der Seite eines leicht tröpfelnden Bachs im Sonnenschein liegen und die goldenen Narzissen betrachten will, und dem kleinen Mädchen am Bach wird "NEIN!" gesagt, es wird plötzlich hoch gezogen, in eine geeignete und richtige Körperhaltung gestellt und angewiesen, welche Prozedur sie befolgen muss.

Dann, bekommen Sie das Roggenbrot – oder besser gesagt, das Roggenbrot wird eingewickelt und poliert und auf den Ladentisch zwischen sie gestellt (da ihre Rolle als Diener anderer Menschen dort endet, wo ihre Fingerspitzen enden; es gibt oft keine Übergabe des Pakets, und Angestellte in Deutschland – egal wie freundlich sie sonst sind – ziehen es oft vor, dass das Geld einfach in das kleine

Plastiktablett gelegt wird, das für genau diesen Zweck auf die Theke platziert wurde; Sie werden manchmal einen ablehnenden und enttäuschten Blick bekommen, wenn Sie anbieten, das Geld direkt in ihre Hände zu legen).

Die Prozedur der Erfüllung der Bestellung wird in einer Weise durchgeführt, als ob die freundliche Bäckerei-Angestellte, die Sie zu Beginn des Austauschs begrüßt hatte, momentan ihren Körper verlassen hat, dieser vorübergehend von ihrem Führer übernommen worden ist, und diese Stimme in ihrem Kopf, ihr sagt, was sie tun muss, was richtig und was falsch ist, der "kleine Diktator", der nicht in Frieden und Harmonie mit dem leichtherzigen Mädchen lebt, das nur ihren Impulsen folgen will.

Warum sonst müsste eine Bäckerei-Angestellte eine solche Anforderung an diesem Punkt in der Bestellung wiederholen (ohne die aufsteigende Satzmelodie, die für eine Frage natürlich ist)? *Sie* wissen, dass Sie ein Roggenbrot wollen, *sie* hat offensichtlich schon gehört, dass Sie ein Roggenbrot wollen, und sie könnte genauso gut weiter lächeln und sagen, "In Ordnung, ich werde das für Sie holen. Einen Moment, bitte".

Und das mag manchmal passieren, aber wenn diese steife Wiederholung der Bestellung stattfindet, ist es ein Zeichen des "kleinen Diktators" in der deutschen Persönlichkeit, der sie dazu zwingt.

Diese psychologische Struktur, wobei die eigenen Impulse deutlich von der eigenen Verantwortung abgegrenzt sind (statt einer normalen, reibungslosen Integration der beiden), dieser "kleine Diktator", ist ein weiteres typisch deutsches Merkmal, das unter streng dysfunktionalen

Umständen der Kindheit und Umgebung dazu führen kann, dass eine Person, die sonst nur ein absonderlich verklemmter Deutscher wäre, sich für den Nazismus interessierte.

Ohne diese extremen Bedingungen, aber, ist das nur noch ein seltsames kleines Merkmal der Deutschen.

Dieser Unterschied zwischen dem "kleinen Diktator" und dem anderen Teil ihrer Persönlichkeit, durch den sie einfach die Ruhe des schönen Bachs im Sonnenschein genießen, ist in dem berühmten ersten Teil von Beethovens Fünfter Sinfonie veranschaulicht.

Erstens, gibt es diese unheilvollen, imposanten Akkorde, mit ihrem herrischen Ausbrechen – "TA-TA-TA-tuuuuuuum... BA---BA---BA---buuuuuum", und Ihr halbes mit rohem Fleisch beschmiertes Brötchen fällt aus Ihren Händen (ja, die Deutschen essen manchmal rohes Fleisch... und es ist köstlich) und Sie verschütten Ihren Kaffee in Ehrfurcht vor allem, was Unheil verkündend und unbekannt ist…

… Und im Gegensatz dazu, beginnen die sanfteren Geigen zu singen, wie ein junges Mädchen, das gerade volljährig wird, während es einem Vogel zuschaut, der auffliegt als die Wolken aufbrechen...

… Und dann, kehren diese kraftvollen Akkorde zurück – Akkorde, die Sie dazu zwingen sich, an jeden vagen Charakter und Vorfall jeden Alptraumes zu erinnern, den sie seit den frühesten Momenten der Kindheit je hatten.

Das ist Deutschland, und dieser Teil dieses Musikstücks ist die perfekteste Darstellung der deutschen Seele in Aktion – mit all ihren Konflikten und ihrem Kontrast zwischen Licht und Dunkel, Gut und Böse – die ich je erfahren habe.

Was auch immer ihre politischen Ansichten sein mögen, zeigen die Deutschen diesen Konflikt zwischen Frieden und Krieg, Leichtigkeit und Anspannung in ihrem Alltag, und jeder von ihnen behandelt diesen Teil seines deutschen Charakters anders – mit kleinen Versäumnissen, schwankend, oder mit hysterischen Ausbrüchen, wobei einige mehr zu einem Pol und andere zum anderen Pol tendieren.

Anfällig für Aggression und Abwehrhaltung zu sein, wenn sie sich unsicher fühlen, genauso wie ein starkes Ungleichgewicht zwischen ihren Impulsen und ihrem Verantwortungsbewusstsein zu haben, ist sonderbar und einzigartig deutsch – aber das bedeutet nicht, dass jeder einzelne Deutsche ein Nazi ist.

Sie werden jedoch nie wissen können, wo in diesem Bereich ein bestimmter Deutscher sich zu einem bestimmten Zeitpunkt befindet – und einige von ihnen wissen es vielleicht selbst nicht.

Es hängt von dem Deutschen ab, den Sie bekommen.

Deswegen, können Sie Ihre Wachsamkeit mit den Deutschen niemals völlig außer Acht lassen… Sie wissen ja wirklich nie, womit Sie es zu tun haben werden.

Dies gilt individuell, auf einer persönlichen Ebene, aber es bedeutet auch, dass dieser produktive Führer der Vereinigung und Zusammengehörigkeit, der zu diesem Zeitpunkt der Menschengeschichte im Mittelpunkt der Europäischen Union steht, sich immer IMMER… einfach wenden kann.

Es ist nicht so, dass sie alle so was wollten, und es gab viele edle Seelen unter ihnen, die das letztes Mal in den 1930er Jahren versucht haben, den Schlamassel zu stoppen. Es kann jedoch genügend Mitglieder der Kultur geben, die bereits weit genug zum dysfunktionalen Extrem sind und die das Potenzial haben, um dort anzukommen, einmal, dass die Bedingungen für sie unsicher genug sind – dann, kann es passieren.

Der Auslöser kann eine einstürzende Wirtschaft sein, ein verwässerndes Gefühl der eigenen kulturellen Identität, was auch immer dazu führt, dass genug von ihnen das Gefühl verlieren, dass "alles in Ordnung ist ". Dann, werden die Cyber-Panzer rollen müssen, bevor die Borderline-Persönlichkeit der deutschen Gesamtkultur eine weitere Schweinerei wie zuvor verursacht.

Einige Deutsche (viele von ihnen, eigentlich) sind an das äußerste Ende der Spanne zwischen Ruhe und Unruhe geraten, so dass sie immer nur unglücklich sind, und die machen alle die andere Menschen in ihre Umgebung darauf aufmerksam.

Unter den anderen funktionalen Deutschen, wirken diese gebrochenen Psychen wie jene schweren germanischen Akkorde aus Beethovens Fünfter, die einfach einmal nach dem anderen wiederholt wird, immer und immer wieder, unaufhörlich, ohne die ausgleichende Süße der leichtherzigen Geigen, bis sie diesen bestimmten Deutschen selbst genauso wie alle, die mit ihm zu tun haben, tobsüchtig machen.

Diese Individuen sind wie eine Statue des deutschen Dichters Heinrich Heine, die sich im Zentrum der Universität Düsseldorf befindet: eine Statue einer hageren, schwarzen Gestalt, die isoliert im Regen dort unter dem bedrückenden, grauen Himmel steht und denkt. Es gibt viele Deutsche, die nach ein paar Sekunden ihrer Gesellschaft einen Menschen leicht dazu bringen können, sich an diese dunkle, düstere Statue zu erinnern.

Ja, jede Person in jeder Kultur hat ihre Grenzen, und jede kann unter bestimmten Bedingungen über den Rand gedrängt werden, aber einige Deutsche (nochmals, nur *einige* von ihnen) leben ständig direkt an diesem Rand.

Es gibt eine Art Muschel, die auf dem Boden des Arktischen Ozeans lebt. Da es dort so kalt ist, können sie nur überleben, wenn sie direkt am Rande eines tiefen Risses im Boden leben, durch den warme Luft in einer Strömung von einer unterirdischen Wärmequelle aufsteigt; wenn die Muscheln jedoch zu weit vom thermischen Riss entfernt sind (wie auch immer Muscheln es schaffen können, den Akt des sich entfernen), erfrieren sie sofort von der Kälte.

So sind einige Deutsche. Jeder Mensch muss warm genug sein, und wir alle werden von Zeit zu Zeit überhitzt, aber einige der Deutschen sind DIREKT AUF DER GRENZE, ständig, auch wenn sie glücklich im Garten arbeiten oder über Spielkarten plaudern, und die geringste Ursache scheint manchmal zu reichen, sie hinüber zu schieben.

Also hier kommt die Warnung: lassen Sie sich nicht in ein falsches Gefühl der Ruhe wiegen, wenn Sie die süße Geige hören, die aus einer deutschen Seele ertönt, wenn sie Sie begrüßt und über die schönen Bäume plaudert, denn zu jedem Zeitpunkt – je nach subtiler Balance innerhalb des jeweiligen Individuums, wenn ihr Standpunkt in Frage gestellt wird oder wenn sie spüren, dass ihr fester Halt an ihrem Ordnungssinn rutscht (und, deshalb, die Sicherheit von ihnen als erschüttert wahrgenommen wird) – vielleicht werden Sie diese dröhnenden Akkorde wieder hören..."TA-TA-TA-TA- tuuuuuuum....".

Heinrich Heine, das Thema dieser einsamen, dunklen Statue, warnte uns alle einmal davor, uns vor "dem deutschen Donner" zu hüten. Das sagte er schon im 19. Jahrhundert, lange vor einem der beiden Weltkriege und bevor man sich überhaupt den Schrecken des Holocaust vorstellen konnte. Schon vor dieser Zeit, als die Deutschen als romantische Dichter und kristallklare Denker bekannt waren, war der Donner als allgegenwärtiger Unterstrom spürbar.

Die Deutschen sind ihrem Wetter sehr ähnlich – in manchen Fällen, und in manchen Momenten, kann man sich in der angenehmen Sonne wärmen, man kann die frische, kühle Brise genießen – aber denken Sie daran, die alte Warnung zu beachten und sich vor "dem deutschen Donner" zu hüten!

Der Zwischenfall am Spielplatz

Der Briefkasten auf der Terrasse quietscht. Anstelle des üblichen "Klumpen" von Umschlägen, die hinein fallen, gibt es ein allgemeines Rascheln und das Geräusch von Schritten, die sich schnell entfernen.

'Es ist spät für eine Postzustellung', denke ich mir. Am Waschbecken, reinige ich mir die Farbe so gut wie möglich von den Händen (wir haben ein paar Zimmer renoviert, jetzt, dass wir uns endlich im neuen Haus eingerichtet haben) und ich gehe nach draußen, um nach die Post zu schauen.

Unter den Anzeigen und dem professionell aussehenden Umschlag des Elektrizitätsunternehmens, der musste früher geliefert worden sein , befindet sich ein loses Din A5 Papier, das sich etwas zusammengerollt hat, als ob es schüchtern unter den anderen Poststücken gelegen hätte.

Auf dem Hintergrund des gesamten Blattes, befindet sich ein verblasstes Wappen als Wasserzeichen, zusammen mit einem "Liebe Rucklingsdorfer" in fettgedruckter Schrift ganz oben.

'Also das ist das Rucklingsdorfer Wappen', denke ich mir. Es sieht beeindruckend aus, auf den ersten Blick, aber wenn ich es mir etwas genauer anschaue, sehe ich, dass es nur ein Schild mit ein paar Schösslingen einiger Gemüsepflanzen ist, die den Kopf eines Pferdes im Dreiviertelprofil umgeben.

'Na, das ist angemessen', denke ich.

Unter dem ziemlich großen Gruß, gibt es eine ungeheure Menge an Text, in erstaunlich kleiner Schrift, wie ein juristischer Text, als ob die Person, die ihn geschrieben hat, nicht will, dass jemand wirklich weiß, was dort steht.

Es wurde eindeutig von jemandem zu Hause am PC vorbereitet (ganz sicher Kerstin Stempelkauer, die generell die treibende Kraft hinter solchen revolutionären Bewegungen wie dieser im Dorf ist). Auf einer Seite des Papierrandes, sammelt sich viel Tinte an, als ob die Druckerdüse verstopft war.

Im Text, kann ich die Wörter "zusammen", "unserem Dorf", "teilnehmen", "unsere Kinder" und einige andere ausmachen.

Schielend, gelingt es mir zu entschlüsseln, dass das Flugblatt ein Aufruf an alle "Liebe Rucklingsdorfer" ist, am kommenden Samstag (heute ist schon Donnerstag) an der Schaffung eines Spielplatzes auf dem Rasen vor "Dem goldenen Esel" (dem großen Restaurant und Hotel, das manchmal auch als eine Art Rathaus und für andere Gemeindeveranstaltungen genutzt wird) teilzunehmen. "Unseren Kindern zuliebe", sagt es.

In der Mitte des Textes ist auch eine Telefonnummer in kleiner Schrift versteckt, und "interessierte Teilnehmer" werden gebeten, anzurufen, um "ihren Plan zur Teilnahme an der Veranstaltung bekannt zu machen".

Es war eine ziemlich hektische Zeit für mich, mit all den Renovierungen zu Hause, zusätzlich zur normalen Arbeitswoche.

"Ich bin ziemlich beschäftigt", sage ich mir. Dann lese ich den Text noch einmal, und als ich bei "Unseren Kindern zuliebe" ankomme, ist mein Widerstand erschöpft.

Nun, ich kann sie nicht ignorieren, wenn sie mich bitten, ihnen so zu helfen. Und für die Kinder', denke ich. 'Man *muss* den Kindern helfen'.

Auch wenn meine Freundin und ich keine eigenen Kinder haben, stelle ich mir die anderen kleinen Jungen und Mädchen aus dem Dorf vor, die im Rinnstein stehen und auf eine leere, vielleicht mit Unkraut bewachsene Wiese starren, als der große Junge unter ihnen einen Ball hält, und als ein vorbei rasendes Auto gerade ausweicht, um sie nicht zu treffen.

'OK, das ist es', entscheide ich. 'Ich werde dabei sein'.

'Sie brauchen mich', glaube ich. 'Sowohl die Kinder als auch die anderen Menschen im Dorf. Schließlich sind wir alle Nachbarn... und sie waren so nett, mir deswegen diesen Brief zu schicken, mich einzuladen, mich einzubeziehen, und zu wollen, dass ich Teil ihrer Gruppe werde...

'Liebe Rucklingsdorfer', lese ich wieder von oben.

'Und ich bin einer von ihnen. Was für ein wunderbares Dorf das ist'.

―――――――

Später an diesem Tag, rufe ich die auf dem Flugblatt stehende Telefonnummer an, um ihnen mitzuteilen, dass ich gerne helfen würde.

Das Telefon klingelt, und dann klingelt es noch ein paar Mal, und wenn das vierte Klingeln plötzlich unterbrochen wird... gibt es eine lange Pause.

Eigenartig lang.

Und dann, gibt es eine stille, sachliche Ausführung des Namens "Stempelkauer" mit weiblicher Stimme. Das Fehlen jeglicher Modulation der Stimme ist bemerkenswert und überraschend, wenn man die Anzahl der Silben im langen Name berücksichtigt. Es hört sich an, als hätte sie den Hörer abgenommen, schaute verdächtig nach links, überblickte die Szene, schoss plötzlich ihre Augen nach rechts und sagte dann "Stempelkauer", als wollte sie eine verschlüsselte Nachricht vom Untergrund an die Frontlinien weiterleiten.

Nach einem Moment der Anpassung, sage ich "Hallo, Frau Stempelkauer" und gebe meinen Namen an.

Nachdem ich auf eine Art Gruß oder Empfang gewartet habe, auf den ich aus anderen Ländern gewohnt bin, höre ich... Stille. Es gibt kein "Oh, hallo, ich bin so froh, dass Sie angerufen haben" oder "Nun, was für eine angenehme Überraschung. Wie geht es Ihnen?"

Nein, nur Stille, gefolgt von einem zaghaften und ziemlich unsicheren "Hallo", aber es wurde zu dieser Zeit schmerzhaft verzögert.

"Ich wollte Sie wissen lassen, dass ich am Samstag beim Spielplatz gerne helfen würde", sage ich stolz, mit einem gewissen Frohsinn und Optimismus in meiner Stimme.

Es gibt noch eine Pause.

'Vielleicht ist ihr Telefon kaputt', denke ich, obwohl ich an diesem Punkt weiß, dass dies nicht das Problem ist.

"Oh", sagt sie, bevor sie noch eine Pause einlegt, als wüsste sie nicht genau, was sie mit dieser bestimmten Art von Informationen tun sollte, die sie offensichtlich nicht erwartet hatte.

"Das ist nett von Ihnen", sagt sie, als ob sie die Worte zwingen müsste, herauszukommen.

Ich frage mich, 'Gibt es jemand da, der Sie als Geisel hält, Frau Stempelkauer? Sind Sie mit einem Seil an einen Stuhl gefesselt? Hält Ihr Entführer das Telefon an Ihr Ohr und eine Waffe an Ihren Kopf? Soll ich Hilfe rufen?!'

Wir verabschieden uns, und nachdem ich aufgelegt habe, frage ich mich, ob es für diese Einheimischen vielleicht etwas zu viel ist, wenn eine Person aus einem anderen Land (ein *Ausländer*, ein *Unbekannter*) so in ihre Welt einkehrt und ihnen bei einer Gemeinschaftsveranstaltung Hilfe anbietet.

Ich schaue auf das Flugblatt, das ich während meines Anrufs gehalten habe.

'Aber sie haben sich alle Mühe gegeben, dieses Papier direkt an meine Tür zu bringen... na ja, jedenfalls in meinen Briefkasten', denke ich.

Ich lese Teile des Flugblatts nochmals durch.

'Sie haben mich *gebeten* zu helfen. Sie *bettelten* mich *an*'.

Dann erinnere ich mich daran, dass ich jetzt in einer anderen Kultur lebe.

'Vielleicht missverstehe ich einfach die Situation', denke ich. 'Das sind Menschen vom Land. Vielleicht sind die nur ein bisschen schüchtern, das ist alles.'

"Liebe Rucklingsdorfer", lese ich noch einmal.

'Außerdem, ist es für die Kinder. Ich kann mich nicht entscheiden, Kindern *nicht* zu helfen. Was für eine Person wäre ich, wenn ich Kindern nicht helfen würde, um einen Spielplatz zu haben?'

…Und so entscheide ich mich dazu mich zu beteiligen.

───────

Wenn ich am Samstag früh aufstehe, schmerzen die Muskeln in meinem Rücken immer noch von den Renovierungsarbeiten zu Hause, aber ich ziehe die Arbeitskleidung, die ich zum Malen benutzt habe, wieder an, nehme eine Schaufel aus dem Garten und gehe die Straße hinunter zu "Dem goldenen Esel".

Die Sonne ist schon vor einer Weile aufgegangen. Es ist hell, aber angenehm kühl, und die Vögel scheinen sehr zufrieden mit der Art und Weise, wie sich der Tag entwickelt.

Ich bin mir bewusst, dass ich lächle, während ich gehe, und als ich an "Dem goldenen Esel" ankomme, gibt es niemanden zu sehen. Ich ziehe an der Tür, und sie ist verschlossen. Es gibt kein Schild an der Tür, außer "Offen" (das gestern Abend am Ende der Nacht nicht auf "Geschlossen" umgedreht worden war) und keine Hinweise auf eine Ansammlung von Menschen oder Aktivitäten jeglicher Art.

'Sie sagten Samstag, nicht wahr? Habe ich es verpasst?', frage ich mich, sicher, dass ich etwas übersehen haben musste. 'Es kann noch nicht vorbei sein'.

Dann erinnere ich mich, dass dies ein Bauerngebiet ist, und einige dieser Menschen stehen an sechs Tagen in der Woche um 5.00 Uhr morgens auf und erlauben sich, einmal pro Woche bis 6.00 Uhr liederlich im Bett zu liegen, nur weil es Sonntag ist.

'Nun, ich habe sowieso viel zu tun'. Ich legte die Schaufel über meine Schulter um in die andere Richtung um den Block herum nach Hause zu gehen, vorbei an einer kleinen

Gruppe von Häusern, die mehr oder weniger identisch aussehen.

Als ich gehe, fange ich an, darüber nachzudenken, was ich mit den Dielen im Schlafzimmer machen soll.

Ein wenig weiter, bemerke ich einen Haufen Leute, die sich wie Ameisen in einem gut integriertem Prozess bewegen. Sie scheinen komfortabel miteinander zu arbeiten, und es gibt ein Gefühl der friedlichen Produktivität bei der ganzen Sache. Es ist eindeutig irgendwelche Art Ereignis, und als ich mich nähere, sehe ich, dass sie Schaufeln und andere Werkzeuge haben, und es wurde bereits etwas gegraben.

'Die sind es', merke ich und lächle offen und freue mich darauf, einen lebendigen Nachmittag gemeinsam mit meinen Nachbarn zu verbringen, um einen wertvollen Beitrag zum Dorf – unserem Dorf – zu leisten.

Als ich ankomme, halten die Menschen, die in meine Richtung schauen, mitten in einem Gespräch, das sie offensichtlich genießen inne, und schauen in meine Richtung, und ihr angenehmer Gesichtsausdruck verschwindet sofort.

Der Mann, mit dem sie gesprochen haben, trägt eine Denimlatzhose. Er steht mit seinen Rücken zu mir, und als sie anhalten und schauen, dreht er sich um und beobachtet mich, wie ich mich in meiner Arbeitskleidung nähere und sie anlächele.

"Hallo", sage ich, voller Vorfreude. "Arbeiten sie für den neuen Spielplatz?", immer noch nicht sicher, warum sie so weit weg von "Dem goldenen" Esel sein sollten, wo die Arbeit stattfinden soll.

Der Mann in die Latzhose starrt mich immer wieder an, über seine Schulter, mit dem Rücken zu mir. Er sieht aus, als hätte ich gerade seine Großmutter beleidigt.

In der Leere des menschlichen Austauschs, beginne ich das Gespräch mit dem Zusatz, "Ich habe euer Flugblatt bekommen und bin bereit zu helfen".

Es gibt keine Bewegung auf der anderen Seite – kein Lächeln, kein Blinzeln, und ihre Finger sind um ihre Werkzeuge herum eingefroren.

Dann, sagt mir der Typ in die Latzhose: "Die Steine da drüben müssen in den Anhänger geladen werden."

Er sagt es wie eine Schuldzuweisung.

Als er die Aussage macht, zeigt er mit dem Finger auf einen Haufen Steine, aber nichts anderes an ihm ändert sich, und er starrt mich immer noch an, als ob er sehen wollte, was ich als nächstes mache.

Ich schaue mir den Haufen neben dem Anhänger an. Niemand sonst ist irgendwo in der Nähe, und es ist klar, dass noch niemand begonnen hat, die Steine zu schaufeln.

Er erwartet anscheinend, dass ich dahin renne und allein arbeite, an dem unangenehmsten Job, der verfügbar ist und den alle anderen bisher vermieden haben, während sie da herumstehen und miteinander weiter plaudern.

Es hat auch überhaupt keine Anzeichen eines Grußes oder Dankbarkeit gegeben.

Ich stehe einfach da und schaue zu ihm zurück. Er scheint überrascht zu sein, dass sein Befehl nicht sofort befolgt wurde, aber das ist mir egal.

Ich sehe Frau Stempelkauer nicht weit weg, und ich gehe hinüber und begrüße sie.

"Oh, Sie sind gekommen ," sagt sie, als sie mich sieht – nicht angenehm, genau, eher als eine Beobachtung.

"Ja", antworte ich. "Ist das der Ort, an dem der Spielplatz gebaut wird?"

"Ja, von hier bis zum Hang da drüben."

"Ich dachte, er wird bei "Dem goldenen Esel" gebaut"

"Na, dieses Grundstück hier ist Teil "Des goldenen Esels"."

Und dann erklärt sie, dass sich das Grundstück vor langer Zeit direkt vom jetzigen Gebäude da drüben bis zu diesem Grundstück erstreckte.

Wie es in der Geschichte heißt, hatte Wolfbert Hauchgeruch, der aus "einer alten Familie" stammte (wie Kerstin Stempelkauer es ausdrückt), das Gebäude und das gesamte Grundstück des Anwesens zu dem "Der goldene Esel" gehört geerbt. Als er in den Ruhestand ging, sagte er, dass er alles verkaufen wollte und in der Nähe seiner Tochter leben wollte, die einen Mann aus Baden-Württemberg geheiratet hatte und im Süden des Landes lebte. Nun, der Stadtrat (also sechs Jungs aus Rucklingsdorf) habe ihm gesagt, dass die Stadt vielleicht Interesse am Kauf habe, solange der Preis angemessen sei.

Es gab eine Menge Diskussionen hin und her über die Zahlen, und ein wenig Feindseligkeit hat sich entwickelt. Dann, zur Überraschung der Mitglieder des Stadtrats, stimmte Wolfbert plötzlich zu, unter seinem Preis zu verkaufen.

Der Mann, der damals Bürgermeister von Rucklingsdorf war ('Die haben hier einen Bürgermeister?', denke ich mir) ging mit Wolfbert zum Anwalt, und alles war erledigt.

Das dachten sowieso alle, bis die Arbeitswagen auftauchten.

Es stellte sich heraus, dass Wolfbert Hauchgeruch zwar das Gebäude "Des goldenen Esels" an die Stadt verkauft hatte, er aber die ganze Zeit hinter ihrem Rücken mit einem Bauträger aus der Stadt verhandelt hatte, um das freie Grundstück zu verkaufen.

Wolfbert wollte das ganze Land von hier zum Esel an den Bauträger verkaufen, aber der Entwickler interessierte sich nicht für dieses Grundstück, wegen dieses Hanges da drüben (ohne hinzuschauen, macht Kerstin Stempelkauer eine Geste mit ihrem Daumen in Richtung eines scharfen, steinigen Hügels, der aus dem Boden links hinter ihr hervorspringt).

Dann nimmt sie einen langsamen, tiefen Atemzug, wie in einer Art Trauer, und erklärt, dass Wolfbert es geschafft hatte, das Land zwischen diesem Grundstück und "Dem goldenen Esel" an den Bauträger zu verkaufen ("diesen Bauträger" wie sie es sagt).

"Ich nehme an, der Bürgermeister hat damals die Papiere nicht so genau durchgelesen, wie er es getan haben sollte", sagt sie. "Wolfbert hat augenscheinlich einen ziemlich guten Preis bekommen, weil er dort unten im Süden einen großen Platz gekauft hat."

Ich stelle mir Palmen und Flamingos vor, und dann erinnere ich mich, dass Kerstin Stempelkauer auf den Süden Deutschlands verweist.

"Na ja, die Häuser gingen auf, und die gingen wie warme Semmeln weg," schließt sie, als sie hart auf die Häuser in der neuen Bebauung starrt.

"Aber dieses Grundstück hier gehört immer noch uns und "Dem goldenen Esel, fügt sie hinzu als sich ihr Ton zu defensiven Optimismus und Sieg wandelt.

Sie scheint froh zu sein, dass ich ihr zugehört habe, während sie ihre Geschichte erzählte.

Die anderen Jungs sind inzwischen wieder an die Arbeit gegangen, und ich schließe mich ein paar von ihnen an, die einen großen Felsbrocken in der Mitte des Feldes ausgraben.

"Ich hoffe, dass wir niemanden treffen, der sich aus der andere Richtung seinen Weg hoch gräbt", sage ich dem Kerl neben mir, und er gluckst spontan, obwohl er mich nicht anschaut, und dann kehrt er einfach ruhig zu seiner Arbeit zurück.

'Na, zumindest weiß ich, dass er mich verstehen kann', sage ich mir zum Trost.

Ein wenig später nachdem wir fertig sind, rollt ein LKW an und ein paar Kerle gehen hin und fangen an, Sandsäcke von hinten zu entleeren. Ich schließe mich ihnen an, und wir arbeiten alle wie eine gut geölte Maschine: wir gehen die eine Seite des Feldes mit den Taschen hinunter, und kehren dann auf einem Weg ein paar Meter entfernt zurück, um der anderen Linie von Arbeitern, die gerade aufladen, nicht im Weg zu stehen.

Als ich zurück zum Lastwagen gehe, beginne ich das Gespräch mit dem Mann, der hinter mir läuft, aber er reagiert so minimal wie möglich, und er schaut nicht einmal von der Erde nach oben, um Blickkontakt mit mir zu haben.

Es ist nicht so, dass er etwas Negatives sagt. Er nimmt einfach nicht an einem Dialog mit mir teil, und es ist als ob die minimale Antwort schlimmer und weniger persönlich ist, als wenn er streitlustig wäre. Schließlich, verlangt Aggression die Anerkennung der Anwesenheit des Gegners. Diese kalte Ignorierung der eigenen Existenz ist noch schlimmer.

'Für Leute, die einen Spielplatz bauen, spielen sie nicht sehr gut mit anderen Menschen', sage ich mir.

Nachdem die Sandsäcke aus dem Lastwagen geleert worden sind, gehen ein paar der Jungs und reden mit dem Mann in der Denimlatzhose darüber, was als nächstes erledigt werden muss.

Als ich dort am Rand des Grundstücks stehe, kommt eine junge Frau, die ein kleines Kind an der Hand hält, von der Straße hinauf, mehr oder weniger direkt dorthin, wo ich bin.

"Hallo", sage ich, schaue sie direkt an und lächel. Wir sind weniger als einem Meter voneinander entfernt.

"Hallo", sagt sie, ohne Blickkontakt zu machen und als ob die Begrüßung eine Verantwortung ist, mit der sie fertig werden muss.

Dann beginnt sie, hinter mich zu schauen, auf allen Seiten von wo ich stehe, als ob sie die Umrisse des Raumes, in dem ich mich befinde, nachzeichnen würde. Ihr Kopf bewegt sich von einer Seite von mir zur nächsten, wie jemand, der versucht, um eine andere Person zu sehen, die bei einer Sportveranstaltung vor ihm sitzt – außer, dass wir uns direkt gegenüberstehen.

Sie versucht offenbar, jemanden in der Gruppe der Arbeiter zu finden, und hat absolut kein Interesse daran, mit mir zu sprechen.

Sie tut dies während das Kind neben ihr immer noch ihre Hand hält.

" ... unseren Kindern zuliebe" erinnere ich mich vom Flugblatt.

'Diese ist eine der Mütter, für deren Kinder ich hier bin, um durch die Installation eines Spielplatzes zu helfen', denke ich mir, 'und sie kümmert sich nicht einmal darum, anzuerkennen, dass ich existiere!'

Dann sehe ich Kerstin Stempelkauer in der Nähe, und wir fangen wieder an zu reden.

Wir beginnen ein wenig zu plaudern, und währenddessen, bemerken wir beide, dass alle die andere Menschen, die heute Morgen zur Arbeit gekommen sind (es sind alles Männer außer Kerstin Stempelkauer) sich in einem Halbkreis versammelt haben, wo sie miteinander reden und leicht lachen, ein paar Schritte entfernt von der Stelle an der Kerstin Stempelkauer und ich stehen.

Sie erhebt ihre Stimme ein wenig und sagt zu ihnen, "Ich weiß nicht, ob ihr unseren neuen Nachbarn schon offiziell kennengelernt habt."

"Hallo", sage ich herzlich, und ich lächle und gehe auf sie zu, während ich ihnen meinen Namen sage.

Dann stehe ich da vor ihnen – und sie alle schauen mich einfach an, schweigend.

Es werden keine Namen angeboten, kein einziges Wort der Begrüßung. Es gibt nicht das geringste Anzeichen für ein Lächeln, und sie starren mich an, als ob sie mich verdächtigen, ihnen etwas zu stehlen.

Einer der Kerle nimmt das Gespräch auf, wo es aufgehört hat, und sie alle fangen wieder an, miteinander zu reden, herzlich und leicht, aber kein einziger dieser Themen wird mir angeboten. Niemand fragt mich etwas, und niemand nimmt Blickkontakt mit mir auf oder lächelt mir freundlich zu, während gesprochen wird.

Es ist, als würden sie einen Ball hin und her und von einem zum anderen zu werfen, und niemand denk daran, es dem neuen Typen zu werfen.

Es ist jetzt zu spät und ungünstig für mich, von ihnen wegzugehen, also stehe ich einfach da und lehne mich auf meine Schaufel mit der Spitze des Griffs in meinen Handflächen.

Ich beobachte das Gespräch, ganz und gar missachtet in dieser Gruppe von Menschen, denen ich heute auf ihren Wunsch hin zur Hilfe gekommen bin.

Ich überlege mir, selbst in den Dialog zu springen, indem ich auf etwas antworte, was einer der anderen Männer sagt.

Aber aus irgendeinem Grund, merke ich, dass ich, obwohl ich im Laufe der Jahre unzählige Stunden Hörbücher auf Deutsch gehört habe, nichts verstehen kann, von dem was die anderen Männer sagen. Als ich das merke, bemühe ich mich, einzelne Wörter, Satzfragmente auf zu schnappen, aber jedes Wort von jedem der Redner ist für mich unverständlich.

Ich stehe da vor ihnen, total alleine – mehr alleine als ich es je zuvor in meinem Leben gewesen war. Ich beginne aus Verlegenheit zusammenzusacken, und es wird mir schmerzlich bewusst, dass es mir nicht möglich sein wird, mich komplett hinter dem Griff der Schaufel zu verstecken, die mir plötzlich extrem dünn erscheint.

Kerstin Stempelkauer erscheint in der Nähe und sie und ich reden wieder miteinander. Es ist offensichtlich, dass sie erkennt, was gerade passiert ist, dass ich so unverhohlen aus der Gruppe ausgeschlossen wurde.

Wir führen unsere Diskussion für einige Wortwechsel weiter, nach einer Weile sehe ich zwei Männer in der Ferne hinter ihr, die zur Rückseite eines Hauses in der Nähe gehen. Die reden immer noch herzlich miteinander, lächeln, schauen einander in die Augen und reagieren mit Interesse aufeinander. Ich sehe, wie einer der Männer das Gartentor öffnet, so dass der andere hindurchgehen kann, bevor er selber ebenfalls hineingeht und das Tor leise hinter sich schließt.

Er sah nicht in diese Richtung, bevor er verschwand. Er winkte nicht.

Ich schaue mich um und stelle fest, dass die Männer alle verschwunden sind, offenbar jetzt hinter dem Tor, um nach einem anstrengenden Morgen ein wenig Geselligkeit zu genießen.

Kerstin Stempelkauer sieht, dass ich zum Tor schaue.

"Wir trinken einen Kaffee", informiert sie mich. "Ich stelle mir nicht vor, dass Sie mitkommen wollen." Es wird als weitere Information angegeben, und keinesfalls wie eine Einladung.

Die Antwort, die sie eindeutig von mir erwartet, ist "nein".

Ich möchte einfach nach Hause gehen und die gesamte Veranstaltung als ein soziales Versagen abschreiben – aber ich wurde gebeten (trotz Kerstin Stempelkauers Vorstellung von gesellschaftlichen Umgangsformen) mich ihnen anzuschließen.

Wenn ich das Angebot ablehne, werde ich derjenige sein, der die Grenze zwischen uns zieht. Ich werde in der Lage sein, unhöflich zu sein, indem ich die angebotene Gastfreundschaft ablehne, obwohl ich weiß, dass das Angebot unecht ist – und das ist einfach nichts, was ein Mensch tut (nicht von wo ich herkomme, wenigstens).

"OK", sage ich, und das magere Gesicht mir gegenüber ist sichtlich enttäuscht, sogar besorgt darüber, dass ich mich anscheinend im Garten zu ihnen gesellen werde.

Als ich durch das Tor gehe, sehe ich, dass alle Männer von vorher um einen großen Picknicktisch unter einer Markise sitzen. Es ist eine sehr gemütliche Umgebung, aber alle schauen zu mir auf und sagen absolut nichts, wobei sie es deutlich machen, dass sie nicht erwartet hatten, dass ich soweit mit ihnen gehe.

Ein paar der Jungs reden hin und her und sehen sich dabei mit ungezwungener Zuwendung in die Augen.

Dann, wendet sich einer von ihnen an mich und spricht mich zum ersten Mal an, ohne eine Miene zu verziehen: "Da sitzt meine Frau normalerweise."

…Und sie lachen sich alle kaputt, als sie mich jetzt mit offenem Mund und wippenden Köpfen anstarren. Kein Mensch schaut jetzt weg, und das Lachen hat diesen harten, aggressiven Ton, den Gelächter in einer Gruppe von Männer haben kann. Einer von ihnen zeigt tatsächlich mit seinem Finger auf mich, während er lacht.

'Plötzlich, sind sie daran interessiert, mich anzuerkennen', denke ich, 'wenn sie einen Weg gefunden haben, zu versuchen mich zu degradieren.'

Das Lachen lässt nicht gleich nach, obwohl was der Kerl gesagt hat nicht sehr lustig war. Es ist, als ob sie nach einem Grund gesucht haben und froh sind, einen gefunden zu haben, egal wie gut der Grund war.

"Na, sie ist offensichtlich nicht hier im Moment", sage ich kühl, als ich einigen von ihnen abwechselnd in die Augen schaue.

Dann stirbt das Gelächter sofort, als ob ein Stein fallen gelassen wurde. Es ist ihnen offensichtlich klar, dass es sich bei mir nicht um ein einfaches Ziel handelt, sondern um ein sich bewegendes Ziel, und sie sind sich nicht sicher, in welche Richtung ich als nächstes gehen könnte

Sie kehren zu ihrer Unterhaltung zurück, aber trotz alle meiner Mühen, kann ich das Gespräch einfach nicht mitverfolgen.

Ich denke an die Note, die ich beim Deutsch-Sprachtest erhalten habe, den ich vor so vielen Jahren abgelegt habe – ein Test, den diese Einheimischen vielleicht gar nicht bestehen könnten. Das Resultat des Testes hat bescheinigt, dass ich deutsch in beruflichen und akademischen Situationen kompetent einsetzen könnte.

Kerstin Stempelkauer sieht mich an als tue ich ihr leid. Sie flüstert dem Kerl etwas zu, der neben ihr sitzt, und er schaut auf den Boden und runzelt die Stirn. Sie sieht ihn immer wieder an, und dann sagt er zu mir, "Warum sind Sie überhaupt hier nach Rucklingsdorf gezogen?"

Trotz der erstaunlichen Grobheit der Frage, sage ich ihm und der Gruppe herzlich, woher ich komme, und dass meine Freundin und ich gerade in unser Haus eine Straße weiter eingezogen sind.

Während ich rede, ist die gesamte Gruppe stumm, stumm wie der Tod, und jeder hört mir mit voller und ungeteilter Aufmerksamkeit zu, alle Augen sind plötzlich auf mich gerichtet.

Nachdem ich fertig bin, gibt es eine ziemlich lange Pause, und der Mann, der die Frage gestellt hat, wendet sich von mir ab und sagt zum Typen ihm gegenüber: "Na, das beantwortet die Frage nicht", und beide lachen zusammen, und einige andere aus der Gruppe schließen sich an.

Dann wendet er sich ab, ohne noch etwas zu sagen, und die Gruppe kehrt zu ihrem Gespräch zurück.

Ich blicke über den Tisch zu Kerstin Stempelkauer, sie sieht verlegen aus.

Während das Geschwätz weitergeht, ohne dass ich es verfolgen kann, wundere ich mich über diese Sprachsituation.

'Moment mal', wird mir klar, 'ich habe verstanden, was dieser unhöfliche Trottel zu mir gesagt hat. Und er hatte offensichtlich kein Problem damit, mich zu verstehen, basierend auf dem, was er gesagt hat.'

Dann, denke ich über das nach, was ich zu den anderen gesagt hatte, vorhin, während wir gearbeitet haben.

'Und dieser Mann mit dem braunen Flanellhemd links, hat ganz spontan gelacht, als ich sagte, dass jemand aus der andere Richtung seinen Weg hoch graben könnte', erinnere ich mich.

Dann trifft es mich.

'Sprechen diese Leute Dialekt?'

Wie überall in Deutschland, können viele der langjährigen Einwohner Rucklingsdorfs einen lokalen Dialekt sprechen, normalerweise (aber nicht notwendigerweise) zusammen mit tatsächlichem Hochdeutsch.

In Englisch sprachigen Ländern wird oft in armen Gegenden, in denen die Menschen in der Regel nicht besonders gut ausgebildet wurden eine sehr gebrochene englisch Version gesprochen. Es ist immer noch englisch, nur mit vielen Fehlern und falscher Aussprache.

Deutsche Dialekte sind anders. Sie sind nicht nur schlecht gesprochene Versionen von Deutsch. Sie bestehen jeweils aus ihren eigenen Wörtern. Sie haben einen anderen Wortschatz, eine andere Grammatik und sind absolut nicht die gleiche Sprache wie richtiges Hochdeutsch, so wie die Deutschen es in der Öffentlichkeit sprechen. Gebildete Deutsche, oder sogar Deutsche, die ihre eigenen lokalen Dialekte sprechen, haben oft Probleme, den in einer anderen Region gesprochenen Dialekt zu verstehen.

'In einem kleinen Dorf wie diesem, müssen sie gehört haben, dass ich aus einem anderen Land komme, und wenn nicht, hätte Kerstin Stempelkauer es ihnen gesagt, nachdem ich sie angerufen habe. Und sie müssen natürlich bemerkt haben, dass mein Deutsch nicht perfekt ist, und dass ich einen Akzent habe.'

'Können diese Leute tatsächlich hier sitzen und in ihrem lokalen Dialekt miteinander reden, um mich absichtlich aus dem Gespräch ausschließen?'

Die Möglichkeit betäubt mich.

'Nachdem ich meine Zeit geopfert habe, trotz allem, was ich zu Hause tun muss? Nachdem ich ihnen auf Wunsch geholfen habe, einen Spielplatz im Dorf einzurichten? Damit ihre Kinder einen Platz zum Spielen haben können?'

Ich kann nicht glauben, dass jemand so unhöflich und rücksichtslos zu einem anderen Menschen sein würde, vor allem ohne irgendwelche Motivation – und nachdem diese Person seine Zeit und Mühe geopfert hat, um ihnen zu helfen, nachdem sie um Hilfe gebeten haben.

Dies ist ein Tiefpunkt der menschlichen Zivilisation, den ich noch nie zuvor erlebt hatte – bis heute, hier in Rucklingsdorf, Deutschland.

'Ich wusste bereits, dass Menschen sich anlügen, von einander stehlen oder einander sogar umbringen könnten – aber dies Sache heute hat nicht einmal einen selbstsüchtigen Vorteil... außer bloßer Ausgrenzung...'

… Und ich stolpere darüber.

Ausgrenzung.

Zugehörigkeit. Die Sicherheit der Zugehörigkeit.

Das Gefühl der Sicherheit, das dadurch entsteht, dass man andere ausschließt.

Ich denke an die weißen Rassisten im amerikanischen Süden und an die schwarzen Menschen, die sie verbrannt und an Bäumen aufgehängt haben. Ich denke an den Rassismus in den Fabriken und dem täglichen Leben im Norden.

Ich denke an den Holocaust und die Menschen, die gefoltert und ermordet wurden.

Ich denke an die Menschen in diesem Dorf, die ihre Nachbarn gebeten haben, ihnen beim Bau eines Spielplatzes in ihrem Dorf zu helfen, damit ihre eigenen Kinder einen Platz zum Spielen haben würden, und die alles in ihrer Macht getan haben, um sicherzustellen, dass ein Außenstehender, der ihnen irrtümlich zu Hilfe kam, ausgeschlossen wurde, und dass er es wissen würde, und dass es weh tun wurde.

Ich denke an ein Foto, das ich einmal gesehen habe, in dem eine jüdischen Frau in den 1930er Jahren in Deutschland auf der Straße kauerte. Sie war nackt ausgezogen und zu Boden gestoßen worden, sie war von ihren deutschen Nachbarn umzingelt, die dort standen und lachend auf die Frau hinunter schauten.

Nicht viel hat sich geändert, hier in der charmanten Gemeinde Rucklingsdorf – außer dass sie jetzt einen neuen Spielplatz haben.

Deutsche bei der Arbeit

Wie Schmetterlinge, die unter einem Mikroskop genauer untersucht werden, weisen die Deutschen in ihren verschiedenen Iterationen als "Arbeiter" eine Vielzahl unterschiedlicher Merkmale auf.

Schauen wir uns die Ingenieure an.

Ah, die deutschen Ingenieure.

Wo wäre die moderne Zivilisation ohne sie? Und wo wäre die deutsche Wirtschaft ohne sie? Obwohl nicht gerade das *Lebensblut* Deutschlands, sind sie eher die harten, steifen Knochen, aus denen sich sein Skelettsystem zusammensetzt, damit sich das Land aufrecht halten kann.

Nach einem Gespräch mit einem durchschnittlichen deutschen Ingenieur ("Eigentlich, haben wir alle bei unseren Universitätsprüfungen weit über dem Durchschnitt gelegen, und deshalb ist es nicht wirklich präzise zu sagen, dass wir...") – nach einem Gespräch mit ihnen, wird eines klar: Es ist schwer zwischen dem typischen deutschen Ingenieur und der von ihm entworfenen Maschinen zu unterscheiden.

Es gibt natürlich Ausnahmen.

Gelegentlich, gibt es einen geselligen Ingenieur, der im Gespräch und im Umgang mit anderen Menschen nicht weniger fähig ist als er mit Zahlen und Formeln ist. Meistens ähneln sie jedoch sehr stark dem Charakter von Spock aus Star Trek.

Ich habe mich oft gefragt, was deutsche Ingenieure (wie auch die meisten Deutschen) zuerst gedacht haben, als sie diesen Charakter von Spock gesehen haben. Ich würde eine Reaktion erwarten wie, "Nun, *das* ist ein hervorragendes Modell das zeigt wie eine Person sein sollte. Stromlinienförmig, effizient, nicht mit all diesen klebrigen, sirupartigen Dingen festgefahren ... wie nennen sie sie? Oh, ja, natürlich ... Emotionen. Es ist schade, dass er sich mit diesen ziemlich hysterischen Leuten auseinandersetzen muss, die um ihn herumlaufen und in alle möglichen Schwierigkeiten Sendefolge für Sendefolge geraten, wegen ihrer, ihrer... *Gefühle*."

Es mag für einen solchen germanischen Ingenieur überraschend sein, dass Leute aus anderen Ländern Spock als ein behindertes Wesen sehen, eine tragische Figur, die überlebt und produziert, die aber niemals wirklich lebt; ein Wesen, das die Ausstoßrate der Jet-Turbomotoren berechnen kann, um sicherzustellen, dass sie in ihrem Raumschiff so effizient wie möglich reisen, aber die das Mondlicht, das von den Spitzen der Sterne reflektiert wird, nicht wirklich zu schätzen weiß.

Eines ist sicher – Sie werden einen deutschen Ingenieur nie versehentlich mit einem jungen Mädchen verwechseln, das auf einer sonnigen Wiese Blumen pflückt ("Warum sollten die Blumen gepflückt werden? Sie sollten dort bleiben, wo sie sind, damit die Bienen sie bestäuben können damit es mehr Nahrung für die Menschen geben wird, und sie mehr arbeiten und mehr Maschinen bauen können").

Es gibt flauschige, kleine Kätzchen mit großen, seelenvollen Augen, und es gibt deutsche Ingenieure. Sie sind nicht dasselbe.

Dann, gibt es den deutschen Büroangestellten.

Sie sind zwar nicht so schmerzhaft und beunruhigend starr wie die deutschen Ingenieure, aber sie sind auch nicht annähernd so produktiv ("Die Produktivitätsrate pro Kopf des repräsentativen deutschen Ingenieurs liegt bei...").

Ein deutsches Büro am Montagmorgen wird in der Regel mit Paaren oder kleinen Dreiergruppen besetzt sein, die die prominenteren Momente des neuesten Fußballspiels aufgreifen und sich gegenseitig erklären, wer was wo am Wochenende gemacht hat und wie großartig es war (unabhängig davon, wie großartig es eigentlich gewesen sein könnte).

Es ist auch keine schleichende Art von Konversation, die in wenigen Augenblicken am Kopiergerät oder am Wasserkühler gestohlen wird, als ob sie befürchten, erwischt zu werden, während sie am Arbeitsplatz nicht produktiv sind.

Kurz nachdem die deutschen Büroangestellten von ihren Wochenenden zurückgekehrt sind und ihre Arbeitswoche wieder aufgenommen haben, gibt es einen überraschenden Sinn von Freizeit unter ihnen, und es besteht das Gefühl, dass sie überhaupt nicht wieder im Büro sein sollten, als wäre die ganze Sache nur eine große Unannehmlichkeit, eine Last, die irrtümlicherweise auf ihre Schultern gelegt wurde von jenen Leuten, die von ihnen, *ihnen*, erwarten, dass sie tatsächlich etwas so Alltägliches tun sollten wie *Arbeit* zu leisten. Ihre Haltung am Montagmorgen hat etwas einzigartiges Sozialistisches, als würden sie erwarten, dass ihre Regierung einen Weg finden sollte, alles effektiver aufzuteilen, damit sie ihrem angeborenen Recht nachgehen können, um ihre Zeit, ihre wertvolle persönliche Zeit, ihrer subtilen Kunst widmen können – mehr Fußball anzuschauen.

An diesem Montagmorgen, kann das Kaffeegeplauder überraschend lange dauern, danach könnte ein Vorgesetzter vorbeikommen und sagen: "Lukas, hast du diesen Bericht schon fertig?" (nachdem der Vorgesetzte *sein* jeweiliges Kaffeegeplauder über das Fußballspiel und die Wochenendveranstaltungen beendet hat, natürlich).

"Oh, Scheiße", wird der Arbeiter dann ausspucken, mit Panik in den Augen, und er wird zu seinem Schreibtisch eilen, wild seine Papiere durchstöbern und frenetisch auf seine Computertastatur herumhämmern als er versucht, den Bericht zu vervollständigen, den er am Freitag hätte fertigstellen können, wenn er nicht die Stunden von 3.00 bis 4.30 Uhr am Freitagnachmittag damit verbracht hätte, darüber zu sprechen, wie großartig das nächste Fußballspiel sein würde und was er am kommenden Wochenende wo und mit wem machen würde. Dann, setzt er sich unter enormen Druck, seine Aufgaben zeitnah und richtig zu erfüllen, bis zur Schwelle der Erschöpfung, und er ist bereits ausgebrannt, als die erste Mittagspause der Woche kommt (völlig vermeidbar, natürlich, wenn er seine Zeit besser und gleichmäßiger eingeteilt hätte).

Wenn Sie ein Unternehmen haben und ein neues Produkt auf den Markt bringen wollen, um Ihre deutsche Konkurrenz zu vernichten, tun Sie es zwischen 9.00 und 10.30 Uhr an einem Montag. Ihre Konkurrenz würde es nicht einmal kommen sehen.

Nun, wenn Sie sich in der kläglich unglücklichen Lage befinden, einen deutschen Büroangestellten während einer Woche, wenn sich ein Feiertag zufälligerweise nähert, kontaktieren zu müssen, um eine Form oder einen Service von ihm zu erhalten, dann können Sie genauso gut Ihre bequeme Hose anziehen und diesen 800-seitigen Roman herausnehmen, den Sie lesen wollten, aber für den Sie die Zeit niemals finden konnten.

Der deutsche Brückentag dient als Entschuldigung für eine überraschende Abweichung von der Verantwortung und Produktivität, für die die Deutschen sonst berühmt sind.

Nehmen wir an, Sie haben E-Mails mit einer Büroangestellten, einer gewissen Frau Schmidt, ausgetauscht, und Sie müssen innerhalb einer bestimmten Frist ein unterschriebenes Formular von ihr zurückbekommen, damit Sie nicht zwangsgeräumt werden und auf der Straße leben müssen, wo Sie dann mit den Tauben um Brotkrümel kämpfen müssten, um zu überleben.

Wenn der Feiertag auf einen Freitag oder Montag fällt, wird natürlich das verlängerte Wochenende genutzt, und niemand wird im Büro sein, außer dem einen verzweifelten und völlig uninformierten Praktikanten am Ende der Nahrungskette, der trotz herkulischer Bemühungen Ihre Anfrage einfach nicht bearbeiten kann, vielleicht weil er nicht den kleinen Schlüssel zum Schrank hat, in dem Frau Schmitz den Gummistempel aufbewahrt, der zum Ausfüllen Ihres Formulars benötigt wird. Auch wenn dies der einzige Akt ist, der von Frau Schmitz notwendig ist, wird Ihr Dokument dort schweißgebadet und zitternd sitzen, bis Frau Schmitz von ihrem Kurwochenende zurückkehrt und Ihr Formular abtrennt, stempelt und per Post schickt (nach 10.30 Uhr am ersten Morgen an dem sie zurück ist, natürlich, nach dem Kaffee und einer Diskussion über die vergangenen Wunder, die sie am verlängerten Wochenende erlebt hat).

Nun, wenn der Brückentag zufällig an einem Donnerstag ist, wird natürlich Freitag als Gelegenheit genutzt, um einen der verfügbaren Urlaubstage des Arbeiters anzuwenden, und der eine Urlaubstag wird multipliziert, wie Brot und Fische, in zwei.

Wenn der Brückentag jedoch auf einen Mittwoch fällt, geschieht etwas Magisches, das allen Regeln der Logik und Mathematik zu trotzen scheint.

Da der freie Tag mitten in der Woche ist, könnte eine Person Donnerstag und Freitag einplanen, wenn sie noch genügend Urlaubstage hat (oder sie könnte plötzlich einen spontanen Ellenbogenausschlag bekommen, von dem sie befürchtet, dass er sich auf ihre Lungen ausbreiten könnte, wenn sie sich nicht sofort darum kümmert).

Dann, gibt es natürlich noch diese beiden anderen Tage zu Beginn der Woche, diesen Montag und Dienstag.

"Es sind *nur* zwei kleine Tage. Wie viel kann man in zwei kleinen Tagen wie diesen erreichen? Besonders mit den Feiertagen am Mittwoch. Einige Leute, irgendwo, werden sicherlich die ersten zwei Tage der Woche frei nehmen, während ich die letzten zwei Tage der Woche frei nehme, also wird sowieso nichts wirklich erledigt werden. Es wäre *albern*, am Montag und Dienstag ins Büro zu kommen, da ich am Donnerstag und Freitag nach dem

Urlaub am Mittwoch nicht kommen werde (mein Ellenbogenausschlag, weißt du. Ich möchte nicht, dass es zu einer Epidemie kommt). Ich würde nur herum sitzen, und dann würden sie mich dafür bezahlen, dass ich einfach nur herumsitze, und das wäre *einfach nicht richtig*. Das wäre nicht *gerecht*. Ich *muss* mir die ganze Woche frei nehmen, da es am Mittwoch einen Feiertag gibt. Wenn nicht, was für ein Mensch wäre ich dann?"

Und wenn Sie am vorigen Freitag Ihr Formular zu Frau Schmitz schicken, damit es gestempelt und unterschrieben wird, müssen Sie ein üppiges neuntägiges Wochenende (plus der ersten anderthalb Stunde des nächsten Montags) warten, bis sie zurückkehrt, ihr kleines Kabinett öffnet, den Stempel heraus nimmt und dafür sorgt , dass Sie nicht obdachlos werden. Bemerken Sie, wie hoch der Stresspegel ist, den Sie als Kunde zwangsweise ertragen müssen, während Frau Schmitz ihren Urlaub genießt, und das alles aufgrund eines einzigen freien Mittwochs.

Und nur als ob Salz in die Wunde gestreut werden soll, bevor Frau Schmitz zu ihrem verlängerten Urlaub der Vergnügungen geht, wird sie es vielleicht auf sich nehmen oder auch nicht, auf den einzigen, winzigen Knopf zu klicken, der ihre Abwesenheitsnotiz per Email einschaltet, während sie weg ist. Das Ergebnis ist, dass Sie vielleicht neun qualvolle Tage lang herum sitzen werden – während Sie warten, wundern, hoffen, breeeeeeennen – und versuchen, sich selbst zu überzeugen, "Vielleicht ist *heute* der Tag. Ich werde meine E-Mails nur noch *einmal* in dieser Stunde überprüfen, um zu sehen, ob sie auf meine Nachricht geantwortet hat und... rrrrrrrrrrrrghh!", deine Erlösung könnte noch mehr als eine Woche entfernt sein, nach allem, was Sie wissen, Sie sind bloß Kunde.

Nun, die Gleiche Urlaubs-Situation passiert im Sommer, nur in größerem Maßstab. Wenn Sie schon immer einmal Ihr Haus verkaufen und für ein paar Wochen in ein anderes Land ziehen wollten, Vulkane auf den Fidschi-Inseln erkunden und eine Lizenz zum Fliegen kleiner Flugzeuge erlangen wollten, ist der Sommer die Zeit, es zu tun.

Ich weiß nicht, wie viele Menschen lebensverändernde Tragödien erleiden, weil Büros Mitte des Jahres in Deutschland zweieinhalb Monate lang zum Stillstand kommen und nicht da sind, um mit Korrespondenz umzugehen.

Dazu, gibt es ein paar Feiertage, die durch fast jeden Monat verstreut sind, wie Pfeffer und Salz hier und da, je nach Region, und einige von ihnen halten sogar die nationale Wirtschaft und den wissenschaftlichen Fortschritt auf wegen etwas, das irgendwie mit Geister zu tun hat.

Das Jahresende bringt natürlich Weihnachten und Silvester, und nach dem Auslaufen des Jahresbudgets, passiert im Januar und Februar nicht wirklich viel, um darüber zu sprechen.

Und dann, gibt es noch die Schulferien im Herbst (unmittelbar nachdem die Schule ironischerweise gerade erst begonnen hat, als würden die Deutschen ihre Kinder früh für die selbstgefällige Terminplanung ihres zukünftigen Arbeitslebens ausbilden und dafür sorgen, dass sie nicht versehentlich die grobe und ungesunde Gewohnheit entwickeln, regelmäßig aufzutauchen). Jedes einzelne Bundesland in Deutschland hat auch für die Schulferien einen anderen Zeitplan, so dass Sie im September und Oktober besten Falls aufs Geratewohl angewiesen sind, wenn es darum geht, alle Ihre Kunden oder Lieferanten zu erreichen, um diese künstliche Niere zu erwerben, und so weiter.

Damit, haben wir in Deutschland einen einzigen produktiven Monat: November.

Außer den Rheinländern, der November ist der Monat, in dem sie anfangen, Karneval zu feiern.

Ach, vergessen Sie es einfach. Es gibt keinen einzigen Monat in Deutschland, in dem sich alle zusammenfinden und entscheiden, "Weißt du, warum gehen wir nicht alle zur gleichen Zeit zur Arbeit, und *bleiben* dort . Wie wäre das, dann?"

Und doch ist Deutschland irgendwie oft an der Spitze der internationalen Wirtschaft. Stellen Sie sich nur das intensive Ausmaß von Konzentration und Produktivität vor, das diese Deutschen an diesen kollektiven acht Stunden an diesen drei Tagen im Jahr ausüben, wenn sie tatsächlich bei der Arbeit erscheinen und ihre Leistungen ausüben.

Unglaublich.

Dieses Gleichgewicht aus hoher Spannung und halbherzige Leichtigkeit im deutschen Arbeitsplan ist nur ein weiterer Ausdruck jenes Teils der deutschen Seele, der sich im Krieg mit sich selbst befindet; Das kleine Kind in ihnen, das nur lächeln und spielen will, wenn der kühle Wind weht, und der stramme Diktator in ihren Köpfen, schreit: "Nein! Sie werden arbeiten und produzieren, JETZT!"

Und so hat Düsseldorf seine Millionäre, und die Häuser in München werden zu Preisen gekauft, die dem entsprechen, was manche Menschen in einem Leben verdienen.

Dies müssen drei verdammt schwere Tage sein.

Das ist die Situation bei den deutschen Büroangestellten. Wenn Sie jemals das Vergnügen haben, einen deutschen Handwerker in Aktion zu erleben, werden Sie wirklich die Bedeutung des Wortes "Wunder" verstehen.

Es scheint ein Verantwortungsbewusstsein und einen hohen Standard in ihrer Arbeit zu geben, das bis in die Zeit Karls des Großen zurückreicht und das noch nicht durch Handy-Downloads und Kim Kardashian-Videos verunreinigt wurde.

Wenn Sie einen Deutschen beauftragen, etwas aus Holz zu bauen oder einen Porzellangegenstand in Ihrem Badezimmer zu installieren, werden Sie mit erstaunlich effektiver, unverdorbener Qualität auf höchstem Niveau belohnt.

Nochmals, es gibt immer wieder Ausnahmen, aber im Allgemeinen, sind deutsche Handwerker Deutsche in ihrer besten Form.

Nachdem Sie beispielsweise einen Zaun aus Ihrem Garten haben entfernen lassen, werden Sie sehen, dass die einzelnen Teile des alten Zauns gleichmäßig am Bordstein aufgeschichtet sind, wobei die Ränder der Zaunelemente (die jetzt Abfall sind) perfekt aufeinander ausgerichtet wurden und keine einzige Kante übersteht der gesamte Block – bereit, rechtzeitig von einem Lastwagen abgeholt zu werden. Auf dem Tisch im Garten, wird es eine Reihe von Stapeln geben, als hätte sich ein Tier dort hingehockt und die Stapeln dort niedergelegt: einen einzigen Stapel für die eckigen Eisenwaren, die das Holz zusammenhalten, und andere Stapeln für die Nägel, wobei jeder Nagel nach Gewindebreite und dem Grad des Verschleißes geordnet wird: einen Stapel für die langen, wieder verwendbaren Schrauben; einen weiteren Stapel für die kleineren, wieder verwendbaren Schrauben; und einen vierten Stapel für alle die Schrauben, die zu rostig sind, wobei jeder Stapel zentral auf sein eigenes kleines quadratischen Papierstück gelegt wurde (woher die Handwerker die Papierstücke bekommen, weiß ich nicht), so dass die Stapeln Ihre schöne, saubere Tischplatte nicht verschmutzen.

Wenn Sie Ihre Zementterrasse neu fliesen lassen, werden Sie ähnliche Stapel sehen: einen für die alten Fliesen, die ungebrochen sind und ganz einfach wiederverwendet werden können; einen Stapel für die größeren Bruchstücke alter Fliesen; und einen weiteren Stapel für die kleineren Bruchstücke, die nicht groß genug sind in den vorherigen Haufen kategorisiert zu werden. Und die werden alle im gleichen Abstand voneinander angeordnet sein, meistens auf einer Erdfläche, damit sie die Photosynthese der Grashalme in Ihrem Rasen nicht behindern.

Sie werden diese Anzeichen hochgradiger Produktivität vor sich aufgestellt sehen – aber wenn Sie mit dem Tablett voller Kaffeetassen nach draußen kommen, um eine gute Gastgeberin für die Menschen zu sein, die so hart für Ihren schönen kleinen Garten gearbeitet haben, werden Sie dort mit Ihren Kaffeetassen und ihrem Tablett in der Hand ganz alleine stehen – weil die deutschen Handwerker von überwältigender Präzision und hoher Qualität sofort nach Beendigung ihrer Pflicht die Szene verlassen haben, ohne

Ihnen ein einziges Wort gesagt zu haben, Sie darüber informiert zu haben, dass das Projekt abgeschlossen ist oder dass sie gehen würden – ähnlich wie pflichtbewusste Roboter, die nicht für den menschlichen Austausch außerhalb ihrer eigenen Crew programmiert wurden (und Sie werden eine Rechnung für den vereinbarten Preis später mit der Post bekommen).

Oh, und bedanke dich *nie* bei einem Deutschen. Ob Büroangestellter, Handwerker oder irgendeine Variante des allgemeinen Modells, in der Regel ist die Antwort ein strenges Paar standhafter Augen und der Kommentar: "Natürlich! Es ist mein *Job*", als ob Sie ihn beleidigt haben, und als ob Sie mit Ihrem Dankeschön die leichte Möglichkeit angedeutet haben, dass Sie in Betracht gezogen hätten, dass er seine Pflicht *nicht* erfüllt hätte, und dass Sie überrascht sind, dass sie tatsächlich dem respektablen Charakter gezeigt hätten, das Gegenteil zu tun, eine überraschende Wendung der Ereignisse, für die Sie ihm jetzt danken.

Also, danken Sie *niemals* einem Deutschen. Es wäre nicht sehr höflich von Ihnen.

Der Türsteher

Heute Abend, findet in Dem goldenen Esel ein großes gesellschaftliches Ereignis statt. Während ich mich bereit mache, erinnere ich mich daran, mich nicht zu raffiniert zu kleiden, da so was dafür zu sorgen scheint, dass sich die Menschen hier ein bisschen unwohl fühlen.

Es gibt eine große Menschenmenge, und als ich die beiden Zementstufen zur Tür hochgehe, ist eine Frau direkt hinter mir. Ich halte die Tür für sie, und lächele sie höflich an.

Zu meiner Überraschung, geht sie einfach durch die Tür und ignoriert mich, als ob es völlig normal wäre, dass ich da stehe und die Tür aufhalte, während sie eintritt.

Als ich mich umdrehe, um auch ein zu treten, folgt ein Mann dicht hinter ihr und geht in das Gebäude, während ich die Tür weiter halte. Er gibt auch nicht zu erkennen, dass er mich wahrnimmt.

'Ihr Mann, vielleicht', denke ich mir.

Und als ich mich noch einmal leicht wende, um hineinzugehen, stelle ich fest, dass ein stetiger Strom von Deutschen einer nach dem anderen durch die Tür marschiert, während ich dort stehe und die Tür offenhalte.

Keiner von ihnen sieht mich an, keiner von ihnen sagt Danke, und keiner von ihnen zeigt die Freundlichkeit, die Tür abwechselnd von mir zu nehmen und sie höflich zu halten, bis ich vor ihnen eintrete.

Nachdem sie alle eingetreten sind, stehe ich da und halte die Tür, alleine.

Dann, schließe ich die Tür leise und drehe mich um.

'Es ist eine gute Nacht zum Lesen', denke ich mir, und ich gehe nach Hause.

Gäste aus dem Ausland

Wieder gab es den Ton eines quietschenden Briefkastens, gefolgt von einem Rascheln auf der vorderen Veranda und dem Geräusch von Schritten, die sich schnell entfernen.

Ich bin sofort hinaus gegangen, aber niemand war zu sehen.

'Wie kommt sie so schnell weg?', fragte ich mich und bewunderte ihre Fähigkeiten.

Diesmal, hatte Kerstin Stempelkauer ein leuchtend rotes Blatt Papier abgelegt, fast glühend, wie ein Warnalarm. Sie informierte die "Liebe Rucklingdorfer" über eine Änderung, die bald auf sie zukommen würde.

Der Stadtrat (hieß es) war vom Sozialamt darüber informiert worden, dass ab dem 1. Juni eine Familie von Asylbewerbern in "unserem Dorf" untergebracht wird. Sie werden in der Schnausastrasse 31 wohnen.

"Das ist Maiers Platz", sagte meine Freundin. "Sie haben es nicht vermieten können."

Es würde eine Familie mit acht Kindern aus Ost-Bekistan sein, so das Flugblatt.

"Sie können nicht einmal damit umgehen, dass *wir* hier sind", sagte ich. "Wie werden sie *das* behandeln?!"

In den nächsten Tagen, wurden im ganzen Dorf viele Telefonate geführt, gefolgt von einer enormen Quantität von Kaffee und Kuchen, und während dieser Zeit, wurde dieser neue Schock für das System der Rucklingsdorfer Gesellschaft verdaut.

Nach einer Zeit verstörender Ruhe, wie vor dem Aufbrechen eines Sturms, begann der Wahnsinn, um dafür zu sorgen, dass diese Besucher in unserem Dorf, diese armen, unglücklichen Seelen ("Sagten sie *acht* Kinder?") absolut keinen Grund haben würden zu sagen, dass sie nicht effektiv und ordnungsgemäß in der Gemeinde Rucklingsdorf, während ihres Aufenthaltes in Deutschland, versorgt waren.

Kleidung wurde gesammelt, Puppen wurden gespendet, Kleidung für die Puppen wurde gespendet (und, in einem Fall, von Hand genäht), eine direkte Kommunikationslinie mit dem Sozialamt wurde eingerichtet und ein Fahrgemeinschafts-Zeitplan wurde organisiert, um sicherzustellen, dass die Kinder sicher hin und her zur Schule transportiert werden könnten.

Es war ein ziemlicher Wirbelsturm zu sehen, dieses Aufstehen einer Bevölkerung bei der Erreichung eines gemeinsamen Zieles, und ein paar hundert Seelen aus dem Dorf verbrachten unzählige Stunden jede Woche, um sicherzustellen, dass diese Eltern und ihre acht Kinder ("Sagten sie acht Kinder?") dazu gebracht wurden, sich zu Hause zu fühlen, während sie hier waren, mit allen dazu notwendigen Mitteln.

An dem Tag, an dem der Lastwagen der Wohltätigkeitsorganisation kam und die notwendigen Haushaltsgegenstände, wie Töpfe, Pfannen und so weiter zu liefern, gab es bereits einen spürbar stärkeren Strom von Menschen, die beschlossen hatten, dass es ein schöner Tag war, um einen Spaziergang zu machen (trotz des Nieselregens), vielleicht vorbei an dem schönen Birkenwäldchen, "Weißt du, das Wäldchen um die Ecke von Maiers Platz".

Wenn die Einheimischen an dem gemieteten Haus vorbeifuhren, guckten sie meistens zuerst die Straße runter, und dann plötzlich in die Fenster, so tief wie möglich, bevor sie ebenso schnell wieder auf den Asphalt blickten.

Nach ein paar Wochen, saß der Vater draußen und trank seinen Tee, allein, mit gekreuzten Beinen. Er saß in einem grün gepolsterten Stuhl, den er aus dem Esszimmer geholt hatte.

Als die ersten Leute an ihm vorbeigingen, wurden seine Augen plötzlich schärfer und er sah ängstlich aus. Er griff nach seiner Teetasse und Untertasse und stellte seine Beine nebeneinander, als würde er sich auf die Flucht vorbereiten... aber dann gab es ein freundliches "Moin" und ein Pärchen winkte, und der Mann winkte zurück und sagte "Hallo" auf Englisch. Als das Pärchen um die Ecke bog, verschmolz sein Gesicht zu einem warmes Leuchten der Erleichterung.

Nach ein paar Tagen, sah ich ihn auf seinem Stuhl, mit seinem Tee, als ich vom Postamt zurückkam. Nach einem Winken und einem Hallo, sagte er "Komm", machte eine Geste, mit einem herzlichen Lächeln auf seinem Gesicht, und lud mich ein mich zu ihm zu gesellen.

Wir begrüßten uns dann aus nächster Nähe und schüttelten die Hände, und ich fühlte mich sofort willkommen. Der Mann wusste eindeutig zu schätzen, dass jemand zu Besuch gekommen war.

Es gab den grundlegenden Austausch von Namen und die Erklärung wo im Dorf ich lebe. Alles wurde mit viel

Gestik ausgeführt, wie zwei emotionale Gebärdendolmetscher in einer Sprechblase bei einer Nachrichtensendung.

Er hielt seine Tasse hoch und fragte "Tee?", wobei er offensichtlich meinte, dass er noch eine Tasse für mich von drinnen holen würde – obwohl es so aussah, als fragte er mich, ob ich einen Schluck aus seiner Tasse wollte.

Ich akzeptierte, und als er ging um meinen Tee zu holen, gab es viele Armbewegungen, als er den Zeigefinger hob, die Luft vor sich betätschelte und einige Worte in seiner eigenen Sprache sagte, die anscheinend bedeuteten: "Warten Sie hier, Nicht gehen".

Er kam zurück, mit dem Tee den er sorgfältig, auf einem kleinen hölzernen Tablett mit einem hellen blauen und roten Blumenmuster, balancierte, und er bot mir den Tee an, als wäre das Getränk der Schlüssel zu seiner Haustür.

Die Tasse war sehr klein, eher wie eine Espressotasse, und als er das Tablett auf den Boden stellte, bemerkte er plötzlich, dass es nur einen Stuhl auf der Terrasse gab. Er sah von Platz zu Platz, als würde er verzweifelt versuchen, ein Fluchtloch in einer Gefängniszelle zu finden. Da er keine andere Möglichkeit fand, bot er mir seinen Stuhl, mit der Geste eines Kellners in einem sehr gehobenen Restaurant, an.

Ich lehnte höflich ab und zeigte mit Tasse und Untertasse auf meine Füße, die ich leicht auf und ab hob, um ihm zu zeigen, dass ich froh war zu stehen, während ich das auf Deutsch sagte.

Er beharrte jedoch darauf, betätschelte den Stuhl und sagte mit einem offenen Lächeln, "Du, zitzen".

Seine Gastfreundschaft war wie ein warmer Wind, und es war klar, dass er es als Beleidigung empfinden würde, wenn ich ablehnen würde. Deshalb, bedankte ich mich bei ihm und setzte mich auf den Stuhl.

Er sah sich noch ein paar Mal um, schien sich dann einfach mit der Situation abzufinden und stand da neben mir. Wir tranken Tee zusammen, mit ihm an meiner Seite, und plauderten um die Sprachbarriere herum.

Die Leute die vorbeikamen winkten und sagten Hallo. Dann, starrten sie uns mit einem verwirrten und besorgten Gesichtsausdruck an, als würden sie versuchen zu verstehen, was diese Situation für sie bedeuten könnte.

Ich stellte mir vor, was ihnen durch den Kopf laufen könnte.

'Warum sitzt der Amerikaner auf diesem Stuhl wenn der Flüchtling an seiner Seite steht? Ist das sein Leibwächter?'

'Hat der Amerikaner ihn eingestellt, um dort zu stehen?'

'Kennen sie sich schon von früher? Sie sind beide vom Ausland. Vielleicht haben sie sich schon getroffen, bevor sie hier ankamen.'

Mein Gastgeber schien das überhaupt nicht zu stören. Er sah sie und er lächelte zurück, stolz dass die anderen ihn in seinem neuen Zuhause sahen, indem er seinen ersten Gast hatte.

In den nächsten Wochen, als er seinen Tee alleine auf seiner neuen Terrasse trank, fingen die Leute an, anzuhalten und mit ihm zu plaudern (meistens mit Gesten und ein paar grundlegenden deutschen Wörtern), und er bot ihnen einen Stuhl an, den er in der Garage gefunden hatte und den er für genau diesen Zweck herausgebracht hat.

Die Einheimischen wollten zuerst nicht auf dem Stuhl sitzen und lehnten das Angebot mit besorgter Handbewegung ab, als wollten sie das Angebot wegwischen.

Ihr Gastgeber war jedoch hartnäckig, als ob er davon ausging, dass das Ablehnen eine Art Gastfreundschafts-Ritual in diesem Dorf war, und dass die Leute tatsächlich die Absicht hatten sich zu setzen und zu bleiben, nachdem sie die Einladung einmal höflich abgelehnt hatten, (obwohl sie in Wirklichkeit eigentlich *nicht* bleiben wollten).

Es wäre eine Sache, wenn sie beide auf der Straße stehen und miteinander plaudern würden (das wäre in Ordnung), aber dies hier war etwas ganz anderes.

Es kam immer zu dem Punkt, an dem es für den lokalen Passanten noch unangenehmer sein würde, die Terrasse des Asylbewerbers zu verlassen, als einfach die herzliche Gastfreundschaft tatsächlich anzunehmen – und so saßen sie, aber es war, als ob sie es gegen ihren Willen taten, und nicht bequem – sondern mit einem steifen Oberkörper und nach vorne gelehnt, ein wenig auf der Kante des Stuhls.

Nach einer Woche oder so, begannen die Leute zu erwarten, dass sie eingeladen würden, auf dem Stuhl zu sitzen und etwas Tee aus den kleinen Tassen zu trinken wenn sie an dem Haus vorbei kamen.

Es ist nicht, dass die Einheimischen so schnell begannen, sich dabei wohl zu fühlen. Sie haben sich lieber mit dem Verfahren vertraut gemacht, und sie haben es auf ihre Weise akzeptiert, Schritt für Schritt, als wäre es etwas, das damit einherging, wenn man einen Asylbewerber in der Nachbarschaft hat.

Der Mann hieß Hassafaromed (eigentlich, Hassafaromed Ben-al-Halambraye).

Aufgrund verschiedener kultureller, sprachlicher (und vielleicht intellektueller) Schwierigkeiten im Umgang mit der Aussprache dieses Namens, wurde unter den Einheimischen, die ihn besuchten, entschieden, dass der Mann nur kurz "Hassa" genannt wird.

Ein Besucher entschied sich sogar einmal, den Namen noch weiter auf "Hass" zu verkürzen, aber wegen der anderen Bedeutung des Wortes, wurde es schnell klar, dass so was einfach nicht funktionieren würde.

Als Lars Jansen den Mann zum ersten Mal "Hassa" nannte, riss des Asylbewerber die Augen auf und seine Augenbrauen stürzen in der Mitte zusammen, als ob er bereit wäre, seine Ehre und die Ehre seiner Familie vor einer abscheulichen Beleidigung zu verteidigen.

Was Lars nicht wusste, war, dass "Hassa" zufällig ein Wort von großer und schrecklicher Bedeutung in der Sprache Ost-Bekistans ist.

Der Asylbewerber konnte ihm die Sache natürlich nicht erklären, und er schien ebenso schnell zu erkennen, dass damit wahrscheinlich nichts gemeint war, da keiner der Einheimischen seine Sprache kannte.

Deswegen, als die Leute vorbeikamen, die Arme zur Begrüßung erhoben und ihn mit "Hassa" anschrien, lächelte er nur und winkte warm zurück, und die Rucklingsdorfer hatten keine Ahnung, was sie diesen Mann zuschrien, wenn sie an seinem neuen Zuhause vorbei kamen.

Nach ein paar weiteren Wochen, brachte einer der Einheimischen, die auf dem Stuhl saßen, den Mut auf, Hassa zu fragen, ob er Kaffee statt Tee hätte, und seitdem begann Hassa, zusammen mit seinen lokalen Gästen Kaffee zu trinken, als sie zu Besuch kamen.

Einer dieser Gäste auf der Terrasse, Stefan Krautjäger, fragte Hassa, ob er beim Deutschlernen Fortschritte machte. Hassa konnte jedoch kein einziges Wort dieser Frage verstehen, also nickte er nur weihevoll mit dem Kopf auf und ab, lächelte und sagte "Ja, ja".

Als Reaktion darauf, begann Stefan Krautjäger mit einer langen Geschichte über die Subtilität der deutschen Sprache, unter der Annahme, dass, da der Mann deutsch lernte, er solche Dinge wahrscheinlich schätzen würde.

Es war eine Zusammenfassung der Comedy-Routine "Der Maus Ihr Gatte" von Heinz Erhardt, in der sich die Feinheiten der Falldeklination des grammatikalischen Artikels "die" aufgrund der genauen Position, die das Wort im Satz hat (unter anderem), in "der" ändert.

Am Ende der Erklärung, die zusammen mit einer kurzen Lektion der deutschen Syntax präsentiert wurde, hat der Mann aus Ost-Bekistan – der weniger als drei Wochen zuvor mit seiner Frau und acht hungrigen Kindern unter schwerem Maschinengewehrfeuer über die Grenze eines Kriegsgebiets gekrochen war – Stefan Krautjäger lächelnd und nickend angeschaut, aber mit einem zusätzlichen Blick der Verwirrung, den der Einheimische nicht wahrnahm.

Als Resultat, lächelte Stefan Krautjäger stolz, ziemlich zufrieden mit der Erzählung seiner Geschichte, genauso wie mit seiner Überzeugung, dass sein Gesprächspartner die deutsche Sprache in all ihrem unglaublich - phantastischen Umfang nun komplett schätzen würde.

Im Laufe der Zeit, war es nicht ungewöhnlich, dass ein Besucher ab und zu auf der Terrasse erschien.

Jede Nacht, bevor er schlafen ging, zog Hassafaromed die beiden Stühle unter das Vordach, damit sie nicht nass wurden, und er zog sie am nächsten Tag wieder hervor, sobald der erste Besucher zufällig vorbeikam.

Die Nachricht, dass der Flüchtling Menschen einlud, um auf seiner Terrasse zu sitzen und bei einer Tasse Kaffee zu quatschen, begann sich natürlich zu verbreiten, und eines Tages, hat es sich ereignet, dass Stefan Krautjäger zurück kam, in der Hoffnung, den Mann draußen zu sehen und eine Tasse heißen Kaffee wie beim letzten Mal angeboten zu bekommen – und er war überrascht zu sehen, dass der Platz bereits von einem anderen Besucher besetzt war.

Stefan Krautjäger stand und plauderte eine Weile, und als Hassa anbot, einen weiteren Stuhl aus dem Speisesaal herauszuholen, erklärte Stefan Krautjäger, dass er sowieso gehen müsse, worauf der andere Gast auch aufgestanden ist und etwas Ähnliches sagte – und die Zwei ließen Hassafaromed dort auf der Terrasse, allein neben dem leeren Stuhl.

Als Hassa das Anstieg seine Popularität erkannte, zusammen mit der Einrichtungsmodalitäten, die diese Popularität erfordern würde, begann er mit allen unterschiedlichen Sitzmöglichkeiten zu experimentieren.

Er schleppte zuerst einen großen Baumstumpf aus dem Hinterhof heran (der Hausbesitzer hatte den Stumpf <u>schräg</u> abgeschnitten, und so wer auch immer darauf saß, lehnte sich immer nach oben, etwas nach hinten und gleichermaßen merklich nach links).

Anschließend, fügte er einen aufwendig aussehenden Eichenstuhl hinzu, den er für 10 Euro in einem karitativ Laden gekauft hatte, sowie einen Stuhl, den er selbst aus ein paar Holzstücken die er hier und da auf dem Grundstück gefunden hatte, zusammen hämmerte.

Drei Beine dieses Stuhls bestanden aus Teilen von Holzbalken, die er in der Garage gefunden hatte, und das übrige Bein war nur Teil eines dicken Zweiges von einem Baum – man konnte am Baum sehen wo er den Ast abgesägt hatte, da der Stumpf deutlich zwischen all den anderen vollen Ästen hervor ragte .

Der untere Stamm dieses Baumes befand sich eigentlich auf dem Nachbargrundstück, aber seine Äste erstrecken sich auf das Grundstück, auf dem Hassaformed und seine Familie lebten, so dass es wirklich kein Problem war, den Ast abzuschneiden, wie er es getan hat.

Trotzdem, bei einem seiner Besuche, nutzte Stefan Krautjäger die Gelegenheit, dem Asylbewerber die feineren Details von Grundstückseigentum und Eigentumsrechten in der Republik Deutschland zu erläutern, nur um Missverständnissen in Zukunft vorzubeugen.

Die vier Stühle waren oft voll, und das Gespräch unter den Einheimischen wurde manchmal recht lebhaft.

In diesen Zeiten, in denen sie sich auf der Terrasse des Asylbewerbers begegneten, sprachen sie in der Regel nicht so viel mit ihm, lieber nur mit einander. Sie neigten dazu, ihn mehr oder weniger im Abseits allein zu lassen, als er nickte, lächelte und ihnen zuhörte, und als sie miteinander plauderten und seinen Kaffee tranken.

Hassas Wärme und Freundlichkeit war dennoch ansteckend, wie eine angenehme Bakterie, an die der Körper eines Reisenden nicht gewöhnt ist und die sich dann ausbreitet. Deshalb, begannen die Gäste ein bisschen mehr zu gestikulieren und, von Zeit zu Zeit, die höhere Tonlage der Stimme ihres Gastgebers anzunehmen.

Im Laufe der Wochen, begann die Sitzecke auf die Einfahrt von Hassas Haus über zu strömen, und da der Asylbewerber kein Auto hatte, hörte er auf jede Nacht, die Stühle unter das Vordach zu ziehen, und ließ sie stattdessen dort, wo die waren, zusammen mit dem Baumstumpf.

Im Laufe der Zeit, begannen die Stühle Anzeichen von Wetterschäden zu zeigen, und wenn niemand dort saß, schauten Passanten auf die leeren Stühle und den ungleichmäßigen Baumstumpf, die weggeschoben und unordentlich in der Einfahrt lagen, ein Anblick, der in so einem kleinen deutschen Dorf ziemlich eigenartig ist.

Die Leute fingen natürlich an, über den Ort und die Veranstaltungen zu reden, unter seinen Stammgästen, wurde er als "Hassas Café" bekannt. Später, wurde der Name auf "das Café" verkürzt, wobei jemand sagen könnte: "Ja, ich habe neulich mit Holfart beim Café gesprochen, und er sagte, er habe gehört, dass..."

Hassas Frau, Zaraha, blieb normalerweise drinnen, aber sie war genauso überwältigend gastfreundlich wie ihr Mann, wenn jemand hereinkam, um sie zu besuchen.

Die erste im Dorf, die diese Gastfreundschaft erlebte, war eine der anderen Mütter aus der Fahrgemeinschaft, als sie einige der Kinder nach der Schule ablieferte.

Zuerst, nachdem Zaraha an die Tür kam und sie hinein gebeten hatte, lehnte die andere Mutter ab und sagte, dass es für sie in Ordnung sei, einfach auf der vorderen Terrasse zu stehen, wozu die Rucklingsdorfer neigen.

Dies führte dazu, dass Zaraha ihren Kopf zur Seite kippte, und ihren warmen, Kuh ähnlichen Augen blickten in Verwirrung auf die andere Frau zurück, als ob Zaraha "Warum? Warum?" fragen wollte.

Die weiteren Proteste der Frau der Fahrgemeinschaft wurden mit willkürlichen Abwinken von Zaraha weg gewedelt, als ob sie versuchte, eine Fliege loszuwerden. Dann, wiederholte Zaraha "Komm, Komm" als sie sich einfach herumdrehte, ins Haus ging und hinter ihr mit Gesten klar machte, dass ihr Gast reinkommen und ihr folgen sollte.

Nachdem die andere Frau für eine Weile allein an der Türschwelle stehen gelassen wurde, hatte sie keine andere Wahl, als einfach reinzugehen und in diese neue Welt einzutreten – eine Welt ausländischer Redner und Menschen, die nicht nur draußen auf der Terrasse standen, wenn sie zu Besuch kamen, aber tatsächlich ins Haus gingen, gleichgültig wohin dieses lässige Abwerfen von Gewohnheiten führen könnte.

Nachdem sie das Haus der Ben-al-Halambrayes betreten hatten, führte Zaraha ihre Gäste immer in das Esszimmer, wo die Gäste mit offener Hand und lächelndem Gesicht zu einem Platz an den Tisch gebeten wurden – und bevor sie völlig erklären konnten, warum sie es für notwendig hielten, die gnädige Frau zu stören und was sie dort erreichen wollten, wurde eine Tasse Tee auf einer Untertasse vor sie hingestellt, als ob es vom Himmel herabgestiegen war.

Zaraha hat sich manchmal zu ihrem Mann nach draußen gesetzt, um Tee oder Kaffee zu trinken, aber sie verbrachte den Großteil ihrer Tage im Haus und kümmerte sich um Familienangelegenheiten.

Hassa selbst war zwar warm und gastfreundlich, aber von seiner Art auch eine recht fromme Person. Er wirkte wie ein fröhlicher Priester, der je nach Situation gelegentlich eine ruhige ernsthafte Miene bekommen konnte. Er genoss das Essen, blieb aber immer noch sehr schlank, und rührte Alkohol nie an.

Als Paul Paulson ihm eines Tages eine Zigarette anbot, hob Hassa seine Hand wie eine Barriere, als würde er einen Segen geben, und sagte "Nein, danke", mit einem höflichen Lächeln und leicht geschlossen Augen.

Nichtsdestoweniger, war es den Besuchern in Hassas Café wenig bekannt, dass ihr Gastgeber inzwischen die Tendenz entwickelt hatte, seinen Nachbarn Tobias nachts in Tobias Garage zu besuchen, nachdem die Kinder alle eingeschlafen waren. Dort, öffnete Tobias eine Schublade zu einem alten Werkzeugschrank in der Ecke und zog ein kleines Handgerät heraus, mit dem Tobias und Hassa ihre eigenen Zigaretten rollten.

Niemand sonst in der Nachbarschaft sprach normalerweise mit Tobias. Daher, blieb die Veranstaltung ein Geheimnis, und Tobias war froh, Hassas Gesellschaft zu haben.

Bei einem der ersten dieser Besuche, bot Tobias seinem Gast ein Bier an, während Tobias sich selber eines aus dem kleinen Kühlschrank holte. Hassa lehnte höflich ab, aber als Tobias die Bierflasche mit einem "Plop" öffnete, schnupperte Hassa ein wenig die Luft. Mit gespannter Aufmerksamkeit, beobachtete er, wie Tobias den goldenen Nektar für sich in ein Glas goss. Nachdem Tobias getrunken hatte und ein "Aahhhh" hören ließ, hob Hassa flehentlich seine Augenbrauen und schluckte.

Trotzdem, während seiner Abende mit Tobias, beschränkte sich Hassa auf den Luxus, ihre selbstgemachten Zigaretten zu rauchen.

Die Kinder der Familie Ben-al-Halambraye passten sich gut an ihre neue Umgebung an. Sie hatten es geschafft, mit einem überraschenden Grad innerhalb weniger Monate flüssig deutsch zu sprechen, und sie haben die Mütter der Fahrgemeinschaft gründlich bezaubert. Die Kinder wurden auch zu einem Hauptbestandteil der Spielgruppen im Dorf, und waren sehr gefragte Teilnehmer an den Spielen und Abenteuern unter den einheimischen Kindern.

Dies war nicht auf einen Mangel an Spielzeug zurückzuführen, mit dem die Kinder zu Hause spielen konnten. Von dem Moment an, in dem sich die Nachricht der Ankunft der neuen Familie von Asylbewerbern verbreitet hatte, hatten die Rucklingsdorfer sich überschlagen, um die Familie mit allen möglichen Mitteln der Befriedigung und Unterhaltung zu versorgen. Infolgedessen, hatte sich bei den Kinder ein übervollen Schatz von Spielwaren angesammelt.

Es war bald soweit, dass die Kinder viel mehr Spielzeug hatten, als sie jemals benutzen konnten. Da niemand aus der Familie aber jemanden beleidigen wollte, akzeptierten sie einfach die Großzügigkeit, und legten die zusätzlichen Spielzeuge in einen großen, sonst leeren Schrank. Innerhalb weniger Wochen, war der Schrank vom Boden bis zur Decke und von Seite zu Seite mit einer Vielzahl von bunten Spielschachteln, Sportgeräten usw. gefüllt, für die die Kinder einfach nicht genug Zeit hatten sie anzufassen oder, in manchen Fällen, sogar zu öffnen.

Wie viele deutsche Kinder in Rucklingsdorf haben Schränke, die mit solchen Spielsachen gefüllt sind?

Da die Kinder zu diesem Zeitpunkt kein Spielzeug mehr brauchten, stellte sich natürlich die Frage, warum die Rucklingsdorfer das Spielzeug den Kindern sowieso weiterhin gegeben haben. Es gab offensichtlich keine Notwendigkeit, da die Kinder immer etwas zum Spielen hatten (was jeder sehen konnte), und so schien es, als spendeten die Einwohner des Dorfes mehr um ihretwillen, als darum ein Bedürfnis irgendwelcher Art zu befriedigen.

Und die Leute gaben und gaben noch mehr. Zaraha wurde regelmäßig mit so vielen Kuchen und Desserts beschenkt, dass sie diese einfach den anderen Einheimischen im Gegenzug anbot, wenn sie zu Besuch kamen – als eine Art Gebäckschleife.

Es war fast so, als *müssten* die Rucklingsdorfer der Familie etwas geben, für sich selber, irgendwie. Schließlich, hatte die Wohltätigkeitsorganisation die Asylbewerber bereits mit allem versorgt, was sie zum Überleben und zum bequemen Leben brauchten, und Hassa hatte immer ein paar hundert Euro in seinem Portemonnaie, da er Geld vom Sozialamt erhielt, um anderen Kosten zu decken.

Zweifellos, haben die Rucklingsdorfer etwas davon *zurück bekommen*, wenn sie dieser Familie etwas gaben. Vielleicht war es ein Gefühl der Reinigung, ein Gefühl der Versöhnung für vergangene Generationen. Was auch immer es war, die Anwesenheit dieser Familie von Asylbewerbern leistete den Mitgliedern dieser kleinen deutschen Bauerngemeinschaft einen wertvollen Dienst.

Darüber hinaus, während dieser Erfahrung, fiel mir ziemlich früh noch etwas auf: Obwohl die Einheimischen dieser Familie so eifrig geholfen hatten und klar machen wollten, dass sie willkommen waren, haben die geborenen Rucklingsdorfer – trotz einer oberflächlichen Freundlichkeit – von mir als unabhängigen Amerikaner im Dorf immer einen merklichen Abstand gehalten. Schließlich, bin ich auch Ausländer, aber einer, der seine eigene Arbeit und seine eigene Einkommensquelle hat, der die Sprache spricht und der erwartet, mit ihnen auf Augenhöhe in der Gemeinschaft zu kommunizieren.

So lange wir uns auf der Straße gesehen haben, sind sie ohne Zweifel freundlich gewesen. Sie hielten an und begrüßten mich und sprachen darüber, wie gut die Blumen wachsen, und so weiter. Es gab jedoch eine spürbare Leere in der Entwicklung jeder persönlichen Beziehung jenseits dieser Ebene.

Dennoch, stolperten sie über sich selbst, um mit dieser Familie zu sprechen, dieser Familie irgendwas zu geben, sie hin und her zu schleppen, um sicherzustellen, dass sie in ihrer Nachbarschaft nicht in Not geraten.

Und das ist wo der Unterschied anscheinend lag.

Ich war nicht in Not. Ich war ein Ausländer, aber einer, den sie nicht als hilfsbedürftig behandeln konnten – ich war kein Untergebener.

Großzügigkeit kann zwar ganz ehrlich und tief empfunden sein. Manchmal *kann* aber in der Beziehung zwischen dem Spender und den Bedürftigen, eine gewisse Machtposition ausgeübt werden.

Dies ist sehr häufig bei den Spenden wohlhabender oder bürgerlicher weißer Amerikaner in den Vereinigten Staaten der Fall, die schwarzen Amerikanern helfen wollen: 'Diese armen Schwarzen, die es selbst nicht schaffen können', sagen sie. Es gibt keinen Mangel an solchen Menschen, die, obwohl sie zwar für Organisationen spenden, die armen schwarzen Gemeinschaften unterstützen, tatsächlich selber rassistisch sind.

Unter solchen Umständen, ist es eine Art Machtspiel.

Es ist nicht die Hilfe eines Freundes, eines Mitmenschen: es ist eher die Pflege eines Haustieres, eines Kätzchens, das sie gefunden haben – das im Haus bleiben darf, aber nicht am Esstisch willkommen ist.

'Wir haben, und Sie haben nicht, und wir werden uns entscheiden, ob wie Ihnen helfen... Oh, Sie brauchen keine Hilfe, und möchten Vollmitglied des Angelvereins werden, vielleicht für eine Stelle im Stadtrat kandidieren? Nun, das ist eine andere Geschichte'.

Was würde mit den meisten dieser lokalen Spendern passieren, nachdem Hassa Deutsch gelernt und einen Job bekommen hat und ohne das staatliche Asylprogramm für sich und seine Familie sorgen könnte? Nachdem er eine Hypothek beantragt und ein Haus in Rucklingsdorf gekauft hat? Wenn eine seiner erwachsenen Töchter den Sohn eines Rucklingsdorfers heiraten wollte? Würden all diese Menschen, die so begeistert waren, eine Hand voller Extras zu reichen, noch als Gleichgestellte da sein?

Einige, ja, aber die meisten – ich schätze nicht.

Zum Beispiel: als ich eines Nachmittags mit Hassafaromed und seiner Frau Fahrrad fuhr, kamen wir an dem Haus eines alten Mannes vorbei, der gut in das Leben dieses kleinen Dorfes integriert war. Zaraha war ein wenig wackelig auf dem Fahrrad (sie hatten in ihrem Dorf in Ost-Bekistan kein Fahrrad), und diese achtfache Mutter lachte wie ein kleines Mädchen, frei und behaglich, als sie die kurvenreichen Straßen entlang flog. Hassafaromed lachte mit ihr, als er sie im Auge behielt und sicherstellte, dass sie nicht fiel – und als diese schöne Ansicht vorbeifuhr, starrte dieser alte Mann düster hinterher. Hier waren Menschen, die vor nicht allzu langer Zeit im Gefahr waren, von Kriegsherren gefoltert zu werden, und jetzt schwebten sie (wackelig oder nicht) in Begleitung eines neuen Freundes durch die friedlichen Straßen ihres neuen Zuhauses – und der finster blickende alte Mann fand es eine passende Zeit von seinem Garten, anstelle eines herzlichen Grußes, das folgende herauszurufen: "Braucht Ihr Teller oder Besteck?

Es sah fast so aus, als ob er beunruhigt darüber war, dass sie frei waren wie normale Menschen, und für nur einen glücklichen Moment nicht in dieser Schublade, diesem Fach des "bedürftigen Fremden" eingesperrt waren.

Das unterscheidet sich natürlich von den Menschen im Dorf, die ein herzliches Interesse an den Flüchtlingen hatten – die tatsächlich andere Menschen vor sich gesehen haben und sicherstellen wollten, dass sie sich wie zu Hause fühlten – die sich mit den Neuankömmlingen wirklich anfreundet haben.

Es gab in dieser Gemeinschaft einige solcher warmherzigen Seelen, und sie übten eine Freundlichkeit gegenüber diesen Menschen aus, die einem Tränen in die Augen treiben konnten. Das waren die Einheimischen, die die Kinder als ihre eigenen Großfamilienmitglieder, als eine Art Großmutter oder Großvater, Tante oder Onkel sahen.

Dann, gab es noch das junge Ehepaar, das den Ben-al-Halambrayes die drahtlose Internetverbindung des Paares nutzen ließ, damit die Asylbewerber mit ihren eigenen Familienmitgliedern sprechen konnten, die noch zu Hause in Ost-Bekistan waren, und die den Krieg und alles sonst dort noch immer aushalten mussten. Das Paar hat sich oft mit Zaraha und Hassafaromed im Haus zum Tee getroffen, und manchmal auch im Café in der Einfahrt, es war einfach eine echte Freundschaft.

Es gab jedoch nur wenige solcher Menschen unter der Flut der bedürftigen Geber und der nahestehenden aber getrennten Quatschern – und der Unterschied war spürbar.

Was auch immer der Grund für das Interesse und die Großzügigkeit jedes Einzelnen war, waren nicht alle der Einheimischen so zufrieden mit der Anwesenheit der Familie Ben-al-Halambraye, die in ihre ruhige, berechenbare Welt eingedrungen waren.

Nach einigen Monaten, erschien ein weiteres Flugblatt in den Briefkästen des Dorfs.

Dieses Mal, gab es kein "Liebe Rucklingsdorfer", und wer auch immer es geschickt hatte wollte ein Treffen einer neuen Gruppe abhalten, die sie gründen wollten. "Das Herz von Rucklingsdorf", sollte sie heißen, und sie wollten am nächsten Mittwochabend all jene Mitglieder des Dorfes zu einem Treffen einladen, die bemerkt hatten, dass sich das "Gefühl" des Dorfes verändert hatte, und die etwas dagegen tun wollten.

Der Zweck der Veranstaltung war deutlich vage, und ich habe dafür gesorgt zu diesem Treffen zu gehen – um zu sehen, was sie eigentlich im Schilde führten.

Es wurde von einem Mann geführt, der eine blaue Denimlatzhose trug (er war mir schon über den Weg gelaufen, als ich mich vor einiger Zeit freiwillig meldete, um mit dem neuen Spielplatz zu helfen). Er stand vor den anderen und sagte, dass es eine Menge Veränderungen im Dorf gegeben habe, und dass "es sich einfach nicht so fühlt, wie es sich früher fühlte".

Er sprach darüber, wie es früher in Rucklingsdorf war, wie sich jeder kannte, bis hin zu ihren Schuljahren sogar, und was für eine enge Gemeinschaft es früher war. Er sagte, dass damals jeder wusste , dass man einander vertrauen konnte, und dass, wenn jemand Hilfe brauchte –wie damals, als wir vor ein paar Jahren diesen Schneesturm hatten und ein paar Leute eingeschneit wurden –wussten sie, wen sie anrufen sollten, wussten sie, mit wem sie *reden* konnten.

Er sagte, dass es jetzt anders war und dass er dachte, dass es wohl auch einige andere Leute im Dorf gab, die das bemerkt hätten.

Es gab ein leises Rumpeln im Publikum, nichts Klares oder Identifizierbares, aber es war da. Ich bemerkte, dass unter den Leuten um den Tisch herum keiner von den Mitgliedern der Fahrgemeinschaft war, die die Ben-al-Halambraye-Kinder hin und her zur Schule fuhren, und ich hatte noch nie einen von ihnen beim Café in Hassas Einfahrt gesehen.

Ich mag die Richtung nicht, in der diese Sache zu führen schien, und so stand ich auf und erzählte der Gruppe, dass ich etwas sagen wollte.

"Mach mal", murmelte der Mann in den Denimlatzhose – aber es war nicht als ob es ernst gemeint war.

Ich sagte, dass meine Freundin und ich froh waren, einen Ort zu finden an dem die Leute so freundlich waren, als wir grade nach Rucklingsdorf gezogen sind. Ich erwähne, dass alle die Menschen mit uns gesprochen hatten, als sie uns vor unserem Haus im Garten gesehen haben. Ich sagte, dass es schön war, in einer Nachbarschaft zu leben, in der sich die Menschen um einander kümmerten, wo sie einander helfen wollen, wo sie miteinander und nicht gegen andere Menschen zusammenarbeiten wollen (ich übertrieb ihre sozialen Tugend etwas, aber die Situation schien es zu fordern).

Ich schaute den Mann in der Denimlatzhose am Kopfende des Tisches an, als ich das sagte. Er guckt mich böse an und schaute dann weg.

Ich erwähnte, wie die Welt so wütend und aggressiv geworden war, dass sich die Menschen einander so sehr gegenseitig hassen, und dass es das Schöne an diesem Dorf war, dass sich die Menschen immer noch begrüßten, sie nahmen sich immer noch die Zeit, um miteinander zu plaudern, sie haben sich immer noch um Menschen gekümmert, um ihre *Mitmenschen* – und ich habe dieses letzte Wort betont, als ich es sagte.

Ich sah, dass die Menschenmenge im Zimmer ruhiger geworden war; einige von ihnen sahen aus, als ob sie bei etwas erwischt worden wären, und beschämt waren... "und das ist etwas, von dem ich hoffe, dass es sich hier in Rucklingsdorf niemals ändert", sagte ich.

Es herrschte lange Stille.

'Dieses Sache könnte in beide Richtungen ausschlagen', dachte ich mir, und dann...

... Und dann fängt das Klopfen an; Fast alle Leute schlugen ihre Knöchel auf den großen hölzernen Tisch, um ihre Zustimmung zum Ausdruck zu bringen. Einige von ihnen hatten es augenscheinlich gegen ihren Willen getan – aber sie haben sich trotzdem an der Zustimmung beteiligt.

Ich setzte mich hin. Dann begann der Mann, der das Treffen begonnen hatte, über die Generation ihrer Eltern und die Generation ihrer Großeltern zu reden, und wie sie eine starke Gemeinschaft hatten – aber er sah, dass er seine Zuhörer vorerst verloren hatte.

Das Treffen zog sich etwas länger hin und brach dann langsam auseinander, und alle gingen nach Hause.

Der Mann in der Denimlatzhose sah wütend und enttäuscht aus, und er warf einen ziemlich heftigen Blick auf mich, als ich den Raum verließ.

Nach ein paar Monaten, in denen alles so lief, wie es gewesen war, wurde bekannt, dass Hassa und seine Familie in ein paar Wochen das Dorf verlassen würden.

Die Regierung sagte, dass eine Wohnung in einer kleinen Stadt weiter südlich frei wurde; Es gab eine Sprachschule in der Nähe, und Hassa konnte Arbeit für einige Stunden pro Woche dort finden.

Wir haben uns alle von der Familie verabschiedet. Dann, kam die Wohltätigkeitsorganisation, um den Umzug abzuwickeln.

In ein paar Tagen, waren Hassa, Zaraha und ihre Kinder weg, um ihr Leben wieder von vorne anzufangen, und wir alle blieben ohne sie zurück.

Seit ihrer Abreise, ist das Dorf ruhiger geworden. Hassas Café ist von seiner Einfahrt weg, und es gibt keinen Stress mehr mit einer Fahrgemeinschaft oder mit Spenden.

Jetzt, ohne die alten Stühle und dem Baumstumpf in der Einfahrt, sieht dieser Teil der Stadt ordentlicher aus, eher wie es früher war.

Es gibt ein Gefühl, dass die Dinge in der Gemeinschaft wieder normal sind, ein Gefühl einer gewissen Erleichterung: Es hat geklappt. Die Familie fühlte sich willkommen, und jetzt kann jeder in sein normales Leben zurückkehren.

Aber es gibt eine Abwesenheit: Eine Abwesenheit von Leichtigkeit und Offenheit; Von Menschen, die zu Tee und

Nüssen und unidentifizierten Süßigkeiten in ihr Hause einluden – all das ist weg, und jetzt ist es wieder nur noch Rucklingsdorf.

Die dunkle Seite

Deutsche können angenehm leicht und lebhaft sein, wenn Sie mit ihnen Kontakt aufnehmen.

Abhängig von dem jeweiligen Modell eines Deutschen, mit dem Sie sich gerade befassen, sowie davon, wie gut er Sie kennt (*nicht* wie gut *Sie ihn* kennen), können Sie oft eine freundliche Begrüßung von "Hallo" erwarten, als ob es von einem spielerischen Kind vorgesungen wird - eigentlich, geht es eher wie "HA--loooo!"

Wenn Ihr Begrüßer besonders locker und einladend ist, sind Sie vielleicht sogar der Empfänger des etwas intimeren "Hallöchen" (in der Liedkunst, ist es mehr ein "Ha--LLÖÖÖÖÖÖÖÖ-cheeeen), was wörtlich "kleines Hallo" bedeutet. Ist das nicht süß? Ein kleines, winziges Hallo, nur für Sie.

Und dann, wenn das Schwatzen endet, gibt es immer dieselben zwei Standardnoten, ohne Ausnahme, immer in perfektem Ton, in Form von "Tschüss!" ("TSCHÜÜ-üüüüss"). Es klingt mit seiner ersten hohen Note, die etwas freudig herausgezogen wird (für genau zwei Takten, eigentlich), gefolgt vom Rest des Wortes, genau zwei Noten tiefer und für genau vier weiteren Takten, für eine gesamte germanische Sechs.

Die Noten sind auf einer Musikskala sogar immer genau gleich: ein fröhliches "A", das eine Stufe zu einem "G" hinabsteigt. Es gibt einen natürlichen Eindruck, dass die gesamte Komposition zur nächsten tieferen Note von "F" tendiert (als wenn Kirchenmusik drei Töne herabgestuft wird, um zu einem abschließenden Ergebnis zu kommen), obwohl sie niemals da ankommt. Die letzte Note hängt einfach dort (entsprechend dem vorgeschriebenen Rhythmus), schwebend in Zeit und Raum, als wäre es eine herzliche Erinnerung daran, dass der Schwatz so angenehm war, dass er nicht wirklich beendet ist und beim nächsten Mal wieder fortgesetzt werden kann (egal welches Argument möglicherweise zwischen der Begrüßung und dem Ende aufgetreten ist).

Es ist wirklich erstaunlich, dass sich jeder einzelne Deutsche mit genau demselben Wort verabschiedet, mit exakt demselben Tönen und Tonlagen und gemäß dem im Regiment vereinbarten Rhythmus einer bestimmten Anzahl von Takten. Wie haben die Deutschen es geschafft, etwas so Spontanes und Persönliches wie einem Abschiedsgruß zu standardisieren? Vielleicht werden die relevanten Kriterien automatisch von der zuständigen Regierungsbehörde heruntergeladen, wenn die Deutschen nachts nach Hause kommen und ein Kabel aus der Steckdose in ihre Bauchnabel stecken, um sich aufzuladen.

Wie dem auch sei, es gibt keine freundlichere Begrüßung oder Schließung eines Schwatzes als die, die Sie von Deutschen erhalten werden. Es könnte ganz einfach zu einer Symphonie entwickelt werden.

Dieser Ton von Optimismus und Lässigkeit macht es nur noch schockierender, wenn sich ein Mensch – während er sich unschuldig um seine eigenen Belange kümmert und nichts anderes als eine reibungslose Fortsetzung eines ansonsten normalen und produktiven Austauschs erwartet – zufällig in das hinein navigiert, was sich als die "dunkle Seite" der Deutschen herausstellt – eine klebrige, schmierige Verschmelzung von Halbideen, eigensinniger Rache und unvernünftiger Anschuldigungen.

Wenn es zum ersten Mal passiert, kann es einem ausländischen Konversanten sprachlos und gaffend zurück lassen, und er wird sich vielleicht fragen welcher primitiver, heidnischer Zauber versehentlich herbei gerufen wurde, um seinen netten, freundlichen Deutschen in diesen rasenden Horrorfilm-Charakter umzuwandeln, der vor ihm wütet und knurrt wie ein in die Enge getriebenes Tier – und das alles, weil der ausländische Konversant es gewagt hat zu sagen: "Warum reden wir nicht einfach über diese Sache?"

Es gibt nicht immer Anzeichen dafür, dass die Transformation stattfinden wird, obwohl sie sich in der Regel auf Situationen beschränkt, in denen es keine anderen Zeugen gibt (so wie es immer in Filmen passiert, wenn die Hauptfigur zu einem Werwolf wird).

Das sind Momente, in denen Ihr freundlicher, verantwortungsvoller, rationaler Deutscher auf die dunkle Seite des Mondes übergegangen ist, und es ist wirklich nicht abzusehen, wann er zurückkommen wird.

Sie können ihn auch nicht daraus befreien – Sie können Magnetismus versuchen, Alchemie, vielleicht ein paar Sätze, die Sie in einem Buch über junge Zauberer in Internaten in England gelesen haben.

Das Einzige, was man tun kann, ist es, den Dingen seinen Lauf zu lassen, oder, am Besten, die Umgebung zu verlassen, irgendwelche kleinen Kinder und empfindliche Glasgegenstände mitzunehmen und, wenn nötig, den Deutschen in einem abgeschotteten Bereich zu halten.

Denn in diesen Momenten, sind Sie gerade versehentlich auf das alte und ungelöste Geheimnis des "Deutschen Wahnsinns" gestoßen.

Es ist wie ein dunkler, muffiger Raum in einer Geistervilla, der Raum, den niemand jemals betritt, und wenn doch, dann entkommt niemand ihm unverändert.

Oder vielleicht würden Sie es sich lieber als einen braunen, klammen Festungsgraben um eine alte, mittelalterliche Burg vorstellen, in dem Alligatoren und Krokodile in der Luft direkt unter Ihren Füßen kauen und schnappen, während Sie über die wackelige Holzbrücke gehen, die zwischen Ihnen und Ihrem Gesprächspartner hängt und pendelt.

Der Auslöser für den Eintritt in diese Dämmerungszone der Irrationalität und negativen Emotionen ist in der Regel die Tatsache, dass der Deutsche begonnen hat, sich aus welchen Gründen auch immer, unsicher zu fühlen. Etwas hat den ehemals zivilisierten Deutschen unsicher gemacht, und (nach dem alten germanischen Muster) führt dieser "Selbstzweifel" zu dem Gefühl, dass es in seiner Umgebung einen Mangel an Ordnung gibt. Da "Ordnung" für einen Deutschen wie Wasser für einen Fisch ist, fließt der Mangel an Ordnung sofort in die "Unsicherheit", die wiederum einfach über die Klippe in "Irrationalität" und "Aggression" stürzt.

Es ist kein attraktiver Prozess, und in solchen Momenten, werden Sie sich fragen, "Ist das Brot und Bier hier wirklich *so* gut, um das zu ertragen?". Und das ist eine Frage, die jede Seele auf dieser Erde für sich selbst beantworten muss.

Seltsamerweise, kann der "Deutsche Wahnsinn" erscheinen, wenn es am wenigsten erwartet wird.

Es gibt einige Deutsche, die ganz in Ordnung (wunderbar und erfrischend, eigentlich) sind, bis ihr Selbstwertgefühl herausgefordert wird, und dann – wenn, zum Beispiel, die Hecke, die sie im Moment schneiden, ein wenig uneben heraus gekommen ist – fühlen sie sich anscheinend (rational oder anderweitig), als ob ein schimpfendes, unzufriedenes Gesicht einer riesigen Elternfigur aus ihrer Vergangenheit plötzlich vor ihnen auftaucht (ein Elternfigur, die anscheinend auch irgendwo entlang dieses Kontinuums von Licht und Dunkelheit in ihrer Zeit selber schwebte) – und wenn Sie zufällig im Weg stehen, antwortet dieser vorherige süße, lockere, friedliche Deutsche, als ob er jede Absicht hätte, alles zu tun, was in sein Macht steht, um Sie gründlich und vollständig zu vernichten, und es außerdem zu genießen, wenn er grinst und zusieht, wie Sie dabei leiden.

Der schlimmste und extremste Fall in größerem Umfang war wenn Menschen in die Züge nach Auschwitz gestellt wurden, und eine Frage, die ich während dieser extrem schlimmen germanischen Ausbrüche immer habe, ist, wie weit die jeweilige wütende Version eines Deutschen mir gegenüber gehen würde, wenn er in der Lage wäre, sich je nach Situation unsicher genug zu fühlen.

Und der Holocaust war eine viel zu schreckliche Tragödie, um hier als leichten Kommentar erwähnt zu werden; wenn sie zu ihrer dunklen Seite wechseln, wenn sie sich als konterkariert oder in die Enge getrieben wahrnehmen oder fühlen, scheinen die Deutschen wirklich –

während sie da direkt vor Ihnen stehen – als ob sie den ernsthaften Wunsch hätten, das zu vernichten, was sie (wieder, rational oder anderweitig) als Quelle ihres eigenen Selbsthasses wahrnehmen – und, meiner Erfahrung nach, scheint es nicht so, als würden sie stoppen und diesen Wunsch innerhalb der Grenzen von allem, was zivilisiert oder menschlich ist, behalten, wenn sie die Möglichkeit hätten.

Wie jedes dämonische Monster, kann auch dieser "Deutsche Wahnsinn" viele Formen annehmen, aber es kann etwa so gehen:

(Ein Büro um 19.15 Uhr, nachdem alle anderen bereits für den Abend nach Hause gegangen sind)

Angestellter: "Hallo Max."

Vorgesetzter *(lächelnd)*: "Ah, Philipp! Ich sehe Sie arbeiten heute Nacht schwer!"

Mitarbeiter: "Ja. Ich musste wieder länger bleiben, um an den Kundenportfolios zu arbeiten."

(Der Vorgesetzter tippt einfach weiter an seinem Schreibtisch, als ob er die Einführung des Themas nicht bemerkt hätte).

Mitarbeiter: "Max, diese Verkaufsregionen sind ein bisschen durcheinander. Die Kunden sind überall in verschiedenen Teilen des Landes, und die anderen Verkäufer und ich überkreuzen uns ständig wenn wir von einem Kunden zum anderen gehen."

Vorgesetzter: "Das ist lächerlich. Die Verkaufsregionen sind in Ordnung, so wie sie sind" *(er schaut nicht von seinem Computer auf, als gäbe es keinen Grund, die Sache weiter zu verfolgen).*

Angestellter: "Eigentlich, habe ich zwei meiner Kunden weit draußen im Westen, direkt neben dem Hauptkunden von Franziska."

Vorgesetzter: "Nun, Franziskas Kunde ist ein großer Abnehmer unserer Produkte!"

Angestellter *(mit einer Pause, verwirrt von der Belanglosigkeit der Antwort des Vorgesetzten)*: "Ich verstehe wirklich nicht, was das damit zu tun hat."

Vorgesetzter: "Sie haben gerade gesagt, Sie möchten nicht, dass Franziska sich um den Kunden kümmert, den sie im Westen hat."

Angestellter *(seine Augen verengend und den Kopf leicht zur Seite drehend, als ob er etwas klarer sehen wollten)*: "Nein, das habe ich nicht gesagt. Ich sagte, dass die Verkäufer alle die Territorien des anderen durchkreuzen."

Vorgesetzter: "Alle Territorien sind deutlich voneinander getrennt" *(immer noch tippend, aber schneller und mit lauteren Klicks von der Tastatur)*.

Angestellter *(mit einem Versuch, um das Offensichtliche durch Vernunft und Nachweis zu beweisen)*: "Ich habe zwei Kunden im Umkreis von 10 Kilometern von Franziskas Kunden, drei im selben Bezirk wie Michaelas und ein anderer direkt gegenüber der regulären Haltestelle von Alexander."

Vorgesetzter *(jetzt finster auf seinem Computerbildschirm blickend)*: "Ich verstehe nicht, warum Sie ein Problem damit haben, dass Ihre Kollegen so viele Kunden haben".

Mitarbeiter *(sichtlich frustriert)*: "Ich habe *kein* Problem damit, dass meine Kollegen so viele Kunden haben. Ich habe ein Problem mit der Aufteilung der Vertriebsregionen."

Vorgesetzter *(springt plötzlich von seinem Stuhl auf und wirft seine Hände in die Luft, während der Stuhl laut hinter ihm rollt)*: "Ich habe keine Zeit, mich heute Abend damit zu beschäftigen!" *(und er stürmt aus dem Raum in den Flur, als hätte er einen wichtigen Grund, dorthin zu gehen)*.

Angestellter *(sich plötzlich von den Hüften rückwärts beugend, wegen der unerwarteten Bewegung seines Vorgesetzten und des Stuhles)*: "Na ja, es ist wichtig, und alle anderen Verkäufer reden auch darüber!" *(ruft er in den Flur)*.

Vorgesetzter: "Dies sind die Verkaufsregionen, die wir seit anderthalb Jahren hatten, und sie haben gut funktioniert!!" *(ruft er aus dem Flur zurück)*.

Angestellter *(als er seinem Vorgesetzten in die Halle folgt)*: "Alexander hat Probleme zu Hause, weil er niemals vor acht Uhr abends zurückkehren kann!" *(Dann, mit einem Versuch, sich zusammen zu nehmen und vernünftig zu bleiben)* "Warum teilen wir die Karte nicht einfach in gleiche Teile und die Kunden gleichmäßig unter uns auf?"

Vorgesetzter *(stolziert schnell zurück in den ursprünglichen Raum, als ob er versucht, seinem Verfolger zu entkommen, der hinter ihm kommt)*: "Die Karte wieder teilen? Das ist doch lächerlich! Jeder müsste von Anfang an alle Routen neu lernen! *(als es Papiere und Gegenstände auf seinem Schreibtisch unnötigerweise herumschiebt, und dann schreiend)* Dieses ganze Gespräch ist reine Zeitverschwendung!"

Mitarbeiter: "Nein, es würde Zeit sparen, und dann könnten die anderen Verkäufer alle zu einer vernünftigeren Stunde nach Hause gehen."

Vorgesetzter *(er dreht sich um und starrt den Mitarbeiter jetzt plötzlich an)*: "Sie haben immer Probleme mit allen hier, nicht wahr? Sie wollen nie, dass einer Ihrer Mitarbeiter erfolgreicher wird als Sie! Warum hassen Sie alle so sehr?!"

Mitarbeiter: "Wir gingen letzten Samstag alle zum Fußballstadion zusammen!" *(völlig überrascht von dem, was er gerade gehört hat).*

Vorgesetzter: "Oh, Herr Populär! Ich schätze, Sie sind der Einzige, der hier herum gemocht wird! Tut mir leid!!"

Mitarbeiter: "Was?"

Vorgesetzter *(in einem scharfen, schimpfenden Ton)*: "Ich wünschte, Sie würden einfach aufhören, allen anderen immer zu sagen, was sie tun sollen! Als ob Sie der Einzige wären, die hier etwas weiß! Denkend Sie, dass ich ein Idiot bin?!" *(jetzt schreiend , als er den Mitarbeiter hasserfüllt an starrt).*

Mitarbeiter: "Was? Nein, natürlich nicht!"

Vorgesetzter *(jetzt klar schreiend)*: "Ich bin der Einzige in diesen ganzen verdammten Platz, der irgendeine Ahnung hat, was er tut. Diese Firma wäre wahrscheinlich aus dem Geschäft, wenn ich nicht gewesen wäre. Und ich muss *immer noch* jeden Tag mit Idioten wie *Ihnen* zu tun haben."

Mitarbeiter: "Max, beruhigen Sie sich! Ich versuche nur vorzuschlagen, dass wir die Vertriebsregionen etwas reibungsloser organisieren, das ist alles."

Vorgesetzter *(jetzt Auge in Auge mit dem Mitarbeiter stehend, vorgebeugt an der Taille und in die Augen des Mitarbeiters schreiend)*: "Es ist ZU SCHADE, dass sie alle einem UNFÄHIGEN MANAGER wie *MICH* aushalten müssen.

Warum beschweren Sie nicht einfach bei der Zentrale?!! Vielleicht könnten Sie mich FEUERN lassen." *(Er dreht sich zu seinem Schreibtisch zurück)* "Ich verdiene es sowieso nicht, einen Job zu haben! Ich bin zu BLÖD!!!" *(plötzlich kehrt er zum Mitarbeiter zurück, während er das letzte Wort sagt).*

Mitarbeiter *(als ob er völlig ratlos wäre, wie er mit der Situation umgehen soll und nicht versteht, wie es dazu kam)*: "Max, das denkt niemand! Wir sind alle glücklich mit Ihnen hier, es sind nur die Vertriebsregionen, das ist alles."

Vorgesetzter *(als ob er seit seiner letzten Rede nichts gehört hat oder sogar etwas hören konnte)*: "Vielleicht sollte ich einfach *kündigen*!" *(als er mit seiner Hand vor sich hin durch die Luft schneidet)* "Vielleicht sollte ich einfach all diesen *Kram* in der Mülltonne werfen, SOFORT!!!" *(und er beginnt, seinen Computerbildschirm mit einer Hand zu schütteln).*

Mitarbeiter: "Max, reißen Sie sich zusammen! Wir reden nur über die verschiedenen Regionen!"

Vorgesetzter *(als ob niemand mehr mit ihm im Zimmer ist)*: "Dann kann ich gehen und auf der Straße leben! *(Er nimmt einen Brieföffner von seinem Schreibtisch auf und hält ihn verkrampft in die Faust)*. Und meine Frau und meine Kinder können einfach VERHUNGERN! *(Plötzlich wirbelt er zu seinem Angestellten herum und hält den Brieföffner auf Hüftebene in einem festen Griff, mit der Faust die immer weißer wird).*

Mitarbeiter: "Max!"

(Der Vorgesetzter steht da, steif vor Wut, und blickt finster in die Augäpfel des Mitarbeiters).

Mitarbeiter: "Max! Ich bin es! Ich habe Ihnen bei den Verkaufszahlen im letzten Monat geholfen!"

(Der Brieföffner verschiebt sich, als sich die Faust des Vorgesetzten entspannt, und er dreht sich, gebeugt, zu seinem Schreibtisch zurück. Er lässt seinen Körper niedergeschlagen in seinen Drehstuhl fallen, der fast unter ihm herausrutscht. Der Mitarbeiter macht einen Satz nach vorne, um den Stuhl zu erwischen und ihn davon abzuhalten, weiter nach hinten zu rollen).

(Der Mitarbeiter steht einfach da, sprachlos und verwirrt, als er auf das schaut, was aus seinem Vorgesetzten geworden ist. Der Vorgesetzte starrt unkonzentriert vor sich hin, seine Augen schwer, wie ein Fisch an einer Leine, der endlich aufgegeben hat und einfach nicht mehr kann).

Es kann ziemlich schrecklich werden, und die Szene oben, obwohl eine allgemeine Beschreibung, ist keine Übertreibung.

"Deutscher Wahnsinn" kann von einer Person, einer Gruppe oder sogar von der gesamten Bevölkerung ausgeübt werden (wie wir es bereits vor vielen Jahrzehnten gesehen haben).

Die nichtsahnende Partei, die damit konfrontiert wird, tendiert die Vernunft zu nutzen, als Versuch die Situation zu einem rationalen Gespräch zurückzukehren zu lassen. Wenn man jedoch bedenkt, dass dieses phänomenale Verhalten augenscheinlich darauf beruht, dass der Ausüber des "Deutschen Wahnsinns" in solchen Momenten irrational aggressiv ist – um vor anderen genauso wie vor sich selbst seinen eigenen Selbsthass zu verbergen, der sich aus seiner Wahrnehmung irgendeiner angenommenen Insuffizienz in sich selbst ergibt – funktioniert argumentieren mit einer solchen Person in einem solchen Zustand nicht.

Die einzige Lösung scheint darin zu bestehen, das ursprüngliche Thema zu einem späteren, ruhigeren Zeitpunkt erneut anzusprechen, oder das Individuum zu umgehen und die jeweilige Angelegenheit anderweitig zu lösen (da ein erneuter Ansatz manchmal nur zu einem weiteren Reizung der empfindlichen Stelle in der vernunftwidrigen Partei führt).

Hier ist eine Liste von verschiedenen Phasen (nicht unbedingt in dieser Reihenfolge) die Sie vielleicht erkennen werden, wenn Sie jemals mit dieser sehr dunklen Seite der deutschen Psyche konfrontiert werden:

<u>Vermeidung</u>
- Die Verurteilung der gegensätzlichen Ansicht als lächerlich und, daher, wertlos.
- Verwendung irrelevanter Themen und Tangenten.

<u>Manipulierung</u>
- Die Aussagen der anderen Person abzuändern.

<u>Verleugnung</u>
- Die verblüffend transparente Ablehnung von Fakten und Wirklichkeit.

<u>Die Veränderung der Wirklichkeit</u>
- Sich darauf einzustellen, auf das, was er sich als Thema vorstellt oder haben will, nicht auf das eigentliche Thema.

Flucht
- Aufgeben und weggehen

Die Abwertung des Gesprächs
- Der Versuch, seine Seite des Arguments als ausschließlich richtig zu beweisen, anstatt zu versuchen, einen für beide Seiten angenehmen Kompromiss zu erzielen.
- Die logischen Aussagen der anderen Person zu abwerten.
- Die Ablehnung der vorgeschlagenen Alternative als eine ungünstige, unnötige Verschwendung von Zeit und Energie.

Widerstand
- Falsche (besonders destruktive) Charakterisierung der Gegenpartei: das "Feindbild".
- Wie ein Gegner sprechen.
- Defensiv sein.
- Streben nach Streit und Krieg, nicht nach Frieden und Zusammenarbeit.

Größenwahn
- Selbstverherrlichung und die Abwertung der anderen Person, die (wissentlich oder unwissentlich) dieses Gefühl der Beleidigung im Deutschen (das eigentlich durch Unsicherheit und Selbsthass verursacht wurde) motiviert.

Selbsthass

- Äußerungen von extremem Selbsthass und sogar von Selbstverachtung und Schamgefühl (dabei unwissentlich bekannt gebend, dass er ein strenges Gefühl der Unzulänglichkeit überdeckt, indem er im Gegensatz dazu arrogant und aggressiv wird).

Angriff
- Die "Weltuntergang"-Ansatz, wobei er versucht alles zu zerschneiden und verbrennen, um eine gesamte und vollständige Vernichtung der Situation zu erreichen, anstatt proaktiv und konstruktiv zu sein (die "Hitler-im-Bunker" Mentalität).

Erschöpfung
- Als ob er nichts mehr in sich hat und obwohl er sich weigert, zuzustimmen oder nachzugeben, ist er jetzt ein Geist seines früheren Selbst. Leeres Gesicht, schwere Augen, unfokussierter Blick.

Wenn Sie sich Videos und Texte darüber anschauen, was die Nazi-Führer in den 1930er und 1940er Jahren gesagt haben und wie sie sich verhalten haben, wird Ihnen dieser Prozess des "Deutschen Wahnsinns" unverhohlen gezeigt.

Wenn Sie regelmäßig mit Deutschen zu tun haben, könnten Sie sich eines Tages möglicherweise dieser veränderten Version Ihrer ehemals funktionalen und ansonsten verantwortungsvollen und logischen Bekanntschaft plötzlich Auge in Auge gegenüber stehen.

Wenn das passiert, vielleicht werden Sie plötzlich über Ihren Schreibtisch zu Ihrem Bücherregal springen, hysterisch die verschiedenen Gegenstände dort auf der Suche nach diesem Buch durchwühlen, und nachdem sie es dankbarer Weise gefunden haben, werden Sie vielleicht mit Ihren Händen und Fingern frenetisch durch die Seiten blättern, in einem Anfall von bedürftiger und verängstigter Verzweiflung, um wieder nach dieser Liste zu suchen.

Wenn dieses Buch eine Bedienungsanleitung über den Umgang mit Deutschen ist, dann ist die obige Liste ein Überlebenshandbuch über den Deutschen, wenn er verrückt geworden ist – den Deutschen, der in einen Zustand eingetreten ist, den eine ganze Gemeinschaft von Psychiatern und Archäologen, bewaffnet mit modernster Technik und großen, schweren Schaufeln, kaum ergründen werden können: der Deutsche (oder die Deutschen) am allerschlimmsten – in einem Anfall des "Deutschen Wahnsinns".

Das Hündchen

Als meine Freundin und ich einen Spaziergang durch die Nachbarschaft machen, huscht ein kleiner weißer Welpe plötzlich aus dem Haus, an dem wir vorbeikommen, und rennt zu uns hinauf. Er bellt und schaut eifrig zu uns hoch, während er auf und ab springt, als ob er sagen würde: "*Da* seid ihr, *endlich*!", obwohl wir uns noch nie zuvor gesehen haben.

Wir beugen uns nach unten, um den kleinen Hund zu begrüßen, und er antwortet mit seinen eifrigen kleinen Sprüngen, als ob er für uns eine Zirkusnummer vorführen würde. Dann stürmt plötzlich eine junge Frau in Jogginghose und einem hellblauen T-Shirt aus dem Haus und schimpft den Welpen an.

"Nein, Wolfram! Nein", ruft sie, als ob sie über das ungestüme und unanständige Verhalten des Hundes schockiert wäre.

Es ist das erste Mal, dass wir jemanden gesehen haben, der in diesem Haus lebt.

"Das ist kein Problem", sage ich, als meine Freundin und ich zu der jungen Frau und dem Hund hin und her lächeln. "Er ist heute nur ein wenig aufgeregt."

Ich liebe den kleinen Hund schon genug für ein ganzes Leben.

Die junge Frau antwortet mir nicht, sondern tadelt den Hund nur weiter, bis er wieder in dem roten Backsteinhaus eingepfercht ist. Die junge Frau folgt ihm und schließt die Tür hinter sich, ohne uns ein einziges Wort gesagt zu haben und ohne uns einmal angeschaut zu haben, um Blickkontakt herzustellen.

Wir gehen die wenigen Häuser die Straße zu unserem hinunter (sie ist eine unserer nächsten Nachbarn), und wir gehen hinein.

Während ich meine Jacke aufhänge, denke ich an die junge Frau, und wie sie gar nicht anerkannt hat, dass wir mit ihr gesprochen haben, dass wir sogar da waren – und ich vermisse diesen kleinen Hund umso mehr.

Schlusswort

Wo ist Rucklingsdorf?

Es gibt kein Rucklingsdorf, genau – es ist ein deutsches Dorf, das sowohl in der Mitte als auch am Rand, überall und nirgendwo ist; Der Ort und seine Menschen sind eine Verschmelzung verschiedener Erfahrungen, die ich in ganz Deutschland gemacht habe.

Es gibt keinen bestimmten Mann in einer Denimlatzhose, keine Kerstin Stempelkauer, und so weiter. Diese Charaktere sind alle Zusammensetzungen von so vielen Menschen, die in meinen Jahren in Deutschland so viele skurrile Dinge gemacht haben, dass sie einfach an einem einzigen Ort zusammen dargestellt werden *mussten*.

Wenn man der deutschen Kultur einen Spiegel vorhält, sind diese Charaktere und die kleine Gemeinde Rucklingsdorf das wellige Gesamtbild, das dort Gestalt angenommen hat, um gesehen zu werden.

Das Ergebnis ist eine Satire der deutschen Kultur als Ganzes, um die Aufmerksamkeit auf ein paar Dinge zu lenken, die ein bisschen besser gemacht werden könnten (Sie sind noch nicht perfekt, Deutsche, und Sie haben noch einen langen Weg vor sich, genauso wie wir alle).

Wie Sie sich gut vorstellen können, ist dieses Buch auch eine Art Rache – eine Vendetta – nicht an irgendeine Person im Besonderen, sondern für all das kalte, rücksichtslose Anstarren von Menschen in öffentlichen Plätzen, für alle die verunglimpfenden Rezeptionisten, die kaiserlichen Autobahnfahrer, für die Ausländerfeindlichkeit, die in durchsichtiger Höflichkeit verschleiert wurde – und doch der große Kontrast besteht darin, dass während ich dieses Buch schrieb, saß ich in meinem sicheren, schönen deutschen Garten und habe die fantastischen Lebensmittel und den hohen Lebensstandard des Landes genossen.

Wie kann so ein wunderbarer Ort so verdammt erschwerend und, in einigen Fällen, sogar personell abstoßend sein?

Das liegt an der einzigartigen Schizophrenie der deutschen Kultur – an dem Zusammen-schmettern von glänzender Hochleistung mit einem überwältigenden Mangel an zwischenmenschlicher Finesse.

Ich lebe gern in Deutschland – ich mag einfach die meisten Deutschen nicht besonders. Ich habe einige getroffen, die wie einen Hauch frischer Luft waren – es war ein Vergnügen sie zu kennen, und ich denke an sie, wenn ich anfange, den Glauben an diese Menschen zu verlieren – aber ich habe die meisten dieser angenehmen Menschen nur im Vorbeigehen getroffen, und sie waren eine ausgeprägte Minderheit, eine Minderheit die viel, viel zu klein ist. Mit den Deutschen auf persönlicher Ebene umzugehen ist jedoch größtenteils wie wenn man alten Kohl isst – man bereut es sofort, und es hinterlässt einen schlechten Geschmack im Mund für lange, lange Zeit.

Platzieren Sie einen deutschen Steuerberater neben sich, während Sie auf einem Wanderweg durch den Wald unterwegs sind, und es besteht eine ausgeprägte Tendenz, entweder dass er Sie ausführlich über den durchschnittlichen Umfang der Baumstämme zu dieser Jahreszeit informieren wird, oder dass er es Sie fühlen lassen wird, das

Sie der unwillkommenste Eindringling in *seinem* öffentlichen Wald sind. Manchmal, erhalten Sie ein angenehmes "Hallo!", aber im Allgemeinen, ist das wie eine gelegentlich gute Szene in einem sehr schlechten Film.

Obwohl sie oft angenehm miteinander umgehen, sieht es manchmal so aus, als mögen auch die Deutschen andere Deutsche nicht besonders. Ihre Herzlichkeit und Akzeptanz ist normalerweise streng auf enge Gruppenmitglieder beschränkt, und das ist alles. Es gibt klare Kriterien, die erfüllt werden müssen, und das Regelbuch ist selten, wenn überhaupt, flexibel. Wenn Sie ein Deutscher aus einem anderen ländlichen Dorf mit anderen Bäumen und anderen Kühen sind, wird es Ihnen nicht leicht fallen, in *dieses* Dorf reinzupassen, in dem wir unsere *eigenen* Bäume haben, unsere *eigenen* Kühe, und die sind überhaupt nicht die gleichen wie Ihre!

Außerdem, abgesehen von betrunkenen Augenblicken wenn sie Fußballspiele anschauen, haben die Deutschen im Allgemeinen kein Gefühl, zu einer Nation zu gehören. Ein Mensch hier mag seine Kumpel, natürlich, und vielleicht auch einige seiner Angehörigen, aber die allgemeine Meinung eines Deutschen bezüglich anderer Deutscher (nicht sich selbst, natürlich, sondern diese anderen Menschen) ist, dass sie zu aufdringlich und zu besessen von Regeln sind (und er wird Ihnen so was erzählen, während seine Hände bei zehn und zwei das Lenkrad festhalten werden, während er fährt). Dass die Deutschen andere Deutsche nicht mögen, beweist die abnehmende Bevölkerung im Land. "Mehr Deutsche erzeugen? Na ja, ich weiß nicht, ob das so gute eine Idee ist, Schatz. Können wir das nicht einfach umgehen?"

Sie identifizieren sich auch in der Regel nicht als Europäer. Fragen Sie den zufälligen Deutschen, und er wird so etwas ähnliches sagen wie: "Ja, *diese Europäer da drüben* machen es uns anderen wirklich schwerer." Sie scheinen zu denken, dass sie alle unabhängige kleine Nationalstaaten sind, die isoliert von allen anderen um sie herum schweben und nur zu geschäftlichen Zwecken miteinander umgehen, aber nicht wirklich in irgendeinem kommunalen Sinne verwandt sind.

Wie kann ein Mensch ein Land gern haben, aber nicht besonders die Menschen in ihm mögen? Weil es bestimmte Eigenschaften der Deutschen gibt, die sie dazu veranlassen, eine sehr schöne Umgebung zu schaffen, wenn es um Struktur und Naturschutz geht – die Lebensmittel sind von ausgezeichneter Qualität, sie sind relativ frei von Konservierungsmitteln (je nach Wahl) und die Natur ist meistens atemberaubend und unzerstört.

Eine Sache, die diesen Gegensatz zwischen deutscher Exzellenz und tiefer germanischer Störung zusammenfasst, ist das Schwarzbrot der Deutschen – es ist köstlich, und so herzhaft, dass eine Zwölferfamilie monatelang von einem einzigen Laib überleben könnte – aber wie können die Deutschen so pessimistisch sein, dass sogar eines ihrer Brote schwarz ist!

Nach Deutschland zu kommen ist eine der besten Entscheidungen meines Lebens gewesen – aber dieses Land sollte auf jeden Fall mit einem Warnschild ausgestattet werden! Neben dem hohen Lebensstandard und der ungestörten Privatsphäre, die das Land bietet, habe ich hier aber auch unzählige Momente atemberaubender Grobheit, persönlicher Missachtung und einfach sehr unzivilisiertem Verhalten von Menschen erlebt, die sonst meine Mitmenschen wären – und, ehrlich gesagt, ist es nicht selten, nach einem spontanen Austausch mit einem Deutschen, dass ich sofort daran erinnert werde, dass dies die Menschen sind, die uns den Holocaust gebracht haben.

Als ich dieses Buch schrieb, wollte ich *kein* großes Buch des Hasses schreiben – denn es gibt schon viel zu viel Hass in der Welt, wie sie ist.

Gleichzeitig, wollte ich darstellen, was ich hier als Außenseiter im inneren Kreis der Deutschen erlebt habe – und es kann allerdings ein sehr kalter, quadratischer Kreis sein.

Nach allem, was ich in meinen vielen Jahren in der deutschen Kultur erlebt habe, ist das, was Sie in diesem Buch gesehen haben, eine faire Darstellung, würde ich sagen. Die Deutschen werden manchmal in ihrem Glanz (zwischenmenschlich genauso wie sonst) dargestellt – aber Veränderungen müssen eindeutig vorgenommen werden.

Wie?

Eltern, bringen Sie Ihren Kindern nicht bei, einfach stumm auf andere Menschen zu glotzen, die vorbeigehen.

Sprechen Sie mit Ihren Kindern am Esstisch über Ausländer nicht, als wären sie "diese Leute da", sondern "Mitmenschen mit einer anderen Sichtweise und Lebenserfahrung hinter sich, und von denen wir oft selbst viel lernen können, wie sie von uns lernen können".

Auf Ihre eigene Weise, übernehmen Sie die vielen positiven Eigenschaften, die Sie in anderen Kulturen (im Fernsehen, im Urlaub, etc.) sehen, ohne die vielen großen Tugenden Ihrer eigenen Kultur zu verlieren.

Und tun Sie es im Ernst, im tiefsten Inneren – nicht nur an der Oberfläche, ohne irgendeinen wirklichen Unterschied in Ihnen: Wenn Sie in einem rosa-farbige Wohnzimmer mit duftenden Kerzen sitzen wenn Sie Kristalle reiben, um Ihre Aura zu verbessern, aber derweil Ihr Rückgrat steif wie eine Eisenstange bleibt – das ist es nicht.

Lernen Sie, sich zu entspannen, aber ohne dabei ihr Verantwortungsbewusstsein zu verlieren. Ein bisschen Ordnung ist eine gute Sache – ein *bisschen*!

Erziehen Sie Ihre Kinder so, dass das, was sie tun *wollen* und was sie tun *müssen* nicht im Krieg miteinander sind, getrennt und aufgegliedert, sondern durch ein reibungsloses Geben und Nehmen gegenseitig erreichbar sind – aber erlauben Sie ihnen dabei nicht, dass sie im Supermarkt Verstecken spielen.

Man muss nicht genau so wie die Italiener, genauso wie die Franzosen sein – erkennen Sie nur, dass Sie eine weichere Version von sich selbst sein können – bewusster darüber wie das, was Sie tun die Gedanken und Gefühle anderer Menschen um Sie herum beeinflusst.

Denn schließlich, egal wie es aussehen mag – sind wir alle in dieser Sache zusammen.

Über den Autor

Jonathan Claay ist ein unglaublich gut aussehender Typ, für den Alles läuft. Frauen lieben ihn und Männer lieben es, mit ihm zusammen zu sein.

Er hat in zahlreichen Ländern gelebt und gearbeitet, ein allgemein wildes Leben geführt, und eine Reihe von Fremdsprachen zu unterschiedlichem Graden gelernt.

Er erstellt derzeit eine neue Computer-App: Wenn eine Person nur einen Knopf darauf berührt, wird sie sofort und für immer glücklich.

Über das Buch

Wie ist es, von woanders her zu kommen und unter den Deutschen zu leben?

Wie verhalten sich die Deutschen, wie denken sie, und was macht sie ... Nun, sagen wir mal, "so wie sie sind, in ihrer Art und Weise?

Rucklingsdorf - Ein Amerikaner von Deutschen umzingelt ist eine Sammlung von Kurzgeschichten (und ein paar Essays), die Ihnen einen Einblick in den deutschen Alltag geben, von jemandem, der gleichzeitig auf der Innenseite und Außenseite ist.

Wenn Sie die Deutschen wie ein Ei aufschlagen und den Inhalt in eine Pfanne gießen würden, das Ergebnis, das Sie sehen würden, wäre dieses Buch.

Kaufen Sie es, lesen Sie es, und lieben Sie es!

(Auch in englischer Sprache als eBook oder Taschenbuch unter folgendem Titel verfügbar:

Rucklingsdorf - An American Surrounded by Germans)